U0469262

让爱永存

吴金良 著

社会科学文献出版社
SOCIAL SCIENCES ACADEMIC PRESS (CHINA)

特别声明：捐献和接受骨髓（外周血造血干细胞）移植手术，完全是供、患双方的自愿行为。为保护供、患双方的隐私，为使这种捐赠与接受行为完全处于公平和谐的状态，遵循国际惯例，供患双方原则上是不能见面的。本书讲述的供、患者见面的案例，都是在经过相关组织协商、征得供患双方同意的情况下发生的，不具有普遍性，并且不能作为今后工作的参照。

我们无法想象的是，当一个垂危的生命向你发出明确的求救信息，而全世界很可能只有你一个人可以挽救这个生命的时候，你怎么忍心转身离去？你是否知道，你离开的背影已经写满了冷漠甚至残酷？

古人讲"一诺千金"。我们再次呼吁、再次恳请、再次提醒每一位已经或者即将成为造血干细胞志愿捐献者的人——请在生命面前慎重考虑自己的承诺，不要拿另一个生命开玩笑！因为，你拒绝承诺只需轻轻一言，这一言之轻，你可以转身就忘。却不要忘记，就因为你的轻言放弃，另一个鲜活的生命将就此陨灭，魂飞天国！

Contents
目　录

引言：生命的期待 …………………………………………………… 1

上　篇

第一章　谁是我们的敌人 ………………………………………… 7
　一　图特卡蒙——史上第一个死于血液病的人 ……………… 7
　二　来点儿科普：什么是血液系统疾病 ……………………… 10
　三　骨髓暨造血干细胞的采集和移植 ………………………… 12
　四　我们需要一个"海" ………………………………………… 18

第二章　我们正在做着我们的前人没有做过的伟大的事业 …… 20
　一　关于中华骨髓库 …………………………………………… 20
　二　生于忧患的中华骨髓库 …………………………………… 23
　三　如牛负重　忧心如焚 ……………………………………… 26

中　篇

第三章　曙光初现 ………………………………………………… 31
　一　中华骨髓库重新启动 ……………………………………… 32

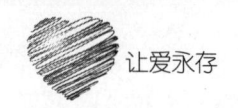

二　一次别具意义的捐献 ……………………………………… 37
　三　我们的品牌：生命与奉献精神的契合点 ……………… 44
　四　现状——聊堪鼓舞　不足欣慰 ………………………… 50

第四章　风云际会　时势造英雄 ……………………………… 58
　一　科学达人和爱心人士的梦想 …………………………… 58
　二　"双癌少校"隋继国 ……………………………………… 62
　三　姜昆：我们以自己的行动，唤起爱心意识 …………… 67
　四　噩梦的终结者——北京道培医院 ……………………… 73

第五章　物质与精神的完美结合 ……………………………… 82
　一　生命如花，凋谢在金钱面前 …………………………… 83
　二　温总理救助白血病患儿的启示 ………………………… 92
　三　钱不是万能的，但没有钱是万万不能的 ……………… 100
　四　以身相许，悲情故事何时了 …………………………… 112
　五　另一种意义的以身相许——悲壮的亲情与爱情 ……… 121

第六章　枯竭的生命源泉 ……………………………………… 136
　一　我们差什么 ……………………………………………… 136
　二　宣传的误区：似扬实抑、自设壁垒 …………………… 139
　三　台湾地区无偿献血概况 ………………………………… 140
　四　证严法师与台湾慈济骨髓库 …………………………… 146
　五　丰沛而又枯竭的生命资源 ……………………………… 151

第七章　两岸髓缘（上） ……………………………………… 153
　一　"生命使者"李政道 ……………………………………… 153
　二　李政道博士千里救庄妍 ………………………………… 157
　三　两岸三地救陈霞 ………………………………………… 163
　四　血脉相连一家亲 ………………………………………… 181
　五　永远记住他们 …………………………………………… 187

第八章　两岸髓缘（下） ……………………………… 192
一　两位女性同时改写历史 …………………………… 192
二　苏州人领跑"爱的回程" …………………………… 197
三　河北送给台湾的圣诞大礼 ………………………… 202
四　大陆脐血首捐台湾 ………………………………… 205
五　两岸三地相见欢，血浓于水同胞情 ……………… 207

下　篇

第九章　艰难起步中的一抹亮色 …………………… 213
一　孙伟——外周血采集造血干细胞捐献第一例 …… 213
二　唐铮——无关供者异地捐赠外周血造血干细胞第一人 … 218
三　龚晓平和上海骨髓捐献志愿者俱乐部 …………… 230
四　李瑾——"捐献无障碍家庭" ……………………… 235
五　徐慧——首例为同一个患者做两次捐献的人 …… 238
六　林栋——"待遇"最高的捐献者 …………………… 242
七　童馨萱——救一个生命原本可以这样简单 ……… 246

第十章　万丈高楼平地起 ……………………………… 253
前进的轨迹 ……………………………………………… 253

第十一章　反悔的伦理学代价 ……………………… 266
一　反悔知多少 ………………………………………… 270
二　生命中不可承受之"轻" …………………………… 272
三　与传销组织的生命争夺战：反悔者们的"反面教材" … 274
四　反悔行为的客观评价 ……………………………… 279

第十二章　谁是最可爱的人 ………………………… 283
一　于井子的故事 ……………………………………… 283
二　特殊身份的特殊捐献 ……………………………… 286

三　两次捐髓无疑救人两命 …………………………………… 292

第十三章　生命的感动——捐髓者心声 …………………………… 296
    一　汪霖：跨洋的生命延伸 …………………………………… 296
    二　潘庆伟：帮助别人　快乐自己 …………………………… 302
    三　杨曦：完成生命的传递 …………………………………… 306
    四　田强：弃考捐髓　兑现爱心承诺 ………………………… 311
    五　两个幸福的人：汪凯捐髓挽救大学生村官 ……………… 314

第十四章　前进中的中华骨髓库 …………………………………… 319
    一　中华骨髓库的基本情况 …………………………………… 319
    二　中华骨髓库的工作流程 …………………………………… 321
    三　我们的管理和技术 ………………………………………… 321
    四　中华骨髓库与国家邮政部门的成功合作 ………………… 323
    五　巡礼——链接生命的圣地 ………………………………… 324

第十五章　中华骨髓库省级分库概况 ……………………………… 329
    一　北京分库 …………………………………………………… 330
    二　天津分库 …………………………………………………… 331
    三　河北分库 …………………………………………………… 331
    四　山西分库 …………………………………………………… 332
    五　内蒙古分库 ………………………………………………… 332
    六　辽宁分库 …………………………………………………… 333
    七　吉林分库 …………………………………………………… 333
    八　黑龙江分库 ………………………………………………… 334
    九　上海分库 …………………………………………………… 334
    十　江苏分库 …………………………………………………… 335
    十一　浙江分库 ………………………………………………… 336
    十二　安徽分库 ………………………………………………… 336
    十三　福建分库 ………………………………………………… 336

十四　江西分库 ……………………………………… 337

十五　山东分库 ……………………………………… 338

十六　河南分库 ……………………………………… 338

十七　湖北分库 ……………………………………… 338

十八　湖南分库 ……………………………………… 339

十九　广东分库 ……………………………………… 339

二十　广西分库 ……………………………………… 340

二十一　海南分库 …………………………………… 340

二十二　重庆分库 …………………………………… 340

二十三　四川分库 …………………………………… 341

二十四　贵州分库 …………………………………… 341

二十五　云南分库 …………………………………… 341

二十六　西藏分库 …………………………………… 342

二十七　陕西分库 …………………………………… 342

二十八　甘肃分库 …………………………………… 343

二十九　青海分库 …………………………………… 343

三十　宁夏分库 ……………………………………… 343

三十一　新疆分库 …………………………………… 343

第十六章　敬畏生命　储存生命——代结束语 ………… 345

引言：生命的期待

这是本书的开篇，也是中国造血干细胞捐献者资料库（简称：中华骨髓库）全体同仁的心声：我们为生命的期待而期待，期待着更多的人加入到志愿捐献造血干细胞的队伍中来，在这里储存你的爱心、储存你的奉献、储存一份挽救生命的希望。

自有人类以来，疾病就伴随着我们。生老病死，概括着生命的节律和过程，成为生命过程最直白最简洁的描述。

生命是一个极其复杂的生物系统，是造物主对我们这个世界最奇妙的恩赐。生命的不可逆，决定了世间一切事物中，生命是最可宝贵的。人类自诞生迄今，祭祀天地、求诸鬼神、海内搜仙方、民间寻奇药，从来没有停止过对疾病的抗争和对生命的祈望，也从来没有停止过对健康和平安的渴求。因此，人类从刀耕火种茹毛饮血一步步走到人文科学和自然科学高度发达的今天，就是一个不断战胜自然灾害和生理灾害的过程。

应该说，人类在自然科学其他领域中的发现和征服是值得我们自豪的，载人飞船上天、宇宙空间站实现太空对接、电子电信技术的发展甚至超越了前人的想象……但是毋庸讳言，在自然科学已经高度发展的今天，人类对自身的认识水平似乎还停留在很低的层面上。我们虽然发现了细胞、发现了基因，虽然有了彩色超声波、核磁共振等高科技的医疗设备，但是，迄今为止，人类在面对许多疾病的时候仍然束手无策。艾滋病、帕金森氏综合征、心脑血管疾病引起的偏瘫、脑组织软化、白血病、某些恶性实体瘤以及非肿瘤性疾病如再生障碍性贫血、重症免疫缺陷病、急性放射病、地中海贫血等，既是人类健康的大敌，也是医学界亟待彻底攻克的难关。

1951年，人类首次报告第一个骨髓移植（BMT）动物实验成

功，1961年，发现人类白细胞抗原HLA。从这时起，人们已经发现通过骨髓移植可以根治诸如白血病之类的恶性疾病。虽然还有许多难以逾越的障碍，但是随着科学和医疗技术的日益发达，骨髓移植、造血干细胞移植可以治疗白血病、急性放射病、重症再生障碍性贫血、重症地中海贫血、重症免疫性疾病以及因癌症接受放化疗后的免疫功能低下等多种疾病，已经成为世界医学界的共识。

中国红十字会是从事人道主义工作的社会救助团体。保护人的生命和健康，救助社会弱势群体是红十字会的宗旨和工作目标。因此，在国务院领导的关心下，受卫生部委托，中国红十字会总会建立了中国造血干细胞捐献者资料库，由中央编办批准的中国造血干细胞捐献者资料库管理中心具体负责资料库的总体规划的制订和实施。

从国际上来看，世界上已经有50多个国家和地区建立了非血缘关系骨髓移植供者资料检索库。遗憾的是，欧美的骨髓库中以白种人为多，亚裔人很少。他们的白细胞抗原与东方人不同，中国人在那里找到供者的机会微乎其微。正是由于这个原因，遍布世界的华人一旦患病需要造血干细胞移植治疗时，只能把希望寄托于祖国。因此，无论从患者、社会还是国际的角度来看，中国造血干细胞捐献者资料库都需要把这一利国利民造福于患者的公益事业尽快做好、做大、做出成效。这一公益事业，不仅是志愿者挽救一个患者的生命，使他们获得新生，维护一个家庭的完整，解决社会忧患的善举，而且，还可以为热心公益事业的奉献者实现他们帮助他人的心愿，更是我国改革开放以来人民群众精神风貌和道德风尚的具体体现。

中华骨髓库成立以来，得到了政府有关部门以及社会各界的大力支持和关注。中华骨髓库加强了规范化管理，认定了中华骨髓库HLA组织配型实验室和质量控制实验室。国家财政资助了一定的志愿者血样检测经费，社会各界向中华骨髓库管理中心和省级分库积极捐款。全国已有31个省级红十字会积极筹建起了中华骨髓库省级分库。中华骨髓库管理中心和各省级分库开通了为志愿者服务的热线电话，热情负责地为志愿者服务。在新闻媒体的积极配合下，中华骨髓库采取多种形式开展了造血干细胞捐献的宣传、动员和募集善款的工作。截至 2011 年 11 月，全国能为患者检索服务的白细胞抗原分型资料已达 140 万多人份，为患者和移植医院提供检索配型 23000 多人次，为临床提供造血干细胞 2500 余人份。资料库已经开始显示出巨大的社会意义和临床救治患者的能力。

　　挽救一个生命，等于维护一个完整的家庭。因此，建立一个较大容量的中华骨髓库，不仅可使那些身患绝症的患者获得第二次生命，解决社会忧患，还可以为热心奉献者实现帮助他人的心愿，更是我国改革开放后人民群众精神风貌和道德风尚的具体体现。

　　我国需要接受造血干细胞移植救治的患者基数较大，但人口基数也很大，随着人民文化素质和精神文明程度的提高，在全社会的广泛支持和帮助下，动员群众志愿捐献，尽快建立起供全球华人享用的造血干细胞捐献者资料库是完全可能的。

　　庶几，那些急切等待移植救命的患者将求生有望。

　　我们满怀着期待与渴望，我们储存着生命的希望之火。

上 篇

第一章　谁是我们的敌人

谁是我们的敌人？这个问题需要一定的条件限制才能回答。在本书所涉话题的语境下，我们的"敌人"就是疾病。众所周知，自然界的一切都是相互联系、相互依附的。这种联系，可能是互为因果而存在，也可能是互相对立而诞生。即如，假设人类从来没有疾病，那么也就不会有医生和医疗机构；假设人类从来没有或者没有发现白血病等血液系统的疾病，也就不可能或者没必要进行骨髓移植、造血干细胞移植的研究与应用。

在记录中华骨髓库的历史沿革之前，我们应该首先对我们所面临的"敌人"有一个大致的了解。这一点与本书宏旨有关，不可轻忽。

一　图特卡蒙——史上第一个死于血液病的人

在我们生于斯养于斯的这个世界上，还有多少未曾破解的谜？答案只有两个字：无数。

金字塔就是这无数未解之谜当中的一个。围绕着金字塔，又有不可胜数的谜团，到现在也没一个让人们信服的解说。无法解说，就是个诱惑；传说中巨大的财富，又是一个诱惑。这两样，随便拿一个出来，就够人痴狂的了。所以，千百年来，多少人前仆后继、舍生忘死、蝇营狗苟地求索。

地球人都知道，金字塔里面埋葬的是古埃及奴隶制时期的历代法老（国王），实际上也就是诸法老的陵寝。说通俗点儿，那就是一个个大坟头。不过这大坟头里埋葬着太多的稀世珍宝和太多的秘密，足够撩拨后世科学家以及盗贼们的兴趣。

古代埃及人对日、月、神的虔诚信仰，使他们认准了一个根深蒂固的"来世观"，这有点像中国古人"二十年后又是一条好汉"的观念。

在这个"来世观"的驱使下，古代埃及人甚至认为"人生只不过是一个短暂的居留，而死后才是永久的享受"。所以，他们坚定地认为冥世就是尘世生活的延续，把身后事看得比生前事更重要，以求死后获得永生。

开罗以南700公里、尼罗河西岸岸边7公里处，有一大片沙漠。这片与卢克索等现代化城市隔河相望的沙漠地带，就是古代埃及都城底比斯的遗址。

著名的穆鲁克帝王谷就坐落在离底比斯遗址不远处的石灰岩峡谷中。它与卢克素神庙、卡纳克神庙隔河相望，虽已破败不堪，却仍然气象森严，于苍凉中显出几分当年的皇家气派。

这个被四周的山脉包围着的荒凉峡谷，到处充满了死亡的阴影。当年豪华的洞穴多数已被洗劫一空，许多洞穴的入口敞开着，成了野狐、沙隼和蝙蝠的安乐所。唯有那些巨大的廊柱、寺庙，虽经数千年风雨剥蚀，仍自隐隐显露着昔日的威严与奢华。

在那片荒无人烟的断崖下，就是古代埃及新王国时期（公元前1570～公元前1090年）安葬历代法老的地点。

历史上，在长达几百年的时间里，古埃及的法老们在尼罗河西岸的这些峭壁上开凿墓室，建设陵寝，用来安放他们显贵的遗体，作为他们羽化成仙永享极乐的所在。一座座帝王陵墓，埋葬着埃及第十七王朝到第二十王朝期间的六十四位法老。可以想见，这里曾经是一处多么雄伟辉煌的墓葬群。

图特卡蒙（公元前1341～公元前1323年）是古代埃及新王国时期十八王朝的第十二位统治者（公元前1334～公元前1323年在位）。他虽贵为法老，可惜自幼多病。用中国人的说法，自小就注定了是个不成人的孩子。他在阿肯纳顿国王的新皇都中娇生惯养，九岁荣登大宝，十九岁就一命呜呼，去享受他那王祚绵延繁华无尽的冥世生活了。

图特卡蒙在古埃及历史上并不是功绩最为卓著的法老，可他却成了今天最为闻名的埃及法老,也是被神秘色彩笼罩最多的一代君王。他之所以在离世三千多年后还能引起世人的关注,主要是因为他墓室门口的那句令人毛骨悚然的咒语,以及由他的身世、死亡原因、巨大宝藏所引发的争论。

这位法老的身世和他那个著名的咒语都不是本文的题中之意。我们关心的是图特卡蒙的死因。

多年来,对于图特卡蒙的死因,考古学界一直有着种种猜测。此前的研究发现,图特卡蒙头骨处有一个洞,因此他一直被认为是遭遇谋杀身亡的。直到2005年,科学家们通过扫描研究才发现,图特卡蒙头骨上的洞不过是在制作木乃伊的过程中造成的。

2010年2月17日,埃及研究人员公布了图特卡蒙的"真正"死因,并且颠覆了人们对他生前俊美面容的想象。研究人员通过对图特卡蒙木乃伊的全身扫描以及DNA检测,发现图特卡蒙的父亲和母亲很有可能是亲兄妹,这导致了图特卡蒙先天患有唇腭裂和足部畸形,而这些先天的疾病使得他的免疫系统十分脆弱,最终由于骨折感染引发了疟疾,失去了他的生命。

可是,这个新结论公布不久,德国汉堡伯尼哈特·诺查特热带医学研究所的科学家们又有了更新的发现,并据此对这位拥有谜一般身世的少年法老王的死因提出了质疑。德国研究人员通过对图特卡蒙足部骨骼更细致的检测,发现图特卡蒙应该死于镰状细胞贫血病,而不是死于疟疾。他们指出:"放射检测的迹象与镰状细胞贫血病中所看到的骨质病变损害相一致。在埃及绿洲的居民中,有9%～22%的人携带这种致病基因,这种血液病变通常发生于携带这种基因的人身上。"

镰状细胞贫血病是一种最常见的遗传病变,患有这种病的人,红血球会出现严重的扭曲、变形,形成一种新月形状,而不是通常的圆滑形状。因此,病变会阻碍血液流通,进而会导致慢性疼痛、感染和组织坏死等问题。

这一发现对此前埃及考古学家所提出的观点发起了挑战。对于我们来说,关键的问题是,这个发现使我们对血液病施虐于人类健康的情况有了一个新坐标——图特卡蒙成为人类有文字记载的历史

上第一个有名有姓的死于血液病的人。

二　来点儿科普：什么是血液系统疾病

血液是流动在人或高等动物心脏和血管内的不透明红色液体组织，暗赤或鲜红色，有腥气，由血浆、血细胞和血小板构成，对维持生命起重要作用。主要成分为血浆、血细胞。属于结缔组织，即生命系统中的结构层次。血液中含有各种营养成分，如无机盐、氧以及细胞代谢产物、激素、酶和抗体等，有营养组织、调节器官活动和防御有害物质的作用。

血液由四种成分组成：血浆、红细胞、白细胞、血小板。其中，血浆约占血液成分的55%，是水、糖、脂肪、蛋白质、钾盐和钙盐的混合物，也包含了许多止血必需的形成血凝块的化学物质。红细胞、白细胞和血小板组成血液的另外45%。而任何一处出现问题，都会引发血液系统疾病。

以上是来自教科书的定义式诠释。它枯燥、没有生气、不够大众化。缘于人类富于感情色彩的描述，血液在公众心目中是神圣的、宝贵的、崇高的。它代表着正义、象征着生命、宣示着理想和奋斗……无论科学的定义还是文学的演绎，血液的核心意义是珍贵、崇高。

我们无可否认的一个事实是：在宏大深邃的大自然面前，包括人类在内的一切生命都是十分渺小的，甚至渺小到可以忽略不计！我们视为世上最可宝贵的生命，在大自然面前微如草芥。之所以这样说，是因为我们要考量人与自然的关系以及人对自然的认识、认知程度。在这个大背景下，才可能透彻地道出人类面对疾病表现出的许多软弱和无奈。

我们知道，地球已经有46亿年的寿命。46亿，已经是一个不常应用的数字概念，后面再缀上一个"年"字，这就成了一个几乎超越我们普通人想象的极其遥远的时间概念。那么人类是什么时候出现的？450万年以前。人类的这点儿历史，连地球寿命的零头都不够，也可以用"忽略不计"来形容。生命是喧闹、沸腾的，地球却曾经长时间静穆。46亿年对450万年，足以使人类永远仰视神秘莫测的大自然。对于无限辽远空寂而包容万物的大自然来说，生命是何其渺小又何其短暂。自诩万物之灵长的人类，对大自然的认知和认识应该说是永无穷尽的。因此，人定胜天，最多只能算是人类的一个漫画式的妄想、一种浪漫主义的幻象。在海啸、地震、龙卷风这样的自然灾害面前，我们已经一次又一次看到了人类的渺小与无奈。在这样的宏观背景下，人类对于自身某些疾病的认识与认知，可以说永远都是有限的。一些世界级的疑难病症，就是医学界的海啸、地震和龙卷风，我们对它束手无策、莫之奈何。

在一个相当长的时间段内，某些血液病就是死亡的代名词，这是无可否认的。

按照教科书的说法，血液病亦称为造血系统疾病，是指原发于造血系统的疾病，或影响造血系统伴发血液异常改变，以贫血、出血、发热为特征的疾病。造血系统包括血液、骨髓单核—巨噬细胞系统和淋巴组织。凡涉及造血系统病理、生理，并以其为主要表现的疾病，都属于血液病范畴。

血液系统疾病包括：遗传性球形红细胞增多症、骨髓增生异常综合征、蚕豆病（葫豆黄）、过敏性紫癜、原因不明性巨球蛋白血症、血管性假血友病、血友病、继发性血小板减少性紫癜、原发性血小板减少性紫癜、原发性血小板增多症、真性红细胞增多症、嗜酸性粒细胞增多症、白细胞减少症（粒细胞缺乏症）、阵发性睡眠性血红蛋白尿、自身免疫性溶血性贫血、溶血性贫血、地中海贫血、缺铁性贫血（痿黄）、巨幼红细胞性贫血、单纯红细胞再生障碍性贫血、再生障碍性贫血（虚劳）、贫血等。

疾病，是人类健康的天敌。血液系统的疾病，是天敌中最凶恶的一种。人类对血液系统疾病的认识和认知，不过短短上百年的历史；对血液系统的疾病实施行之有效的医疗手段和控制手段，不过短短几十年的历史。时间虽短，可以说成绩斐然。在一定条件下，我们已经可以通过放、化疗和骨髓暨造血干细胞移植术治疗血液系统的疾病。

三 骨髓暨造血干细胞的采集和移植

骨髓移植、造血干细胞移植是治疗白血病等恶性血液病的有效手段，现在统称为造血干细胞移植。以造血干细胞的来源部位划分，可分为骨髓移植、外周血干细胞移植和脐血干细胞移植。按造血干细胞来自患者自身与否，又可分为自体移植、同基因移植和异基因移植。其中同基因移植是指患者与移植供体为同卵孪生兄弟或姐妹。对急性白血病无供体者，在治疗完全缓解后，采取其自身造血干细胞用于移植，称为"自体造血干细胞移植"。因为缓解期骨髓或外周血中恶性细胞极少，可视为"正常"细胞。但一般情况下，这种方法复发率较高，因而疗效比异体移植稍差。目前，医学家们正在研究一些特殊的"净化"方法，用以去除骨髓中的恶性细胞，可望进一步提高自体移植的疗效。

几种常见的危及人类生命健康的血液系统疾病

目前，引起血液病的因素很多，诸如：化学因素、物理因素、生物因素、遗传、免疫、污染等，都可以成为血液病发病的诱因或直接原因。由于这些原因很多是近几十年现代工业的产物，从而使血液病的发病率有逐年增高的趋势，可以说，血液病是一种现代病。

血液病在临床上分为三大类型：红细胞疾病、白细胞疾病、出血和血栓性疾病。临床上常见的疾病有白血病、再生障碍性贫血、骨髓增生异常综合征、血小板减少、多发性骨髓瘤等。

白血病，是造血组织的恶性疾病，又称"血癌"。其特点是骨髓及其他造血组织中大量白血病细胞无限制地增生，并进入外周血液，而正常血细胞的制造被明显抑制。该病的发病率居年轻人恶性疾病中的首位，病因至今仍不完全清楚。病毒可能是主要的致病因子，但还有许多因素可能导致发病，如放射、化学毒物（苯等）或药物、遗传因素等，可能是致病的辅因子。

再生障碍性贫血，简称再障。系多种病因引起的造血障碍，导致红骨髓总容量减少，代以脂肪髓，造血衰竭，以全血细胞减少为主要表现的一组综合征。一般表现为贫血、出血、感染、发热（高烧或低烧），并伴有走路乏力、头晕等症状。

骨髓增生异常综合征，目前被认为是造血干细胞增殖分化异常所致的造血功能障碍。主要表现为外周血全血细胞减少，骨髓细胞增生，成熟和幼稚细胞有形态异常即病态造血。部分患者在经历一定时期的骨髓增生异常综合征后转化成为急性白血病，部分因感染、出血或其他原因死亡，病程中始终不转化为急性白血病。

血小板减少症，是由于血小板数量减少或功能减退（血小板功能不全）导致血栓形成不良和出血而引起的。血小板数低于正常范围14万~40万/微升。血小板减少症可能缘于血小板产生不足，脾脏对血小板的阻留，血小板破坏或利用增加以及被稀释。

多发性骨髓瘤，是浆细胞异常增生的恶性肿瘤。这是一种进行性的肿瘤性疾病，其特征为骨髓浆细胞瘤和一株完整性的单克隆免疫球蛋白过度增生。此病常伴有多发性溶骨性损害、高钙血症、贫血、肾脏损害，而且对细菌性感染的易感性增高，正常免疫球蛋白的生成受抑。

溶血性贫血，系指红细胞破坏加速，而骨髓造血功能代偿不足时发生的一类贫血。如果骨髓能够增加红细胞生成，足以代偿红细胞的生存期缩短，则不会发生贫血，这种状态称为代偿性溶血性疾病。"溶血性贫血"较少见，常伴有黄疸，称为"溶血性黄疸"。

以往，由于缺乏特效疗法，许多血液疾病被人们称为"不治之症"。近几十年来，随着医学研究的深入发展，造血干细胞移植技术越来越成熟，白血病等恶性血液疾病摘掉了"不治之症"的帽子。特别是在我国，采用中西医结合的方法，血液病的治疗效果有了明显提高，许多疾病得以治愈，达到世界领先水平，显示出中医治疗本病的巨大优势。

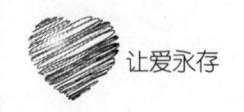

从骨髓移植到造血干细胞移植

  人类对于白血病等血液系统疾病的狙击，发端于20世纪初。随着1951年世界第一个骨髓移植（BMT）动物实验的成功，骨髓移植治疗血液系统疾病的技术日趋发展。美国一位叫多纳尔·托马斯的教授在1957年取得了人类第一例骨髓移植的成功。1976年，他报告了100例晚期白血病病人经HLA相合同胞的骨髓移植后，13例长期生存的医学奇迹，把患者从死亡边缘拉回生命的绿地。他也因此荣获1990年度诺贝尔医学奖。

  在我国，骨髓移植奠基人陆道培教授于1964年在亚洲首先成功开展了异体（同基因）骨髓移植。

  1970年，世界医学界报告第一例HLA相合亲缘异基因BMT治疗白血病的病例。从此全世界在应用骨髓移植治疗白血病、再生障碍性贫血及其他严重血液病、严重血液功能缺陷病、急性放射病、部分恶性肿瘤等方面取得巨大成功，开创了临床治疗白血病及恶性肿瘤的新纪元。

  骨髓存在于长骨（如肱骨、股骨）的骨髓腔和扁平骨（如髂骨）的稀松骨质间的网眼中，是一种海绵状的组织。能产生血细胞的骨髓呈红色，称为红骨髓。人出生时，红骨髓充满全身骨髓腔，随着年龄的增大，脂肪细胞增多，相当大部分红骨髓被黄骨髓取代，最后几乎只有扁平骨骨髓腔中有红骨髓。此种变化可能是由于成人已经不需要全部骨髓腔造血，部分骨髓腔造血已经足够补充身体所需的血细胞。当机体严重缺血时，部分黄骨髓可能被红骨髓替代，骨髓的造血能力会有显著提高。人体骨髓量与体重等因素有关，成年人的骨髓量一般为3千克左右。

  所谓骨髓移植，是指将他人骨髓移植到病人的体内，使其生长繁殖，重建免疫和造血的一种治疗方法。骨髓移植分为自体骨髓移植和异体骨髓移植，异体骨髓移植又分为血缘关系（同胞兄弟姐妹）骨髓移植与非血缘关系（志愿捐髓者）骨髓移植。由于自体骨髓移植易复发，在临床上较少采用。所以，骨髓移植的治疗方法问世以后，还是首选异体的骨髓进行移植。

对于白血病的治疗，骨髓移植曾经是医学界的一项突破性进展。白血病患者因造血组织恶变，产生异常的白细胞，抑制了正常血细胞的功能。传统的治疗方法仅用化疗来摧毁白血病细胞，大部分患者会复发。慢性粒细胞白血病患者几乎都要急变。剂量过大的化疗与放疗会使患者正常造血细胞无法恢复。骨髓移植治疗方案中，患者需接受很大剂量的化疗与全身放疗，骨髓内的病变造血细胞被摧毁，而移植的正常骨髓完全替代病人原有的有病骨髓，重建造血与免疫机能。因此，大大增加了白血病的治愈率。

在很长一段时间内，骨髓移植成了许多疾病的唯一治疗方法。除了可以根治白血病以外，骨髓移植还能治疗其他血液病，如再生障碍性贫血、地中海贫血、异常骨髓细胞增生症、遗传性红细胞异常症、血浆细胞异常症等以及淋病系统恶性肿瘤、遗传性免疫缺陷症、重症放射病等许多不治之症。

实践证明，50%～70%的急性和慢性白血病患者接受骨髓移植可以长期生存。据统计，白血病的发病率为十万分之三，全国每年新增4万名白血病患者，其主要发病年龄在30岁以下，儿童占50%以上，其中大多数需做移植手术。

十几年前，骨髓移植手术应用的还是老办法，是真正意义上的"骨髓移植"。由于造血干细胞通常存在于人体的扁骨、不规则骨和长骨两端的红骨髓中，只有极少数会到血液中"旅行"。只能通过抽取骨髓这条"路"获得造血干细胞，因此称为"骨髓移植"。为了采集600毫升骨髓，必须给供者做局部麻醉，经过多次骨穿才能完成。在骨穿过程中，供者流失的带氧红细胞比较多，所以手术后会感到头晕、乏力。

随着科学技术的发展，近年来，"骨髓移植"已被"造血干细胞移植"代替，这种方法对供者基本上没有不利影响。

首先让骨髓中的造血干细胞大量生长释放到外周血液中，这个过程称为"动员"。然后，通过血细胞分离机分离获得大量造血干细胞用于移植，这种方法称为"外周血造血干细胞移植"。也就是说，现在捐赠骨髓已不再抽取骨髓，而只是"献血"了。由于技术的进

步，现在运用造血干细胞"动员"技术，通过血细胞分离机从外周血每次（一般不超过两次）分离出不超过 200 毫升的造血干细胞悬液，即可得到足够移植数量的造血干细胞，其他血液成分回输到造血干细胞采集者体内。

造血干细胞具有自我复制功能，捐赠造血干细胞后人体将在短时间内恢复原有的造血细胞数量。所以，人不会感到任何不适，供者很安全。造血干细胞的供给者通常只要请半天假就能完成整个手术，不用作任何额外的休息和调养。

简便易行——外周血采集造血干细胞

早在 20 世纪初，就有科学家提出"干细胞"这个概念，然而直到 1963 年，加拿大科研人员才首次通过实验证实了干细胞的存在。他们发现小鼠的骨髓细胞中存在可以重建整个造血系统的细胞，即造血干细胞。经过近五十年的研究，造血干细胞成为目前研究最清楚的干细胞，为干细胞其他领域的研究提供了许多指导性意见。迄今为止，人类陆续在其他器官中发现成体干细胞，如小肠、皮肤等。

造血干细胞是能自我更新、有较强分化发育和再生能力、可以产生各种类型血细胞的始祖细胞。造血干细胞来源于骨髓，可以经血流迁移到外周血液中，不会因为献血和捐献造血干细胞而损坏造血功能。

正常人的造血干细胞通过静脉输注到患者体内，重建患者的造血功能和免疫功能，达到治疗某些疾病的目的，此一过程被称为造血干细胞移植。

造血干细胞移植的种类，根据造血干细胞的来源可分为骨髓造血干细胞移植、外周血造血干细胞移植、脐带血造血干细胞移植。

造血干细胞移植可用于治疗肿瘤性疾病如白血病、某些恶性实体瘤以及非肿瘤性疾病如再生障碍性贫血、重症免疫缺陷病、急性放射病、地中海贫血等。

人体内的造血干细胞具有很强的再生能力。正常情况下，人体各种细胞每天都在不断新陈代谢，进行着生成、衰老、死亡的循环往复，失血或捐献造血干细胞后，可刺激骨髓加速造血，在 1～2 周，血液中的各种血细胞就会恢复到原来的水平，因此，捐献造血干细胞不会影响健康。

采集造血干细胞的方法有两种，其一，抽取骨髓造血干细胞：捐献者在全身麻醉或者局部麻醉的情况下，从捐献者髂骨中抽取骨髓血；其二，从外周血中采集造血干细胞：捐献者在注射动员剂后，进行血液成分单采术，从捐献者手臂静脉处采集造血干细胞。与第一种方法相比较，第二种方法安全、方便、痛苦小。随着现代医疗技术的提高，中国造血干细胞捐献者资料库提倡的采集方式是从外周血中采集造血干细胞。用科学方法将骨髓血中的造血干细胞大量动员到外周血中，从捐献者手臂静脉处采集全血，通过血细胞分离机提取造血干细胞，同时，将其他血液成分回输到捐献者体内。这种方法十分安全，至今没有因采集外周血造血干细胞引起对捐献者伤害的报道。在采集完成后，一些轻微的疼痛感和不适将会消失。所用的器材都经过严格消毒并一次性使用，以确保捐献者安全。捐献者每次捐献需要采集 50～200 毫升造血干细胞悬液。

在正常生理条件下，外周血的造血干细胞量极少，不能满足移植的需要，药物动员后，加速骨髓造血干细胞的生成并释放到外周血中，可使外周血造血干细胞增加 20～30 倍，以满足移植需要。据多年的临床观察和国际上目前的报道，药物动员剂对人体健康没有副作用。

HLA 即人类白细胞抗原，存在于人体的各种有核细胞表面。它是人类生物学"身份证"，由父母遗传，能识别"自己"和"非己"，并通过免疫反应排除"非己"，从而保持个体完整性。由于不同种族、不同个体的 HLA 千差万别，必须采用一定的方法对捐献者和患者的 HLA 型别进行确定，从而选择与患者 HLA 相配合的捐献者进行移植。这是造血干细胞移植治疗成功的关键。兄弟姐妹之间，同卵（同基因）双生兄弟姐妹的 HLA 相合率为 100%，非同卵（异基因）双生或者亲生兄弟姐妹是 1/4。血缘关系是指同胞兄弟姐妹、父母、表（堂）兄弟姐妹，非血缘关系是指与患者无任何血缘关系者。人类非血缘关系的 HLA 相合率是几百分之一到万分之一，在较

为罕见的 HLA 型别中，相合的概率只有几万分之一甚至几十万分之一。在我国，由于独生子女家庭的普遍性，高相合率人群减少，干细胞移植主要依靠在非血缘关系供者中寻找相合者。因此，HLA 在造血干细胞移植成败中起着重要作用。造血干细胞移植要求捐献者和接受移植者进行严格的 HLA 配型。年龄在 18~45 岁的健康者均可以登记成为捐献造血干细胞的志愿者，年龄在 18~55 周岁，身体健康，经相关血液检查合格者，都可以成为造血干细胞捐献者。从捐献者登记入库到寻找到相合的患者需要一定时间，所以，为了充分利用有限的检测资金，中华骨髓库志愿捐献者的登记年龄上限为 45 周岁。

四　我们需要一个"海"

开宗明义，在造血干细胞移植领域，我们需要"人海战术"。而且，当其他领域中"人海战术"越来越成为一种落后生产方式的表现时，中国造血干细胞捐献者资料库管理中心的工作人员们却在殚精竭虑地营造着一个越来越庞大的"人海"。他们梦寐以求的，就是打造一个绝对数字庞大的"茫茫人海"。因为这个"人海"越大，患者们获得生命再续的期望值就越高。

> 数字是没有生命的，但是一个个数字却
> 代表着一个个鲜活的生命

在我国，每年有上百万患者需要造血干细胞移植，仅白血病患者每年就新增 4 万余人。由于异体移植造血干细胞已经成为治疗白血病等恶性顽疾的主要手段，配型相合的异体造血干细胞来源就成了摆在患者和医务工作者面前的一个最大问题。

造血干细胞移植成功的关键在于患者与捐献者两者的白细胞抗原（HLA）分型相合，而在同卵双生兄弟姐妹之间的相合率为 100%。我国多年来推行计划生育政策，家庭中兄弟姐妹越来越少，要想进行造血干细胞移植，只能依靠社会上非血缘的捐献者提供配型造血干细胞，但非血缘关系中 HLA 的相合率仅为 1/400~1/10000，患者的生命要得以延续，只能在数以百计、千计、万计甚至于几十万计的志愿者中寻找配型相合的捐献者。这样的相合率，意味着寻找配型相合的捐献者无异于大海捞针。这是一个特定意义的"海"，组成这个海的，就是每一位志愿者。因此，就算是大海里捞针，我们也要首先有这样一个"海"。有了这样一个海，我们才有了捞针的可能。

这就意味着，我们的志愿捐献者越多，患者获救的希望就越大。中国造血干细胞捐献者资料库成立以来，尤其是 2001 年重新启动以来，已经成功地为国内外 2000 名以上的患者提供了配型相合的造血干细胞，挽救了他们的生命。但是，与 13 亿公民的总数相比较，与数百万患者的总数相比较，这个数字却只能用八个字概括——聊堪鼓舞，不足欣慰。

目前，我国等待造血干细胞移植的患者有上百万，仅白血病患者每年新增人数就达 4 万以上，要成功地进行造血干细胞移植治疗，捐献者与患者之间的 HLA 型别需要相合。如果不相合，移植后就会产生严重的移植物抗宿主反应，甚至危及患者生命。因此，必须建立中国人的造血干细胞捐献者资料库。参加的志愿者越多，库容量越大，找到配型相合捐献者的机会就越多，患者们的"生机"也就越大。

第二章 我们正在做着我们的前人没有做过的伟大的事业……

洪俊岭，中国造血干细胞捐献者资料库管理中心主任，笔者采访他的时候，发现他办公室对面的会议室里挂着一幅书法作品，内容是现在50岁以上的这一代人耳熟能详的"最高指示"：我们正在做着我们的前人没有做过的伟大的事业……

这段最高指示"移植"得贴切而又巧妙实在——从造血干细胞移植的医学技术含量和中国造血干细胞捐献者资料库的历史沿革来考量，这的确是一项前无古人的事业。时至今日，年轻的中华骨髓库诞生20年、重新启动10年，它成长和发展的历史，为中国造血干细胞捐献者资料库树立了第一块里程碑。

一 关于中华骨髓库

作为中国造血干细胞捐献者资料库的领军人物，洪俊岭深知自己肩上的担子有多重，所以，工作上尽管可以放胆放手，但是谈到中国造血干细胞捐献者资料库已经取得的成绩，却是字斟句酌，出言十分谨慎，留有充分的余地："众所周知，白血病是一种严重威胁人类生命的顽疾。随着骨髓移植观念的普及和技术的日臻成熟，彻底治愈这一顽疾已经不再是梦想。我国有上百万白血病等患者在等待骨髓移植，很多患者因找不到合适的造血干细胞捐献者而失去了生命。一方面是技术上日臻成熟、需要治疗的患者很多，另一方面是供者严重不足。这是一对矛盾，我们的任务，实际上就是为了解决这个矛盾，尽最大可能为自愿捐献者资料库扩容，以期挽救更多的生命。"

无论从哪个角度看，造血干细胞移植都是一项利国利民、深受群众欢迎的事业。1992年，经卫生部批准，我国建立了"中国非血缘关系骨髓移植供者资料检索库"。这一机构的领导小组由中国红十字会总会、卫生部、医学专家、宣传部门组成。办公机构设在中国红十字会总会，同时在北京、上海、辽宁、浙江、厦门、西安等地开展工作。当地红十字会组织协调相关的血液中心、医学院的实验室，建立了一个协作组，开展捐献者报名登记和分型检测工作。检测结果汇总至总会资料库，资料库则协助医院寻找配型合格的捐献者。

这是一个很好的构想，也是广大血液病患者的福音。但是，由于资金、机构、观念、技术等方面的原因，加上宣传不到位，这项工作在长达数年的时间里进展缓慢，尤其是库容发展与后来的发展速度比较，可以说几乎处于停顿状态。为了改变中国造血干细胞捐献者资料库工作停顿的状态，中国红十字会总会于1997年向卫生部呈报了《中华骨髓库发展规划》，同年10月得到卫生部批复。但由于编制和经费问题难度大，工作仍然没有明显进展。

2000年11月，卫生部对中国红十字会总会"关于中国造血干细胞捐献者资料库有关问题的请示"作了批复，同意将原来的"中国非血缘关系骨髓移植供者资料检索库"更名为"中国造血干细胞捐献者资料库（中华骨髓库）"。对一些相关问题也作了明确回复。

2000年末，中国红十字会向国务院有关领导汇报了造血干细胞捐献者资料库的现状，时任国务院副总理的李岚清同志非常重视，同意实施尽快扩充资料库的计划，资金问题由国家财政和社会募捐共同解决，并作了"抓紧落实"的批示。彭珮云副委员长在中国红十字会七届二次理事会上指出："加快中国造血干细胞捐献者资料库的建设是一项重要的工作，应该下定决心，克服困难，抓紧进行。"其后不久，又在中国红十字会向中央编制委员会申请资料库编制问题的报告中批示："成立中国造血干细胞捐献者资料库是一项亟待开展的人道主义工作，请你们予以支持。"

从国际上来看，世界上已经有几十个国家建立了非血缘关系骨髓移植供者资料检索库,为了抵御白血病等恶性血液疾病对人类健康的侵袭,建立非血缘关系骨髓(造血干细胞)移植供者资料检索库已成为大势所趋。因此,无论从患者、社会还是国际的角度上看,中国造血干细胞捐献者资料库都需要把这一利国利民造福于患者的公益事业尽快做好、做大、做出成效。

2001年,中华骨髓库实际库存仅有1.2万人份。

2003年,库容数据突破10万人份。

2004年,库容数据突破20万人份,累计完成捐献造血干细胞超过200例。首次向国外(美国)患者提供造血干细胞,实现了零的突破。

2005年,库容数据突破30万人份,累计完成捐献造血干细胞超过300例。

2006年,库容数据突破50万人份,累计完成捐献造血干细胞超过500例。与美国骨髓库、新加坡骨髓库签订合作协议。

2007年,库容数据突破70万人份,累计完成捐献造血干细胞超过800例。首次向台湾地区提供造血干细胞。与韩国、日本骨髓库签订合作协议。

2008年,库容数据突破95万人份,累计完成捐献造血干细胞超过1000例。

2009年8月,中华骨髓库库容数据突破100万人份,成为世界最大的华人骨髓库。百万志愿者数据入库标志着中华骨髓库发展迈上了新台阶。

2010年全年实现捐献超过500余例。这是中华骨髓库发展史上的新突破。

截至2011年底,中华骨髓库库容超过146万,造血干细胞捐献达到2500多例。

中华骨髓库的注册标志是由四颗红心围绕红十字组成的。它象征着由中国红十字会领导的中华骨髓库工作,充分体现红十字会保护人的生命和健康的人道宗旨,和"人人为我、我为人人"的博爱特征,动员和呼唤全社会奉献爱心,拯救患者的生命。

各级政府、领导的高度重视,国家彩票公益金的鼎力支持及社会各界的款物捐助，造血干细胞志愿捐献者的无私捐献，都是支持中华骨髓库发展的强大动力。

2003年以来，中华骨髓库的建设得到了国家彩票公益金的支持。2003~2005年国家彩票公益金投入1.78亿元，2006~2010年投入4.17亿元，8年总计投入5.95亿元用于中华骨髓库志愿者入库HLA分型检测、网络系统建设和维护、样品库建设数据质量控制等业务工作。

在强有力的资金支持下，截至2011年底，中华骨髓库入库数据超过146万人份，向医疗机构提供检索查询服务2万多人，有2500多位志愿者捐献了造血干细胞。全国建立了31个省级分库，认定了30家HLA组织配型实验室、7个高分辨实验室和1个质量控制实验室。

中华骨髓库管理中心坚持与各类媒体保持联系，通过不同渠道广泛宣传造血干细胞捐献相关知识，每年组织多次大型宣传活动。全国各地常年开展各式各样的活动，组织动员适龄、健康的公民加入中华骨髓库，为白血病患者奉献爱心。

中华骨髓库得到了富士康、强生公司、中国平安保险公司、海尔公司等爱心企业以及社会各界热心人士的款物捐助，这些捐助有力地推动了中华骨髓库的建设和发展。

奥运会冠军杨扬成为中华骨髓库志愿捐献者，并被中华骨髓库聘为爱心大使。姜昆、倪萍、康辉、马伊琍等明星签署志愿书，担任中华骨髓库爱心大使，为中华骨髓库的宣传和发展献计献策。

二 生于忧患的中华骨髓库

20世纪70~90年代是世界上发达国家建设骨髓库即造血干细胞捐献者资料库的高潮。

1973年，英国妇女雪莉的儿子安东尼因患白血病，需要进行骨髓移植。但经检测，她的亲属中没有一个能与之配型，而当时又没有非血缘关系的供者检索库。最后，安东尼不治而亡。孩子的不幸

辞世，激发了雪莉对所有白血病患者的同情心。在接下来的日子里，雪莉四处奔走，积极呼吁建立非血缘关系的供者检索库。在社会各界的支持下，1974年，英国诺伦骨髓库终于组建成功。到1986年就已有10万人登记，并且已有100多人成功地接受了骨髓移植。

1986年建立的美国骨髓库虽然起步时间晚于英国，但是它发展迅速，目前已成为世界上最大的骨髓库，已经为2万多人配型成功。

历史是如此惊人地巧合，美国骨髓库的建立过程与英国如出一辙。70年代末期，10岁的少女罗拉·格雷夫斯被诊断为白血病，她的父亲四处奔走，在美国所有血液中心的登记者中终于找到了与女儿HLA相同的供者。女儿得救了，格雷夫斯喜悦兴奋之余，没有忘记为其他血液病患者分忧。他在西雅图的血液中心库倡议并发起设立了美国第一个以自己女儿名字命名的"罗拉·格雷夫斯骨髓移植财团"，开创了美国的非血缘骨髓移植事业的新纪元。之后，美国许多社会名流纷纷上书议会和政府，终于获得美国卫生部的承认，并批准拨款资助。到1991年5月，全美申请捐献骨髓的志愿人员已达30多万人。目前，多元化招募志愿者的措施已经使美国国家骨髓库拥有了全球最庞大的捐髓志愿者群。

1992年，我国在欧美国家纷纷建立骨髓库的浪潮中也开始建库。1992年4月16日至17日，在中国红十字会总会机关召开了非血缘关系供者骨髓移植工作小组扩大会议。为进一步落实骨髓移植非血缘关系供者的登记和HLA的检测、建立检索中心站等项工作，领导小组邀请北京、上海、浙江、辽宁4个白细胞抗原（HLA）实验室的负责人和4省（市）红十字会、卫生厅（局）的领导参加了会议。会上，大家一致同意将中国红十字会领导的骨髓检索中心定名为"中华骨髓库"，该检索中心和该项工作的血清站设在中国红十字会总会，并围绕登记、建设等进行了讨论，研究确定了一室（办公室）三组（组选组、集资组、专家组）的职责、分工及成员，以及工作的程序和经费的筹措等问题。

骨髓库是建立起来了，但是如何发展扩大，却成了一个棘手的问题。与国际上的情况相比较，虽然我们的起步时间不算落后，但因为资金、机构、观念、技术等方面的原因，中华骨髓库在成立后

第二章　我们正在做着我们的前人没有做过的伟大的事业……

相当一段时间内的发展相对滞后。

　　发展迟滞的最大障碍就是资金。根据骨髓库的操作流程，对于每一位报名捐献造血干细胞的志愿者，骨髓库都要进行血液抽检、化验、分型，进行登记并将相关数据输入数据库进行保存，以备查核、配型之用。这笔费用，当时是每人份人民币 500 元。对于一个需要大量志愿捐献者的资料库来说，这就意味着一个两难的局面：一方面是骨髓库需要大量的志愿人员，需要扩大骨髓库的库容；另一方面是没有足够的资金来发展扩大它。这是一个尴尬的局面，也是一个无奈的事实。没有钱，即使有人自愿捐献也无法实际接受。因为作为一个国家的资料库，总不能要求捐献者在捐献自己骨髓的同时再捐出 500 元来用于保存自己的骨髓资料吧。慈善，是一种绝对自觉、自愿、主动的行为。我们弘扬博爱精神，支持善行义举，但我们不能要求和规定别人的慈善行为应当做到何种程度。

　　当然，除了资金之外，机构不健全、观念落后和技术水准不够等也是阻碍骨髓库发展的重要因素。由于前述原因，从 1992 年到 2000 年的近 10 年间，中华骨髓库发展缓慢，步履维艰。这一时期，囿于资金掣肘等主客观因素，全国都停止了轰轰烈烈的建库工作，几乎变成了死水一潭。其间，只有中华骨髓库上海分库硕果仅存，以地域文化和人文素质为依托，靠社会力量募集资金，采取老旧过时的技术继续做这项工作。

　　《孟子》中有一段名言："舜发于畎亩之中，傅说举于版筑之间，胶鬲举于鱼盐之中，管夷吾举于士，孙叔敖举于海，百里奚举于市……然后知生于忧患而死于安乐也。"这话的意思是，忧患可以使人奋发而生，安乐则可能使人斗志销蚀，惰怠而死。

　　从 1992 年骨髓库成立到 2001 年重新启动，这段时间是中华骨髓库最为惨淡的 10 年。可以说，它诞生于资金不到位、公众不了解、社会认知度和支持度极其微弱的时期，论当时的主客观环境，是真正意义上的"忧患"。而正是这样的忧患，使中华骨髓库的全体人员砥砺斗志、昂扬精神，使中华骨髓库于"忧患"中萌发了勃勃的生机。

三　如牛负重　忧心如焚

2004 年，笔者采访中国造血干细胞捐献者资料库管理中心主任洪俊岭时，曾与他有过如下一段对话。

笔者："所谓十年生聚、十年教训，你们现在发展挺快，是不是前一个 10 年有所准备，蓄势既久，厚积薄发？"

洪俊岭："我早就跟你说过，凡事从无到有的时候，也就是它诞生的那个阶段，看起来是发展挺快，其实这里有一个所谓的视觉假象。因为从无到有是个突变，所以看起来很显眼。一旦这个事物出现了，立住了，要发展了，这就是个渐变过程了。前一个十年，虽然作为不大，但是我们一天也没有停止这项工作的开展。是十年生聚也好，十年教训也罢，虽然从资金、编制等各方面的条件上说，那十年和现在的情况完全不同，但是这个工作还是有一定的连续性的。可以说，没有那十年的准备和宣传工作，也不会有今天的长足发展。"

中华骨髓库成立之初，可以说是举步维艰、建树甚微。但是，作为骨髓库的工作人员，他们始终没有放弃，而是痛下决心，一定要把它搞起来，为国分忧，为民解难。在此期间，作为中华骨髓库管理中心主任，洪俊岭同志不遗余力、多方奔走，不断地在各种媒体上发表文章，普及骨髓移植知识，呼吁、动员更多的人加入到志愿者队伍中来。建库、扩容，受到资金等条件的限制，但是为中华骨髓库鼓呼呐喊是不需要大笔资金的。通过几年的艰苦努力和广泛宣传，中华骨髓库得到了社会各界越来越多的关心和支持。

为了改变中国造血干细胞捐献者资料库工作停顿的状态，中国红十字会总会于 1997 年向卫生部呈报了《中华骨髓库发展规划》，同年 10 月得到卫生部批复。1997 年，在中编办和财政部门的支持下，中国造血干细胞捐献者资料库管理中心宣告成立，并正式注册了中华骨髓库标志。到 2011 年 8 月，全国共建立了 31 个省级分库，认定了 29 个 HLA 组织配型实验室和一个质量控制实验室。

2001 年中华骨髓库重新启动时，库存的资料只有 2 万人份。经

第二章　我们正在做着我们的前人没有做过的伟大的事业……

过 10 年的努力，现在库存的资料已达 140 余万人份，有 2500 多位捐献者为患者捐献了造血干细胞，出现了很多感人事例，还救助了海外华人，开了中国大陆为海外华人捐献造血干细胞的先河。据了解，在世界各国的红十字会中，只有我国红十字会在做这项工作。这已经成为中国红十字会的一个知名品牌，在社会上有很高的知名度，也深受群众欢迎。

谈到这些，洪俊岭感慨地说："关于中国骨髓库，现在叫中国造血干细胞捐献者资料库，为了说得方便，很多时候还是沿用老的称谓，叫做中华骨髓库。骨髓库的建设，我们还远远不敢为之自豪，更不敢夸耀。横向比较，许多发达国家的骨髓库规模比我们大得多。比如美国，现在的库容量是 800 多万人份，这还只是绝对数字，如果说到库容量与人口总数的比率，我们更没法跟人家比。纵向比较，我们也是形势严峻、不容乐观。我们国家的骨髓库虽然早在 1992 年就有了，但是真正像模像样地运作起来，也就是最近这 10 年的事，拿现在跟 10 年前比，当然是进步不小，发展也算很快。但是，从无到有，都会有这样一个看起来比较快的速度，对这个发展速度，不容得意，更不值得夸耀。现在必须看到一个事实，那就是 13 亿人口、上百万患者和每年新增的大约 4 万名患者。而我们的造血干细胞捐献者资料不过是区区 140 多万人份。你要是总看着我们挽救了多少人的生命，那的确是成就不小。中国有句老话，叫做'救人一命，胜造七级浮屠'。就生命而言，你就是挽救了一个人的生命也是功德无量，何况通过我们的查询、配型，已经成功挽救了 2500 多人的生命。但是，你如果总是这个角度看这个问题，你就容易自满，就会逐渐销蚀斗志，不思进取了。要怎么看呢？要始终看到上百万患者和每年以 4 万左右的绝对数字新增的患者，这个数字与我们已经成功挽救的 2500 多人比起来，算什么？这么一想，会是个什么感觉？如牛负重、忧心如焚啊！这样的压力感和忧患意识才是我们前进的动力。不说已经有的那上百万病人，想一想平均每天就要新增 100 多个患者，你就会觉得每天都有人拿鞭子抽着你工作，你就会觉得我们的库容量永远是那么小，那么微不足道，你就会产生一种登高一呼的欲望，恨不得一天之内让天下所有人都知道，一个同意捐

献造血干细胞的承诺就可能挽救一个生命。这种感觉使然，真恨不得我们的库容一下子就变成 500 万、1000 万！"

500 万、1000 万，这是一个宏伟的目标，也是中国造血干细胞捐献者资料库管理中心全体工作人员美丽的梦想。

所谓关心则明、关心则切。固守着既有成绩优哉游哉算是一种工作态度，每天睁开眼睛就想到又会增加 100 多位需要移植造血干细胞救命的新患者，这也是一种工作态度。前者只要消极等待就可以混日子，后者就要奔走呼号殚精竭虑了。洪俊岭在中华骨髓库的工作可用得上殚精竭虑这四个字，他知道肩上担子的分量，更知道中华骨髓库在广大患者心目中的分量。笔者在工作中曾经采访过一些血液病患者，尤其是那些正在等待造血干细胞移植手术的患者，每当提到中国造血干细胞捐献者资料库，他们凄惶无助的眼神就仿佛点燃了希望的火，仿若茫茫大海中的不系之舟找到了可以停泊的港湾，充分表达着生的渴望。

不做这个工作的人不会体察到这样的心境，面对一双双渴求的眼睛、一张张写满期待的脸，你不可能懈怠、不敢懈怠，更不忍心懈怠。这就是洪俊岭和中国造血干细胞捐献者资料库全体工作人员的情感底色，也是他们每日每时如牛负重、忧心如焚的根本原因。

中 篇

第三章　曙光初现

从第一个到第一万个志愿者，中华骨髓库足足等了八年。这是一个漫长的等待，也是一个基本上没有实际作用的等待——区区一万人份的资料库，对于大量急需寻找骨髓配型的患者来说，希望是十分渺茫的。

2000年初，中国红十字会总会连续收到了两封发自江苏徐州的信。信是写给会长彭珮云的。

徐州段庄第二小学1847名少先队员在信中讲述了一件让他们心里很难受的事情——他们的好伙伴、品学兼优的刘采春不幸得上了白血病。

"从她那忧郁、痛苦的眼神中，我们仿佛看到全国千百个与我们同龄的白血病患儿在期待着社会的关注和人们的爱心。"

另一封是彭城大学土建系全体同学写的，信上说：

"我们学校就有一位同学死于白血病，虽然全校师生捐了很多钱物，最终还是没有挽回他的生命，最近我们系的一位同学的弟弟也是得了此病。"

两封信表达了同一个意思。那就是——

关注中华骨髓库的建设，"用我们的骨髓去挽救我们的同胞！"

时任人大常委会副委员长的彭珮云很快对两封来信作了批示并分别回了信，对同学们的热情表示了感谢。她透露，中国红十字会在我国政府及有关部门支持下，正着手重建"中国造血干细胞捐献者资料库（中华骨髓库）"。

2001年4月23日，"中华造血干细胞捐献者资料库工作委员会"会议在北京召开，这标志着中华骨髓库重新启动。当时的情况是，美国库容470万，欧洲570万，日本20多万，中国台湾也拥有24万

让爱永存

之多，而中华骨髓库容资料计不足3万人份，实际有效的数据人份则更少，大约不足2万人份。与上百万患者和13亿人口形成强烈反差。

造血干细胞移植是一项高新医学科学技术，美国医学家托马斯教授因发明了这项技术而获1990年诺贝尔奖。这项技术迄今已挽救了数万名不幸身患白血病、再生障碍性贫血、肿瘤等绝症患者的生命。目前的情况是，治疗一个白血病患者，配型相同的供者只需提供少量的健康外周血造血干细胞，对供者健康不会造成任何影响，而且这些细胞可迅速再生。能够用可再生的外周血造血干细胞来拯救一个生命，世界上还有比这更有意义的事吗？这样一个浅显的道理，一件几句话就能说明白的事，我们说了十年，却似乎很少有人理会，很少有人听懂。宣传不到位、资金不到位，严重制约着中国造血干细胞移植事业的发展，致使中华骨髓库成立的前十年举步维艰，几乎难以为继。

惨淡经营、一片凋敝的中华骨髓库，每天面对着区区不足2万份的造血干细胞供者资料，枯守愁城，几乎是无所作为。2001年以前，大陆患者需要进行干细胞移植，几乎只能靠台湾慈济骨髓库提供造血干细配型资料。台湾同胞，以他们博大的爱心和与我们一脉相承的血缘亲情，挽救着大陆患者的生命。

中国红十字会总会受国务院委托，于2001年4月重新全面启动中国造血干细胞捐献者资料库（简称"中华骨髓库"）的工作。当时，计划5年内将骨髓（造血干细胞）供者资料扩充到50万份，以初步适应临床移植的需要。同时明确提出，在具备条件的省份由省红十字会负责建立地方分库。

一　中华骨髓库重新启动

为了改变中国造血干细胞捐献者资料库工作停顿的状态，中国红十字会总会于1997年向卫生部呈报了《中华骨髓库发展规划》，同年10月得到卫生部批复。但由于编制和经费问题难度大，因此虽然得到了卫生部的批文，却没能有效解决实际问题，工作没有明显进展。

洪俊岭：首任中国造血干细胞捐献者资料库管理中心主任

中国红十字会在完成换届、理顺工作体制的基础上，下决心克服各方面的困难，积极创造条件，加快造血干细胞捐献者资料库的建设。

1999年底到2000年初，中国红十字会总会新领导班子调整后，新任领导不断调研，审时度势，准备重新启动骨髓库的建设。当时的中国红十字会总会常务副会长王立忠多次在不同场合强调：骨髓库建设是中国红十字会受政府委托开展的一项人道救助社会公益事业，也是代表中国的唯一国家级开展造血干细胞捐献并用于移植治疗的工作体系。这项工作，任重而道远。为使更多人的生命得救，为使全世界华人获益，为完善国际骨髓捐献的结构，我们肩上的担子很重，各级红十字会要十分重视这项工作，要争取社会各方面的支持和帮助，要投入必要的人力、物力和财力，确保工作的快速进展。各级供者服务机构是搞好这项工作的关键，每一个工作人员的言行都可能影响许多捐献者、病人乃至方方面面的热情。要以极大的人道主义爱心精心策划，周密安排，统一协调，将中国造血干细胞捐献者资料库建成中国国家级唯一的造血干细胞供者资料检索机构。

在新一届总会领导班子的大力支持下，2000年4月23日，建库工作重新启动，同时探讨骨髓库更名等具体问题，并为此成立了专门的工作委员会。2001年4月，成立了以时任全国人大常委会副委员长、中国红十字会总会会长彭珮云任名誉主任的"中国造血干细胞捐献者资料库工作委员会"和由医学专家组成的中国造血干细胞捐献者资料库专家委员会。2001年12月，中央编办批准成立"中国造血干细胞捐献者资料库管理中心"，统一管理和建立全国造血干细胞捐献工作的组织系统以及业务领导，包括志愿捐献者的组织、征集、登记、HLA分型、配型检索、动员供者和采集造血干细胞等项工作，保存和管理捐献者、患者的各项资料。经专家委员会评审后建立了中国造血干细胞捐献者资料库质量控制实验室。

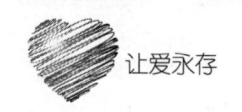

根据设想，在新的中华骨髓库建立初期，红十字会将在北京、上海、天津、重庆、辽宁、湖北、浙江、广东、山东、江苏、福建等11个基本具备条件的省市建立分库并开展工作，取得经验后再逐步扩展。

中国红十字会总会同时公布了网上捐髓的方法及总会、一些省市的捐髓热线电话。

重建中华骨髓库面临最为棘手的问题是资金。为志愿者每做一次骨髓分析需要花费大约500元，据此推算，要建立一个10万人份的骨髓库，启动资金应在5000万元以上。为此，重建骨髓库的第一项工作就是找钱。

6月4日，中国红十字会总会发出劝募书，呼吁社会广为募捐，支持中华骨髓库的重建。劝募书明确指出，所募集的资金将专户存储，全部用于中华骨髓库的建设。

为了调动企业的募捐热情，中国红十字总会新近出台了对捐献者的表彰奖励办法，为那些希望通过公益活动来树立形象的企业提供机会和回报：

根据捐款数额的多少，捐款企业将被授予中国红十字会颁发的奖章，颁发证书和牌匾，被聘请为红十字会的名誉理事；

举行捐赠仪式或新闻发布会，在电视台或者国家、地方报纸上播发消息张榜鸣谢；

根据捐献者的意愿，商议给予指定项目的冠名权，等等。

李政道博士在回答记者有关"中华骨髓库与慈济骨髓捐赠中心为何反差强烈"时说：其实，中国人都是有爱心的，只不过是有的暂时睡着了。我们要做的，就是去唤醒他们睡着了的爱心。

除了资金，有关人士显然也开始明白这样一个道理：只要捐赠者出现，生命就有希望。进入2001年以来，相关的宣传活动力度明显加强——

6月8日，中国造血干细胞捐献者资料库的首批"爱心大使"新鲜出炉，文体名人李宁、姜昆和黄格选等幸运当选。黄格选十分配合，慨然拿出了40万元。并透露，他的新专辑每卖一张，将有一毛钱交给中华骨髓库。

6月9日，中国红十字会再度与演艺界联手，在北京热闹的蓝岛大厦和西单商场宣传骨髓志愿捐献。活动吸引了众多的京城演艺界名人。

2001年12月28日，中国红十字会总会正式任命洪俊岭为中国造血干细胞捐献者资料库管理中心主任。

洪俊岭介绍说，管理中心成立后，面临的最大困难还是资金的匮乏。但这时的资金匮乏已经可以说是暂时的了，因为国务院有关部门已经将管理中心的启动资金列入计划，资金到位只是时间的问题了。洪俊岭说，因此，我们敢"赊账"了。2002年，全国新入库2万人份，全部都是"赊账"。洪俊岭亲自向各实验室求情、许愿，保证资金到位立即还账。洪俊岭到中国红十字会总会血液事业部工作之前，曾经在北京血液中心工作，这是个得天独厚的条件——与各地实验室的负责人都很熟悉。在洪俊岭亲自出面担保下，"赊账"才成为现实。

2002年下半年，新组建的中国造血干细胞捐献者资料库管理中心争取到国家彩票公益金的支持。由于程序上的原因，这笔钱到2003年七八月间才正式使用。资金到位，洪俊岭终于可以大张旗鼓地扩充库容了。用他的话来说，"这时就开始下工夫了"。

下工夫的结果是，从2001年底接手，到2003年12月17日，10万人份完全入库。洪俊岭说，这个10万人份可是实打实的，半点假都没有。序列号从1到10万，你随便说一个数字，他们马上调出此人资料，告诉你这个人现在哪里、联系方式等。到2004年8月30日，笔者第一次采访洪俊岭时，这个数字已经变成17.1万余。洪俊岭说，他感到很欣慰的是，当年由于没有资金而形成的虚数变成了实数。

里程碑式的建树注定了它会名垂青史

谈到这一段时间的经历，洪俊岭说："有句俗话叫做干什么吆喝什么。我在这个位置、这个环境，每天就琢磨这件事。我觉得，我就是一个雕刻师，一定要把中国造血干细胞捐献者资料库这块璞玉雕制成完美的艺术品！只要我们的能力可以达到，决不走偏路。至于发展的速度和规模，记得当时曾经有个指标，就是每年新增2万人份。这个2万人份是硬性规定吗？不是，凡是关系到人的事情，就不能把它看得太死。数字是死的，人是活的。2万人份，也许多一些，也许少一点，都是有可能的。我们以前没搞过这个，我们的前人，也没搞过这个。前无古人，这个词儿用在这里再合适不过了。这件事对于我们来说，根本就是毫无经验可循，可以说完全就是摸着石头过河。我个人以为，只要我们宣传到位，工作到位，其实不必死盯着这个2万人份的指标。中国的事情就是这样，往往规定了硬性指标，就容易产生泡沫。贪功、冒进，为了完成任务，为了对上级有个交代，为了面子上好看，种种因素，就容易出泡沫。可是造血干细胞捐献者资料库这件事，来不得泡沫，人命关天啊，半个泡沫也不能有！每年多少人份入库，这个数字的随机性和偶然性很大。我们规定了2万人份入库，实际上只是对我们的工作大体上规定一个目标，用这样一个目标激励我们自己，把这件事做到实处。

营造一种环境，保持一种发展速度是需要时间的。所谓磨刀不误砍柴工，开始的阶段，准备工作、宣传工作、机构建立、人员调配，都需要一件件落实到位。这就好像开汽车，从起步的速度到高速行驶，总要有一个过程。最初的迟缓并不意味着永远是这个速度。比如农民向渔民转型，第一次出海和第二次出海打鱼的指标完全一样完全平均是不可能的。因此，每年2万人份的指标是不太合理也不太现实的。2002年，我们靠赊账完成了2万人份的入库，2003年一下子就到了10万。厚积薄发嘛，'积'的过程会缓慢一点，然后就可能迎来一个高速发展的阶段。"

2002年末，时任中国红十字会总会常务副会长的王立忠同志在食堂看到洪俊岭，说："到年底你完成2万人份入库，我工资的50%给你！"当然这是一句激励之言，洪俊岭也不可能去代领王立忠的工资。不过这反映了当时中国红十字会总会领导的一种决心，一种期待。

2003年，一下子完成了10万人份，这个速度，连洪俊岭本人也没想到。想起最初定的2万人份的指标，他都有点不敢相信这个数字。这样的一个数字，王立忠副会长开始也是不信。他来到管理中心，亲眼看到了电脑中显示的库存资料序号，总算是信了。他激动地对洪俊岭说："名垂青史啊！应该给你涨工资！"

虽是激励之言，却也道出了当时中国红十字会总会领导的心情。一方面，建库工作正式启动一年多，入库达到10万人份，不能不说是个里程碑式的建树；另一方面，中国造血干细胞捐献者资料库具有开天辟地的历史意义，仅从这一点上考量，就注定了它会名垂青史！

二　一次别具意义的捐献

2002年6月，上海市某名牌大学法律系二年级的学生孙晓蕾为抢救一位白血病少年的生命捐献了骨髓（造血干细胞）。

中华骨髓库成立迄今，已经有超过2000例的捐献成功案例。其中感人泣下的故事也不在少数。我们在这里把这件事情单列出来，是因为它本身具有不同凡响的意义。首先，这个案例的捐赠人是我国首例在校大学生骨髓志愿捐献者，志愿报名的在校大学生可以说是千千万万，捐献成功者，这是开天辟地第一例。因此，这件事和这个人，值得大书一笔。

如果说第一个意义源于人物身份的特殊，那么另一个意义，就是因为捐献的时间和地点了。从这个角度说，它的意义就更是非同凡响。

在中华骨髓库成立的头一个十年当中，上海是一个很特殊的地方。这十年间，全国万马齐喑，上海一枝独秀，涌现出孙伟、唐铮、龚晓平、李瑾、徐慧、裔力、林栋、童馨萱等一群热血青年，一批慷慨之士，在一片凋敝中酿造出一个热火朝天的小气候。若以其艰难程度而论，它是为中华骨髓库保持火种的"井冈山"，是在艰难中苦苦撑持的"红都瑞金"。所以，上海，就是日后全国骨髓（造血干细胞）捐献形成燎原之势的星星火种。从时间上说，2001年，中国造血干细胞捐献者资料库（中华骨髓库）刚刚重新启动，所以，上海的孙晓蕾的出现，等于为重新启动的中华骨髓库鸣锣开道。

让爱永存

这样的意义，难道还不够重要么？

2002年6月14日，上海市长海医院外宾疗养部三楼的一间病房里，鲜花成锦，人头攒动。人们簇拥着一位年轻的女大学生，用最崇敬的言辞赞美着她。而医院的医护人员则在做着紧张的准备工作，他们要从这位女大学生身上分离造血干细胞，为抢救一位白血病少年的生命做前期准备。孙晓蕾，是上海市某大学法律系二年级的学生，她是上海第一位自愿捐出自己骨髓的大学生。

乖乖女"擅自"报名 捐髓配型成功

这位年轻美丽的女大学生名叫孙晓蕾，出生于1982年10月。在上海一千多万市民中，孙晓蕾的家庭很普通。她父亲是电信局职工，妈妈在一所小学当老师。晓蕾是父母的独生女儿。

晓蕾从小就是典型的聪明伶俐的乖乖女，小学、初中、高中，一路读书，因为成绩一直很好，没怎么让父母操心。2000年，她如愿考上了上海一所重点大学，就读于法律系。

2001年3月，孙晓蕾从一本杂志上读到一篇文章，说一个漂亮的女孩子患了白血病，急需骨髓移植。因为找不到相合的骨髓配型，最终被病魔夺去了年轻美丽的生命。那篇文章介绍说，上海的白血病患者每年增加近万例，但参加骨髓捐献的人却寥寥无几。严重的骨髓荒，使很多原本可以挽救的生命过早凋零了。鲜活的生命受阻于原本可以克服、人力可能企及的客观困难，这让善良的孙晓蕾觉得很难过。她脑子里突然冒出了一个念头：我为什么不能捐献骨髓呢？

也许是机缘凑巧，时隔不久，共青团上海市委在上海青年中发起了"点燃生命的希望，上海青年志愿者捐献骨髓"活动。这一下，孙晓蕾被"点燃"了。看到倡议书之后，她当即打电话到中华上海骨髓库，表达了想要捐献骨髓的意愿。工作人员听说她是个在校大学生，立即提醒她，捐献骨髓必须经过父母的同意。

孙晓蕾觉得这不是问题，这种救人一命的好事，父母怎么可能反对呢。

周末，孙晓蕾兴冲冲地来到妈妈所在的学校，把自己决定报名做一个骨髓捐献志愿者的事情告诉了妈妈。

她满怀期待地等着妈妈的赞赏。不料妈妈兜头给她浇了一瓢冷水："你一个女孩子，怎么忽然想起来捐献骨髓呢？捐献骨髓会影响你的身体健康，你不要胡思乱想了，好好学习比什么都重要。"

孙晓蕾愣在那儿，觉得挺委屈。母亲的同事们也纷纷劝她，说你还小，不懂利害，好好的一个人把骨髓抽出来，身体肯定要受损害。这一来，母亲的态度更坚决了，见孙晓蕾还要说什么，母亲坚决地制止了她："好了，就这样，这事不用再商量了。"

乘兴而来，败兴而归。孙晓蕾怎么也想不明白，明明是一件大好事，为什么会遭到妈妈如此强烈的反对。

几天后，共青团上海市委又在全上海各高等院校中发起了大学生捐献骨髓的动员活动。孙晓蕾在那种激昂热烈的氛围下，想都没想就报了名。她认定了自己的行为是对的，觉得这种事不用与父母商议。而且她相信，总有一天，父母会理解她的心情，赞同她的做法的。

2001年4月，医生通知孙晓蕾前往指定地点做血样采集。她知道，这就意味着她已经正式成为中华（上海）骨髓库的一名志愿捐髓者了。这是一份责任，一种担当，她的骨髓随时都有可能挽救一个生命。令她感到欣慰的是，仅在她就读的这所学校，就有100名捐髓志愿者。

2002年4月上旬，孙晓蕾接到上海市红十字会的一位工作人员打来的电话："你的HLA（人类白细胞抗原）与一位患了白血病的少年完全符合。也就是说，你的骨髓与那个男孩的骨髓配型成功。我们能不能对你进行进一步的检查呢？"孙晓蕾毫不犹豫地回答："可以。"

医生们赶到学校，又给她抽了血。一周后，上海市红十字会再次打电话通知孙晓蕾："第二次配型成功。"

医生告诉孙晓蕾，如果身体检查没有问题，她的骨髓就可以移植到那个男孩子身上。自己的生命如此年轻，还可以拯救另一个生命！孙晓蕾兴奋极了，觉得生命的意义从来没有今天这样重要。

然而，想起母亲当时坚定的态度，孙晓蕾不由得有些担心。她试探着问骨髓库的工作人员："能不能先不告诉我的父母，捐了再说？"

工作人员耐心地告诉她："你的爱心真的令我们很感动，但你必须回去动员你的父母。只有他们同意了，我们才可以接受你捐献的骨髓。"

应该说，这个规定是从捐赠者的角度考虑的。自愿，是捐献造血干细胞的重要原则之一。这个"自愿"的含义，也包括捐献者的家属。

"哭闹"，为了另一个生命

孙晓蕾决定开诚布公地把这件事摆在父母面前，她觉得自己应该有这份自信，救命的大事，父母终究不会反对的。

一进家门，她就来了个先声夺人，先给自己要做的事情来个"高调定位"，让妈妈想反对都来不及开口："妈，我的骨髓和一个患白血病的男孩配型成功了！我能救他的命了，你听了一定高兴吧！"

妈妈愣了一下，马上用不容置疑的口吻说："你怎么又提起这件事情呢？我不同意你捐献骨髓！你是我的女儿，你得听话！"

晓蕾拿出了骨髓捐献的相关资料，反复向母亲说明，一个健康人，骨髓增殖的能力极强，捐献骨髓不会伤害身体。可无论她怎样解释，妈妈就是两个字："不行！"

正面进攻受阻，只好采取迂回战术，孙晓蕾把希望寄托在爸爸身上："爸，你平时不是都很支持我的吗？现在我是要挽救别人的生命呀，这么好的事，你为什么不支持呢？"

爸爸说："我当然支持你做好事，可你捐献骨髓，是拿你的健康作赌注，我不能让你冒这个险，你就放弃吧。"

孙晓蕾急得哭了起来："爸、妈，现在我的骨髓与那个男孩的生命息息相关。假如那个患了白血病的孩子是我，别人与我的骨髓配型合格，人家的父母却不让他捐给我，你们的心情是怎样

第三章 曙光初现

的啊？"

孙晓蕾觉得自己这样的道理讲出来，父母该被说服了。可是，父母依然不为所动，父亲还严肃地对她说："不管你说什么，我就是不同意你捐骨髓。以后你会明白的，我和你妈妈都是为了你。你不要被一时的冲动冲昏了头脑，这个事情不是出风头的！"

父母的态度让孙晓蕾伤心至极，她连晚饭都没吃，一个人在房间里伤心地痛哭。

晚上，她与父亲一起坐在客厅里看电视。电视台正在播放着《动物世界》。看着看着，孙晓蕾灵机一动，对爸爸说："爸爸你看，在危急时刻，大动物都会不顾安危，拼着性命去救小动物。人类有思想有感情，就更应该懂得去帮助别人。如果今天我不帮助别人，明天我有困难，别人也不帮我。在这个物质丰富的社会里，人的精神不能贫乏到见死不救的程度啊。我的行为至少能够告诉人们，这个世界上的确还是有好人的！"

晓蕾看着父亲，她惊喜地发现，父亲心底的坚冰正在一点点融化。过了好一会儿，父亲终于微笑起来："好吧，晓蕾，爸爸支持你。让我来帮你说服你妈妈吧。"晓蕾闻言，如释重负，不觉泪如雨下。

父亲用了两天时间，不过只用了一句话就说服了母亲，他对妻子说："不管你同意不同意，女儿认定的事，她是不会放弃的。何况是这么大的事，人家等着女儿救命呢！"

这话算是说到了妈妈的疼处，母亲是了解女儿的，让女儿把已经做出的承诺收回去，简直比登天还难。何况，站在一个母亲的角度，她也深深理解那个白血病男孩的妈妈该是如何渴望着晓蕾的捐献。终于，妈妈无可奈何地对女儿说："算了，妈妈服了你的犟劲。我要是继续反对，不知你还要哭闹到什么时候呢！"

2002年5月30日，在母亲的陪同下，孙晓蕾在捐献骨髓志愿书上签了名。接着，医生们为她进行了全面的身体检查。之后，医生让她做好准备，随时可能进行手术。医生说："你还可以仔细考虑，在正式手术之前，你都有改变主意的权利。我们会尊重你的选择。"按惯例，这番话也是必须对捐献者交代的。这样的先例并不少见——在

41

手术前的一刻，捐髓者改变了主意。孙晓蕾笑着对医生说："你们放心，我既然答应了，就不会让那个男孩和他的家人失望的。"

2002年6月10日，孙晓蕾住进了上海市长海医院，开始进行抽髓前的机能调养。

礼赞生命，爱心的回报如此灿烂

孙晓蕾万万没想到的是，在医院，她受到的是贵宾般的礼遇。医院为她安排了专供高干疗养的高级病房，看着房间里的豪华设施，她真有点受宠若惊。孙晓蕾后来才知道，这是医院领导经过认真讨论后作出的决定。他们认为，像晓蕾这样善良的好姑娘，应该受到最好的照顾，因为这个女孩子是最值得尊敬的。

当天下午，上海市红十字会的一位工作人员专门到医院来看望晓蕾，她把一束美丽的百合花放在晓蕾的床头，深情地说："这是一位正在医院接受治疗的年轻阿姨送给你的，她用这束花向你无私奉献的精神表示敬意。"

晓蕾捧着鲜花，心潮澎湃。这是她今生收到的第一束鲜花。她知道，这不仅仅是一束鲜花，而且是一颗理解的心和一种对生命的最崇高的赞美。

11日下午，上海市红十字会组织培训部部长和副秘书长一起来到医院探望晓蕾。

此后，晓蕾的高中同学、大学同学、老师和亲人们络绎不绝地赶到医院来看望她，她每天都被鲜花和温暖包围着。晓蕾从未想到，自己的善举会引起全社会如此多的关注和重视。她更加坚定了自己的信念：在这个社会里，一个拥有爱心的人，永远都能得到人们的尊重。

14日上午，晓蕾的班主任杨老师带着5位同学到医院来看望她。见到老师和同学，晓蕾忍不住热泪盈眶。杨老师慈爱地拉着晓蕾的手说："我们学校出了你这样一位有爱心的学生，这是同学们的骄傲，也是老师和学校的骄傲！"

中午，晓蕾和同学们一起去吃饭。饭还没吃完，杨老师就匆匆赶到餐厅，对晓蕾说："你怎么还在这里吃饭，快点回疗养室去。"

晓蕾不知道发生了什么事，急忙跟着老师回到病房。一进病房，她简直不敢相信自己的眼睛：整个楼道里站满了人，水泄不通，这些人都是来看望她的。她好不容易挤进病房，眼前一片灿烂。整个病房堆满了花篮和花束，花香四溢，像是一个美丽的花园。医生告诉她，上海人听说你今天要进行手术，都想看看你这位了不起的女大学生。

共青团上海市委书记马春雷迎上前来，热切地握着她的手说："你能成为上海第一个在校的捐献骨髓的大学生，为上海乃至全国的学生和青年做了一个很好的榜样。你所帮助的不仅仅是一个病人，同时也给了许多病人一个希望，给了他们生活的勇气。"

晓蕾的爸爸当时也在病房，马春雷握住他的手说："你能冲破传统的旧观念，支持独生女儿捐髓，这需要很大的勇气。我们为晓蕾有你这样一个深明大义的父亲而感到骄傲。"

晓蕾激动万分。当初她决定捐献骨髓时，并没有想太多，只是希望自己的骨髓能救一个人。而现在，她却看到了如此崇敬的目光，受到如此崇高的赞美。她终于知道，善良永远不会被忽视，爱心永远是人类最响亮的歌。

当你奉献爱心的时候，会得到人们最大的尊重

2002年6月14日下午1点钟，孙晓蕾进了手术室，她安静地躺在床上，由医生开始为她进行造血干细胞采集。医生将针头插入晓蕾左臂的静脉血管中，殷红的血顺着管道流入了血细胞分离机内。血细胞分离机分离出造血干细胞后，血液其他成分从分离机内经过右臂静脉返回体内。医生告诉她，这些造血干细胞会被移植到那个患了白血病的男孩的身体里。

在进行造血干细胞分离的过程中，医生问她："你害怕吗？"晓蕾大声地说："我一点儿也不害怕。捐献骨髓并不像人们想的那样可怕，我希望有更多的人投入捐髓的行列。"

经过两天的造血干细胞分离采集，医生从晓蕾的血液中共分离

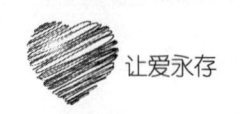

出了150毫升造血干细胞悬液。医生们高兴地对她说："你的造血干细胞分离得相当成功。"

手术后的第二天，经过医生的严格检查，孙晓蕾的身体各项指标正常，她出院回家了。妈妈看到女儿还是从前那个活蹦乱跳的少女，不由得有些惭愧："妈妈曾经反对你捐髓，你不会记恨妈妈吧？"晓蕾笑着说："最后你不是同意了吗？既然同意了，就是我的好妈妈！"

晓蕾回到家的第二天，医生打电话告诉她，她的骨髓已经移植到了那个患病男孩的身上，手术非常成功。医生还告诉她，当初为这个男孩进行骨髓配型成功的，在上海共有10人，最终却只有她和她的家人同意捐髓。医生在电话里反反复复地对晓蕾说："是你挽救了这个孩子的生命，晓蕾，好人会有好报的！"

在孙晓蕾的行为的感召下，她所在班级的好几名同学都报名参加了捐髓活动，成为捐髓志愿者。然而他们谁都不敢把这事告诉父母，他们知道，父母一定会强烈反对的。孙晓蕾对同学们说："就算我当初捐髓是冒险，是进行试验，那么现在我这个'试验'成功了，我的身体没有一点损害。请大家解除心头的顾虑，勇敢地去捐献骨髓吧。社会永远鼓励着那些善良的人们。当你奉献爱心的时候，你会得到人们最大的尊重。"

三 我们的品牌：生命与奉献精神的契合点

中国造血干细胞捐献者资料库管理中心在组织机构上隶属于中国红十字会总会，这样的架构形式是全世界独一无二的。这也就给中国红十字事业的发展提供了重要契机。中国红十字会的从业者们每每慨叹红十字会的社会知名度不够、地位与作用的反差较大。比如，直到现在还有许多人认为红十字会是医疗卫生单位，令人尴尬而无奈。大家都知道，要想提高红十字会的社会知名度，就必须加大宣传力度，树立红十字会的社会形象，创建专属于红十字的品牌产业。在这方面，中国造血干细胞捐献者资料库的建设就最具代表性，也最能真实确切地反映红十字精神。从这个意义上说，中国造血干细胞捐献者资料库不仅是挽救众多白血病患者的希望所在,也是张扬红十字人道主义和博爱精神,提高红十字会社会声誉的亮点。

什么样的氛围,就会给人什么样的现实感觉

有国家相关政府部门的支持,有资金的支持,加上安定和谐的社会环境和国家经济持续、高速的发展,这是中国造血干细胞捐献者资料库启动、发展、壮大的良机,也是中国红十字会提高声誉度的良机。一方面是扶危救困无私奉献的精神,另一方面是救助生命挽救生命的具体行动,精神感召的力量和救死扶伤的具体行动从来没有这样完美地结合过。因此,紧紧抓住这个最容易"闪光"的契合点,不仅利国利民,而且可以推动红十字运动的发展。

2003 年,中华骨髓库管理中心新办公楼落成。办公人员搬到新楼之前,洪俊岭要求:中国造血干细胞捐献者资料库管理中心的办公环境一定要营造出一种高效、严谨的工作氛围及亲切和谐的文化氛围,让人们进来一看就感到你很正规、很踏实,打破过去草台班子的工作习惯和工作作风,树立符合现代社会节律的高效、实用、科学、严谨的服务理念。洪俊岭说,这样做,并不是单纯为了做样子给人看的。什么样的氛围,就会给人什么样的现实感觉。就好像一个完全没有卫生习惯的农民来到五星级大酒店也不好意思随地吐痰一样,外部环境的整洁、辉煌,会形成一种压迫氛围,这种感觉会产生一种自然的无形的约束力,迫使人们改变陋习,有痰也不敢随便吐到地上。因此,营造新的工作环境及氛围的主要目的是对内部工作人员形成一种理念约束和氛围约束,这种约束可以直接促进工作作风的改进,增加亲和力和员工的自律意识,使中华骨髓库逐步进入正规化的科学管理模式。

中华骨髓库的工作程序很明确,指挥体系也很健全、独立,较少外界干扰,中国红十字会总会作为它的上级主管部门,只是给予政策性的指导和建议,较少发号施令。中华骨髓库管理中心向各省分库和各实验室发布命令和文件也是基本自己做主。这就使他们得以在一个相对自主的环境下心无旁骛地工作,给中华骨髓库的发展

创造了一个良好的生存、发展空间。正如洪俊岭主任说的那样：中华骨髓库管理中心成立以来，大环境和小环境都很好，剩下的任务就是今后用什么样的理念来把它做大做好。理念固然很重要，但是人的因素始终是第一位的。洪俊岭是中华骨髓库管理中心的主任，全国所有的分库的指挥操作协调等工作都围绕着中华骨髓库管理中心，因此，肩上的担子有多重，每天的工作有多紧张，局外人是很难体会得到的。别的不说，作为主管一个重要部门的领导干部，时刻掌管着上亿元人民币的资金，这不是寻常人可以驾驭得了的。商品经济社会中，"金钱"是最敏感的字眼，这是个毋庸回避的问题，谁都知道，新时期以来，在钱眼里翻船的为官者可以用"不计其数"来形容。在这方面，洪俊岭的头脑很清楚。谈到这个问题，他没什么豪言壮语，也没唱廉洁奉公的高调，就一句话：国家该给我的都给了，我没理由也没必要再伸手，这是最基本的游戏规则。

"几乎是一查就能配型成功，真令人鼓舞！"

洪俊岭介绍，目前全国31个省市自治区都已建立了中华骨髓库省级分库。各地分库相当大一部分是由地方编制委员会下编制，这个全国性的工作系统已经理顺、建成。分库机构的设立大大提高了工作效率和检索配型的成功率。洪俊岭说，这样的长足进步，不是靠某个人一声令下就能办到的。它靠什么？一是国家资金的支持，二是社会各界人士勇于奉献的精神。一个物质一个精神，没有这些，谁再有本事也是无可奈何。

由于国家拨了钱，中华骨髓库库容迅速增加。基数大了，配型成功的概率也就大了。骨髓库也就具有实际的可操作性和实用性，形成了一条产、供、需有序循环的产业链条。

在我们的大力宣传下，人们对捐献造血干细胞这一体现人道主义奉献精神的义举的认识也得到普遍的提高。很多省份都建立起了自己的志愿工作者队伍，创建网站、制作网页、设立专门的骨髓库论坛。很多地方的志愿者组织的成员都以报名捐献造血干细胞的人士为主，以捐献过造血干细胞的人为骨干。所有成员参加各项活动都是利用业余时间无偿奉献，以自身经历现身说法，宣传捐献造血干细胞方面的科学知识和高尚情操，以及患者接受移植、康复出院、回归社会的实例。这些举措，极大地激发了人们无偿捐献造血干细胞的热情，是中华骨髓库入库数据猛增的一个重要因素。

面对中华骨髓库的飞速发展，一位血液病专家感叹说："我们真没想到中华骨髓库的发展会这么快！过去你们库容量小，一查就是没有，我们都没信心到这儿查了。现在几乎是一查就能配型成功，真令人鼓舞！"这番话，道出了全国医务工作者的心声。

医者父母心，任何一位医生都希望自己的病人能够早日康复。过去，医生面对每一位需要进行造血干细胞移植手术的患者，都只能无奈地摇头，告诉他们，这个病只有进行造血干细胞移植手术才可能重获新生。问题是，你很难找到相合的配型。这就好比告诉一个溺水的人，除非抓住绳子你才能获救，问题是我们没有这根绳子。这样的境况，还不如直接告诉患者，你的病没救了。给了人家希望，却又是一个万分渺茫、几乎无法实现的希望，可以说是一种比直接宣判死刑还残酷的现实。现在，造血干细胞捐献者资料库终于起到了它应有的作用，用那位专家的话说，"几乎是一查就能配型成功，真令人鼓舞"。

时刻警醒：生命是没有"再来一次"的机会的

配型，是关键的一步，也是直接关乎患者生命安全的重要关口。中华骨髓库的作用之一就是把守这个关口，这是一个生命与奉献精神的契合点。牢牢守住这个契合点，生命之舟就可以继续远航，无私奉献的精神就得以高扬。正如洪俊岭所说，为需要进行造血干细胞移植手术的患者提供检索资料，直至配型成功、实施手术，这中间的每一个环节都直接关系到患者的生命安全。我们做其他工作，可能允许有百密一疏的失误，允许发生偏差甚至完全搞错了方向。因为很多工作错了我们可以改正、补救或者重新做一次。但是造血干细胞配型的工作却绝对不允许发生一丝一毫的偏差，因为你面对的是生命，而生命是没有"再来一次"的机会的。因此，在中华骨

髓库管理中心，从主任到普通工作人员，绷得最紧的一根弦就是"质量"。为了绝对保证质量，全国所有的实验室都严格把关，并专门为此设立了质量控制实验室，每年随机抽取当年入库数据总数的2%进行实验室HLA分型质量控制。

　　增加库容，动员更多的人加入到志愿捐献造血干细胞的队伍中来，是中华骨髓库的重要日常工作之一。要想实现这个目标，就要大力宣传捐献的意义，普及有关捐献造血干细胞方面的知识。关于对外宣传工作，洪俊岭的主张是：外扬内抑。也就是说，对于机关内部的一部分工作很低调很内敛，自己做好了就是，对外不做宣传。比如员工的工作作风、机关内部的一些规章、制度、要求等等。洪俊岭说，这叫练好内功，保证工作的高效率高质量就行了，无须对别人讲，更不必宣传。而另一部分工作，则必须大事张扬。例如第100例造血干细胞成功捐献、10万人份入库等。这些事情要大力宣传，因为它具有广泛的社会意义和导向作用，可以让更多的人知道中华骨髓库做出了什么样的成绩，有利于张扬人道主义、倡导奉献精神，启迪和激发爱心，唱救死扶伤之歌、造人道奉献之势，使更多的人自觉加入到干细胞捐献的队伍中来。这样的宣传是必需的，这不是宣传个人，也不是宣传某个机构，而是在宣传我们共同为之付出巨大努力的事业。通过这样的宣传，更多人的人会了解、加入捐献者队伍，"中华骨髓库"的社会影响就会越来越大，会越来越广泛地得到全社会的认可。

这样的发展速度，与世界先进国家相比较也毫不逊色

　　2004年4月15日，中华骨髓库实现第100例造血干细胞捐献。从无到有，从个位数、十位数到百位数，数字的变化是枯燥的，但是它却记载着无数奉献者的爱心，蕴涵着干细胞库全体工作人员的艰辛。为了让人们永远记住这个日子，中国红十字会总会暨中国造血干细胞捐献者资料库管理中心在解放军307医院大会议厅隆重举办了一个仪式，以资纪念，以志彰显。当日，时任中国红十字会常务副会长的王立忠同志在"中国造血干细胞捐献者资料库第100例

造血干细胞启运仪式"上庄重宣布：中国造血干细胞捐献者资料库第 100 例造血干细胞现在启运。热烈的掌声中，所有到场的媒体记者以各自的方式记下了这具有历史意义的瞬间。百位捐献者的义举，再造了百位患者的生命。在启运仪式上，中华骨髓库请来了接受造血干细胞移植并已痊愈的白血病患者邹隆锦即席发言。他十分激动地对与会人员和在场的记者们说："我能健康地参加今天的启运仪式，是我的幸运，我要讲一句十分感谢的话，感谢中华骨髓库，感谢造血干细胞捐献者和医院给了我第二次生命！"

百颗硕果，是中华骨髓库健康有序发展的一个里程碑。可以预想，中华骨髓库的发展史还会有一个又一个的里程碑，以便尽快跻身于国际骨髓库之林，造福于全球华人。

此后数日，北京各媒体纷纷报道了这一值得永久纪念的瞬间。为了把这一具有重大历史意义的时刻定格在人们的记忆中，为了中华骨髓库千秋万代的历史，我们不惮繁冗，录下当时的报道，以备核查：

"中国造血干细胞捐献者资料库 2001 年重新启动以来，在政府有关部门及社会各界的关心、支持和资助下，工作有了长足的发展，全国已建立了 27 个省级分库，评定了 25 个定点组织配型实验室。截至 3 月底，国家管理中心已有 HLA 分型数据资料 13 万人份。"请务必记住，这个数字是 2004 年 4 月 15 日的统计数字。

到 2005 年初，中华骨髓库的造血干细胞捐献已经结下了 200 颗硕果，不到一年就翻了一番。这无疑是更加值得庆贺与纪念的，这样的发展速度，与世界先进国家相比较也是毫不逊色的。

品牌的巨大作用

2005 年，谈到中华骨髓库在国内外交流方面的情况，洪俊岭更是感慨系之，他说：我们是拥有 13 亿人口的大国，人力资源应当是世界第一的。可是，当国际上建库高潮方兴未艾的时候，我们在很长一段时间内却连骨髓库都没有。由于人种的限制，大陆患者需要骨髓移植的时候，只能用台湾的。在我们的骨髓库形同虚设的时候，

我国的台湾已经有了一个25万人份的骨髓库,曾成功地给大陆移植260例。那一段时间,人家嘴上不说,但是心里很看不起我们。现在,这种情况终于得到了彻底改观。过去台湾对我们要求很严格,不承认我们的实验室提供的相关数据,实际上是一种不信任。现在他们看到了我们的发展和壮大,也心悦诚服于我们的能力和规模。向外谋求发展的时候,我们拜访了欧洲的骨髓库,比如荷兰。欧洲和世界骨髓库都设在荷兰。我们过去工作成效不好,被列为另类,现在终于可以进入他们的行列,可以坐下来谈判、交流了。也就是说,国际上已经承认了我们的地位。在亚洲,日本是发展比较快的国家,他们1991年开始建库,现在库存有效数据为18万人份。美国在这方面更是世界领先,我们去考察过4次,那时候我们还很落后,我们的考察人员正视现实,还曾开诚布公地谈到因为资金匮乏很难快速发展的苦恼。现在,我们和美国已经建立了良好的合作关系,因为华人在美国社会中人数众多,华人社会已经成为美国社会中一个举足轻重的阶层,美籍华人和在美旅居的侨民患病后,也需要从我们这里进行检索、配型。这样的事例已经出现过,今后也不会没有。在此之前,美国人一直认为我们的水平很落后,看到我们居然和他们谈合作,才了解到我们近来的成绩,对我们的巨大进步,他们感到非常吃惊。

我们用自己的努力赢得了国际社会的尊重,取得了海内外华人的认可,这就是品牌的巨大作用。

创立中国品牌,树立国家资料库的权威,与国际接轨,迅速建立可以服务于全球华人的属于我们自己的中华骨髓库,这是洪俊岭的梦想,也是中华骨髓库全体工作人员的梦想。我们相信,这个梦想在不远的将来一定会实现。

四 现状——聊堪鼓舞 不足欣慰

捐献、储存资料、移植造血干细胞,说起来是一件很简单明了的事:有一份仁爱之心,有一个专门的机构,有现代的医学技术,就可以实现造血干细胞的移植,挽救患者的生命。但是,真正实施起来却是千头万绪，其复杂程度无论怎么想象都不会过分。

这样的幸运并不是每一位患者都能遇到的

说它复杂，是因为这个看似简单的施与受的关系背后牵涉到许多令人始料不及的问题。涉及道德、伦理、经济、法律等诸方面。按照国际惯例，供者与受者是不能见面的，这主要考虑到受者的心理：人家救了你一命啊，该以何种方式对人家感恩戴德呢？这是生命中无法承受之重，传统的感恩心理、承情心理，无不成为难以抗拒抑或排解的心理负担。还要考虑捐献者的意愿。所以，按照国际惯例也好，遵从中国文化传统美德也罢，我们是不主张供者与受者见面的。捐献，无论所捐内容的大小轻重，都是一种无私奉献精神的体现。干细胞捐献，由于其特殊的伦理学含义，只能采取这种供、受者隔离的方式。

但是，从普遍的心理学意义上考虑，人们在捐献了一定的物质之后，至少在潜意识中会有一种渴望精神回馈的想法。哪怕是一个微笑、一声谢谢。这是人之常情，并非私心杂念。而在供、受者不见面的规定下，捐献者的这种正常的心理期望却往往落空。这也是常常使骨髓库工作人员感到为难的一个大问题，似乎全社会都在为这样的捐献者负疚于心。我们以为，现在时有发生的配型合格之后供者反悔的现象，恐怕就有这种因素的作用。

这就涉及另一个更加令人痛心的问题——供者临阵反悔。

造血干细胞志愿捐献者的资料在骨髓库里，随时都可以调出、检验、配型，但是志愿报名捐献的人却并不在库里随时待命。虽然按规定要与供者保持联系，但是工作人员不可能每天与数以十万计的志愿捐献者通一次电话。因此，一旦配型成功，寻找志愿捐献者的时候，就有可能出现很多意想不到的情况。诸如志愿者出国无法找到或者失去联系、志愿者因伤病不能实施捐献、志愿者本人反悔、家属思想不通执意阻碍，等等。出现任何一种情况，都有可能导致配型虽然成功却无法实施手术的窘况。最令人头疼也最危险的是，配型成功，也顺利地找到了志愿捐献者，志愿者也表示可以捐献，

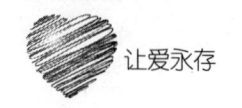

但是当患者进入接受手术状态的关键时刻，志愿捐献者却突然反悔。

实施造血干细胞移植的过程中，供者与患者之间经常会出现意想不到的情况。2004年7月，北京道培医院有一位患者准备接受造血干细胞移植，洪俊岭赶到道培医院看望患者，并接受中央电视台记者的现场采访。洪俊岭平时忙得日无暇晷，以中华骨髓库管理中心主任的身份莅临手术现场看望患者的事例十分鲜见，原因就是这位患者经历了一次十分鲜见的受供过程。患者名叫古耀宏，患病后经过一段时间的放化疗，需要进行造血干细胞移植。经对其血缘亲属进行检验，其胞弟与他半相合。在造血干细胞移植的配型检索中，半相合已属十分不易，也符合移植手术要求，医院决定由古耀宏的弟弟作为供者，为患者实施移植手术，并开始进行紧张的术前准备工作。

距离患者进舱还有5天的时候，中华骨髓库检索查到一位与古耀宏完全相合的供者。中华骨髓库当即通知医院和患者家属，经研究，决定放弃患者胞弟捐献造血干细胞的手术方案，改用了配型完全相合的干细胞移植。

喜讯传来，患者高兴，医院高兴，骨髓库的工作人员们更高兴。在他们看来，找到了一位配型完全相合的供者，使施者和受者的心愿在生命的名义下如此完美地统一起来，实在是一件功德无量的大好事啊！同一个患者，却找到了两个配型相合者（半相合也属于相合），这样的幸运并不是每一位患者都能遇到的。由于这一事例的特殊性，洪俊岭才拨冗来到医院看望这位幸运的患者，表达中华骨髓库全体工作人员的喜悦与祝福。古耀宏的移植手术很成功，目前已经痊愈出院，投入到正常的生活和工作中。

很多看起来很简单的事情，实施过程中却会遇到很多棘手的问题

像古耀宏这样的幸运者虽然很少，却也不是绝无仅有。2003年10月，江西南昌市某幼儿园教师汪艳因患白血病住进了北京307医院，这位患者的经历可以说更具有典型性。因为，举凡实施造血干

细胞移植手术过程中可能遇到的好事和麻烦几乎都被她赶上了。先说好事：汪艳的HLA分型资料输入中华骨髓库数据库，居然一下子找到了8个配型相合的供者，着实令骨髓库的工作人员们兴奋了好一阵子。可是，接下来的麻烦简直让人应接不暇：找不到供者本人，志愿捐献者反悔，高分辨配型不相合，志愿捐献者身体欠佳……几乎所有可能遇到的问题集中体现在她一个人身上了。其间的经历纷繁复杂，一波三折，颇具戏剧性。当然，汪艳最后还是成功地接受了造血干细胞移植，造血干细胞供者是上海的一位律师。这件事情的详细经过折射着施与受之间错综复杂的关系，集中反映了骨髓库实际工作中经常会遇到的许多具有代表性和典型性的问题。

此外，在众人踊跃报名捐献造血干细胞的热潮中，也时有不和谐音掺杂进来。有一位残疾人，看到报纸上刊出的消息说每位造血干细胞捐献者可得到平安保险公司赠送的35万元额度的保险，于是打电话问中华骨髓库："能否让我也当造血干细胞捐献者？就算你们帮我一个忙。"原来他不是要捐献造血干细胞，而是看中了那份保险。这样的人，把神圣的捐献行为当做谋求一己之私的捷径，实在令人叹息之余又哭笑不得。

因此，我们说，很多看起来听起来都很简单的事情，实际操作实施过程中却会遇到很多非常棘手的问题。这一点，不是亲历其事的人，是很难有所体会的。

为了对造血干细胞捐献者和患者负责，更是为了解决已经发生的问题并研究意外情况的应对方案，中华骨髓库对所有既成造血干细胞施受关系的供、患者都进行追踪调查。对此，洪俊岭说：研究这个问题既有总结性又有前瞻性。对于建立健全相关法规、确保供者和患者相关权益、发展和壮大自愿捐献者队伍等等，都具有很重要的意义。所以，进行这样的工作研究，什么时候开始都比不开始好。

捐献者谨记——深思熟虑、义无反顾

作为中华骨髓库管理中心主任，洪俊岭已经开始考虑造血干细胞捐献者、患者、医疗三个方面的道德和法律关系问题，他说，这

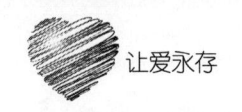

是一个涉及社会伦理和社会法律、涉及人文伦理和人文道德等许多方面的复杂问题，我们目前只能在实践中边工作边考虑。

洪俊岭说，截至2004年4月，中华骨髓库已为患者和移植医院进行配型检索4600人次。在为患者和移植医院进行的4600人次的检索配型服务中，有900多位患者配型成功。

然而，在900多对配型相合情况下，同样截止到2004年4月，真正实现移植的却只有100位患者。也就是说900多对配型相合的供、患者当中，真正实施手术的只有100对。那么，其余的800多对究竟是因为何种情况未能实施手术呢？由于可以理解的原因，这中间的具体情况不便一一详加说明，我们可以想见的客观原因无外乎以下几种情况：资金问题——进行造血干细胞移植手术的费用是十分昂贵的，医院也不是慈善单位，他们也要生存和发展。善良是每个人的愿望，但是我们不可能要求每个单位和每个个人都无限度地、不顾自身情况地献爱心。有一句名言用在这里正合适：没有钱，连慈善都会打折扣。相信对于大多数患者来说，数十万元的医疗费和移植手术费都是一道很难逾越的鸿沟。还有就是患者自身的问题——由于寻找和等待，错过了接受移植的最佳时机。也许还有一种情况：配型合格者终于找到了，而患者却意外故去了。剩下的就是供者的事情了——根据资料进行的配型好不容易合格了，却找不到志愿捐献者本人了，或者找到了人，他的现实身体状况却不能进行捐献了，甚至，他忽然胆怯了、反悔了。

所以，配型成功对患者而言，只是初步的、计算机上的喜讯。能否最后实现移植治疗，也就是说，计算机上的配型成功之花最后能不能结出实实在在的拯救生命之果，其间还有几个重要的环节：将配型成功的信息通知患者的主管医生，让医生遴选最佳的志愿捐献者（因为配型成功可能是一个或者多个志愿捐献者）；主管医生将遴选确定的最佳的志愿捐献者资料知会中华骨髓库管理中心；中华骨髓库管理中心要把遴选出来的志愿捐献者的名字告诉他所在的省级分库，让省级分库去做最后的动员和落实工作。这个工作流程最关键的地方就是这"最后的动员和落实"。很多情况下，中华骨髓库省级分库工作人员和分库下辖的地、市工作站的工作人员为了落实一位志愿捐献者，要付出巨大的、艰辛的努力。我们说，捐献者的思想境界是高尚的，是充满着爱心的。但是，报名捐献与真正实施捐献，每一个人在面临这样重大抉择的时候，思想产生波动也是很正常的，更是可以理解的。所有捐献者都是普普通通的人，他们迟疑、思考甚至动摇，我们都不应该求全责备。除了这些思想上的工作要做，还有一些具体的客观因素，往往也会成为捐献者能否最终实现其捐献行为的关键。比如捐献者家属的意见，就起着极为重要的作用。有些捐献者在报名捐献时尚未婚配，几年后，捐献者结婚了，这个时候传来配型成功的消息，配偶的意见就有可能动摇他捐献的决心。还有一些捐献者，报名时还是满腔青春热血的大学生，毕业后参加了工作，思想感情和价值观发生了变化，就有可能产生动摇甚至拒绝捐献。

我们的各级机构的工作人员针对志愿捐献者的实际情况，耐心细致地做着再动员工作。确认志愿捐献者同意实施捐献后，再将这一信息反馈给中华骨髓库管理中心。中华骨髓库管理中心同时通知患者医院和供者（志愿捐献者）的分库送供、患者的血样到指定的实验室做 HLA 复检和高分辨分型，结果如果相合，中华骨髓库管理中心得到信息后再通知患者的主管医生。主管医生认定了中华骨髓库管理中心的信息后，再通知供者所属的分库，由分库工作人员通知供者做体格检查。体检合格后，中华骨髓库管理中心再通知患者的主管医生。主管医生认为患者可以做移植治疗，就要制订移植计划了。移植计划包括患者进层流舱，大剂量化疗、放疗的预处理以及确定哪一天进行造血干细胞移植。同时，还要通知中华骨髓库管理中心安排供者做采集造血干细胞的准备。中华骨髓库管理中心选定一个造血干细胞采集医院，采集医院的医生向供者进行采集各项事宜的解释，供者在捐献造血干细胞同意书上签字，然后，确定采集造血干细胞的具体时间以及采集方案（主要是根据供、患者的具体情况确定分几次进行采集）。直至对供者进行细胞动员剂的注射，捐献行为才算正式开始。这个复杂的过程，环环相扣，任何一个环节上出现问题都会直接导致移植手术成为水中月、镜里花。所以，900 多位患者 HLA 初步配型成

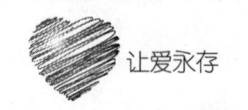

功，因种种原因，最后只剩下100位真正的"深思熟虑、义无反顾"的捐献者。

针对汪艳遇到的供者反悔问题，洪俊岭主张在捐献协议签字前就做好相关的思想动员工作，主要就是前文中提到的八个字：深思熟虑，义无反顾。把真正实现捐献这最后这一关向前移，亦即，一旦决定捐献，就绝对不能反悔。因为我们的资金、管理还有患者都很难承受最后关头的反悔。

"成也萧何，败也萧何"

除了前述问题之外，还有一些具体问题明显是宣传不到位造成的。早在十几年前，就发生过个别人跑到中国红十字会总会机关大院逢人就打听"挂号处在哪儿"的笑话，当时，我们的工作人员只好尴尬而无奈地解释红十字会是机关而不是医院。如今，同样的尴尬也发生在中国造血干细胞捐献者资料库管理中心。一些患者听到或者看到媒体的宣传，误以为中华骨髓库就可为他们实施造血干细胞移植手术。因此，不断有人前来咨询、要求检索配型或者提供供者资料。笔者采访一些患者时，也遇到过类似情况。

实际上，就像中国红十字会不是医疗机构一样，中国造血干细胞捐献者资料库也不是医院，不能直接向患者提供医疗服务，而必须通过医疗单位出具正规的造血干细胞配型申请单，由中华骨髓库据此进行严格的检索配型，寻找志愿捐献者，然后由医院施行移植手术。对于部分患者家属误以为骨髓库就是医院的问题，洪俊岭主任说，这个问题的形成，借用一句成语就是"成也萧何，败也萧何"，这里的"萧何"就是我们的媒体宣传。近几年来，媒体对很多次捐献造血干细胞的事例进行过详细报道，报道中不可避免地提到中国造血干细胞捐献者资料库，但是媒体的报道又多集中在供者和患者身上，所以，虽然提到中华骨髓库，却往往一笔带过，语焉不详。这说明，一方面，我们的工作卓有成效。这一事业前无古人，它意义重大，影响也就很大。另一方面，媒体的报道较少提及中华骨髓库的工作性质，也使一些不太懂得造血干细胞捐献和移植程序的患者家属产生了误解，以为中华骨髓库就可以为他们实现干细胞移植，是他们的希望所在。

实际上，这种认识也不能说是完全的误解。骨髓库是医疗单位，这是个误解。但骨髓库是患者们的希望所在，这种认识应当说是千真万确的。正如洪俊岭所说，造血干细胞移植对患者而言是个"生"的希望，这是人们观念上的一个飞跃性变化。在骨髓移植（即造血干细胞移植）这种新的医疗手段诞生之前，得了白血病等重症的患者几乎毫无痊愈的可能。而现在，只要有配型相合的供者，患者痊愈的可能性是非常大的。人们正是因为认识到这一点，才对骨髓库寄予了那么多的希望。为了这样的希望，我们也应该更加努力地去工作，用我们的实绩回报公众的厚望。

中华骨髓库应该说是起步早、发展迟。经历过一段时间的低迷和徘徊之后，中华骨髓库在政府的大力支持下终于走上正轨，并在较短的时间内取得了长足的发展和进步。但是，客观地说，我们的造血干细胞捐献和移植工作目前的状况还只是"聊堪鼓舞，不足欣慰"。目前，2000多例成功的移植手术与每年数万、累计数百万的患者数字相比较，不但微乎其微，不足以使我们"欣慰"，反而应该使我们更清醒地认识到任重而道远。

第四章　风云际会　时势造英雄

进入 21 世纪，我国也迎来了社会转型期的关键时刻。

我们知道，社会转型是指人类社会由一种存在类型向另一种存在类型的转变。它意味着社会系统内在结构的变迁，意味着人们在生活方式、生产方式、心理结构、价值观念等各方面深刻的变革。

社会转型的具体内容是结构转换、机制转轨、利益调整和观念转变。在社会转型时期，人们的行为方式、生活方式、价值体系都会发生明显的变化。它不仅是一场经济领域的转型，而且是一场全社会、全民族的思想、文化、政治、心理等方面的转型。在这一背景下，"以人为本"的思想成为科学发展观的核心，也成为创建和谐社会的核心。这样的大环境，为中国造血干细胞捐献者资料库的创建和发展提供了一个千载难逢的契机。

一　科学达人和爱心人士的梦想

随着骨髓移植技术的日渐成熟，20 世纪 80 年代以来，发达国家先后建成了造血干细胞捐献者资料库，为治愈白血病等病症起到了积极的作用。在我国，以陆道培教授为代表的一批骨髓移植专家和医学界的有识之士们也四处奔走呼吁，期盼着我国也能有一个为白血病等疾患服务的造血干细胞捐献者资料库。

陆道培——"骨髓移植手术"亚洲第一人

提到我国的骨髓移植，就不能不提到陆道培教授。他是当之无愧的中国造血干细胞移植奠基人，是主张并呼吁我国早日建立造血干细胞捐献者资料库的主要人物。

陆道培是我国血液病学家和造血干细胞移植专家,中国工程院院士。1984年以来相继被选为中华医学会副会长、中国抗癌协会血液肿瘤专业委员会主任委员和中华器官移植学会副主任委员。1995年当选国际骨髓移植登记组专家指导委员会委员。

陆道培教授祖籍浙江宁波,出生于1931年10月,他的祖上世代行医,父母也都是医生。陆道培自幼耳濡目染,将治病救人视为职业中的最高选择。1948年,陆道培以第一名的成绩毕业于上海肇和中学,同年考入国立同济大学医学院。大学毕业后,陆道培被分配到中央卫生部,在中央人民医院(即现在的北京大学人民医院)内科工作。1957年起,陆道培开始关注血液病临床和实验研究。60年代初,他就开始了异基因骨髓输注治疗再生障碍性贫血的研究与实践。1964年,一位身患重症再生障碍性贫血的护士前来就医。巧的是这位患者有一位正在怀孕的同卵双胞胎姐妹。陆道培经过精心准备,大胆地为这位患者施行了移植手术。手术获得了成功,创下了两项世界纪录与一项亚洲纪录:第一次安全地用孕妇做骨髓供者;第一次应用最低的供者造血干细胞数获得成功;第一次在亚洲成功进行骨髓移植。虽然这是同基因移植,但是陆道培在当时创造性地发展了不少新技术。患者在30年后随访时造血功能仍正常,当时属世界上骨髓移植后存活时间最长的两例病例之一。由此,陆道培成为进行骨髓移植手术的亚洲第一人。

改革开放之初,陆道培通过了世界卫生组织的选拔考试,于1980年被中国派往伦敦研修白血病与造血干细胞的应用等。后又到法国、瑞士、德国等处学习并作学术报告。他在异基因骨髓移植及中药治疗急性粒细胞性白血病等方面作出了具有国际先进水平的贡献。

1981年,陆道培第一次为一名白血病患者成功移植其胞兄的异基因骨髓,以后又移植成功组织配型不同的骨髓,并在中国第一次成功进行了血型不合的骨髓移植。1985年,陆道培荣获中国科学技术进步奖,并在中国首先开展了外周血造血干细胞代替骨髓造血干细胞移植,为全国培养了一大批造血干细胞移植的技术队伍。

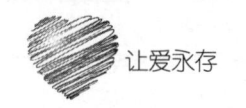

2001年11月，以著名的血液病和造血干细胞移植权威、中国造血干细胞移植的奠基人与不断推动者、中国工程院院士陆道培的名字命名的北京市道培医院宣告成立，成为首家以诊断和治疗血液系统疾病及恶性肿瘤的专科医院。

早在20世纪90年代初，陆道培就在中国呼吁成立无血缘关系的造血干细胞捐赠志愿者登记组，并首批开展无血缘关系造血干细胞移植。

彭珮云同志指出，这是一项崇高的人道主义事业

虽然有陆道培这样的专家积极奔走呼吁，但是因为种种原因，我国1992年开始起步的中华骨髓库建设仍被迫陷入停顿状态。那一时期，我们虽然有一个名义上的中华骨髓库，但是，在那几年进行了非血缘关系造血干细胞移植的患者中，相当一部分患者的匹配造血干细胞捐献者是从台湾找到的。为此，一些医学专家感慨地说，我国有13亿人口，还有分布在世界各地的几千万华人，中国应该尽早建成一个服务于全球华人的造血干细胞捐献者资料库。

早日建立中国自己的造血干细胞捐献者资料库，这是一代专家学者们共同的梦想，也是"医者父母心"的具体体现。之所以这样说，一个显而易见的道理就是，提出这样的构想、为中华骨髓库的建立而奔走呼号的专家学者中没有一个人是白血病等恶性疾病的患者。他们忧心如焚的吁请，他们焚膏继晷的奔走，都是为了广大患者，而不是为了一己之私！

专家们的呼吁，患者们期待救援的眼神，大陆患者一再受到台湾骨髓捐献者生命源泉的支持，以人为本、创建和谐社会的大政方略……在这样的大背景下，2001年，中国红十字会经过周密深入的调查研究，决定在总结1992年开始的"中华骨髓库"建设的经验教训基础上，重新启动这项工作，并经专家讨论定名为"中国造血干细胞捐献者资料库（中华骨髓库）"，明确提出了在五年内要使库容达到十万份以上，造福于需要造血干细胞移植的患者。这一方案得到了政府的支持，也受到了社会各界的热情鼓励，李岚清副总理对

中国红十字会总会提出的骨髓库建设的工作计划作了重要批示，国务院领导多次听取汇报，中国红十字会联合有关部门组成工作委员会，制定了发展策略，2001年12月，中央机构编制委员会办公室正式批准成立了"中国造血干细胞捐献者资料库管理中心"。在中国红十字会总会的领导下，北京、上海、天津、重庆、辽宁、山东、四川、浙江、江苏、海南、陕西、山西、广东的深圳等省、市的红十字会积极创造条件，开始了宣传募捐组织工作，其中一些省份很快就开展了配型实验室的选定和志愿者的HLA检测工作。中华骨髓库管理中心和各省分库的建设也在有条不紊地进行。

时任中国红十字会总会会长的彭珮云同志曾在中国红十字会七届三次理事会上指出，在做好传统业务工作的同时，我们必须勇于开拓创新，积极拓展新的工作领域。她说，建立造血干细胞捐献者资料库是一项挽救众多人生命的、崇高的人道主义事业，红十字会要下定决心，克服困难，积极推进，协助政府把这件事情办好。七届三次理事会结束之后，各级红十字会以彭会长的讲话精神为指导，努力协调好各方面的关系，以高涨的热情、十足的干劲和科学的态度，开拓着我国这项前无古人的事业。

拔一毛而利天下

其后几年，各种媒体加大了对造血干细胞捐献工作的宣传力度，通过现代化的通信手段，使人们对造血干细胞的知识逐渐有了较为全面正确的认识。中央电视台与中国红十字会制作的《生命不能等待》专题节目更是集科学知识普及和社会道德教育于一体，诠释了造血干细胞捐献的意义所在。中央电视台的三百多名员工还身体力行报名捐献，赵忠祥等十几位"名嘴"联袂宣读了捐献造血干细胞的倡议书，在全国范围内产生了广泛的影响，知识的普及使人们了解到造血干细胞具有较强的自我更新、分化发育和再生能力，将正常人的造血干细胞输注到患者体内，就可以重建患者的造血和免疫系统，达到治疗疾病的目的。这种于己无害，又能救人性命的行为，被儿童白血病治疗专家胡亚美院士称为：拔一毛而利天下。她说，

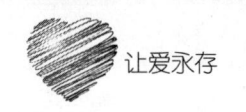

有什么事情能比得上用自己一点点可以再生的造血干细胞，去挽救一个人的生命的事更伟大更高尚呢。

在这样的大环境下，相声表演艺术家姜昆、著名歌手黄格选等十几位演艺界明星受邀出任造血干细胞资料库的爱心大使，积极为建库工作奉献爱心。

科学达人的梦想，正在一步步接近现实；社会爱心人士的参与，更使中华骨髓库的建设蒸蒸日上，呈现出前所未有的大好局面。

二　"双癌少校"隋继国

在这些为中华骨髓库的建设莹莹奔走的爱心人士中，原中国人民解放军某部陆军少校军官隋继国是较为突出的一例。

他知道，他的生命从此进入了倒计时

隋继国，河北省兴隆县人，1980年，17岁的隋继国从家里"偷"出了户口本，报名参了军。两年后，又考入中国人民解放军广州通信学院。短短5年时间，隋继国从一个毛头小伙子成长为一名共产党员、军官，并且荣立三等功一次。1985年，隋继国作为优秀毕业学员被选派到南疆前线带职见习，任扣林山守备营通信排长。在炮火纷飞硝烟弥漫的战场上，22岁的隋继国经历了生死的考验，腿部被弹片击伤，他也因此再次荣立三等功。从前线撤回后，隋继国被分回考入军校前的原部队，历任排长、军通信站站长、连长、团作训参谋等职。1994年7月，31岁的隋继国由解放军某部调到广州解放军通信学院，成为自己母校的一名教官。也是这一年，隋继国被学院授予少校军衔。然而，正当隋继国准备大展宏图的时候，可怕的病魔却悄悄走近了他。1995年的一天，隋继国正带着学员们上架线训练课，突然眼前一阵发黑，昏倒在地，意识丧失。学员们立即将他送往学院附近的医院。经CT检查，他的右脑一侧有一个乒乓球大小的囊肿。其后，隋继国又被送往军区医院做核磁共振检查，那囊肿被确诊为右脑胶质细胞瘤

第四章 风云际会 时势造英雄

2~3级。医学上对这种脑瘤的定义是，1~2级为良性，3~4级为恶性，2~3级则表明这个肿瘤介于良性与恶性之间。这也就是说，隋继国的一只脚已经迈进了鬼门关。

患了脑瘤的隋继国已无法继续任教，几个月后，他由通信学院又调回原部队。1996年2月，北京军区总院为隋继国成功地摘除了脑瘤，开颅手术长达8个小时。术后，隋继国回到保定的家中休养。脑瘤虽成功摘除，却也留下了继发性癫痫的后遗症，且发作频繁，几乎每周一次。这就意味着，隋继国已无缘继续他的军旅生涯。1998年9月，隋继国含泪办理了病退手续，告别了他心爱的部队。如果事情到此为止，办了病退的隋继国在家好生养病，等继发性癫痫的病好一些，或许将来还可以做些其他事情。然而祸不单行，1998年，隋继国又被确诊为"慢性粒细胞白血病"。隋继国的妻子是医务工作人员，她知道，白血病也绝非没有一点希望，不过唯一的希望是骨髓移植。移植骨髓需要配型，非亲缘关系的移配概率仅为几万分之一，亲缘关系的移配率则为百分之二十五。隋继国有四个哥哥，四个哥哥里难道还找不出一个适合他的骨髓吗？妻子的解释在隋继国的心里燃起了生命的希望之火。然而，这希望之火很快就以四位哥哥的配型相继失败而熄灭了。得知这个消息的那一瞬间，隋继国真正的感觉是整个世界变得暗淡无光了，他坠进了绝望的冰窖里。他知道，他的生命从此进入了倒计时。因为有关资料表明，他的生命还有40个月了。

绝望中，是女儿隋烁的一篇作文改变了他。

隋继国患上白血病的这一年，隋烁9岁，刚上小学二年级。1999年元旦，隋烁的一篇作文《我的爸爸》深深震撼了隋继国，女儿对父亲的崇拜和信任让隋继国彻夜难眠。他想，我一定要做一个真正值得女儿自豪的父亲。虽然死神在一天天逼近，可我还有40个月，这40个月，还能做许多许多事！我无法给女儿留下什么物质财富，但我可以留下一笔她这一生都享用不尽的精神财富！

让爱永存

"白血红心"行动

  1999年11月，隋继国郑重地向全家人宣布，他要骑自行车走遍全国，宣传、鼓动和号召人们捐献骨髓。并说他决定在新千年的元旦那天动身，要用一年的时间走200个城市。他对家人说，中国有各种白血病人上百万，每年新患白血病的就有三四万，这些人如果能及时配上型，进行骨髓移植，都可以成为健康人。而咱们国家的骨髓库太小了，根本无法满足需求，无数的白血病人得不到骨髓移植而只能等死。美国2亿人，骨髓库400万，中国台湾2000多万人，骨髓库24万，而咱们中国大陆有13亿人，目前的中华骨髓库却不足2万。他说之所以会是这样的局面，根本的原因就在于人们对于捐献骨髓的宣传不够，许多人在捐献骨髓的认识上存在着误区，而他现在就要去做这件事。隋继国的话一出口，全家人都吓坏了。一个随时都有可能发作癫痫的病人，一个生命进入倒计时的白血病人，要骑着自行车走遍全国，这不是找死吗？妻子说，你会死在外头的！隋继国说，为做一件自己想做的事，死在外边也值了。妻子说，你要走，就办清了关系再走！咱们离婚！隋继国知道这是在吓唬他，这么多年夫妻了，妻子不会真和他离婚的。

  家人的反对，丝毫没有动摇在隋继国的脑中盘旋了近一年的念头。他认准的事，谁也别想让他放弃。

  2000年1月1日早晨，一身戎装的隋继国看过天安门广场的升旗仪式后，骑自行车从北京出发。壮行的场面颇为冷清，前来送行的只有一个战友和一名《北京青年报》的记者。惹人注目的是隋继国的绿军装的背后用红丝线绣着一个大大的心。这个大大的"心"还有个来头：隋继国是大孝子，若不是心中有梦，他又何尝舍得离开年过七旬的父母？临走的前一天，他对母亲说，妈，我要是背得动你，我就背着你跟我一块儿走。母亲想了想说，我在你衣服后边绣一颗心吧，你背着它就等于背着我了。于是，母亲真的找来红丝线，戴着老花镜一针一针地在隋继国的军装后背上绣了一颗大大的"心"。也正是因为这颗"心"，隋继国将此次骑单车走全国义务宣传捐献骨髓的行动称为"白血红心"行动。

从此，隋继国踏上了漫漫征程。他是给家人留下了遗嘱才走的。遗嘱中写道："此次出行，无论吉凶，不好预料……如果死亡，角膜肾脏全部捐献，遗体可供解剖……"另外，他还在上衣口袋里装了一张纸条，写着："发现我这个证件的朋友，如果我已死亡，请通知我家里，电话××××××，谢谢！"为了打消人们的疑虑，隋继国始终坚持"三不原则"：不游山玩水，不接受任何捐赠，不参与商业炒作。

从2000年元旦那天出发，到2000年12月30日返回保定，隋继国用了整整一年时间，骑单车走了4个直辖市，21个省份，4000余座城镇，总行程达3万多公里。不要说一个患着血癌同时又有脑癌严重后遗症的病人，就是一个正常的健康人用一年的时间骑单车这样走一遍，也是一件异常艰苦的事。人们钦敬隋继国，是因为他向世人展示了一个男人的非凡的毅力。

媒体广泛报道了隋继国的事迹之后，台湾的李政道博士看到了这些报道。在了解到隋继国的情况后，他深受感动，主动提出要为他寻找可以配型的骨髓，但被隋继国谢绝了。因为隋继国不想把这次"生命之旅"变成为自己争取活命的私事儿。他说："走向生命尽头的过程并不意味着等待死亡。人活着就要活出一个志气，活出一种精神来。人最宝贵的是生命，而更宝贵的是能用自己的生命换取更多人的生命，能做到这一点是多么快乐的事。"

挑战死亡——双癌少校的生命绝唱

隋继国为自己制定的目标是在他的生命所剩不多的日子里，能看到中国建起一个至少有10万例配型的骨髓库。为了这个目标，隋继国又于2001年4月1日从北京出发，计划用三个月的时间徒步行走2700余公里，在7月1日那天走到香港，沿途再次开展宣传捐献骨髓活动。

他的行囊中多了一本书：《挑战命运》。那是他两年来"白血红心"走中华的体验，也是他六年来与癌魔抗争的历程。那上面有作

让爱永存

家张抗抗的一句话："有健康的中华骨髓，才会有坚强的民族精神。"

上一次是骑车，这一次是徒步，个中艰辛自不待言。令人欣慰的是，这一次隋继国的出行得到了全国各大媒体和许多人的关注。央视《东方时空》的一台摄像机几乎一路都在跟着他。当他从北京出发，走到他的第二故乡保定时，受到了许多大学生以及保定市民的欢迎。尤其当他徒步走到湖南的衡阳时，一个来自香港的叫做黄福荣的青年加入了他的行列，陪他一起走完了最后一个月的路程。

2001年4月，黄福荣回广东江门老家扫墓途中，在番禺的一家书店里偶然看见了一本叫做《挑战死亡》的书。这本书的作者便是隋继国，那是他2000年骑单车走全国时，为自己留下的一本厚厚的日记，这本日记后来就变成了由当代世界出版社出版的《挑战死亡——双癌少校的生命绝唱》。黄福荣被隋继国的事迹深深感动了，他从书中获悉隋继国将从北京徒步走到香港，就决心陪他一起走。

5月27日，黄福荣经过千般寻找和联系，终于在湖南衡阳找到了正在途中的隋继国。从此，漫漫无尽的长路上，两人各背一只30多公斤重的背囊，一前一后相伴而行。晓行夜宿，风雨无阻，两人终于在7月1日上午抵达了此次出行的目的地——深圳罗湖口岸。只是由于身份的敏感，隋继国放弃了进香港的计划。

《挑战死亡——双癌少校的生命绝唱》一书出版后，隋继国将义卖所得款全部捐献给中华骨髓库。河北大学数十名大学生在隋继国事迹的感召下志愿捐献骨髓，每人所需的500元HLA分型检测费也均为隋继国本人提供。隋继国的事迹感动了人们，带动了一大批人加入到造血干细胞志愿捐献者队伍中来，有人称隋继国是"中国的保尔"。2001年，隋继国因脑瘤复发进行第二次手术。2003年11月，隋继国因病去世，年仅40岁。

在隋继国事迹的感召下，香港市民黄福荣先生徒步从香港走到北京，并向中国红十字会捐献了沿途募捐到的10万元人民币。西安杨森制药集团不但动员自己的员工报名参加造血干细胞捐献，还向中国红十字会捐款，用于中华骨髓库的建设。

隋继国只是无数爱心人士中的一员，全国有许许多多像隋继国一样的有志有识之士，他们用各自不同的方式宣传着同一件事——

捐献骨髓（造血干细胞），拯救生命。在宣传工作的配合下，社会各界对捐献造血干细胞表现出极大的热情，中国红十字会的造血干细胞捐献者报名咨询热线铃声不断，报名要求捐献造血干细胞的志愿者遍及全国所有省份。重新启动的中国造血干细胞捐献者资料库在总结过去的经验教训的基础上，在政府的支持和媒体的配合下，在广大人民群众的积极参与下，以十年不飞、一飞冲天的气势，填补着我国医学界的一项空白。

三 姜昆：我们以自己的行动，唤起爱心意识

凡欲成就一项事业，宣传工作是必不可少的。中华骨髓库之所以在前一个十年的历程中境况惨淡、建树寥寥，主要原因之一就是我们的宣传工作远远不到位。当公众对骨髓（造血干细胞）移植所知甚少甚至产生根本性误解时，我们没有做到及时广泛地宣传相关知识，没有打消公众对捐献骨髓（造血干细胞）的顾虑。而骨髓库的建设又恰恰最需要广大人民群众的理解、支持和积极参与。可以说，没有公众的积极参与，骨髓（造血干细胞）捐献者资料库就是无源之水、无本之木。所以，宣传工作是这项事业得以发展的必需手段。其中，社会名人、演艺界明星的参与，是一种最有效的宣传方式。

61 封没有收信人地址的求助信

2001年6月，为了表彰社会爱心人士对中国造血干细胞捐献者资料库（中华骨髓库）的支持，中国红十字会向著名歌手黄格选、著名相声表演艺术家姜昆和著名运动员李宁颁发了"爱心大使"荣誉证书。由此，姜昆成为中华骨髓库最早的"爱心大使"之一。他也是北京首批无偿献血者之一，长期以来对这项公益事业给予了极大的关注和支持。

说来也巧，姜昆这个"爱心大使"刚刚"上任"没几天，就在一场爱心活动中发挥了"大使"的影响力和"大使"的作用。

让爱永存

2001年7月2日，正在中央电视台录播室录制相声节目的姜昆，忽然收到山西省昔阳县大寨村郭凤莲同志托人转来的61封没有收信人地址的求助信。接过那一叠厚厚的信，姜昆一封一封地仔细阅读，渐渐地，他的心情不禁随着那浸满泪水的呼唤激动起来。

事情得从一个叫眭萍的大寨女孩说起。

眭萍家跟郭凤莲家是不远的邻居，她的父母也是当年跟郭凤莲一起石筑虎头山、镢挖狼窝掌的创业英雄。郭凤莲从小看着眭萍长大，她很喜欢这个长着一双漂亮的大眼睛、扎着两根羊角辫的农家姑娘。1999年，眭萍带着爸爸妈妈的嘱托，以优异成绩考进了昔阳中学。入学后，她的学习成绩总是保持在班里的前十名。她的梦想就是将来考上北京的重点大学或者是军队院校。但眭萍还没走上这条铺满鲜花的道路，无情的灾难就降临到她的头上。2001年春节前后，放寒假在家的眭萍总感到头晕、乏力，干什么都提不起精神。这样的状况拖延了一阵子，妈妈不放心了，带她到医院检查，化验结果令全家人目瞪口呆——"白血病"。

眭萍生病的消息传回她的母校昔阳中学，引起全校师生的热切关注，人们纷纷解囊相助，10天内共捐款26268元，仅眭萍所在班集体就募捐4000多元。昔阳中学校领导对此事非常重视，他们向全校师生发出募捐倡议，并向山西日报、山西晚报等媒体发出求援信，还在互联网上为眭萍制作了个人网页。

外界虽然闹得沸沸扬扬，但妈妈思前想后，没敢把这个事实告诉女儿。孩子就要高考了，她怎么能丢下心爱的书本呢？妈妈只好隐瞒了实际情况，编了个理由，带着眭萍来到北京，住进了解放军307医院。不料住院期间，采血小护士不经意的一句"做不做骨髓移植手术"的问话，还是让眭萍明白自己患上了白血病。

了解到自己的病情之后，眭萍背着妈妈哭过许多次。她伤心欲绝，可是妈妈何尝不是这样呢。大夫说，眭萍的白细胞是正常人的三倍到四倍，血色素从七八克降到四五克。而治疗这种病，化疗进口药一针就是5210元，仅一个疗程就要打4针。化疗以后，血液中白细胞被大量杀死，又要打升白针，一针又是1820元。而辅助药丙种球蛋白一针就是1800元。说到骨髓移植，就算找到了相合的配型，没有 30 万元也做不下来。这是眭萍想都不敢想的天文数字啊！聪明的眭萍早就打听出来了，院方已经宣布，如果不做骨髓移植，她最多还能活 6 个月。可眭萍只有 18 岁啊，在这人生的花季，这朵尚未开放的花蕾就要这样枯萎、夭折了吗？

知道这一残酷消息后，已经为眭萍治病捐款 2.6 万元的昔阳中学全体师生心如刀绞。特别是眭萍所在班级高三 195 班的 61 位同学，面对身处绝境的眭萍，他们有心救助，却无力回天。万般无奈之际，不知是谁出了个颇有创意的主意——向社会知名人士呼吁，请他们伸以援手，救救我们的眭萍。这个主意得到了全班同学的热烈响应，于是，大家含着眼泪，分别给自己心目中崇拜的明星写出了没有收信人地址的求助信。收信人分别是：宋祖英、彭丽媛、伏明霞、姜昆、刘欢、刘德华……因为他们深信：他们崇拜的明星和首都人民是最有爱心的。

这些没有收信人地址的求助信怎么交给收信人呢？他们想到了大寨乡党总支书记、原大寨铁姑娘队队长郭凤莲。郭凤莲看到这些信，十分感动，她想起了 6 月初率中央电视台"心连心"艺术团到大寨演出的姜昆，决定把这 61 封没有收信人地址的信转交给他，还让转交人叮咛："眭萍患的不是绝症，前不久 22 岁的苏州姑娘陈霞不是得到一位台湾小伙子骨髓移植而重新获得了生命吗？让我们共同努力，把眭萍从死亡边缘挽救回来吧！"

这 61 封包含深情和期待的求助信辗转到了中央电视台文艺部《爱心世界》栏目组。姜昆看到这 61 封信之后，为这些孩子的爱心所感动，随即给冯巩、彭丽媛等一些著名演员打了电话，并得到积极响应。随后他又在昆朋网上大力宣传这件事，并通过自己的"名人网管理机构"将这 61 位同学的求助信发了出去。他还亲自写信给 61 位文艺界的名人，希望他们都能够为这位普通的农村姑娘献出一份爱心。同时姜昆还一再表示，如果筹款不够的话，剩下的他全包了。

在姜昆的积极倡导下，昆朋网站成了传递爱心的桥梁，很多网友和明星都纷纷致电姜昆，要求献上自己的爱心。很快阎维文、唐杰忠、孙晓梅、牛群等众多明星都有了回音。

看着那浸着泪水的呼唤，面对这 61 份沉甸甸的期盼，中央电视台文艺部《爱心世界》栏目组的工作人员都感到自己有一份沉甸甸的责任。几经奔走，他们在很短的时间内与信中提到的 61 位明星取得了联系，明星们都表示十分关心此事。

我愿振臂一呼，让更多的孩子早日脱离白血病的折磨

2001 年 7 月 7 日是所有寒窗苦读的学子放飞梦想的日子，但眭萍却只能在病床上同病魔作着艰苦卓绝的斗争。巨额的医疗费用，对于生活在贫困山区的家庭简直是山一样沉重。治疗还能坚持多久，这是眭萍和她的家人不敢想的问题。至于那笔天文数字般的移植费用，更像一个噩梦般压在他们心头。

这天上午，姜昆捧着鲜花来到 307 医院移植科病房，中央电视台《爱心世界》摄制组、医院领导和主治医生也闻讯而来。面对自己喜爱的艺术家，刚刚经过两个月化疗、身体十分虚弱的眭萍挣扎着要从病床上下来，姜昆忙上前制止道："不要下来，快躺下。"并嘱咐道："你要坚强起来，好好配合医生治疗，骨髓移植费用我们想办法解决。"眭萍紧握姜昆的手，声音哽咽地说："如果能治好我的病，我明年一定还要考大学，多学本领好报效祖国，报答恩人。"

眭萍说："在姜昆老师来之前，一想到自己的大学梦就要破灭，心都要碎了。"当院长说姜昆老师要来看她，她都不敢相信这是真的。此时她才真正体会到什么是感动。为了不让姜昆老师和所有关心她的人失望，眭萍觉得自己没有理由不坚强。

除姜昆之外，阎维文、唐杰忠、宋祖英、冯巩、蔡明、关牧村等一些演艺界知名人士和毕福剑、倪萍、敬一丹、周涛、李萍等著名主持人都到医院看望了眭萍，大家嘱咐眭萍要坚强起来，好好配合医生治疗，并向医院领导、主治医生详细了解了情况。大家还在医院为眭萍进行了捐款。《爱心世界》和姜昆在他们的网站上发出了"挽救眭萍生命，共筑爱心世界"的呼吁，希望得到社会各界的关注。

消息在姜昆旗下的昆朋网城发出后，网民们也纷纷要求捐款。

为了挽救眭萍，昔阳县中学的全体师生、大寨的乡亲们，包括陈永贵的家人都捧出了一颗颗爱心，为她捐款 2.6 万元。昔阳县的县委书记张煌柱听说这个事以后，也为眭萍捐出了一个月的工资 800 元。

身患白血病而无钱医治的大寨女孩眭萍的困境牵动着无数人的心。在昆朋网城董事长姜昆的倡议下，阎维文、唐杰忠、孙小梅、冯巩、蔡明、孙悦、小柯、彭丽媛等一些演艺界人士首先表示一定尽自己的力量帮助眭萍。阎维文和姜昆已经率先捐了一万元和五千元。姜昆还在自己的网站——昆朋网上大力宣传此事，呼吁更多的人来关注眭萍。消息一经刊登，日本万达服务有限公司的片平刚先生从日本东京给姜昆发来电子邮件，信中说："刚刚看到昆朋网城上介绍了一位叫眭萍的小姑娘患上了白血病，却无法支付巨额的手术费用，我们会社的全体员工，都想给她一点帮助，送上 2000 元人民币，以表我们一点点心意，请托您转交给眭萍小姐或相关机构，谢谢了！"信虽简短，但这一份漂洋过海的情意却让姜昆以及昆朋网城的所有员工十分感动，许多员工也都纷纷捐款。另外，创作了《迟到》《阿里巴巴》等歌曲的台湾著名词曲作家陈彼得知道此事后，也主动表示要参加与此次行动。并且还积极与台湾慈济骨髓中心联系为眭萍寻找与她基因相配的骨髓，挽救眭萍的生命。一些山西的朋友通过媒体了解到这件事情后，十分同情眭萍。同是山西人，他们不忍看到眭萍受到死神的威胁，也都积极向眭萍捐款。国务院机关事务管理局局长焦焕成和赵谦芝共同为眭萍捐款 1000 元，陈永贵的小儿子陈明亮和孙子陈幸福分别捐款 1000 元和 500 元……

姜昆说："我们希望眭萍能成为所有献出爱心人的纽带，把我们串在一起。作为慈善大使和造血干细胞捐献形象大使，我带头捐款，并愿意振臂一呼，让更多的孩子早日脱离白血病的折磨。"

眭萍的病情经媒体报道后牵动了更多人的心，几位日本朋友知道这件事以后，到医院看望了眭萍，并为她献上了连夜学唱的中国歌曲。中华慈善总会还积极与台湾当地的医疗骨髓库中心联系为眭萍寻找与她相配的骨髓，挽救眭萍的生命。

眭萍被太多的爱心融化着，她也从中找到了生命的支点，开始

直面人生。她说:"这么多人关心我、支持我、帮助我,我还有什么理由不坚强呢!这就是我坚强的理由。"

找到了这个坚强的理由,面对病魔,面对死亡危险,眭萍已经变得从容坦然。经历了令人痛苦的化疗之后,眭萍展现给人们的是一张灿烂的笑脸、一张傲然地张扬着生命力的笑脸,眭萍用自己的笑脸和这种顽强的意志,同病魔进行着不屈不挠的斗争,她的笑脸不仅感动了记者,更感动了千千万万个关注眭萍的人。

播种希望——点燃白血病患者的生命之光

在大家的帮助下,眭萍的手术非常成功,她的病情在医院的精心治疗下有了好转。2002年3月6日中午,眭萍特意在回家之前来到昆朋网城,向曾经向她伸出援手的姜昆老师及昆朋网城的员工衷心地说一声"谢谢",向他们告别。因为她病情已经好转,可以出院返回家乡了。她非常郑重向关心她的人们表示:"只要我能活下去,就一定把别人给予我的那份爱心传递下去……"

姜昆代表全体员工向眭萍表示了祝福:"当你生命遇到威胁的时候,你的同学并没有忘记社会的力量,他们把希望寄托在值得信赖的60多个名人身上,这种信赖没有落空。在中央电视台《爱心世界》栏目为此制作的特别节目播出后,迅速得到社会各界的回应,当这个消息在网上发布以后,还引起我的一位日本友人和美国一个学生团的关注,他们都给予了你很大的帮助。我代表昆朋网城全体员工以及曾经帮助过你的人向你表示衷心的祝福,希望你能早日康复。在今后的生活中,也不要把大家对你的帮助当成你的负担,你应该以更轻松的心情投入到学习中,不辜负大家对你的期望,你想回报社会的愿望肯定有充足的时间去实现。"

正如当时媒体报道所说的那样:爱心让相识与不相识的人、让名人和普通人紧紧地挽起了手,这一双双手支持了眭萍生命的希望,这一双双手让世界处处都充满了真情,也正是这一双双手让所有的生命都在放声高歌。

眭萍的事在2001年夏季的那些日子里,在不小的范围内吸引了公众的目光,引起了广泛的社会关注。这件事使很多人认识到,为了他人,为了社会,也是为了我们自己,我们都应当关注、支持中华骨髓库的建设,奉献自己的一份爱心,展示人道主义的力量。中国造血干细胞捐献者资料库正是在一次次这样的爱心实践中,在一次次聚焦公众目光的活动中,宣传了自己,普及了捐献造血干细胞的知识,播种了希望——用我们的爱重新点燃白血病患者的生命之光。

四 噩梦的终结者——北京道培医院

白血病,对任何一个罹患此病的人来说,都是一场人生噩梦。但是几乎所有罹患白血病的人都知道"道培医院",都知道这家医院是这场不幸的噩梦的终结者。短短十年,道培医院在国内外创下了如此口碑,我们只用四个字就可概括——名非幸致。

我们不妨抄录一段"官方"的介绍文字:北京市道培医院,是以中国著名血液病专家、中国造血干细胞移植奠基人、工程院院士陆道培院士的名字命名并由陆道培参与创办的血液病专科医院。医院由陆道培院士出任医学总监,会聚了国内外血液病诊断和治疗领域的顶尖医疗团队,为来自国内外的血液病患者提供第一流的救治。道培医院是诊断治疗血液系统疾病及恶性肿瘤疾病(如:白血病、恶性淋巴瘤、多发性骨髓瘤等)的专科医院。拥有全方位的血液病专项治疗技术,包括造血干细胞移植、免疫治疗、化疗、中医治疗等。

也许是机缘巧合,也许是大环境使然,道培医院的问世,几乎与中华骨髓库重新启动同步。这个机缘,使道培医院成为中华骨髓库的亲密合作伙伴。十年来,配型、手术一条龙,挽救了无数患者的生命,成为患者们心目中的生命方舟。

中国骨髓移植之父的五次创业

对道培医院有所了解的人都知道,这是一家从来不做广告的民营医院,也是一家更像研究所的民营医院。它的名字似乎不为一般人所知,却又在来自全国各地甚至东南亚城市的白血病患者及家属

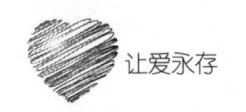

中有口皆碑、盛名远扬。

是的，就像很少有男士熟知各种化妆品的品牌一样，在健康人或者严格地说是没有得白血病的人中，是很少有人知道"道培医院"的。但是，在白血病患者当中，"道培医院"却是如雷贯耳、振聋发聩，因为，那是他们的希望所在。

那么，短短10年时间，道培医院声名鹊起的原因何在？我们说，道培医院能有今天，完全拜一人所赐，他就是著名的血液病和造血干细胞移植权威、中国造血干细胞移植的奠基人与不断推动者、中国工程院院士陆道培。2001年，他与留学归来的学生段萱一起创立了这所医院，并亲自出任医学总监。按院长段萱的说法，"他现在是道培医院的灵魂"。

陆道培先生的家世，前文已有简单介绍，不复赘言。这里我们要说的是，陆道培自幼家庭条件非常优越，他又天资聪颖，可以说，无论学什么，都是可造之才。然而他却执意选择了从医，而且选择了临床医学中尤其艰难的专业——血液病学。在20世纪50年代，这个专业的空白点很多，这也许就是陆道培选择这一专业的原因，因为这意味着他今后的很多工作将具有开拓性。

1955年，陆道培先生从同济医学院医疗系毕业，在漫长的行医生涯中，历任北京医学院人民医院内科教授、北京医科大学血液病研究所所长、北京医科大学人民医院内科主任等职，对我国血液病学发展作出了多方面的杰出贡献。在此期间，他一直担任中华医学会的副会长。业内人士评价说，即便是作为内科医师，陆教授的贡献也是卓越的。

陆道培院士为中国血液病学的发展作出多方面的杰出贡献，在中国白血病治疗中发挥了重要的学术带头人和奠基人的作用，不仅开拓了中国造血干细胞移植事业，并不断推动其发展，而且为世界医学也作出了贡献。1996年，陆道培先生当选为中国工程院院士。

在临床医学和学术研究中，陆道培教授创立了很多"首先"：首先在亚洲成功开展同基因骨髓移植并创建了迄今常用的采骨髓技术，首先在国内成功植活异基因骨髓并成功完成ABO血型不相合的骨髓移植，首先证明硫化砷对某些白血病疗效卓著并获得专利，首先在国内指导建立脐带血造血干细胞库，首先应用某些新的免疫治疗方法治疗急性白血病取得显著疗效，在国内首先发现三种遗传性血液疾患，首先报告紫草及提取物对血管性紫癜与静脉炎有显著疗效……从最初投身于医学事业的执著，到创立下一系列的辉煌成就，到现在创办北京道培、上海道培两所医院，陆院士的总结颇为独特。他说他一生中经历了五次创业——第一次创业是在北大人民医院（中央人民医院）建立起中西医结合的血液病学科，创立了全国第一个中西医结合的血液病门诊，做了一个简陋的实验室。陆教授说："那时候条件非常艰苦，洗片、洗试管都是亲自做，实验室就那样一步一步成长起来。"从1980年开始，成立北京大学血液病研究所，成为所长，那是第二次创业。第三次创业是筹备建立北京脐血库，这是中国第一个通过国家鉴定验收的脐带血库。北京脐血库的建立代表着国家脐血库建设标准的确立，是中国血液病学历史上的重要创举。第四次创业是创立北京市道培医院，第五次是上海道培医院。"这后两次的创业对我个人来说更富于现实意义，"陆教授说，他作了一个形象的比喻，"秋天是一个收获的季节，我一生很多思想是到了现在才得以充分发挥。丰收了，所以也要'丰产'，把一辈子耕耘的成果留给社会。"

近年来，陆道培院士的精力和时间几乎都放在了道培医院，他毕生从事血液病学研究的智慧结晶和技术成就在这个平台上得到了淋漓尽致的发挥。正如陆院士所言："我们已经触碰到了世界领先水平的边缘，利用北京、上海道培医院这两个平台，可以把这项事业不断地推进发展下去。我从来没有像现在这样振奋。"

不断攀越世界医学巅峰

陆道培说过："我们的骨髓移植，已到了世界第一流的水平。这与我们的精神有关。我们不用跟在外国人的后面人云亦云。"

道培医院成立10年间，会聚了国内外血液病学领域的拔尖医学人才，成为引领中国血液病治疗与研究向前发展的团队。这个精英团队走在了医学发展的前沿，为攻克血液病这一世界难题作出了巨

大贡献。

北京市道培医院目前是中国规模最大的造血干细胞移植单位之一,每年开展配型不合的异基因造血干细胞移植(包括单倍型移植)的数量居全国前列,其中很多是难治、复发等高危险性病例。从2001年建院开始,北京市道培医院施行异基因造血干细胞移植1000多例,植入成功率99.6%,总体生存率70%。达到国际领先水平。"作为中华骨髓库认定的造血干细胞移植/采集医院,台湾佛教慈济和美国造血干细胞库的移植定点医院、道培医院开展移植和采集的效果受到国内外同行的广泛好评。"

作为血液病专科医院,道培医院的免疫治疗、血液病相关的特殊诊断等也在业内独树一帜,并且在预防、处理移植并发症、白血病复发、移植物抗宿主病(GVHD)的防治和控制感染方面具有许多成功和独创的经验。道培医院对于急性早幼粒细胞性白血病的治疗有独到的治疗技术。其采用砷剂、维甲酸和化疗联合治疗,所有初治及复发患者均获得血液学完全缓解,诱导缓解率为100%,大多数病例获得细胞遗传学和分子学缓解。5年无病生存率为94%,患者的生活质量很高。据随访统计,来院初治且坚持该治疗方案者3年无白血病生存率达到90%以上,明显高于国际水平。通常,患者大多数时间不需要住院,在家服药即可,不仅大大减少了治疗费用,而且患者生存质量得到明显提高。(资料来源于北京市道培医院)

与血液病治疗相配套,道培医院特殊检验中心拥有全国顶尖的实验室检测和诊断治疗技术。实验室的发展突飞猛进,率先开展的研究项目填补了很多国内血液病实验技术领域的空白。"实验室""科研"等词语在道培医院占有相当核心的位置。对此,道培医院有着自己的定位,"创新是医院发展的推动力,临床与科研的结合,能不断促进临床质量的提高,并促使实验室研究成果在临床真正得到推广应用。"道培人都非常清楚,医院在经营管理方面强调严格,讲求成本,可是对实验室、科研方面却是不惜代价,追求世界领先。临床专家总结说:"在道培医院,每一项实验的成果几乎都能应用到临床。转化的效率之高、效果之好,在国内医院中尚属首家。"

道培是大家共同的事业与平台

医院特聘的终身医师、免疫治疗科及特殊检验中心主任童春容说："在道培医院，把病人治愈是大家共同的目的。只要对病人有利，任何事情都开绿灯，效率大大提高，我们工作起来也更有信心，更开心。"刚到医院就职时，童春容给自己定下了半年的"试用期"，要是在半年之内还找不到"感觉"，就不继续干了。如今，她已经是医院核心专家团队的成员。开放的技术环境，没有条条框框的束缚，对技术颇为在行的管理层，让这位多年从事血液病学研究的专家感到如鱼得水。问起在道培医院的感受，她的第一句话是"有这个平台，即使我工作再累，仍然觉得特别开心"。对此，院长段萱的看法是："对于医院而言，医疗技术是核心竞争力，但如何让核心竞争力真正发挥作用，关键是人才。"对待高级人才，就是要尽量为他们提供自由发挥的空间，一是创造平台，让他们专业上的想法得以发挥，二是让专家的价值得到充分体现，激扬他们的责任感和荣誉感。在道培医院，所有的部门都是一个理念：一切从临床角度出发。不仅每件工作的流程化繁为简、注重效率，而且行政后勤的员工会主动为临床一线骨干解除后顾之忧，为他们代订机票、代发信件、代交水电费、洗车、加油，使他们把更多的时间和精力花在患者身上，花在临床一线。随着道培医院的不断发展，它吸引了一批批海内外知名专家纷纷加盟。

道培医院管理层深知，对待年轻人才，要求要严格，但环境要宽松。发现全球首例白血病变异型融合基因的实验室研究员刘红星，毕业于北京大学生物医学跨学科中心，2006年刚到医院特殊检验中心工作。刘红星说，正是因为实验室特殊的工作氛围和领导的支持，他才能够抓住日常检验中细微的异常之处，获得了新的发现。

谈到院方对人才的重视与培养，毕业于中南大学湘雅医学院的医学博士、临床主治医师曹星玉感触颇深地说："在道培医院，只要自己努力，就可以有用武之地。"

道培医院实行评聘分开，毕业时间、职称等只是参考因素，院

内的晋升与聘用主要依据实际的临床能力和学术水平。曹星玉说："其实论收入，道培医院属于中等偏上，不算最高。但这里最吸引人的是学习机会，上升空间更大。"陆院士每周两次的查房，让年轻大夫有机会与老教授"零距离"接触。"同学听说我能够向陆大夫当面请教，羡慕得不得了。"

道培医院核心医疗团队整体上是年轻的，活跃的，朝气蓬勃的。他们认为，这里人文关怀、业务培训不比大型公立医院少，这里施行四级查房制，即住院医师、主治医师、主任医师及医学总监层层把关医疗质量。医院几乎每周都有院内的业务学习，并组织专家授课、员工去外院学习交流等，既拓展视野，也丰富知识结构，更激发了大家的热情。青年住院医师明确表示："在这里得到的血液病学知识是之前所学的一种延续，更是一种提高。当初的选择如今无怨无悔！"

医院要发展，培养自己的人才很重要。对于新员工的培训，部门主管之间既有明确分工，又不同程度担负着培训职责：行政管理、专业技术，哪怕是试用期间的管理，也进入个人档案。段院长说："把好人员关是为了医院的长远发展。"初到医院的硕士、博士，书本知识丰富，但是临床经验不足，他们的首要任务就是接受培训：一方面是临床能力的培养，由陆院士率领的专家团队言传身教；另一方面参加专业知识的培训，如讲座、学术交流、学习班等；此外，作为临床医生，如何与人沟通，掌握与患者及家属的交流技巧，也是培训的重要内容。

医者父母心，为患者节约每一个铜板

院长段萱认为，道培医院能有今天的成就，离不开现行开放的国家政策和政府扶持。"政府的开明政策成就了今天的道培医院。大的环境开放、扶持，道培医院才得以如此快速地发展。只要遵守国家的卫生行政法规，医院内部如何经营和管理，只看管理者的道和术了。"

在政府和各相关部门的大力支持下，北京市道培医院于2004年加入北京市医疗保险定点医疗机构的行列，并于2006年参与完成北京市医疗保险政策的课题调研《医疗保险血液肿瘤患者进行不同方式移植的医疗费用的调研报告》。自2006年开始，他们抽调专业人员参与北京市医保中心的调研分析，对包括北京市道培医院在内的5家开展造血干细胞移植的医院展开专题研究——对住院费用与移植方式之间的关系进行了统计分析。

北京市医保中心将外周血造血干细胞移植纳入基金支付范围，并确定了17家定点医疗机构。北京市道培医院成为首批加入17家造血干细胞移植定点医疗机构的首个民营专科医院。

政府的支持，为道培医院的发展提供了更广阔的舞台。那么，道培医院应该如何回报社会呢？

进入21世纪以来，医疗成本的提高是广大人民群众关注的焦点，用"怨声载道"来形容并不过分。普通的病症，老百姓都有"看不起病"的烦言；恶性血液病治疗费用高，治愈率较低，由于没钱而放弃治疗的患者就更不在少数。为了降低病人的住院费用，道培医院放弃作为民营医院的"特权"，申请加入"医保"单位。这样一来，北京的血液病患者可凭"蓝本"在这里得到医疗服务，外地患者也可凭医保的有关转院证明回原住地报销。虽然在治疗血液病的技术上达到世界领先，但医院在诊疗费、护理费上，道培医院采取与公立医院相同的价格，并加强病床周转率，尽量减少患者的住院天数，提高国产药品的使用率，尽可能为患者控制、节省费用。医院现在已申办成为"民办非营利性医院"，和公立医院一样按发改委定价收费，门诊走廊、电子触摸屏上都能查到各种收费价格。每日发给病人住院费用清单，小到一支针管、一张创可贴，均有清楚记录。

医者父母心，这是医德的最高标准。道培医院一切从患者的利益出发，大到手术费用，小到一支针管，处处为患者着想，尽最大可能为患者节约每一个铜板。不仅医好了患者的病，也抚慰了患者及其家属的心。

天下第一舱

一个放之四海而皆准的理念是：要想赢得患者及社会的信赖，

除了要具有专业化高水平的医术之外，还必须有亲切真诚的服务。为此，道培医院在创业初期即提出"三信"原则：取信于社会、取信于病人、取信于员工。

为了彻底解决血液病患者看病难的问题，医院成立了社会服务部，设立专职人员负责患者的 HLA 配型及就医辅助、服务与满意度调查。社会服务部下设电话咨询中心，详细解答患者的各种疑难问题，尤其是对外地患者，协助解决来京后的生活问题，出院后邮寄部分药品，免费邮寄患者未取走的化验单复印件等，点点滴滴为患者解决实际问题。

为了方便外地患者预约挂号，社服、后勤、门诊咨询等各部门实行联动工作机制，网络、电话、咨询等各种渠道的信息集中处理，随时跟进。医院社服人员虽然不多，但患者诊前、诊中、诊后的全过程综合服务细化分工到各部门，行政、后勤精诚协作，将"解决患者看病难问题"的理念执行到底。工作人员介绍说，对于社会服务工作，院长的要求是"一定要站在患者的立场去思考，想他们所想，做他们需要做的"。这成为社会服务部工作人员的工作准则。

为彻底解除患者出院以后的后顾之忧，"终身随访制"成为道培医院医疗服务的显著特色。"终身随访制"由陆道培院士倡议提出，即对在道培医院进行造血干细胞移植的患者，进行出院后的终身随访管理，帮助患者监控自身健康状况，提高生存质量。随访制不仅切实为患者排除在院期间及出院后生活、医疗等各方面的障碍和问题，而且为协助临床开展病例分析、医学研究提供了第一手的数据。对于转诊病人，道培医院数年如一日始终坚持进行回访，将病人转归情况书面告知转诊单位，受到医疗合作单位的欢迎。

在道培医院，服务与管理不是写在墙上的"条条框框"，而是深入人心的理念，"一切从临床的角度出发"，所有部门均围绕临床救助患者的目标而展开工作。

2006 年，台湾鸿海集团董事长郭台铭跑遍全世界，最终选择了北京市道培医院为其不幸罹患白血病的弟弟郭台成进行治疗。为此，医院仅用两周时间便为他"量身定做"了世界一流的 VIP 移植层流病房，获得了郭台铭的高度评价，而他之所以选中道培，除了看中这里过硬的医疗技术和专家团队之外,更欣赏这里出色的高效管理。VIP病房里先进的配套设备,世界一流的医疗团队,发挥到极致的个性化医疗服务,使郭台成入住后不禁赞叹"这里是天下第一舱"。

现在,北京市道培医院已成为我国移植规模最大的造血干细胞移植单位之一,拥有床位一百余张,百级洁净层流舱18间,分设造血干细胞移植、普通血液两个病区及配套齐全的实验室,包括超洁净实验室(GLP)、分子生物学实验室、组织配型实验室、细胞遗传与分子遗传实验室、血细胞形态室、血液生化室、血细胞分离室等。拥有BX51荧光显微镜、倒置显微镜、流式细胞仪、定量PCR仪、PCR仪、DNA检测仪、电泳系统、超低温冰箱、各型离心机、TDX血药浓度检测仪、Sysmexkx-21细胞分析仪、进口全自动生化分析仪等一批先进的设备。每年开展的配型不合的异基因造血干细胞移植数量居全国前茅。并对急性早幼粒细胞性白血病的治疗提出"百不失一"的承诺。率先将分子生物学技术、细胞因子治疗技术引入国内造血干细胞移植领域,获得一系列突破性进展,挽救了很多白血病患者及家庭,得到全社会及白血病患者的高度评价。

筑造道培百年基业,不仅是每个道培人的光荣与梦想,也是无数患者的福音。因为道培医院团队的播种和耕耘,他们有了春的生机和秋的憧憬。因此,道培已不是一个简单的医院代名词,而是人生折翼后的希望。正如一位诗人患者对道培医院的称誉:"来道培医院的人,或许只想获得一缕春风,但在这里,他却收获了整个春天!"

第五章　物质与精神的完美结合

我们生活在一个物质的世界。人类从远古的蛮荒时代走到今天高度文明的时代，可以说须臾未曾离开过物质。

传说上帝在创造人类时，准备了两样东西以供原始初民选择，一样是物质，一样是精神。

上帝把这两样"东西"分别放在两张猪皮上面。看上去，"物质"的体量分明要比"精神"大了许多。上帝说："选择你们所需要的东西吧，孩子们！"

一部分原始初民取走猪皮上的"物质"，扬长而去。另一部分原始初民径直走到"精神"前，捡起原先摆放"物质"的猪皮，覆盖在"精神"上面，连同"精神"下面的猪皮一同捧起，从容离去。

于是，选择"物质"的人，以攫取物质为唯一目的，绞尽脑汁，还要患得患失，忧心忡忡，成为物质的奴隶，甚至铤而走险，以命博财。选择"精神"的人，以进化、文明为目标，发现、探索、提炼、总结文化，开拓、引导、改造人类历史的进程，成为人类精神的倡导者。

选择"物质"的人取走的仅仅是摆放在猪皮上物质，而选择"精神"的人取走的却是有两张猪皮包裹的精神。其实，这个故事的寓意是，上帝的"猪皮"与其所摆放的东西是一个完整的体系，它的完整的表意是：我们的生存需要物质，但是我们不能纯粹地为了物质而生活。很多情况下，精神的愉悦远远胜过物质的享受。物质可以帮助人们"渡过"缺乏物质的难关，精神却可以鼓舞人们"战胜"缺乏物质的困难。

而物质与精神的完美结合，才是我们追求的最高境界。

2002年下半年，新组建的中华骨髓库获得了国家彩票公益金的支持。应该说,这一物质上的巨大支持,给重新启动的中华骨髓库注入了强大的健旺的活力。这笔资金,可以说是给中华骨髓库这个"病势"沉重的机体注入了足够量的"造血干细胞",使之逐渐生成自身的"造血机能",健康发展。

这笔资金,证实了一个简单的真理:我们无论做什么事业,也离不开物质的支持。同是这笔资金,又证实了一个稍微复杂一点的真理:纵使有了再大再强的物质支持,如果没有一点精神的力量,也将一事无成。

一 生命如花,凋谢在金钱面前

以理论上的发病率粗略计算,全国大约每年有 4 万人罹患白血病。然而截止到本书写作时的 2011 年 8 月,经中国造血干细胞捐献者资料库配型成功并实施造血干细胞移植手术的患者仅 2000 余例。这是中华骨髓库建立 20 年来的全部数字,而白血病患者却以每年约 4 万人的速度增加!2000 余例以外的那些人到哪里去了?不言而喻。在这样的数字面前,生命,显得如此之轻!

另一个情况就更令人痛心——白血病多在青少年人群中发病。几岁、十几岁、二十几岁的如花的生命,在病魔面前枯萎、凋零。这些如花生命的凋谢,除了配型难寻的客观原因之外,金钱的压力也绝对是杀手之一。

金钱在其他领域的作用不是我们的题中之义。我们要说的是,在病患与医院之间,金钱绝对充当了桥梁与通道的角色。无须用语言装饰这个赤裸裸的现实,一言以蔽之:有钱,生命就可能得以延续;没钱,多半就只能等死!

要钱还是要命

要钱还是要命,这种近似剪径强盗口吻的命题,几乎每天每时都出现在千万个患者的心头。每一所医院、每一位医生,恐怕都曾面临过这样的痛苦抉择:生命亟待救治,患者却苦于没钱。作为以

救死扶伤为己任的白衣天使，怎么办？

这样的两难境地，过去有过，现在还有，今后也不可能杜绝。

还有另外一种两难，就更令人痛心：一些人患病后，缩首却步于高昂的医疗费用面前，在金钱与死神之间，痛苦无奈地选择后者。明明坚持服药或进行手术就可能恢复健康，却因为没钱而默默地回家等死。这样的两难，集中反映在一些重大疾病的患者身上。如癌症、尿毒症、白血病等。其中，最典型也最常见的就是白血病患者。毫不夸张地说，每一所医院都曾遇到过这样的患者：在确诊患者是白血病之后，再也不见他们前来复诊。这部分人当中，不排除转去其他医院就诊的可能，但是确诊后因为自知掏不起巨额的医疗费用而放弃治疗者大有人在。

很多情况下，钱可以救命；更多的情况下，没钱就只好放弃生命。我们扼腕叹息，但我们无能为力。这就是现实。

医院不是慈善单位。在商品经济社会，医院也要生存。生存，没有钱是不行的。因此，医院的职责再重大，也不可能对患者实施免费医疗；医生的使命再神圣，也不可能替每一位患者垫付医疗费。救死扶伤是一个口号，要切实执行它，是需要物质的支持的。道理说了一大堆，其实换一个说法就是很简单的一句话：医院大门四面开，有病没钱别进来。这说法过于直白，有几分残忍，可它是事实。

财富与生命，这是一个沉重而又敏感的话题。当一个人的生命存续与否取决于金钱时，这个话题未免又显得有几分残忍。

然而这个有些残酷的话题却又十分普遍。报纸、杂志、电视、网络，几乎每天都有类似的事例出现。随手拈来一条：2011年2月19日，5岁女童周婷在深圳儿童医院被确诊为急性白血病。她的母亲在网上发布求援信息，称其女儿现正在接受化疗，费用昂贵，很需要用钱。这位母亲无限伤感又满怀希望地说："要不就化疗，要不就放弃，听医生说化疗有70%的希望，看老天爷的安排了。走一步算一步吧，请帮帮我吧，女儿周婷入院已5天了，我的心也渐渐地平和起来，慢慢地接受了这无情的事实，不再是拿起电话就泪如雨下。因为我相信只要我们不放弃，她一定会好起来的！"

周婷的情况怎么样了，我们目前还没有确切的消息。这位母亲在网上吁请大家关注的目的，当然是因为"费用昂贵，很需要用钱"。出自一位母亲的一句"要不就化疗，要不就放弃"的悲怆之语，道出了所有白血病患者家属的无奈。在这个意义上，可以说是"有钱就可能有命，没钱就肯定没命"。

金钱与生命，在这里被无情地画上了等号！究竟有多少绚丽的生命之花在金钱的阻碍下忧伤地凋谢，我们已无法统计。下面这个故事，只是成千上万个例子中的一个。

拔掉针头，放弃了最后的治疗

2009年10月18日，山东即墨市的50多位市民和网友早早赶到即墨市新安中医院，为一个因患白血病而离世的14岁女孩送行。此外，还有成千上万的网友在青岛新闻网、即墨信息港等网站上发帖，送别这个可爱的小女孩。就在此前一天，也就是10月17日下午，这个女孩的病情突然恶化，经抢救无效离开了人世。

这个普通女孩名叫宫萍莉，她的离去，之所以引起了这么多人追怀，除了她的可爱和坚强之外，更令人们痛心和无法接受的是，她是因为自己拔掉了输液的针头，拒绝治疗才最终去世的。那么，到底是什么原因，让这个微笑天使做出一个出人意料的决定，放弃了最后的治疗呢？

归根结底，只因为一个字——钱。

宫萍莉是山东省乳山市诸往初中三年级学生。她的父亲宫锡言是山东省乳山市诸往初中的教工，2003年从乡村民办教师转成了地方公办，每个月有两千多元的工资，在当地已经算是比较高的收入。更让他高兴的是，他的宝贝女儿宫萍莉就在他上班的这所学校读书。

2008年7月，期终考试结束后，女儿宫萍莉忽然发烧，宫锡言带着女儿去打了退烧针，吃了一点药，女儿就好了。

宫萍莉退烧后，宫锡言以为女儿患的是普通感冒，就没往心里去。可是一个月之后，女儿又开始犯病了，有时候耳朵疼，有时候腿发麻。宫锡言带着女儿一会儿看内科，一会儿看耳鼻喉科。忙活了一个多月，女儿的病情始终不见好转，脸色还开始发黄了。这时候，宫锡言才感觉有些不对劲儿。2008年11月2日，他带着女儿到威海市市立二院去检查，结果听到了一个晴天霹雳似的消息。

宫锡言说："一查骨髓，等了三天，出来结果了，就是白血病。"

女儿一直蹦蹦跳跳的，怎么可能得上白血病呢？宫锡言怀疑诊断出了问题，11月6日，无法接受这一残酷诊断结果的宫锡言又带着女儿赶往一百多公里外的青岛大学医学院附属医院去检查，然而结果令他失望了。

11月10日，青岛大学医学院附属医院将宫萍莉的骨髓样本送往北京市一家权威医院，这一次的检查结果让心存最后一丝希望的宫锡言彻底绝望了，诊断的结果仍是白血病！

确诊后，宫锡言选择让女儿待在青岛接受治疗。大夫说，这个病的治疗，只能缓解，却不能治愈。这让宫锡言有些绝望。但为了减轻女儿的痛苦，他一直让女儿坚持治疗，半年做了6次化疗。

2009年6月，和女儿同一个病房的人告诉宫锡言，即墨市一家医院采用中西医结合的方法治疗白血病效果很好。在绝望中治疗了半年后，突然听到这样的消息，宫锡言将信将疑，但为了女儿，怎么也得试一试。于是，宫锡言立刻给女儿转了院。

宫萍莉究竟能不能治愈，这家医院还必须再做骨髓检查。宫锡言说，当女儿再做骨髓检查时，他甚至都不敢去看，生怕刚刚生出的一线希望再次破灭。

结果，"一检查她的骨髓，瘫掉了。"

这里的大夫也说，宫萍莉的白血病已经到了晚期，根本无法治愈，只能采用中西医结合的疗法维持生命。

在即墨市治疗期间，宫萍莉的病情时好时坏。2009年9月16日，宫萍莉开始浑身疼痛，9月17日下肢瘫痪，病情恶化。医生检查后告诉宫锡言，他女儿可能已经到了白血病晚期。9月20日，即墨市新安中医院给宫锡言下发了病危通知书。

10月17日凌晨2时许，小宫萍莉突然告诉父亲，她头部和左胳膊疼得厉害，想再看看那些好心市民给她发来的祝福短信。宫锡言赶忙将借来的笔记本电脑打开，把邮箱里的祝福短信一条条放给女儿看。宫锡言说，他女儿看到这些祝福短信，就会增加许多力量，

第五章　物质与精神的完美结合

她的疼痛也会多少减轻一些。就这样，从凌晨两点开始一直到天亮，小萍莉一直在不停地看连日来市民们通过早报发来的祝福短信。

17日早上7时许，小萍莉突然对爸爸说："爸爸，我想吃一根冰棍。"宫锡言立即将女儿的请求转告值班医生。医生说，小萍莉连日来高烧不退，体内已像火球一样烧心，这是孩子本能的反应，她想通过食用凉东西来降温。虽然吃冰棍当时会感觉舒服一会儿，但对病情发展却十分不利。医生的话不能不听，但是面对女儿撒娇般的恳求，宫锡言实在难以拒绝。万般无奈下，他只好买来一个西瓜让宫萍莉吃。可是小萍莉只吃了一点，就觉得头疼难忍、呼吸困难，再也吃不下去了。其实，这个女孩从15日起就不吃饭了，每顿只是吃些水果，16日的早饭只是一点西瓜和少量牛奶。

17日上午9时许，一直处于高烧状态的小萍莉不知听谁说了一句，自己在医院治病花去家里许多钱。这以后，她就一直要求父亲告诉她，治病一共花了多少钱。宫锡言事后回忆："女儿不停地说，不用为她再花钱了，说她不想再给家里增添一点负担了。"宫锡言告诉女儿，有很多好心市民帮忙，捐了不少款，治病花不了多少钱。女儿听到这样的话，突然一下子拔掉正在输液的针头，要求爸爸别再为她花钱治病了。看到眼前的这一切，宫锡言和妻子一下子抱住女儿，一家人哭成一团。

17日上午11时20分，小萍莉嘴里不停地念叨着歌手王亚飞和同学老师以及来看望过她的好心市民们，她拉着爸爸的手说，她记下了每个来看望过她的好心人的名字，还有那些发过祝福短信关心、鼓励她的市民，她请爸爸帮她谢谢这些好心人。小萍莉还特别嘱咐说，要将她亲手制作的幸运星送给好心人，祝所有关心她的人一生幸福平安。宫锡言安慰女儿："你一定会没事的，等病好了我们一起好好报答这些好心人。"听到此话，宫萍莉对爸爸和医护人员露出了一个甜甜的微笑。

中午12时许，小萍莉给自己的偶像王亚飞发了条短信。王亚飞此前曾经专程来看望过小萍莉，他很快回复短信，说过几天有时间一定会再来看她，并鼓励她好好治病。小萍莉拿着和王亚飞的合影看了又看，尽管病痛越来越重，但她始终不肯放下。随后，小萍莉又给几个很要好的同学发了几条短信。得知一位同学考试成绩不太理想时，小萍莉立即回短信鼓励这位同学千万不要灰心。该吃午饭了，宫锡言问女儿想吃点什么，小萍莉摇摇头说，什么也不想吃。

17日下午1时30分，值班医生发现，宫萍莉心跳突然加速，随后出现昏迷症状，"快！无论如何要多留些时间给小萍莉。"医生史玉霞一看情况不妙，立即召集其他相关医生一起对小萍莉实施抢救。可惜由于小萍莉肺部感染严重，并受到巨大压迫，呼吸困难，经过近半个小时的抢救，还是没能挽回小萍莉的生命。

17日下午2时10分，可爱的女孩小萍莉化作天使永远地离开了人间。

时年55岁的宫锡言流着泪说，女儿走了，全家人像塌了天一样。小萍莉的妈妈一直抱着女儿遗体痛哭不已，所有医护人员也都流下了泪水。护士长说，这么长时间以来，小萍莉已不是一个普通的病人，而是一个让人尊敬的女孩。每天他们轮流照顾她，为她擦身子，喂她吃中药，夜深人静时和她一起聊天，还买来小萍莉最喜欢的动漫杂志……想起往昔和小萍莉相处的分分秒秒，医护人员的眼里都满含泪花。

医生在抢救时，由于萍莉病痛难忍，表情十分痛苦。但当她最后一刻即将离开人世时，却突然露出了淡淡的微笑。宫锡言说，这是女儿对所有关心爱护她的好心人最后的交代。

没钱治病，却要捐献遗体

宫萍莉是个乐观、活泼的女孩，虽然身患绝症，但在被病魔折磨的一年多时间里，她从没有绝望过。尽管病情严重，但小萍莉一直很乐观，她的脸上总是挂着微笑。

护士们都说："她很开朗，很活泼。"

住院期间，小萍莉的笑容感染了每一个人，有的绝症患者甚至从她身上学会了坚强。因此，大家送给她一个外号"微笑天使"。看到女儿甜美的笑容，宫锡言说，他一定要治好女儿的病，以后还想送女儿去当兵。

宫锡言说:"也不是我自己夸她,俺闺女长得挺好的。那天我说你长大去当兵吧,她说我不敢当兵,不愿当兵,我说你干什么,她就说当工人,当个普通工人。"

宫锡言说,女儿长大后,不管当兵还是当普通工人,只要她自己开心就行。

到了2009年9月,小萍莉的病情急剧恶化。宫锡言说,他开始担心女儿的精神会崩溃,没想到,女儿却微笑着提出了一个让他很意外的要求。"她说想捐遗体,一说捐遗体,我的眼泪哗一下就下来了。"

看着女儿遭受病魔的摧残,自己却无能为力,宫锡言心如刀绞。在这样的情况下,他怎么能让女儿再捐献遗体呢?而且,宫锡言对女儿的这个请求也很不理解。"这么小的孩子怎么会懂得捐献遗体?女儿即将要永远离开这个世界了,难道就连遗体也要捐献出去吗?"

宫锡言对女儿说:"这不行,你为什么要捐遗体?你的病还没说不能治好呢,别胡思乱想了。"小萍莉说:"你别管了,反正我也治不好了,爸爸你就别管了。我是在电视上看到有个小孩,他妈得了心脏病,没有钱治疗,最后这个病没治好,死了。我这么想,如果他们能用到我的器官,治好了病,他们不是也幸福吗?反正我这个病也是治不好了,我把遗体捐了,为别人谋幸福,我还为社会作了贡献。"

一个14岁的花季女孩和自己的父亲探讨捐献自己的遗体,这是个悲怆的残忍的话题。宫锡言受不了,他的心像被千万把钢刀一起搅动,难过得说不出话来,只是连连摆手示意女儿不要再说下去了。宫萍莉几次请求,都被他拒绝了。看到父亲如此坚决地拒绝,住院后一直满脸挂着微笑的小萍莉急哭了。

随后几天,宫萍莉的胳膊也出现了麻木的感觉,呼吸开始困难。宫萍莉非常清楚自己目前的身体情况,她再次向父母提出捐献遗体的请求。"爸爸,我知道自己的病治不好了,我想把自己全身的器官捐出来,为别的病人换来新生,也请医学专家对我的身体进行医学研究,帮助他们治疗白血病。"女儿的话终于感动了宫锡言夫妇,也许这是女儿一生最后的一个愿望了，宫锡言实在不忍心拒绝。经过商议，宫锡言夫妇含着眼泪答应了女儿的请求。

因为宫萍莉不能亲自前往即墨市红十字会办理捐献遗体手续，有关捐献遗体的所有协议都是由其父亲填写的。

2009年9月22日上午，宫锡言来到即墨市红十字会办公室，眼含热泪替女儿办理完捐献遗体手续。9月22日中午，即墨市红十字会工作人员将捐献遗体荣誉证书送到医院病房时，宫萍莉的脸上露出了微笑。

宫萍莉对在场的人们说："能帮助那么些人，真的很开心，感觉很骄傲。"

宫萍莉的遗体被拉走的那天上午，上百名青岛市民早早赶来，把一束束洁白的菊花放在小萍莉的身边，并深深鞠躬，为这名可爱、坚强的女孩送行。由于前来为小萍莉送别的市民很多，遗体捐献仪式推迟了30分钟。市民和全体医护人员含泪为小萍莉整完最后一次容貌，随后缓缓将小萍莉的遗体送到了等候在医院外的青岛大学医学院的车上……

拔掉针头的背后，究竟发生了什么事？

奇迹最终没有出现。一个14岁的花季少女被白血病夺去了鲜活的生命。惋惜的同时，我们觉得宫萍莉这个普通的女孩很不平凡，面对死神威胁，她没有恐惧，反而捐献出自己的遗体。

宫萍莉最后的选择令人尊敬，可她最后的举动还是很让人诧异。在医院接受治疗期间，小萍莉一直被称为微笑天使，她能够坦然面对死亡，这一点无可置疑。可是这个坚强的女孩，为什么会在10月17日拔掉针头放弃治疗呢？在她的冲动背后，究竟发生了什么事？

病友和医务人员都知道，宫萍莉10月17日拔掉针头并不是第一次。早在办理了遗体捐献手续后，她就曾经两次拔掉针头，要放弃治疗。那么，当时到底发生了什么，使这个坚强的小姑娘一次次准备放弃生命？

宫锡言说:"她那时候就是说不想治了。一看医院催款,那个催款单大概9千来块钱吧,她就说爸咱不治了,花这么些钱,我还遭罪,不行!所以就非得把针头拔了。"宫锡言说,为给女儿看病,他找朋友借了7万多元,还到银行贷款5万元。这对他这个家庭来说的确是个很大的负担。不过,仔细一算,他欠的债也没有那么多。因为女儿捐赠遗体的消息被《青岛早报》报道后,社会各界纷纷捐款捐物,提供了一些资助。

山东省青岛新安中医院医生也说:"病人是因为经济上的问题,觉得给家里造成的负担太重了,所以想放弃治疗。"

以宫萍莉家的经济情况而论,虽然未能进行造血干细胞移植手术,但是仅仅化疗和药物维持的费用也是她家根本负担不起的。为了打消女儿这方面的顾虑,父亲宫锡言曾经详细对孩子解释过,告诉她欠了医院多少钱,其他人给她捐了多少钱,社会上资助了多少钱,等等。这位父亲的本意是想让女儿不要过于担心钱的问题,想让她安心治疗。可是这个女孩太善良了,心也重,她对这个问题有自己的想法,可能是觉得自己给家庭和社会增添了太多麻烦吧,所以得知自己病情危重之后,就一心想放弃治疗。说到底,这还是经济负担造成的。

应该说,社会各界的无私关爱既给了小萍莉温暖和力量,也让她感受到了一些压力。

她知道大家都在为自己捐款后,曾几次说过不治了,"我要放弃治疗,我要回家,不想拖累大家,不想拖累家里。"

巨大的经济压力,把这个14岁的孩子拖进了一个可怕的思维定式——反正是治不好了,与其这样无休止地拖累家庭和社会,还不如早早了断,大家解脱。在这个念头的驱使下,她毅然决然地拔掉了输液的针头,带着微笑告别了这个世界。孩子这么懂事,这么心疼家人,这让宫锡言回想起来更加悲痛莫名。

一个鲜活美丽的生命,仅仅因为没钱,就此香消玉殒。一念及此,善良的人们无不痛彻心扉。金钱,这究竟是个什么东西?一些花花绿绿印着特殊符号和数字的纸片而已,它怎么能与万物之灵长的人的生命画等号?把这个问题深化开去,对于痛失亲人的家属们

来说，这将是一种令人窒息的无奈！无怪小萍莉去世后，她90岁的爷爷每天一大早就挪动到家门口，一直枯坐到天黑，等待他的孙女回家。这位老人大概无论如何也不肯相信，他的活蹦乱跳的小孙女会决绝地自动离开这个世界。

二　温总理救助白血病患儿的启示

金钱，有时候会在生命面前展现出它狰狞的一面。也有些时候，它会在生命面前展露温馨的微笑。近几年来，一些幸运的患者在媒体的呼吁下得到了社会的广泛捐助，一些民营企业家也曾出手援助过个别患者，使这些即将凋零的生命之花重新绽放。在这些幸运者中，最幸运的莫过于河北省蔚县的患儿李瑞。

热效应，总理捐款带动捐款热潮

2009年2月16日下午2时49分，温家宝总理结束在天津的调查研究准备乘坐火车返回北京时，在天津火车站候车室遇到来自河北张家口2周岁的白血病患儿李瑞。当温总理得知他因为家庭困难看不起病，母亲准备带他回老家时，当即嘱咐随行工作人员安排孩子到北京治病。

在温总理的亲自安排下，2月16日当天，李瑞就住进了北京儿童医院血液病中心血一病房。2月17日，中国医学科学院血液病医院两位专家按照卫生部指示，从天津急调入京，赶到北京儿童医院，参与小李瑞的会诊工作。当日，北京儿童医院、河北北方学院附属第一医院、天津血液病研究所的专家对李瑞进行会诊。会诊结果显示，这是一种比较常见的白血病。专家们为小李瑞制订了专门的化疗方案，并立即开始实施。

17日上午，国务院温总理办公室的工作人员又专门赶到北京儿童医院探望李瑞，将募捐的1.5万元现金交给李贵树夫妇。工作人员说，这里面，有温总理捐助的1万元现金。通过检查，确定小李瑞患的是急性淋巴细胞白血病。

同一天，温总理出手救助小李瑞的消息传到了李瑞的家乡河北省蔚县草沟堡乡，乡里立即组织全体乡干部开展献爱心捐款活动，为小李瑞筹集善款2万多元。张家口市红十字会秘书长苑小刚专程赶到北京，看望了小李瑞，并给他带去一个2尺多高的会唱歌、会说话的机器人作为礼物。

"事虽然不大，但却反映了温总理认为民比天大，敬畏民生的崇高思想境界。""温总理爱民如子。这感人的一幕虽然短暂，但足以让我们为之感动。"人民网等各大网站有关温总理火车站偶遇白血病患儿一事，均被放置在网页显眼位置。网友们纷纷跟帖，盛赞总理举动。

温总理出手相助的新闻一经播出，立即形成了一个巨大的"热效应"，掀起了一场捐款热潮。截至2月21日，短短5天时间，"北京扶助贫困儿童就医健康基金会"就已收到用于李瑞治疗的专项捐款48.4万元。

这是一个复杂的社会心理折射。我们无意分析它的成因，但有一点应该指出：如果不是温总理亲自安排、出手相救，如果这件事不是被媒体报道出来，这样的"热效应"是绝对不会出现的。小李瑞本来就是到天津看病的，因为没钱了，只好回家。温总理出手后，连卫生部都主动把天津的专家调到北京参加小李瑞的会诊。而且，在这个"热效应"的影响下，小李瑞简直成了明星，以致医院方面不得不表示，到医院看望、捐款、采访李瑞的人太多，为避免交叉感染、加重患儿病情和保障其他患儿的健康，院方恳请记者和捐款者不要进入病房。

对于这个"热效应"引发的各有关部门、媒体和社会各界的高度热情，笔者真不知是否应该赞扬。

据统计，全国的白血病儿童大约已有400万。2003年6月，北京儿童医院就已发起成立了"扶助贫困儿童就医健康基金会"。截止到"热效应"爆发的2009年2月，基金会已经救助了160多名贫困儿童。因此，某媒体报道说："儿童医院呼吁大家为更多的白血病儿童献上爱心，倡议向基金会捐款。"这个"为更多的白血病儿童献上爱心"，大约是对这场"热效应"的最好诠释了吧。

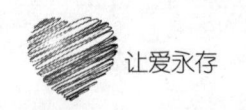

一下子从冰窖里走到了火炉边

小李瑞的父母李贵树和王志华夫妇俩是河北省张家口蔚县草沟堡乡高庄子村的普通农民,家中世代以种田为生。蔚县是国家级贫困县,草沟堡乡的人均收入又一直在全县乃至张家口市处于末位。2008年,高庄子村人均年收入不到1500元。

高庄子村位于海拔1600米的高山上,一年当中的无霜期最多只有120天,只适合少数农作物生长,因此村里的农民都比较贫困。李贵树说,每年无论耕种什么都必须及时收割,有时哪怕晚了一天,一夜风霜下来,啥都没了。有位记者说,温总理救助小李瑞的事情报道出来后,各方面都介绍李贵树家里很穷。穷到啥程度?谁也说不好。直到后来,听一位去过他家采访的同行说起一件事,人们才有了真切的感受。那位同行从李家采访归来,拿出在李家拍的照片,同事们指着一张照片关切地问,这是他家做什么用的棚子?那位同行解释说,这就是李家夫妇住的房子。那位同行说,也不怪人家误解,李家本来就是土坯房,年久失修,有一面墙还倒了一半,看上去确实不像能住人的样子。

李贵树夫妇已有一个儿子,2009年时已经16岁。夫妇俩一直想再要个女儿,为此,2007年,他们生育了第二胎。第二个孩子出生那天,正是2007年农历正月十五,村里下了一场几年难遇的大雪,雪深2尺多。孩子的姥爷王进想着"瑞雪兆丰年",欣喜地为孩子取名"李瑞"。

小李瑞出生后,身体状况一直都无异常。但是从2008年入夏开始,他脸色苍白,经常感冒、发高烧。夫妇俩以为家里穷,孩子没吃啥好的,可能有些贫血,也就没太在意。小李瑞每次发烧,他们给孩子吃吃药,也就好了。2008年6月,夫妇俩发现孩子身上总是软软的,没精打采,觉得有些奇怪。6月11日,夫妇俩抱着孩子翻过大山,到张家口市一家医院检查。结果出来,夫妇俩傻了眼:孩子得了白血病!医院说,准备几万元赶快看病吧。

几万元?说得倒是轻巧。家里几年来的积蓄总共只有1300元!

为了治病，他们硬着头皮找亲戚朋友，东挪西借。乡亲们都困难，攒点钱不容易，他们夫妇俩靠种田所得，何年何月能还上那几万元借款呢？但是为救孩子的命，乡亲们没顾这么多，能借的都借了。借到钱，夫妇带着孩子在张家口治疗了3个月，这一下就花去6万多元。一天，孩子正在接受治疗，钱又用完了，李贵树又回村子筹钱。但乡亲们能借的都借了，再到哪去筹钱呢？他愁眉苦脸地来到岳父家发呆。那时，岳父家的老母猪刚生下了十几头小猪崽儿，岳父想都没想，就催着他把猪仔全部抱走："快，拿去卖了，救娃娃。"

卖猪崽儿得了4000多元钱，李贵树拿到医院救了急。为此，李贵树总觉得对不住岳父，那些猪崽儿再养一段时间就能卖出更大的价钱，但老人一头也没留。

孩子住院3个月，李贵树夫妇欠下了6万多元外债。按医生要求，3个月后要来复查。春节过后，李贵树卖了800多斤胡麻，换来2000多元。2月16日，没文化的李贵树夫妇请其识文断字的姐夫杨正魁当向导，带着孩子，赶往著名的天津血液病研究中心检查。该做的检查还没做完，夫妇俩身上的钱就花完了。思来想去，夫妇俩决定回家给孩子找点偏方，再不行就认命了。

临行前，三人想，好不容易来了趟天津，去尝尝赫赫有名的"狗不理"包子吧。可是当三人抱着孩子来到"狗不理"，却只是看了看价格表就退了出来。"一笼包子36元，也没有几个，吃不起啊……"李贵树说。

当天下午2点多，李贵树夫妇和姐夫带着孩子，来到天津火车站买了三张回张家口的火车票，候车准备回家。

回忆到这一节，李贵树后悔得不行。他说，当时孩子闹着要喝水，他只得跑到外面去买。总理来到候车室时，他没能遇到。

当时，温家宝总理结束在天津的调研，准备乘火车返京。总理进入候车大厅后，等车的乘客纷纷起立向总理鼓掌。总理和乘客们挨个握手。姐夫杨正魁回忆："我们在候车室的第2排，孩子睡了，过了一会儿总理朝着我们走过来了，当时总理问我们来天津做什么，妹妹王志华回答说是来看病的，总理问看了没，她说看不起，准备回家。"

杨正魁说："询问完孩子的病情后，总理握住我的手说，来北京看吧，他给我们安排一下。"

王志华听了，一边连声说着"谢谢"，一边跪倒在总理面前。总理和工作人员马上将她扶起。

提起当时与总理握手的感觉，杨正魁说，从心里到手上都是热乎乎的。他说，此后三天，他都一直没舍得洗那只与总理握过的右手。

而李贵树则遗憾不已，他说他回来时，温总理已离开。但听妻子说"见着总理了，见着总理了"，他当时就感觉这下孩子有救了。此后几天，温总理的关怀时时温暖着李贵树的心。他从网上打印了一张温总理关怀小李瑞的新闻照，天天装在上衣贴身口袋里，没事就拿出来看看。

16日下午4时许，国务院工作人员便陪同李贵树夫妇来到了北京儿童医院。小李瑞被安排在血液中心一病房，当天晚上就做了全面检查。

感受着温总理的无限关爱，李贵树每天都在冥思苦想，曾为孩子患病而急得一夜白头的他说："我一直想写封信来表达对温总理的感激之情，但我没文化，真的不知该如何提笔啊，心里真是急啊……"

在天津火车站遇到了体恤民情的温总理，这是小李瑞的幸运，也是这个家庭的幸运。李贵树形容他心中的感受时说，他觉得自己一下子从冰窖里走到了火炉边……

因为临时改道北京做治疗，李贵树等三人已经买好的返回蔚县的火车票也没退。他们决定保留这三张火车票，做个永久的纪念。

刚遇到贵人，又遇到了亲人，万千关爱在一身

小李瑞终于得到治疗了，李家在喜出望外的同时，又陷入了新的惆怅。白血病的治疗期比较长，小李瑞离不开家长的照顾。而北京高昂的食宿费用，对这个负债累累的家庭来说真是难以承受。

2月17日，《天津日报》驻京记者采访得知这一情况后，立即

第五章 物质与精神的完美结合

向津报集团领导汇报。集团领导指示，一定要尽一切可能帮助小李瑞的家人解决实际困难。津报集团记者站正好就在北京儿童医院附近，津报驻京记者当即决定把李贵树及其姐夫、岳父三人接到记者站与他们同吃同住，解决了他们的食宿问题。当天，记者站工作人员就为李家三人腾出了房间和床铺。

后来，考虑到三人住进记者站会影响记者工作，李贵树一行三人继续留在医院西院一个地下招待所里住宿，但每天的中饭和晚饭时间都会到津报驻京记者站用餐。招待所很简陋，客房都在地下室，每张床位每晚20多元。李贵树和岳父王进、姐夫杨正魁三个人挤住一个两人间，50元一晚。也许知道他们经济困难，招待所也没找他们要过房钱。

李贵树的岳父每每提到此事都说，那些记者们待我们和善极了，就像亲人一样，每餐都给我们做丰盛的一大桌菜。我们真是幸福，刚遇到贵人，又遇到了亲人。

对此，津报驻京记者站主任马健龙诚恳地解释说："李贵树家里遇到了困难，大家就该有钱的出钱，有力的出力。虽然津报集团捐了13万多元，但我们想，他们现在除了需要钱，更需要的就应是温暖吧。我们这样做，也只是想让他们在北京有个落脚的地方，有个温暖的家。"

医院方面则表示，小李瑞是幸运的，但是应该看到还有很多这样的孩子和家庭需要人们的关注。据统计资料表明，全国每年新增白血病儿童上万人。仅北京儿童医院每年新诊断的白血病患儿就有200多人。目前，急性淋巴细胞白血病最主要、最有效、最经济的治疗方法是化疗，治疗要用2～3年时间。面对几十万的治疗费用，许多家庭只好选择了放弃。

由于温总理的介入，小李瑞一家受到了来自方方面面的热情关注，可谓万千宠爱在一身。然而，全国那么多白血病患者，不可能人人都有小李瑞这样的幸运。这就有一个问题凸显出来：这种爆发式的社会群体热情，可否转化为一种理性的、制度化的爱心捐助，以期救治更多的患者。

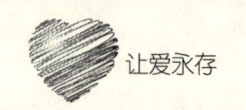

对话与思考：我要想的是更深层次的东西

2009年2月28日下午，中共中央政治局常委、国务院总理温家宝来到中国政府网与网友交流，并与网友共同回顾了在天津救助白血病患儿的经历。他说："我要想的是更深层次的东西，那就是如何完善医药卫生体制改革的方案，如何建立儿童重大疾病的救助制度。"

温家宝总理救助白血病患儿的故事感动了众多网友。一位网友在访谈中提问说："我来自湖北，感动于您救助白血病患儿！这样的孩子很多，总理，仅凭您一己之力救不过来。我6岁的孩子患有原发性免疫缺陷，家里经济负担沉重，恳请总理考虑能否将特殊病患儿纳入医保统筹范围，救救我的孩子。"

温家宝回答说："我十分关心你的孩子，你的问题是发自肺腑的。那次在天津遇到白血病儿童，我和我的同事们伸出救援之手。但是这件事情也引起网友不同的议论，有的网友十分尖锐地提出来，说遇到一个好总理不如遇到一个好医生。"

温家宝总理说："这件事情我懂得，因为就是在几年前，北京儿童医院的胡亚美女士告诉我，中国的白血病儿童要超过100万，她希望在儿童医院建立一个白血病中心。国务院批准了这个项目，将要斥资8.8亿元来建设这个中心。但是光有意愿不行，孩子还得有钱看得起病。我也懂得，一个白血病的儿童，治疗少则十几万，多则几十万，而我们现在所有的医疗保险制度都不允许这么大额的报销。"

温家宝说："那天在火车站，我并没有把这个孩子的事情交给地方政府去办，而是出于一个普通人的同情心，和我的同事们一起凑些钱来给他治病。但是，我毕竟是一个总理。因此，我要想的是更深层次的东西，那就是如何完善医药卫生体制改革的方案，如何建立儿童重大疾病的救助制度。这些事情我们都在做着，但是我们的力度还不够。比如说农村合作医疗覆盖面达到90%，但是目前大病统筹的标准只有100块钱，今年计划120块钱，报销的额度又比较小。即使这样，8亿多农民，国家为每个农民负担100块钱，就要1000多亿，我们只有通过不断地发展经济、增加财政收入来提高统筹的标准。

我们目前对于疾病救助的中央财政也安排了大约每年96亿，这点钱应该说是杯水车薪。对于这么多要救治的孩子，我倒想了一个可能做到的办法，就是广泛地发动群众，建立儿童大病救助金制度，这件事情可以立即做起。另外，我们对于现在很多特殊的传染病也加大了救助和支持的力度。"

总理在车站偶遇白血病患儿，这是十分巧合的事，是孩子的幸运。稍加思考，会发现这里有很多的"如果"可问：如果总理与小李瑞擦肩而过，没有看见这个病儿；如果总理工作太忙，即使看见了这个孩子也急匆匆赶路；如果总理只是过问了一下孩子的病情，仅仅表示了慰问……如果发生这许多"如果"，总理都没有丧失总理的本色。但是事实并不是如此。总理不但问了孩子的病情，还嘱咐随行人员安排孩子到北京治病。这个孩子的确是幸运的，虽然他只是无数患白血病孩子中的一个，但透过这一个患病孩子，我们似乎看到了人民总理爱人民，时刻把百姓的冷暖、安危放在心上。

关于温家宝总理的爱民情怀，我们可以举出很多例子。这里我们想说的却是，像温家宝总理这样关爱民生、重视民情、关注民瘼的领导干部究竟有多少？与人民群众心贴心，与人民群众同甘苦，与人民群众共患难，这是我们党的一贯传统，也是我们党取得中国革命胜利的重要法宝。但是毋庸置疑的是，最近这些年，这个重要法宝被我们的很多人丢弃了，甚至被一些人踩躏了。我们有些共产党员、领导干部，面对人民的困难、疾苦、贫病，视而不见，听而不闻，他们高高在上，严重脱离群众，做官当老爷，有的人更是视人民的困苦于不见，贪污受贿，腐化堕落，贪图享受，纸醉金迷……就以人民的贫病来说吧，我们有多少的贫困家庭需要政府的帮助、社会的救济，但是我们有多少官员真心去相帮了呢？

这些年我们也看到过很多这样的报道，比如有人发生车祸，官员的车从事发地经过，但遇难者就是扯破嗓子喊救命，小车还是疾驰而去；我们的各级政府官员可能都遇到过无钱治病、无钱上学的孩子，但又有几个像温总理这样伸出援手呢？不是没有，而是不多。

当然，我们的各级政府官员不是国务院总理，权力没有总理大，他发出的指示也没有总理那样的效用。但是，我们是不是对群众的疾苦、困难过问了，关心了，给予在自己力所能及范围里应有的帮助了？这看起来只是一个小事情，但却反映出一个领导干部与人民群众的感情问题，对待群众的态度问题，也是一个领导干部的价值观问题。

温家宝总理偶遇患病孩子，停下了匆匆的脚步，这一停给我们的启示很多。其一，作为一个领导干部，要时刻把人民的冷暖放在心上，不能漠视不管；其二，要时刻保持与人民群众的血肉关系，不能远离群众、脱离群众；其三，要关心群众、体贴群众、帮助群众，与人民群众永远保持紧密联系；其四，不要高高在上，要放下架子，到群众中去，与人民群众心贴心、肩并肩，把群众的事情做好，做踏实。

这，就是我们从温家宝总理援手救病儿这件小事中应该得到的启示。

三 钱不是万能的，但没有钱是万万不能的

金钱，可能是人类最伟大的发明。因为金钱可以衡量大部分具体事物的价值，也为人类社会的文明进程作出了重大的贡献。

金钱虽然对人类有很大的功用，但同时也制造出一连串的问题。

在现代商品经济社会中，金钱可以说是无处不在，早已成为世人追逐的目标。但是，金钱又绝对是一柄双刃剑。它酿制幸福也制造罪恶，它可以激发人的创造性劳动，也会产生令人疯狂的魔力。

金钱的作用很大，但也毕竟有限。

有了钱，你可以买到房屋，但买不到一个家；

有了钱，你可以买到钟表，但买不到时间；

有了钱，你可以买到一张床，但买不到充足的睡眠；

有了钱，你可以买到书，但买不到知识；

有了钱，你可以买到医疗服务，但买不到健康；

有了钱，你可以买到地位，但买不到荣誉；

有了钱，你可以买到性，但买不到爱。

一句话：金钱，是对物质世界控制能力的数量化表现。

没有钱就没有命

"有钱好办事"，不敢说是真理，却是世人皆知的大实话。我们早已走过了"假大空"的时代，无须政治挂帅，不用再说冠冕堂皇的口号式语言。因此，这样的大实话无论在何种场合都可以说，因为它在某种情况下具有真理性，算是一个"相对真理"。

前文提到过的黑龙江籍旅美博士杨吉林，其女儿明月在加拿大患白血病，需要进行骨髓移植。杨吉林立即奔赴国内，由他个人出资，在国内募集了大批志愿者，很快就采集了2000多例血样。女儿不幸去世后，杨吉林又将自费采集的2000多份志愿者血样检索数据无偿交给中华骨髓库。我们抛开其他因素不讲，只设想一下，假如杨吉林先生当时根本无力支付2000多例血样的采集检验费用，那么后来的情形还会出现吗？2000多人出于爱心，出于奉献精神而自愿抽取血样，总不能让这些人再自费查验自己的数据吧？

有病没钱，是一件最无奈的事。我们已经无法统计全国有多少白血病患者因为无钱医治而放弃了生命。这样的悲情故事，应该说每天每时都在发生。

2005年6月，来自山东烟台的孙靖带着儿子孙海栋来到北京，入住前门西京宾馆。一年前，14岁的儿子孙海栋被确诊为急性白血病。一年多来，41岁的孙靖一直带着孩子在外看病，去过青岛、湛江等地，6月24日来到了北京。

来北京时，海栋跟父亲说，他打算放弃治疗。"这个病看不好的，我来北京就想看看天安门，看看长城，然后回家。"孙靖满足了儿子的愿望。25日，他带着海栋去了天安门，看了看故宫外围。"看到真正的天安门，他特别开心。"那时候，海栋望着天安门对爸爸说，他还想去长城和北京大学。在海栋的枕边，有一本《我是怎么考

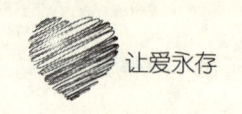

上北大的》书，这是他的梦想和目标。孙靖说，儿子已经让他问好了去北大的车怎么坐，"这里有车到清华园，听说那里离北大不远了"。

孙靖说，海栋读书特别勤奋，退学前在烟台第十三中上初一，成绩在班上一直排在中上。"如果不是得这个病，他上大学根本没问题。"由于经常外出治疗，海栋去年不得不退学。

当天从天安门回来的路上，海栋一屁股坐在了地下通道的台阶上，再也起不了身。孙靖焦急地在附近找了好几辆人力三轮车，要价都很高。直到有位车夫听说孩子生病，答应只收5元钱，才把他们送到了宾馆门口。

回到宾馆后，海栋便高烧不止，病情恶化。孙靖事后说："我不能看着儿子这样下去，为了把他留住，我只能不辞而别。"他彻夜写下了3封遗书，一封给警察，一封给妻子，还有一封写给北京的医学专家。在写给警察的遗书中，孙靖说他不想扰乱北京治安，但孩子没钱治病，他不会偷又不会抢，只能用这种方式为孩子筹钱。在写给医生的信中，孙靖希望通过遗体捐献得到帮助，让那些需要他的器官的病人帮助海栋治疗。

孙靖在写给妻子的遗书中，除了要妻子在自己走后好好照顾儿子之外，还将生前欠下的债一一开列清单，让妻子有能力时一定要还。"如果有来生的话，我一定给你一个完整的家庭。"孙靖写下这句结束语后，望着熟睡的儿子，捂着嘴小声地哭着，一夜未眠。

27日上午，孙靖让儿子到楼下给妻子打电话。儿子一出门，他立即服下了药，幸运的是儿子电话并没打通，两分钟后便上楼，发现父亲不开房门，立即找到了工作人员。工作人员想用钥匙开门，却发现门从里面被反锁上，从门缝里看见孙靖躺在了床上，已经昏迷。工作人员强行打开门后，将他送到了大栅栏医院，随后转入天坛医院。

天坛医院医生称，孙靖服下的是48片安眠类药"七叶神安片"，那是一种中药，情况不是很严重，由于发现救治及时，已无生命危险。但是输液中途他又一次要求医生停止输液，并试图拔掉自己手臂上的针头……

面对这样的悲情故事，面对被金钱这个魔鬼逼得自杀的父亲，

第五章　物质与精神的完美结合

我们选择漠然还是默然？

在这类的故事中，金钱的作用至关重要，甚至可以说是具有唯一性的作用。所以，这里正好用上另一句很著名的大实话：钱不是万能的，但没有钱是万万不能的。

对这句话体会最深的，是河北省博野县台资企业大成精密铸件有限公司的职工赵娜。

2005年，公司为全体职工进行例行体检。体检以后，赵娜照常上班。这一天，领班通知她，医院觉得她的血象有点高，让她重新去检查一遍。赵娜又去了一次，医生重新给她验血，血象还是特别高。医生建议她再到别的医院复查，她就去了保定人民医院做了一次骨穿。第二天去拿报告，竟被诊断为"慢性粒细胞白血病"。白血病，这个可怕的字眼一下子将赵娜击垮了。赵娜和爱人马未鹏都是大成公司的职工，可爱的儿子当时才三岁。美好的生活才刚刚开始，谁知道就得了这样的不治之症。

谁都明白，治病是要花钱的，治疗白血病的费用不是一般家庭负担得起的。高额的治疗费用使赵娜一家陷入了无助的困境。医生告诉赵娜，要治好这个病，一个办法就是吃一种进口药，24000元一盒。还有一个办法就是做造血干细胞移植，大约要四五十万元。赵娜一听，懵了，觉得没希望了，那就吃点口服药维持着吧。

赵娜自己觉得没希望了，因为她知道砸锅卖铁也凑不上那四五十万元的手术费用。但是赵娜的家人不甘心，他们不能眼看着亲人就这样被疾病夺去生命。面对凶残的病魔，他们倾其所有，决心用自己的最大力量来挽救她的生命。

那段时间，丈夫和父母把家里所有的钱都拿了出来，带着赵娜去最近的城市保定，去省会石家庄，去首都北京，开西药，抓中药，吃偏方，想尽一切办法给赵娜治病。赵娜的公公马庆月说："那时候吃中药，一天一付，40块钱一付，吃了将近三个月。每次带赵娜去看病，都是家里有多少钱就带多少钱去。"全家人就这样坚持着，始终不言放弃，到处去看病。

公司的同事知道赵娜患病的消息后，也自发地伸出援手，大家尽自己的所能为赵娜捐款。赵娜所在的车间的工友们，因为平时朝夕相处，与赵娜感情比较深，大家组织了两次捐款。但是，即使是大家付出了自己的全部努力，相对于高昂的持续的治疗费用，这些钱也不过是杯水车薪。由于家庭经济条件有限，赵娜家在花完了所有的钱后又借了一部分外债。

那段时间，治病的痛苦，筹钱看病的焦急，没钱看病的无奈，让赵娜一家人陷入了绝境。赵娜说："吃药、打针，什么方法都用过了，把家里的钱也都花光了。精神压力太大了，吃不下饭，人瘦得脱了相，浑身没力气，从床上站起来走到门口就累得不行，眼都是黑的，看不清东西。当时心情坏得不能说了，已经绝望了。"

就在赵娜一家为没钱看病而绝望的时候，公司经理将这件事向台湾籍董事长谢荣坤作了汇报。事情由此出现了转机。

大成精密铸件有限公司是一家台资企业。因为公司在外地还有很多企业，来自台湾的董事长谢荣坤平时并不经常来博野。他听说了这件事后，当即指示，由企业出钱，不惜一切代价给赵娜治病，一定要把赵娜从死亡的边缘挽救回来。

公司经理温久说："董事长当时表示，不能让我们公司的人员因为治疗发生困难，影响个人的生命和健康。不管花多少代价，只要有条件，就要把职工的病彻底治好。"

听到这个消息，赵娜一家喜出望外，他们又重新看到了生活的希望。

为了安慰赵娜，谢荣坤董事长还专门从台湾来到博野。他紧紧地拥抱着赵娜一家人，安慰他们说："不要着急，只要大家一起努力，一切都会好的。"

赵娜至今对那时候的情景记忆犹新："他抱着我们说，一切都会好的，钱的问题你不用担心，不管花多少钱，只要你能好就行。当时我和我老公感动得不知道说什么，我们抱在一起就哭。"

在谢荣坤董事长的亲自安排下，2006年7月，赵娜在家人的陪伴下来到国内治疗白血病水平较高的苏州大学附属第一医院。医院血液科主任吴德沛教授在给赵娜进行了全面的身体检查后，制订了实行造血干细胞移植的治疗方案，并开始寻找合适的造血干细胞配型。

经过不懈努力，2007年5月，医院终于为赵娜找到了合适的造血干细胞配型。然而对方一体检，却发现有肺结核，只能等肺结核治愈后才能实施手术。赵娜的造血干细胞移植不得不继续等待。这期间，医院为赵娜采取了服药等保守治疗，治疗的费用都由大成公司负责。

赵娜一家在焦急地等待着造血干细胞移植能够早一天进行，而身在台湾的谢荣坤董事长也时时在关注着赵娜病情的进展。他说，如果内地找不到合适的，不妨在台湾找。经过一番不懈的努力，谢荣坤终于在台湾找到了和赵娜配型合适的造血干细胞。这是一位在美国居住的台湾女士，她听了谢荣坤的陈述后，被他的爱心和诚心感动，即刻答应回台湾为赵娜捐献造血干细胞。

2008年6月7日，是赵娜生命攸关的一天。这一天，在谢荣坤董事长亲自监督下抽取的造血干细胞由专人乘飞机从台湾经香港送达苏州，随后干细胞被快速送到赵娜所住的医院，输入到赵娜的体内。第二天零时，手术完成，赵娜终于摆脱了死亡的威胁，获得了自己的第二次生命。

在苏州大约住了一年后，赵娜的身体逐渐康复，基本度过了造血干细胞移植后的排异期。转年7月，赵娜告别苏州回家休养。为了挽救赵娜的生命，大成公司为她支付的治疗费用超过了70万元人民币。

能够从死亡的边缘起死回生，赵娜说她永远也忘不了所有给她关怀和帮助的好心人，特别是公司的董事长谢荣坤。"特别地感激他们，如果没有他们，就没有我的第二次生命。我希望自己能够快点好起来，回去上班，好好工作，来报答公司。将来等我的病好了，我也去帮助那些需要我帮助的人。希望自己和我的孩子以后都能怀着一颗感恩的心，来面对这个世界。"

70万元，救了赵娜一条命。不妨设想，如果没有这笔钱，赵娜将会如何？在这一事件中，金钱就等于生命，没有钱就没有命，其他所有的因素都退居其次。这是赵娜一家人的切身体会。

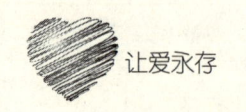

宋佳月——我不想拖累姥爷和姥姥……

17 岁的少女宋佳月是天津市某职业中专的学生，她聪明美丽，喜欢画画，最喜欢素描。在职业中专，她学的是中医。对于未来的工作，出生于贫寒家庭的她没有太高的要求，只想早点工作，早点帮姥姥、姥爷分担压力。毕业前夕，本来有一个药业公司已经同意让她入职，就等着她领毕业证了。但是突如其来的疾病把她的憧憬和希望全打碎了。

2010 年暑假，佳月几乎没休息一天，一直在打工。她十分节俭，每天的饭钱和交通开销都控制在 10 块钱以内，实在没钱了才向姥爷要一些。最后，她把打工赚来的钱大部分都给了姥爷。

佳月 2 岁时父母就离婚了，母亲常年在外打工。从小在单亲家庭中长大的她非常懂事，很会疼人。对于自己没有完整的家庭，她并不感到难过，她说她有姥爷和姥姥，现在家里还多了一个同母异父的 4 岁的小妹妹，她说："我知足，一家人在一起，平安健康就好。"

平安健康，这是所有人最基本也最简单的生活目标。但是，命运竟是如此残酷，连这个简单的目标也不肯施予。

发病前，佳月总是发烧，脸色惨白，明显是一种病态。家人以为她是贫血，开始未以为意。可是她病怏怏的样子，越来越让人不放心。2010 年 10 月 14 日，家人带她去医院检查。结果简直就是晴天霹雳，医生说，佳月患的是急性淋巴性白血病，如果不及时治疗，就只剩下半年的生命期限。全家人当时就愣住了，孩子的妈妈听完这个诊断结果就跑了出去，在医院外面放声大哭……

回忆当时情景，佳月的姥爷摇头叹息，混浊的泪水从老人的眼里流出。老人的右眼患有白内障，基本已经看不清什么东西了。

全家人原本不打算把佳月的病情告诉她，但是懂事的佳月很快就看出事情不是那么简单。她不断追问母亲，自己究竟得了什么病。母亲只是含混地说是贫血。但佳月不相信，最后她以不治病相威胁，母亲没办法，只好说了实话。

听到"白血病"这三个字,佳月也崩溃了。她突然转身向医院外跑去,家人追回了她,但她依然不接受治疗。她哭着说:"我不治了,咱家没钱,我姥姥、姥爷养我这么多年了,我快死了,还要拖累他们,我要回家,不治病了。我不想拖累姥爷和姥姥……"

听着外孙女说出这样的话,老人的心都碎了。佳月的母亲也承受不了这巨大的打击,心脏病突然发作,一病不起。

经过家人再三劝说,佳月住进了医院。佳月的母亲病倒了,已经无法下床,而姥姥和姥爷微薄的退休金在巨额医疗费面前无疑是杯水车薪。

佳月的姥爷和姥姥都快70岁了,身体都不好,两位老人治病已经欠下了不少债。因为担心姥姥接受不了,佳月的病情一直瞒着老人,只说是贫血。但是姥姥听说佳月治病要花钱,就跑到楼下摆了个摊子卖饮料,家里人都劝她别干了,老人却一直坚持。

佳月的姥爷说:"卖水才能赚几个钱啊,老婆子腿脚还不利索,但是她就是坚持。冬天又是心脑血管病高发期,她每天大清早就跑出去摆摊,我心疼啊……老婆子说,要不她来看孩子,我去摆摊,我又怕她知道病情会出事,只好顺着她……"老人哽咽了,说不出话,泪水一直流。

离婚后,佳月的父亲很少来看她。佳月10岁的时候还和父亲有过联系,之后就再也找不到他了。佳月说:"我后来偷偷找过我爸好几次,我要问他要钱,姥姥和姥爷太可怜了,根本没有多少钱,还要养我,但我爸总躲着我,后来就找不着了。"

2010年11月14日上午,天津市血液病研究所,17岁的宋佳月痛苦地蜷缩在病床上,苍白得毫无血色的脸上满是汗珠。被疼痛折磨了一夜的她,终于勉强睡着了。这时的宋佳月最需要家人在身边,然而她的父亲已经7年毫无音信。

佳月睡醒了,但是疼痛让她无法动弹。化疗引起了胃黏膜溃烂,佳月吃不下饭,胃疼得在病床上打滚,但医生说不能总打止痛针。

佳月从手机里翻出了她得病之前的照片,那时的她真的很漂亮,皮肤白皙,头发又多又密。但是几天的化疗就让她心爱的头发大把脱落,脸上也一直戴着口罩,身体越来越瘦弱。

自从住院后，佳月每天都偷偷查看费用单，一看到花了太多钱，她就更不想住院了。有一天，她突然和姥爷说："姥爷，让我回家等死吧，我死了还能给家里省钱，自己也少受点罪。我还想痛痛快快玩儿几天。"说完，佳月就开始给同学打电话，约他们出来玩儿。姥爷听外孙女说这样的话，难受到了极点。

因为瞒着佳月的姥姥，所以家人不敢让姥姥到医院看外孙女。但是姥姥始终放心不下，一天晚上10点多，姥姥一个人悄悄来到医院看佳月。姥姥对佳月说，贫血是小病，好好养病，很快就会没事了。在姥姥面前，佳月一直遮掩着自己稀疏的头发，怕姥姥看到，一个劲儿催姥姥赶快回家。

"我真的不想治病了，家里没钱，我姥姥还有病呢……"佳月的声音有气无力，泪水滑过了她没有血色的脸。

佳月的母亲病倒了，姥爷一个人无力照看，于是叫来了佳月远房的阿姨。佳月的阿姨是送报纸的，工作一有空余马上来照顾佳月，有时还要去看看佳月的母亲，甚至要去幼儿园接佳月4岁的妹妹，天天都在奔波中。

佳月的母亲一直在生病，但却一直不肯去看病，她说要把钱留给孩子。佳月的阿姨也为了佳月四处求人，"能借的都借了，还是不够，孩子他姥爷还去过银行贷款，但人家说公产房不能贷款，而且我们的情况也没有偿还能力。"

阿姨一边借钱，也一边在寻找佳月父亲宋广俊的下落，佳月的治疗配型都需要父亲在身边。宋广俊今年42岁，原住于天津市南开区西市大街，但宋佳月的家人听说，宋广俊可能到昆明打工了，找到他十分困难。

"我现在一看到孩子就想哭……我很疼佳月，佳月也很懂事，还这么年轻怎么就得了这个病呢？谁来帮帮她啊？"佳月的阿姨嘴唇颤抖着，眼泪早已决堤。

17岁，这样一个美好的年龄，宋佳月却要在病床上受尽煎熬与折磨，纤弱无力的她需要支持与帮助。她的心里一直在呼唤："爸爸，你在哪里？"

7年了，佳月的父亲没有任何消息，而家里现在的情况十分需要他，"我妈妈因为我一病不起，姥姥、姥爷年纪又大，这个家怎么撑下去啊？"

后来，一位姓李的先生来电告知，他2010年6月在云南昆明做生意时结识了宋广俊，但是李先生再回到天津后就与宋广俊失去了联系，宋广俊也更换了手机号码。

经过李先生的帮助，天津的记者得到了宋广俊的联系电话，几次拨打后，电话终于通了。记者将佳月现在的情况告知了宋广俊，"这事可不能开玩笑啊，怎么会这么突然？"电话里的宋广俊十分震惊，难以相信佳月得白血病的事实。

根据宋广俊的讲述，他正在昆明，靠打工勉强生活，一个月只能赚几百块钱。"如果真是这样，我会尽快借钱回家。"

得知父亲有了下落，佳月十分激动："啊，是吗？您是怎么找到他的？"记者将宋广俊的电话告知佳月，她即将拨通电话，联系七年未见的至亲，开始触碰多年未曾开启的亲情。但是，谁都明白，亲情只能抚慰佳月的心，却无法挽救她的生命。医生说，急性白血病人的自然生存期是3～6个月，在这样的紧急关头，佳月和她的家人最需要的是钱！

笔者记录这个故事的时候，尚不知宋佳月这位可怜的姑娘最终是否得到了救治。

郭台铭感叹：有钱买不到健康

台湾首富、鸿海集团董事长郭台铭，正是因为"首富"二字，成为世界级的名人。2006年，台股大涨，企业主身价也水涨船高。鸿海集团董事长郭台铭资产暴增700余亿元（新台币），总资产约1647亿元（新台币），稳坐台湾首富位置。

钱，对郭台铭来说根本不是问题。但是，再多的钱也买不来健康，这位首富在胞弟去世后的感叹，验证了关于金钱的另一个真理——钱不是万能的。

2007年7月4日下午2时17分，郭台铭的二弟、前台湾鸿准集团董事长郭台成在京病逝，享年46岁。

郭台成临终前，郭台铭抱着他，告诉他："放心走吧，你的小孩，你的家人，我都会好好照顾。"这位有钱的大佬，在生死面前表现出一份普通人的无奈与凄凉。

比郭台铭小11岁的郭台成，一直深受郭台铭喜爱，并一手栽培他，希望他能够成为鸿海帝国的接班人。谁知世事难料，2006年过年时，郭台成竟然罹患血癌，而且病情恶化的速度比预期的还要快。郭台成被发现罹患血癌后，虽然马上入院治疗，但病情并没有好转。为了治疗胞弟的病，郭台铭跑遍台湾的医院，最后放弃到美国治疗，选择了北京市道培医院。在弟弟住院期间，他不断鼓励郭台成要勇敢，要有勇气战胜病魔。他每天都多次打电话给主治医生，掌握最新情况。

谁都知道，造血干细胞移植是治愈此病的唯一有效手段。而查找适合的骨髓配型是关键的一环。在这个问题上，有钱与没钱都是一样的，命运并不格外垂青于有钱人。郭台铭虽然不惜砸下重金，几乎动用了全球所有资源，全力抢救郭台成，最后还是回天乏术。

为了给郭台成寻找配型，郭台铭可谓不遗余力。一开始先从自己的亲兄弟姐妹找寻适合的骨髓，没找到配对合格者，又到台湾骨髓库搜索，进入大陆骨髓库寻找，还是没有，再联络世界骨髓库找寻适合的捐赠者。这期间的花费，绝不是寻常人等承受得起的。

令人意想不到的是，在东北的黑龙江，一名哈尔滨市的造血干细胞志愿捐献者被发现HLA低分辨配型与郭台成完全吻合。庆幸之余，鸿海集团董事长郭台铭以"富士康基金会"的名义向中华骨髓库捐赠了1亿元人民币。

2006年6月10日，台北国际计算机展览会正式登场，台湾电子界的"老大"鸿海第三次参展，此次推出的主题为"人人英雄"，代表富士康零组件的品牌精神，每个零组件产品即使细微，也都扮演相当重要且关键的角色。

另外，为了推动"人人英雄"品牌精神活动，鸿海集团还号召国际大厂联手做公益。鸿海此次特别邀集英特尔副总裁安南、超微业务副总简吉杰、硅统董事长宣明智等半导体大厂高层共同出席活动，由郭台铭个人带头捐款1000万元，希望在计算机展期间募款捐赠世界展望会。

如此大规模和大手笔的活动与捐款，其实都是郭台成的构想，郭台铭个人带头捐的 1000 万元也是代郭台成捐的。从某种程度上说，此次郭台成构想和发起"人人英雄"的公益活动，也是因为终于找到了配型相合的捐献者，算是向"老天有眼"还了一个愿。

虽然成功查找到了骨髓配对者，但康复过程不太顺利。郭台铭并没有放弃拯救弟弟，他又花了大笔金钱，在美国骨髓库里查找适合郭台成的骨髓，而这个骨髓配型相合者竟然是匈牙利人。

郭台成在北京接受治疗，为了方便探视，郭台铭特地购买了一架专机，专门供自己往返于台湾和北京。2006 年冬天，郭台成要到北京医院做放射性化疗。事前，郭台铭亲自走了一趟道培医院到北京医院的路，了解沿途是否颠簸、路程有多长。他发现医院外有一道长廊是露天、必须步行的，于是到处找人探讨解决方案，最后获院方同意，开了一扇可以直接进入的门，让郭台成不必露天行走。这样尽心尽意的照顾，可谓登峰造极。而且，这样的事，也只有这位"首富"才办得到。

2006 年是鸿海成长的一年，但因郭台成生病，郭台铭 30% 的时间都待在北京，7 个月内跑了 40 趟北京。据报道，郭家人为了郭台成治病，花费数以亿计。

2007 年春节，郭台铭为了让弟弟安心养病，过完除夕，他就携近 10 位家族成员一同搭乘专机飞往北京探视，一待将近 10 天。3 月，郭台成在北京进行第二次骨髓移植手术，并由拥有"大陆骨髓移植之父"之称的道培医院医学总监陆道培亲自处理。当时医生还乐观表示，郭台成的病情稳定，在好转当中。

虽然手术成功，但郭台成最终还是因为排异反应而离世。

苦心栽培的胞弟郭台成生病时，郭台铭曾誓言将倾全力救治。但，虽然贵为首富，依旧无力回天。千金换不回生命，郭台铭内心的滋味，实不足为外人道。

斯人已逝，这位首富蓦然回首，时常感叹"弟弟的病，尽人事、听天命，有钱并不快乐，有钱买不到健康"。

四 以身相许，悲情故事何时了

在医疗福利制度方面，我国相对西方国家来说仍然很落后，还不能解决"大病致贫"的社会现象。得了大病无钱治疗应该怎么办？像白血病、尿毒症等，动辄十几万、数十万元的医疗费对普通家庭来说，无疑是道难过的坎儿。在这种情况下，大部分解决的方式就是媒体呼吁、社会救助，但以这种方式获救者也只是极少数。更多的人从现实出发，认为"没必要付出倾家荡产的代价、透支两三代人的幸福去做一件可能性实在太小的事"，因而选择了放弃。在对生的渴望的驱使下，一些患者做出了惊人之举，令人既感沉重又觉无奈。

25岁的孙红蕾是山东聊城高唐人，2006年毕业于某高校护士专业。2009年入冬以来，孙红蕾经常感冒发烧，在县医院打针多次也没有见效。2009年12月9日，经齐鲁医院诊断为白血病。

孙红蕾的父亲孙永亭没有告诉女儿真实病情，而是先与妻子瞒着女儿进行诊治。由于孙红蕾大学学习的就是医学，在入院第二天的化疗后，她就推测自己得了白血病。

孙永亭是高唐县某银行职员，妻子张逸秋在高唐县农机局工作，两人月收入加起来在3500元左右，"如果女儿不得这个病，我们这个家庭应该还是不错的。"

医生说，孙红蕾的病情虽然不是特别严重，但要想根除白血病必须进行骨髓移植手术，再加上手术前需要进行五个前期治疗疗程，总共需要60万元左右。

虽然不是农村家庭，但是巨额的医疗费用也远远超出了孙永亭夫妇的承受能力。

于是，孙红蕾给当地报纸写了一封呼救信：若有成功的单身男士愿资助我治好病，我愿以身相许，年龄不限，立字为证。我本人身高175厘米，体重55公斤，苗条、白净、漂亮，性格开朗。

"长这么大了，我最向往的是美好的爱情，也许……"孙红蕾没有接着说下去，但是一个花季女孩对爱情的向往和无奈的放弃，却已经清楚地写在她的脸上。

为了筹得治病的钱，妙龄女孩不惜以身相许。而持有同样想法的，非独孙红蕾一人。

谁能出钱救我，我愿以身相许

"如今，我唯一能自救的办法是，与其让爸爸卖肾不如让我自己来吧！我在此向所有的人们承诺：谁若愿意救我，我愿意以身相许！我是做会计的，等我病好了，如果实在不般配，我可以用工作一辈子去回报！"

这是2007年3月16日湖南邵阳县22岁白血病女孩向海叶在四处求助无门的情况下，在《羊城晚报》花地编辑部主任何龙的网络博客上发的部分留言。从被确诊患有白血病之后，巨额医药费让这个农村打工妹的家庭不堪重负。医院通过中华骨髓库已经找到两个与向海叶相符的骨髓，只要高配成功就可以进行骨髓移植。经过5次化疗，向海叶身体状况大有好转，医生说这十天是骨髓移植的最佳时期，但近30万元的医疗费用让这个青春美丽的女孩陷入痛苦的深渊。

"一开始我尝试着在别人的博客上留言，但没有多少人理会。印象最深刻的一次是我刚在博客上留了言，博主一下就把我的留言删了，那一刻我现在想起来都会掉眼泪。"

无助的向海叶没有别的办法，她不认识什么人，也没有什么社会关系，她的身体状况也不允许她出门。面对巨额的医疗费用，家里更是一筹莫展。"后来我无意中看到了何主任（《羊城晚报》花地编辑部主任何龙）的博客，就在他的博客上留言了。没想到的是，何主任看到我的留言后竟然亲自打电话给我，也是那时我才知道他就是《羊城晚报》花地编辑部主任，他还说会派记者过来采访我。那个电话给了我很大的信心和安慰。那一刻我知道我有希望了。"

了解情况后，有些素不相识的网友也纷纷慷慨解囊，并给予了海叶精神上莫大的鼓励。武汉市有位叫"若尘"的网友一直在为她筹款奔波，他通过当地电台把海叶的情况告诉了更多人，并组织募

捐活动。株洲网友"正人君子"、长沙的"追风的云"、湖北的胡晓华、北京的"魔杰"……越来越多的网友加入了救助的行列。为了记住大家对她的恩情,向海叶在自己的博客上认真地记录下一笔一笔的捐款,"我感受到很多人带给我的温暖,他们都跟我无亲无故,却愿意帮我。前天有位株洲的好心人知道我的事情后,特地送来了2000元钱,但他不愿意透露自己的真实姓名,只知道他姓周,我真的很感动,这是目前收到最大的一笔捐款"。

因为身体的缘故,向海叶不能长时间坐在电脑前,一般都是一些好心人帮她在各大网站的论坛上、QQ群上和博客上转载。截至2007年3月27日,海叶已经收到网友的捐款共1.3万多元,但对于近30万元的骨髓移植费用,这还只是杯水车薪。

但也有人质疑向海叶以身相许回报救命恩人的说法,向海叶直言:"或许没有爱情的婚姻会带给我痛苦,但至少我活着。如果我没有了生命,那我的亲人将承受怎样的痛苦?"

据媒体报道:3月19日,在湘雅医院血液科的病房里,记者见到了正准备输血小板的向海叶,浓眉、大眼、秀气的脸,尽管戴着口罩,但丝毫不能掩饰她的清纯与美丽。谈话间,她显得十分开朗活泼,但眼神里始终透露着一丝忧虑,聊到动情之处,她不禁泪流满面。

在2006年10月24日之前,22岁的向海叶还过着幸福甜蜜的生活。她中专毕业后在株洲一家服装公司上班,父母在株洲做小本生意,哥哥也在株洲打工,她还准备过年时回邵阳县老家跟男朋友举行婚礼。可10月24日这天,株洲市第一人民医院的白血病诊断书摧毁了她过平静生活的愿望。

2006年10月中旬,向海叶就开始定时发高烧,咳嗽不止,还经常晕倒。因为之前身体健康,家里也没有什么特别的病史,一开始她以为是感冒,没有在意。久治无效后,医生做特别检查才发现她患了急性非淋巴细胞白血病。

因为向海叶身体极度虚弱,必须马上化疗。第一次化疗就花去了3万多元,接下来还有四次化疗,加上骨髓移植费用超过30万元。向海叶的一家来自农村,且这几年父母做服装生意亏损,家里的经济状况一下子陷入崩溃。一家人四处借钱筹了 12 万元以解燃眉之急。

向海叶是个很体贴父母的女孩，听说要巨额治疗费用，她担心连累家人，马上表示要放弃。家里的 4 万元积蓄早已花尽，父母的服装店和农村老家的房子也变卖了。记者采访时，哥哥向海峰正在广州找朋友借钱，母亲也在向邵阳县老家的亲戚筹款。"砸锅卖铁我们也要想尽一切办法抢救你！"父亲向本光很担心女儿错过了治疗时期，"实在没有办法，我打算去卖掉一个肾来换女儿的命"。

知道向海叶的病情后，交往了两年的男朋友小王给予了她莫大的鼓励和支持，资助了 1 万多元医药费。小王也来自农村，是向海叶的小学同学，在株洲做焊工，工资也不是很高。两个多月过去了，向海叶的病情仍没有好转，骨髓移植需要的巨额费用也没着落。在这种情况下，小王的家人给了他很大的压力。向海叶感受到男友的苦衷，心地善良的她主动提出了分手，她说："我不想连累你，也不想让你活得太苦太累。"在一分钱都可能难倒英雄汉的今天，小王只好选择了沉默离去。

向海叶说："其实我知道这段时间他的内心也在受着煎熬，他曾说过他有种愧疚感，觉得自己很对不起我。过年在家休养时看到《蓝色生死恋》，我很感慨，电视剧里的情节怎么偏偏在我的身上发生了？"说话间，向海叶尽量显得很轻松，却不知眼角的泪水已经滑落下来。

2006 年农历九月二十三日是向海叶的生日，准备做化疗的她决定把秀发剃掉，"我不想化疗后看到它落掉，心里暗暗决定从这里获得重生。"病痛的煎熬、男友的失去、巨额医疗费无着落让这个青春女孩过早地感受到了生命的重负。

在拯救一个生命的重担面前，任何语言都显得苍白无力。现在，类似向海叶这样的情况，实在是太多了。媒体的报道又能唤起多少人善心的萌发呢？据当时的报道，在做这个采访的过程中，向海叶不时说着感谢的话，她的神态、她渴望生命的眼神，让人心酸不已。

弟弟患上白血病，姐姐决定典身相救

2004年，黑龙江女孩程忠会和弟弟程忠强一起来到深圳打工。几经辗转，姐弟俩都找到了工作，一个在酒店当服务员，一个做保安。

2006年9月8日晚8时许，在罗湖区怡泰物业管理公司做保安员的程忠强去洗手间时，忽然晕倒在地。因为当时只有他一个人值班，没有人发现。他躺在地上，大约半小时后才醒来。小伙子以为是自己贫血所致，也没在意，坚持上完当晚的夜班。

第二天一觉睡醒，程忠强感到浑身无力，头昏脑涨，连下床的力气都没有了。休息了两天，到了9月11日，一位同事扶着他去上厕所，发现他尿中有血，感觉大事不好，赶紧打电话告诉了程忠强的姐姐程忠会。

当天上午，程忠会和弟弟的一位同事一起陪着弟弟去深圳市人民医院第一门诊部检查。同事把程忠强背到医院检查后，医生拿着化验单悄悄把程忠会叫到一边说，你弟弟的血小板只有1000多，白细胞几乎没有，可能是白血病，赶快到人民医院留医部做进一步的检查。

当天下午，他们赶到留医部，医生再次检验，发现程忠强白细胞只有不到200，血小板只有1000多，诊断为白血病。医生说："情况危急，晚来一天可能就没救了！"第二天，医生又抽取了程忠强的骨髓进行化验，下午，正式结果出来，是急性白血病，病人随时会有生命危险。

随即，医院发出了病危通知书。程忠会捧着病危通知书，大脑变成一片空白。她当时刚刚21岁，在黄贝岭一家酒店当服务员。除了过年过节，姐弟俩平时很少见面，也都没回老家看过父母。医生起初说是白血病时，她以为自己听错了。弟弟才19岁呀，她不相信一向生龙活虎的弟弟会跟这种可怕的病沾上边。可白纸黑字的病危通知书让她明白，这是的的确确无法回避的事实。她懵了，一时不知怎么办才好。

第五章 物质与精神的完美结合

医生告诉她，现在唯一能挽救她弟弟的就是化疗，但化疗也有很大风险，而且费用很高，问她能不能做主签字，是不是要等到她父母过来。

程忠会没有犹豫，在化疗单上签下自己的名字。

老家离这里有几千公里，如果要等父母来了再签字，弟弟的病弄不好就会被耽误。

程忠会的父亲程恒宝是9月13日从女儿的电话里得知儿子患白血病的消息的。

程家所在的黑龙江大庆市杜尔伯特蒙古族自治县靠山屯，位于大兴安岭山区附近，虽然风景美丽，可是经济落后。2006年又遭遇涝灾，庄稼歉收，秋天总共收了1500公斤玉米和1000多公斤绿豆。按市场价格，这些粮食卖不过3000元。除了这些粮食，他家还有三间土房和一头耕牛。但这些东西要卖出去需要一个过程，儿子看病却马上需要钱，程恒宝只能去向乡亲和亲戚们伸手。

当天，程恒宝跑遍了亲戚和乡亲家，只凑到了5000元钱。孩子的姑姑说，亲戚们虽然都不宽裕，但是都尽了最大努力，要想再弄到钱，就只有去借高利贷。当天晚上，孩子的姑夫跑了邻近几个屯，才又借到了5000元的高利贷。

9月16日，程恒宝和妻子颜宪芒抵达深圳，来接他们的是女儿程忠会。

两年未见，女儿长高了，成了个漂亮的大姑娘，儿子一定也长高了，可他此时却生命垂危。颜宪芒见到女儿忍不住哭了，可女儿拦住了她："妈，别哭，马上要见弟弟，你这样会影响他治疗。"

第一期化疗从14日开始，到16日，程忠强从最初的昏迷中清醒过来。妈妈上来把他紧紧抱在怀里，一句话没讲，只是浑身剧烈地颤抖着。

程忠会告诉父母，弟弟化疗的费用每天大约需要2000元，她两年打工有一些积蓄，另外从朋友处借到了一些钱，加上父母带来的1万元钱，这些钱不知能维持到什么时候。在医院看护，如果用医院的床，每天的费用是50元，他们显然没法承受，所以必须买一张小床。吃饭问题，如果每天在医院叫饭，费用至少需要30元，所以最节省的办法就是自己做饭，朋友已帮她租了间便宜的小房子，可以在那里每天做饭送过来。一家人最后商定，女儿程忠会还是回酒店继续上班，因为她的工资要维持一家人的生计；妈妈在医院看护；爸爸则每天负责在家做饭和送饭。

程恒宝熟悉了周边的环境后，每天早上到市场买些排骨、土豆、豆腐、鸡蛋，给儿子煲一份汤，中午和晚上再给儿子各炒一个肉菜。而他们老两口，只能买些咸菜拌饭吃，因为他们清楚，只要他们多吃一口肉，他们每天的伙食就可能突破20元，儿子的治疗费就会被吃掉一块。儿子的胃口不怎么好，每顿剩下的饭菜，就是变味了，程恒宝也舍不得扔掉，他都要拿回去加热处理后吃掉。有一次，儿子的剩饭里有一块肉，程恒宝赶紧拿回去煲汤给自己下饭。

程恒宝说："我自己没本事挣钱救儿子，能省一个就是一个。"

第二次化疗从10月28日开始。医生介绍，化疗过程是通过药物将不正常的白细胞杀死，再通过药物把它恢复到正常，这个过程最怕的就是出现感染，这不仅会使病人生命出现危险，还会使治疗费用成倍增加。

但是，世间的事往往就是这样，你最怕什么，什么事就偏偏发生。

11月6日，程忠强的白细胞和血小板几乎降到了零，可这时他的口腔和肛门发生大面积感染，高烧达40多度，昏迷不醒，生命垂危，医生再次发出病危通知。

可程家此时已欠下几千元医疗费，医院的电脑自行关闭，虽然程忠强急需抢救，却没法从药房拿出药来。

人命关天啊！最终，值班护士把别的病号存的一份药取出来，才给程忠强救了急。

当天晚上，程忠会给所有认识的朋友都打了一遍电话。第二天，一位女伴送过来1万元，才解了他们的燃眉之急。

第三次化疗是从11月底开始的。程恒宝在交了8000元押金后，已山穷水尽。他打电话给老家的亲戚和朋友，让他们把他家所有能卖的东西全卖了，同时要他们也想办法帮帮他。

亲戚做主卖掉了程恒宝家的所有粮食和耕牛。三间土房因为太破旧没卖出去。5家亲戚卖掉了当年所有的收成，总算凑了3万元寄过来。"秋天的收成，一般到了明年春天才能卖到好价钱，可为了应急，亲戚朋友都只好把粮食贱卖了。"程恒宝叹着气说。

程忠强度过了第三次化疗，白细胞和血小板暂时恢复了正常。

医生说，现在程忠强的病情算是稳定下来，只要找到合适的配型，就可以做骨髓移植。找配型有两种情况，一种是能在家人中找到合适的配型，这样的费用为20万~30万元；另一种情况是，如果自家人中没找到合适配型，就要到外边找，费用需要30万~50万元。

当天晚上，程恒宝夫妇和女儿程忠会回到住处商量骨髓移植的事。他们仔细梳理了一下借款情况，老家的亲戚朋友已被"榨"干了，程忠会的朋友中能借的也都借过了，骨髓移植的几十万元从哪里来呢？他们不知道。

父亲说，实在不行，就把自己的肾卖一个。妈妈说，她眼睛不错，如果有人需要，她可以把自己的眼角膜卖掉。身为父母，他们实在想不出什么好办法了，为了救儿子，他们只有把全身的器官都有偿捐献出去。女儿一听就哭了，说："你们年纪都大了，捐了器官，以后你们身体不好怎么办？你们把我养这么大，我还没有报答你们的养育之恩，就让我来替你们承担这一切吧。"

程忠会对父母说："如果谁能救我弟弟，我愿意用一生一世来报答人家，做牛做马侍候人家一辈子，一辈子给人家打工也行，只要人家愿意，就是以身相许我也无怨无悔！"

程忠会的父母不死心，第二天专门到医院去问医生：有偿捐献全身的器官，为儿子筹措骨髓移植的费用行不行？医生告诉他们，买卖人体器官是犯法的，医院不会允许他们这么做。

钱是一个问题，更重要的问题是能否找到合适的骨髓。此时，程忠会一家人最大的愿望，就是能在家庭成员中找到与程忠强相匹配的配型，从而把骨髓移植的费用降到最低。

12月18日，程忠会和父亲陪着弟弟程忠强来到深圳血站抽血检验。程忠强的血液仿佛干涸了一样，医生抽了两次，才抽出了一毫升。

21日，程忠会收到血站的电话通知，她的配型与弟弟的不相匹配。

22日，父母一起赶到血站，希望抽取他们的血液化验一下。医生告诉他们，姐姐的配型如果与弟弟的不相匹配，父母的就更没有可能。

程恒宝说："要是有万分之一的可能呢？还是给我们检验一下吧。"医生经不起他们的再三哀求，给夫妻俩都抽了血，但还是给他们泼了冷水，让他们别抱太大希望。

程忠会欲典身救弟的事情传出后，深圳《晶报》记者采访了她。记者问："你真的要以你的青春和幸福来换取弟弟的生命吗？下这个决心，你有过动摇吗？"

程忠会："我没有动摇过，因为除了这样，我再没有其他办法。"

记者："如果真有人来帮你，你真的会兑现你的诺言吗？"

程忠会："如果有人帮忙救了我弟弟，我一定会兑现诺言。"

记者："你要考虑清楚，这可是用你的青春做赌注啊。"

程忠会："我没有文凭，没有任何社会背景，有的只是自己的青春。为了挽救弟弟的生命，为了报答父母的养育之恩，我只有拿青春赌一下了。我知道这个代价很沉重，需要我用一辈子加上我的青春去偿还，可我不会后悔，因为我长这么大，没让父母过上好日子，还没报答他们的养育之恩，我不牺牲自己，父母就要牺牲他们，我只能以代替他们牺牲来报答他们。再说，目前我就是家里的顶梁柱，为了救弟弟做出牺牲，我责无旁贷。"

程忠强所在的物业公司曾为他买了医疗保险，程忠强患病后，单位的同事给他捐了几千块钱。治疗过程中，医保就支付了2万多元的费用。虽然医保在12月底随着程忠强合同到期而终止，但程忠会还是通过媒体对弟弟所在单位表示了深深的感谢，同时感谢那些为弟弟捐款的好心人，包括那些借钱给她救急的姐妹。她特别提到一个叫朱会的出租车司机："那天医院抢救我弟弟，因我们欠费拿不出药，医生建议我们到外面去买。因为时间紧急，我就和父亲打的去买药。朱会先生一听我们的情况，不仅免收我们的车费，还捐给我们500块钱。我想借你们报纸，向所有帮助过我们的好心人表示深深的谢意。"

典身救母、典身救姐、典身救弟……类似的"新闻",过去已出现过很多次。

没有谁无缘无故愿意去"典身",实在是人世间的意外和苦难太多。人生的不幸总是随时在发生。白血病、尿毒症、各种癌症……这些疾病中的魔鬼,这些人类生命的天敌,不知道会在什么时候,就在不经意中向我们中的某一个人袭来。我们恨这些魔鬼,但有时却无能为力。

病魔对某一个人的侵袭,对整个社会来说,概率可能是千分之一、万分之一甚至亿万分之一,但对于病患者本人和他们的亲属,却是百分之百的侵害。它掠夺他们的生命,掠夺他们的亲人、亲情、幸福,掠夺他们所拥有的全部,使他们的生活急转直下,堕入深渊。在这个时候,家庭的亲情和人间的爱心站出来共同御敌,就显得尤为宝贵。

我们歌颂家庭的亲情。在突如其来的家庭灾难面前,亲情的支持比什么都重要。倾家荡产、砸锅卖铁也要救回孩子的生命,是这个脆弱的家庭共同的信念。在万般无奈之下,父亲、母亲争着卖自己的器官,女儿则要求献出自己的青春和幸福,还有什么比这种"争抢"更令人震撼心灵的呢!若病魔有知,也当因愧疚而退缩。

五 另一种意义的以身相许——悲壮的亲情与爱情

在这个物化的社会,还有多少人相信纯真的、不带有任何功利色彩和物质欲望的爱情?我们没有做过这方面的调查,但是社会现实告诉我们,相信这种爱情的人不会很多,拥有这样的爱情的人,就更是凤毛麟角。

纵然是凤毛麟角,也终归还是有的。不记得是哪位哲人说过:"叫花子有人爱的时候,至少那是真爱。"这意思很明白,爱上叫花子,一个彻底的"无产者",是没有任何物质利益可求的。所以,这样的爱情,至少是真的。套用这样的句式,我们也可以说:"白血病患者有人爱的时候,那绝对是真心的爱情。"

让爱永存

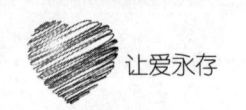

无怨无悔,爱上一个白血病患者

　　安徽省六安市裕安区新安镇的白血病患者王世伍,就幸运地遭遇了这样的爱情。对于王世伍来说,患了白血病,当然是他的人生大不幸,但是他因此而得到了一段人间真爱,所以,他又是最幸运的人。他的爱情,是超越幸福的感恩,是千年等一回的幸运。

　　2005年,王世伍因白血病在六安市人民医院化疗,一位温柔可人的白衣护士爱上了他,并以身相许,一直不离不弃地陪着他走过艰难的人生路。爱情,对于王世伍的妻子石洪连来说,是无怨无悔的付出,是孤立无援的抗争。她将女人一生最宝贵的青春全部献给了爱人,也献给了爱情。面对病情恶化的丈夫,她唯一能做的就是用自己柔弱的双肩,挑起挣钱为丈夫治病的重担。她说:"作为医护人员,我知道像他这种情况一般是治不好的,迟早有一天他会离开我。但是我觉得,我应该用我的爱给予他精神上的支持,延续他的生命。要是连我最爱的人都照顾不了,我还能照顾谁呢?"

　　原籍安徽滁州全椒县的石洪连长着大大的眼睛,一头乌黑长发直到腰际,是个清秀美丽的姑娘。2005年7月,她毕业于巢湖卫校,来到六安第一人民医院实习。实习的第一站,她就来到了血液内科。上班没几天,一个名叫王世伍的年轻病人就引起了石洪连的注意。这个病人每次化疗都是一个人独往独来,从不见他家里人陪着,也没人照顾他。她还注意到,其他病人都有家属送饭,只有这个王世伍,很少见到他的家属来送饭,所以他吃饭也不能按时。这是个病人啊,怎么没人照顾他呢?连日的观察,使石洪连对这个病人暗生同情,便以护士的身份问了一些王世伍的情况。这才知道,王世伍家里比较困难,为了给他治病,家人都到外面去打工挣钱了,所以平时没人来照顾他。天性善良的石洪连觉得王世伍很可怜,于是她萌生了要照顾这个病人的念头。有一次,王世伍在病床上打吊针,不能按时出去吃饭,石洪连就问他是否需要带一点饭回来,王世伍说可以。就从那次开始,两人算是认识了。从此,这个病人的饭就由石洪连天天送去。随着彼此了解的加深,王世伍越来越喜欢和她在一起聊天。

石洪连说:"当时没有其他的感情,只是觉得他需要一个人照顾,别的没多想。"

然而,就在两人认识不久后的一天,一名护士突然告诉石洪连,小伍不见了!这可急坏了她。石洪连在和小伍的家人交流后得知,原来小伍的家人一直想瞒着他身患"急性淋巴细胞白血病"的真相,而小伍无意中发现了这个秘密后,无法接受这个事实,一时难以控制绝望的情绪,也不愿意继续做化疗了,于是心灰意冷地从医院跑出去了。

当时,王世伍的家里人都急疯了。可是他电话不接,发信息也不回。这么大个六安市,到哪儿去找呢?

看着小伍家人焦急绝望的样子,石洪连就试着打电话给小伍。令她高兴的是,连续拨打了几次,小伍终于接听了她的电话。电话中,石洪连告诉小伍,如果他现在不继续治疗,就等于放弃了生命,而继续治疗,生命还是有希望挽回的。她不急不恼,娓娓劝说。经过长时间通话后,小伍终于说出了自己的位置。石洪连按照他说的地点,在医院一个偏僻的角落找到了小伍。看到小伍绝望的神情,石洪连觉得自己的心像被什么东西揪住了一样难受。在石洪连和小伍家人的共同劝说下,小伍又回到医院,继续接受治疗。

因为知晓了自己的病情,再次回到医院的小伍变得更加沉默寡言。作为一个医务工作者,石洪连比别人更了解王世伍的思想动态。于是,她利用一切机会耐心规劝,有针对性地做他的思想工作。在洪连的鼓励帮助下,小伍逐渐恢复了信心,并表示愿意积极配合,继续治疗。

两个年轻人经过一段时间的相处后,不知不觉有了感情。这期间,石洪连突然收到一份让她意外并且惊喜的礼物。

原来,洪连在聊天时无意中说过自己的生日,小伍却牢牢记住了。石洪连说:"我的生日是农历七月初八,我只是跟他说过一次,想不到他竟会用心记住,我真的很开心!因为我一个女孩子远在他乡,根本就想不到会有人送生日礼物。"

虽然两个年轻人彼此心仪,但是都没有吐露出自己的真情。直

让爱永存

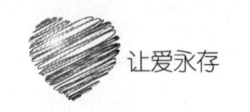

到有一天，两个相爱的年轻人才彼此流露爱意。

机会是这样来临的：就在石洪连实习期刚刚过半的时候，家里人告诉她，已经为她在滁州安排好工作。几天后，洪连的爸爸专程来到六安，准备接她回去上班。

石洪连满怀深情地回忆起当天的情景："那天，东西都收拾好了。当我看到小伍一个人站在拐角处，默默地流着泪看着我的时候，我好感动，真的！他在得知自己是绝症的时候都没有哭，我要走了，他却哭了。霎时间，我突然觉得我应该为他留下，继续陪他，给他信心！我当时什么都没有想，就这样留下来了。从那以后，我们就以正式的恋人身份在一起交往了。不过，我最感谢的还是我的家庭和开明的父母！"

石洪连的毅然留下，给小伍增添了活下去的希望。从此以后，两个人的感情发展得很顺利。但是令他们没有想到的是，小伍的家人却不赞同两人的交往。原因是小伍家人认为他的病情会耽误了洪连。

王世伍说，家里人一开始不相信洪连，因为像他这样的病情，估计洪连和他在一起不会长久，所以家里人都反对。但是王世伍坚持自己的想法，更相信洪连对他的感情。

虽然小伍的家人并不看好两人的恋情，但石洪连心里明白，她对小伍不仅仅是爱，更多的是一种责任。这位普通的女护士，心里却有着一份感天动地的大爱。这份爱，支撑着她一路走来。

当时，许多人都不看好这对恋人的爱情，认为这只是两个年轻人的一时冲动。面对这样的社会舆论，洪连和小伍却做出了令人震惊的举动，这两个真心相爱的人不仅走到了一起，而且还领取了结婚证书。这一惊世骇俗的举动，令人们吃惊之余，受到了深深的感动。

在石洪连的精心照料下，王世伍的病情有了很大好转。两人结婚后，小伍的病情正处在缓解期，石洪连还带着丈夫到苏州，夫妇俩一边打工一边治病。小伍在一家物业公司找了一份门卫的工作，虽然很辛苦，但觉得生活还是美滋滋的。2008年，他们的儿子出生了。看着活泼可爱的孩子，王世伍战胜病魔的信心更坚定了。

第五章 物质与精神的完美结合

然而好景不长，2009年7月，王世伍开始剧烈头痛并伴随呕吐，经诊断，他的病已经十分严重，急需用钱。可是，这几年为了给小伍治病，家里亲戚能借的都借了，旧账还未还清，就算小伍想借，也实在找不到地方筹措了。在上海的医院里做了一个月化疗，因为没有钱也被迫停止了。同年8月，小伍的病情再次复发，肺部也发生感染，在没有任何办法的情况下，小伍的哥哥只好把他接回老家休养。

相恋的时光是美好而且快乐的，但是，面对今后的生活他们还有漫长的路要走，接下来的路该怎样走下去？他们能共同携手吗？

外出几年，王世伍自己住的草房已经倒塌了，只好借住在二哥家中。小伍的母亲说，为了给儿子治病，这几年全家人都出外打工，做最辛苦的活儿，把大部分的劳动所得给了小伍。可是，打工的钱相对于高昂的医疗费，实在是起不到什么作用。

小伍的母亲一直夸自己的儿媳妇。这位母亲说："洪连自从嫁给我儿子后，从没有和家人红过脸，家里也没有专门为她开过小灶，都是大家一起吃。从结婚到现在，小两口的感情特别好，儿媳妇对儿子的照料让周围邻居都觉得无可挑剔！如果没有媳妇的精心照顾，我的孩子可能早就不在了。"

石洪连一直向父母隐瞒着丈夫患白血病的事情。她说，她和丈夫从认识到结婚，一直担心自己的父母不能接受，所以不敢吐露实情。只是跟爸爸说，自己很喜欢这边，要留下来。洪连的爸爸说，尊重女儿的选择。所以，洪连觉得"这辈子最对不起的就是自己的父母。为了照顾丈夫，我没有向父母尽孝"。

王世伍则认为，妻子这几年跟着自己受了太多的苦。如今孩子都有了，却一直没给她一个像样的婚礼。最困难的时候，洪连每到一个地方，就给人下跪恳求得到帮助。每当想到这些，他就觉得心如刀绞。病情恶化后，王世伍又面临着新的挑战。医生建议他早日进行骨髓移植，可是为了治病，小伍家里已经欠下近20万的债务，根本承担不起骨髓移植的巨额费用了。当时，给小伍看病的医生曾告诉过他，如果不换骨髓的话，最多也就能挺一两年。对此，陷入绝望中的王世伍似乎已经无所谓了，因为根据家里当时的情况，他也只能走一步算一步了。

2009年12月，一个偶然的机会，当地报社的记者得知了石洪连和王世伍的爱情故事，随即以《用一生的真情来拯救你，我的爱人》为题作了整版的图文并茂的报道，立即引起了许多媒体的关注。2010年以来，省内外多家媒体争相报道，许多爱心人士看到媒体报道后纷纷向这对患难夫妻伸出援助之手。其中，贵州《人生》栏目给他们的爱情故事做了一个专题。当时的节目结束时间是晚上11时10分、11时20分，即有全国各地的观众陆续打电话表示想要捐助。2000年5月14日，著名杂志《知音》以《同情与爱情共舞，生命火坑里的一朵红莲》为题，对石洪连和王世伍的爱情作了全面的报道。

在媒体报道了他们的动人爱情故事后，王世伍和石洪连共收到来自全国各地的"救命钱"18万余元。石洪连有个小本子，上面密密麻麻地记录着许多人的名字。她在写名字的时候，一笔一画，非常认真。有一次，六安爱心车队给石洪连捐了600元善款，当时，石洪连只记了"爱心车队"，并没有记录每个爱心人士的名字。当晚，她就打电话咨询，希望能够知道每一个捐款人的名字。她说："这些好心人虽然全都素不相识，但是，我一定要记下他们的名字，我会在心里默默地向他们表示感谢，为他们祝福。"

虽然这些爱心捐助对于王世伍那些昂贵的药品来说，仍是杯水车薪，但是，这些好心人的爱心，却给予了他们前所未有的信心和力量，让王世伍和石洪连更坚定了他们的选择——不畏病魔，勇敢地走下去。

引发争议的"姑姑献身救侄儿"

2006年2月9日，网民"丝竹"在搜狐网论坛上发表了一篇《为救侄儿愿以身相许》的帖子：我有一侄儿名徐冉，7岁，患有"急性淋巴细胞白血病"和"睾丸白血病"，现急需30多万元救治。为救侄儿，我愿意以身相许换取孩子生命。

发帖者是患病孩子的姑姑。帖子发出后，筹款未果。此后"丝竹"再次发帖，经过网络和媒体的宣传，一个多月的时间过去了，也只收到网友1300多元的捐款。

"丝竹"本名徐生智，家住河南信阳，当年26岁，在北京打工。她的侄儿得了白血病，看病已花去了13万多元，学校还捐款3万元，医生说估计还需30万元。出于无奈，她才不得不出此下策。

帖子一出，网友们褒贬不一，有的说：作为一个女子，以身相许，也等于是卖身，这是道德的沦丧，是对女性的侮辱。有的说：如果一有难事，就拿这种方法来解决问题，那就等于开了一个不好的头，以后效仿的将越来越多，怎么收场？有的说：这种方法太老套，这么长时间才收到1千多元，说明人们的良知麻木、冷漠。而另一种声音却是：一个女孩为救侄儿愿出卖自己的身体，说明她有崇高的牺牲精神，值得赞扬……总之，这一事件引起了海内外人士的激烈争议和广泛关注。

凤凰卫视在其《一虎一席谈》节目里以"冷静还是冷淡"为题进行了辩论。出席节目的嘉宾慷慨陈词，持相反意见的人士唇枪舌剑，难分高下。节目请来了在深圳的"点子王"比特，他的点子就是找徐静蕾和郭德纲那样的名人。他认为徐静蕾的博客点击率高，而郭德纲也是一名人。因为是名人，如果他们见死不救，是会背"为富不仁，良知泯灭"的骂名的。此点子一出，立刻招致好多反对之声：这不是逼名人就范，这是给名人找麻烦，他们也是人啊，也需要宁静的生活啊。况且，得绝症的人天下多的是啊，名人管得了一个，还能管得了所有的病人吗？还有人说，在国外早有这样的事例，找到名人甚至总统夫人，但收效不好，也越来越不见效了。"点子王"比特说："我的意思不是让名人出钱，而是借他们的高知名度在社会上呼吁一下，响应的肯定很多……媒体也是一个流水线加工车间，要想'菜'好吃，那必然要有好的材料给记者，这样媒体才能生存，媒体也才能服务于大众……所以要想有媒体的帮助，就要有好的材料。材料越好，文章才能做大，文章做大了，才有更多善良的人们知道你需要帮助。就像撒网一样，网越大，网到的鱼就越多。"

五花八门的观点中，有一种声音比较突出。有网友认为，卖身救侄的做法很不可取，因为这是与道德相悖的。而且，卖身救侄如果真的实现了，更说明了社会的冷漠。如果真有人能伸出援手，他愿背负这个一世的骂名吗？所以，大家觉得"丝竹"的做法难以被公众接受和理解。还有人认为这是给女人脸上抹黑。网友们认为比特的主意是比较可行的，虽然名人有他们自己的许多工作要做，也有他们不为常人所知的烦恼，但他们的号召力远比普通人大，在他们的爱心带动下，应该有更多的人加入到救人的队伍中来。

这个节目最后请出了"丝竹"本人。她眼睛红红，神情黯然地说："虽然在网上只收到了1300多元捐款，但我觉得已经看到了希望，因为这些网友没有一个是我认识的。而且，侄儿的学校也捐了3万，说明人们还是有爱心的。我也曾动过去沿街乞讨的念头，但被制止了。我的目的是救侄儿，是吸引人们的眼球，用这种方法引起注意。为什么有的人只看见'卖身'二字，而没看见'救人'这两个字？如果真有好心人真心救助我，我是愿意嫁给他的。"说着这些话，她泣不成声。同时，她也认为比特让名人站出来的做法欠妥当，因为这会让名人很为难。

看着她长流的泪水和无奈的表情，听着她动情的讲述，很多网友的眼睛也湿润了。现场很多观众认为，网上的一些刻薄评论对她是不公正的。她的做法很勇敢，她的心灵很纯美，她的行为是出于无奈！

患白血病的男孩徐冉，当年8岁，是河南信阳人，患病前在北京市大兴区旧宫一小学就读。2005年3月24日，经北京儿童医院诊断为"急性淋巴细胞性白血病"和"睾丸白血病"。确诊后，因家庭困难，无力支付至少20万以上的医疗费，其在北京工作的姑姑徐生智寻求各界帮助未果后，曾于2005年12月17日委托同事到网上发帖求助，但没有反应。

2006年2月9日，26岁的徐生智以网名"丝竹"在搜狐网发帖称："不能眼睁睁地看着一个幼小的生命就此完结。我现急寻一位有能力救助孩子的人，我将以身相许换取孩子的生命。"但帖子发出后仍然没人响应，只收到网民捐款 1300 元。徐生智的父亲（患儿的爷爷）手中攥着小徐冉的绘画《我画了 10 个太阳》说，诊断结果出来的当天，孙子在回家路上不停地问"我是不是完蛋了"，全家人无言以对。

徐生智的父亲还说："孙子不到 2 岁的时候还救了我的命，那时他刚学会说话。"那是 2000 年夏天的一个中午，他躺在床上抽烟，因劳累过度睡着了，烟灰掉了下来并点燃了被子，屋内浓烟笼罩，他却没醒过来。睡在旁边的徐冉发现后，跑到外面大叫"爷爷屁股冒烟了，爷爷屁股冒烟了"，爷爷才得救。

徐冉的父亲说，孩子出生后，自己就在外面打工，一年只能见儿子一面。就是孩子 4 岁来北京后，也一直是跟爷爷奶奶住。徐生智发出"为救侄儿愿以身相许"的帖子后，有网友核实"丝竹"侄子病情属实，其他跟帖网友对徐冉的病非常同情，但大部分人并不赞成其姑姑的做法。有网友回帖说："姑娘你这样做值得么？你难道愿意拿自己的幸福做赌注？即使你这样做，你的侄儿能安心么？""救孩子是种神圣，但卖身就把这种神圣玷污了。""有人真心想帮你的话，他会要你的青春吗？"还有人认为，现在以身相许的太多了，感觉不严肃也不现实。

尽管引发了争议，但是徐生智并不后悔自己的做法。她在一次媒体访谈节目中说："这是没有办法的办法，谁也不想这么做。就在徐冉刚确诊得病的当天，我让父亲坐在电话边上，哪儿也别去，就是给所有认识的亲戚、朋友、老乡们打电话借钱。在小冉还没住上院的时候，我在家里打电话拜托我同事帮我在网上发帖子，标题为'救救这个可怜的孩子'。由于一时凑不足住院费，孩子是耽误了好几天才住上了院，住院那天他的精神很委靡。我回单位后就一直在网上到处找邮箱、地址，感觉有用的我就会记下来，然后往邮箱里发求救信，晚上下班后回到宿舍给那些认为有用的地址写信，曾经给那些大企业和各个基金会写过信。结果，两个多月过去，同样是泥牛入海。我曾经灰心过，当时的想法是能想到的办法，我都做了，接下来就只能看小徐冉的造化和命运了。但我每次回家都会看到我的父母含着眼泪吃着馒头、咸菜，整个

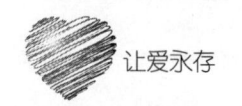

家庭沉闷得可怕。尤其是小徐冉，没有任何人向他说病情，他却全都明白似的，在爷爷奶奶面前一如既往地笑着乐着，只有一个人的时候，眼神里的忧郁让人不忍目视。每次他都会问我们什么时候能回去上学，说他好想回到学校，很想念同学和老师。每次听到这样的问题，我们的心都碎了，但只能默默地流泪。想到孩子曾经的活泼可爱，我们不能放弃！一定还会有办法的，一定会的！现在，我这样做，我依然没有后悔。我的父母因这件事受到的打击很大，哥哥嫂嫂因为无处借钱也显得六神无主，很无奈的。但我们全家都知道，为了小徐冉，我们绝对不能放弃。只要能救小徐冉，我什么都可以做。其实我们一家人都在努力，这段时间我们一直在四处借钱，把所有认识的亲戚朋友都借遍了，把一切该想的办法都想了。我真的看不了徐冉那求生的眼神，我这样做既是出于责任心，也是一种爱心驱使，我现在是抓住每一个机会来尽全力地努力。"

　　最近几年，各种版本的"卖身事件"此起彼伏，无论是网络还是平面媒体、电视传媒都竞相做了大篇幅的报道。其实报道本身也反映了社会的宽容程度在扩大。因为我们实在难以想象，在新中国改革开放前的任何一个时期，社会会允许出现"卖身"的报道或者做相关的新闻转载。社会发展到现在，我们不再紧捂社会矛盾的盖子，而是承认它的存在，并且想办法解决这些矛盾，这应该是比较善意而明智的态度。媒体的责任是观察，是带动，是呼吁和引导，而不是开设一个专门的救助站。一些媒体在报道中，肆意渲染"丝竹"女士在万般无奈中发出的"愿意以身相许"的信息，这是一种哗众取宠、舍本逐末的报道。有良心和良知的媒体，应当在这样的报道中去掉或者弱化"愿意以身相许"的信息，更多地关注一个小生命渴望救助的事件。"丝竹"是个具有善心和坚强毅力、充满智慧的"姑姑"。对这样的姑姑形象，我们要爱惜和敬佩，而不是让她遭人误读而蒙羞。

第五章　物质与精神的完美结合

曾经的相识是一场躲不掉的缘分

2005年6月的一天晚上，家住吉林市船营区的王颖和朋友吃完饭回家。她住的那个小区里没有灯，很黑，当时天色已晚，周围也没有人。她在家门口开门时，一个小偷靠近了她。王颖一回头发现身后有人，这个小偷立即就变成了强盗，伸手就来抢王颖背着的挎包。王颖自己经营一个化妆品小店，包里是小店几个月来的收入和一部新买的手机。出于保护自己财产的本能，王颖与小偷争抢起来，同时大声呼救，希望有人听到。可惜四周静寂无人，王颖只得与这个强盗孤身奋战。她身单力薄，眼看要被强盗得手，这时忽然听到远处传来一声大喊，一个小伙子跑了过来。这时候，强盗也害怕了，丢下王颖落荒而逃。这位"救美"的英雄叫王海，两个年轻人就此相识。王颖为了表示感谢，还请王海吃饭，席间交谈才发现，原来彼此还是邻居——两人的家相距仅有200米。

当年31岁的王海家住吉林市船营区顺城街，靠开设一家小浴池维持生活。王颖感激这位有正义感的男人，两人从此成了朋友。

同年6月底，王海经常感觉浑身没有力气，便到医院做检查，没有想到被告知患上了血液方面的疾病。经进一步检查，2005年7月1日，王海以急性非淋巴细胞性白血病被收治入院。王颖得知这一不幸的消息后，不但没有疏远王海，还经常到医院来看望他，给病床上的王海增添了战胜病魔的勇气。

8月中旬，25岁的王颖正式同王海确立了恋爱关系。对此，王海非常感动，但是却表示自己不想拖累她。王颖深情地对王海说："我喜欢的是你的为人，更相信你一定会好起来的，我会一直陪着你走下去。"面对痴情的王颖，王海再也无言以对，只能幸福地接受了这段恋情。

王海化疗后需要不断地输全血、血小板、白蛋白等，但是，两人拿不出更多的钱来保证输血。一次，王颖无意中听人提起，只要到血站去献血，成为无偿献血者，其直系亲属就可以免费用血。这个消息对于王颖来说，是非常有诱惑力的。她暗自盘算，只要自己

同王海登记，成为名正言顺的夫妻，她再到血站去献血，成为无偿献血者后，王海就可以免费用血了。她为自己的这个"设计"感到很得意，于是郑重地向王海说："我们结婚吧。"王海当时一下愣住了，他几乎不敢相信自己的耳朵。沉默了片刻后，王海坚定地回答："不行，如果我的病有康复的那一天，我会让你做世界上最幸福的新娘。但是我的病没有好时，我不想拖累你。"无论王颖怎么说，王海始终没答应结婚。

王海的家中只有一位年迈的母亲，为了给他治病，家里一年就花掉了14万元，并把房子都抵押出去了。躺在病床上的王海不止一次地对王颖说："没有你，我早就放弃治疗了。"王颖含泪回答："我会一直陪在你的身边的。"为了让王海保持好心情，王颖挖空心思想方设法逗他开心，自己有泪只好偷偷跑到外面去哭。哭够了，擦干眼泪，留给王海的是永远不变的笑容。

王海是不幸的，但同时他又是幸运的。他虽然失去了健康，却得到了挚爱的女友……这对苦涩的痴情恋人演绎着一场旷世绝恋。

我对人世无比眷恋

这是一封遗书，以此作为本章节的结束。

每个人的生命都只有一次，每个人对生命的渴望都是那么强烈。但是，在一个"钱"字面前，有的人留下，有的人倒下。这是一个残酷而又无奈的现实，我们的呼吁在这种每天都发生着的事实面前显得苍白无力。因此，只能用这样的方式，展示一个垂危生命对人世间的眷恋，期以唤醒人们的善心。

写这封遗书的人叫董海燕，女，31岁。

28岁时，她刚结束了自己的婚姻，用一种近乎被扫地出门的方式赢得了自由，然而她所付出的代价实在太大：离开了2岁多的儿子，耗费了3年的光阴。那时的她虽然消瘦憔悴，可哭过之后，依然是一脸的坚强和淡定。

3年后，她已经躺在医院血液科的病房，头发已经剃光，苍白的脸上满是茫然。她热情地招呼着来探视她的人喝水、吃水果，努力拿出精神表现坚强。可实际上,她已经没有了活下去的勇气。夜深人静,她强撑病体,以书信的形式,给她的父亲、给身边所有的人一个交代,告诉他们,她对人世的无比眷恋——

亲爱的老乡们:

我是一名白血病患者,在提笔写这封信的时候,我不知道自己的生命还有多久,在人生弥留之际,请听听我的心声好吗?

二十多天前,我突然接到医院的一纸宣判:白血病!看到这三个字,我一下子傻眼了,但我没有流一滴眼泪,真的。直到我懵懵懂懂地住进了医院,才意识到现实的严酷。躺在病床上,我的眼前突然有了一种幻象,往事像幻灯片一样历历再现……

我出生在郧县五峰一个偏僻的小山村,那里虽然大雨大灾、小雨小灾、无雨旱灾,可是却有一种让人眷恋的宁静。母亲在我一岁的时候就离开了我们,剩下我和父亲相依为命。从我记事时起,饥饿的感觉总是无时无刻不在缠绕着我,没有一件像样的衣服,一个十五岁的大姑娘无论寒暑都打着赤脚。父亲为了能让我好好生活,执拗地拒绝了亲朋好友的好心撮合,一直打着光棍没有再娶。

那时,我和父亲唯一值得自豪的事情,就是我在村里一直是学习最好的学生。只可惜初中毕业,我没有去上重点高中,而是四处借钱上了所中专,希望能尽快挣钱养家。然而上中专的选择,并没有给我带来美好的未来,1996年毕业那年,我就加入了茫茫的打工潮。生活虽然很辛苦,可两年后我终于还完了上学所欠下的债务。

四处漂泊的我,终于在26岁那年有了定所——我经人介绍成了家,嫁到了红卫,有了自己的小家庭。可现实再一次残酷地告诉我,人生并没有一帆风顺。我的婚姻失败到我连留老父亲在家吃顿饭的权利都没有。2005年,怀着对两岁儿子的无限眷恋,我拎着几件换洗衣服,跟丈夫离了婚。

3年来,我和父亲相依为命,他在金地物业做保洁,我则一边打工,一边舔舐着感情的伤口……去年父亲两次手术,花光了我们并

不丰厚的积蓄，好在换回了他的健康。就在一切慢慢变好的时候，一纸诊断再次把我打进深渊。很多次我扪心自问：苍天啊，是不是我前世做了什么孽，要我今生来还啊？

化疗的日子痛苦极了，抽血化验没完没了，而我的血根本就已经抽不出来了，胳膊、手、腿、脚，到处都是针眼，每抽一次血，医生都是又挤又压的，抽得十分困难。我就像一个千疮百孔的机器，随时可能停顿下来，再也启动不了了。尤其是每天翻江倒海般的呕吐，让我怀疑自己的胆汁都没有了。父亲在旁边抹泪，这让我更加难受，我饱受着精神和肉体的双重折磨。每当有亲戚朋友来看望我安慰我的时候，我总是告诉他们，我很好，最痛苦的不是我，是我年迈的父亲。首期化疗完了，我强忍着眩晕自欺欺人地告诉父亲，奇迹会出现的，危险期一过，我们就回家疗养，用土单方再治。

窗外的一切，我向往极了。和煦的阳光、蓝蓝的天空、葱郁的树木、穿梭的人流……一切都是那么美好，为什么我以前没有感受到它们的可贵呢？

父亲每天做得最多的事，就是给我倒水，说得最多的话就是想向社会求助。他甚至流着眼泪求我一定不要放弃，劝我可以以身相许，找个好心人陪我度过余生。我抹着眼泪告诉他，像我这样一个30多岁离过婚的女人，早已像秋天的枯叶般随风飘零了，这个社会需要帮助的人太多太多。

12月5日，我永远忘不了那一天。市人大常委会常务副主任关小兰带着市总工会的领导，亲自到病房来慰问我、鼓励我。我兴奋极了，告诉父亲这是我今生收到的最宝贵的礼物，我们不要对社会要求太多，如果不出意外，过几天我就应该出院了。

12月7日，我突然感觉周身发冷，浑身直打战，后来又高烧不退，直到我眼冒金星，喉咙肿得连水都咽不下去。医生强行帮我退烧，可我依旧是大汗淋漓，汗水湿透了睡衣、枕头，湿透了被子、被褥。医生最担心的情况还是发生了。这样的高烧会反复发作，有些病人发烧20多天都无法控制。接下来的几天，和医生所说的一样，高烧果然一天两场如期而至，白血病人最害怕的感染也接着降临，肛周开始出现溃烂。一个小小的伤口都很难愈合，何况是大面积溃烂。更可怕的是感染会逐渐蔓延。每当夜深人静的时候，伴随着我的除了高烧、疼痛，就是无以复加的恐惧、无奈和绝望。我好像能清晰地听到死神的脚步在寂静的地面上敲响。趁着还没有迷糊，我答应了父亲的要求，在不发烧的时候给亲人们写封信，这也许是我最后的文字，也是我能为父亲做的最后一件事。

亲爱的老乡们，我的生命在一点点枯萎，父亲的精神也在一天天崩溃。他希望我能坚强，他只能在病房外偷偷抹眼泪，他只能到处奔走，不放弃一切希望地去跪下求人。提笔的时候，我不禁泪流满面，这是我住院以来唯一的一次流泪。我怀着深深的歉疚，在心里默默给父亲鞠躬，我没能为他留下一分钱的积蓄，或者巴掌大的一块安身之所。我难以想象，他的晚年会是怎样的一种凄凉。不知道死神什么时候来把我带走，我想也许是今夜，也许会是明天。如果有天堂，我会在天堂里保佑你们健康；如果有来世，我会努力为白血病人创造一个无忧的医治环境。

夜深了，高烧很快就要袭来，就此搁笔吧。祝福所有看过这封信的你们，都能健健康康地享受每一天。

董海燕
2008 年 12 月 11 日夜

第六章 枯竭的生命源泉

一方面，几万、几十万濒危的患者翘首等待着可能使他们获得新生的生命源泉——造血干细胞。另一方面，我们的以"中国"冠名的骨髓库却只有区区2万名志愿捐献者的资料备查。这是一个尴尬、困窘的局面，也是一段令人难堪、焦灼而又无可奈何的历史。

一 我们差什么

我们说尴尬和困窘，并非泛泛形容，而是每日每时都不得不面对的切肤之痛！

我们说难堪和焦灼，绝不仅仅是一种心境的表述，而是面对无数垂死待救的生命却束手无策时那种心灵的炙烤和精神的折磨。

所有这一切，也并不仅仅因为骨髓库建设的停滞不前这样表层的现象，而是来自一种更深层次的拷问——我们和别人比，差了什么？差在哪里？

就像不同的人在同一生命周期内的成长速度和成长经历不会相同一样，同一类型的机构在不同的国家也会有不同的发展速度和发展历程。英国诺伦骨髓库开世界各国建立骨髓库之先河，是全世界第一个骨髓配型检索信息库，建库10年，就已有10万人登记捐献；美国骨髓库虽然起步时间晚于英国，但是它发展迅速、成绩斐然，建库5年后，申请捐献骨髓的志愿人员已达30多万人。英美属于发达国家，物质生活水平高，精神文明程度也高，加上宗教力量的约束和鼓励，加上相对充裕的社会财富的支持，所以骨髓库发展很快。

放眼世界，似乎同一发展时期的境外骨髓库都比我国大陆的骨髓库发展得快。如果说西方一些国家有宗教力量的支撑和勇于做出个人牺牲的人文理念基础，那么同为东半球国家的日本并不具备这些条件，其骨髓库的建立基本与我国同步，而在"第一个十年"期间的发展也大大快于我们。

1991年12月，日本骨髓库作为独立财团法人成立。1992年1月，"骨髓数据中心"在日本红十字会成立，并开始供者登记工作。他们的供者数据资料保存在日本红十字会，日本骨髓库并没有数据的所有权。1993年1月，日本即实现了零的突破，第一位患者接受了无关供者的造血干细胞移植。1997年4月，日本骨髓库与NMDP建立合作关系。1998年10月，日本骨髓库向国外提供了第一例造血干细胞。1998年4月，日本骨髓库加入世界骨髓库。截止到2011年8月，其入库资料达到38万余份。

中华民族是一个热情仁爱、乐善好施的民族。在中国的传统文化典籍中，"慈"是"爱"的意思。孔颖达疏《左传》有云："慈者爱，出于心，恩被于物也。"又曰："慈谓爱之深也。""善"的本义是"吉祥、美好"，即《说文解字》中所解释的"善，吉也"。"慈善"之谓，是"仁慈""善良""富于同情心"的意思。在"慈善"意义上的扶危济困，已成为中国人民约定俗成的一种道德规范。但是，煌煌13亿人口与区区2万名志愿捐献者的资料，这个巨大的数字反差和我中华民族的传统美德格格不入！而更令人汗颜的是，我国的台湾地区，仅有2000多万人口，其骨髓库在同一时期内的发展速度却远远超过了大陆。以致我们大陆患者一而再再而三地向宝岛台湾申请骨髓配型资料检索。

台湾的慈济骨髓库建于1993年，比祖国大陆的中华骨髓库成立时间还要晚一年。1994年5月，他们就完成了第一例非血缘关系骨髓移植手术。到1995年7月，骨髓库成立仅两年多，库存资料即达到10万人份。

1997年，17岁的安徽少年刘金权身患白血病，浙江省医科大学附属医院首次向海峡对岸发出寻找相合骨髓配型的请求，不久，在台湾慈济骨髓捐赠中心找到了骨髓配对。台湾54岁的路桥收费员杨秀霞为刘金权捐赠了1000毫升髓血。1997年4月18日，台湾慈济骨髓库的两名志愿者怀抱着蓝色保温箱抵达北京，那里面

装的就是这名台湾妇女捐献的1000毫升骨髓血。当天，在北京307医院的病床上，这些救命骨髓被缓缓输入到白血病少年刘金权体内。这也是台湾同胞第一次向大陆患者提供配对的骨髓。虽然这袋珍贵的骨髓最终未能挽留住刘金权的生命，但经由骨髓带来的生命的希望却永远留了下来。一段海峡两岸髓缘之路，也就悄然铺开。对此，中华骨髓库主任洪俊岭曾动情地回忆："在此之前，大陆患者需要造血干细胞移植的时候往往望洋兴叹，因为此前志愿捐髓者少之又少。而成立于1993年的台湾慈济骨髓库则伸出友谊之手，送来一份份血脉相连的生命馈赠。他们的骨髓库资料检索屡屡与大陆患者配型成功，并且成功地进行了移植。这使我们在感慨血浓于水、两岸同胞一家亲的同时，也深为我们自己的工作迟滞不前感到如芒在背。"

与境外相比，与我国的台湾地区相比，我们究竟差什么？究竟差在哪里？是大陆人民的爱心不够？还是我们的传统人文观念与这种奉献精神相悖？

我们有足够的爱心，有足够的社会资源，在条件基本对等的情况下，我们之所以相对滞后，除了资金投入不够、管理手段相对落后之外，根本的原因就在于我们的宣传普及工作不到位。我们是一个有着五千年历史的文化古国，传统人文理念中的慈善胸怀与传统观念中对身体发肤的"礼敬""畏惧"并行不悖，对血液的崇敬和极度的珍惜乃至畏惧，是我中华民族传统观念中根深蒂固的一支。因此，宣传不到位，人们对血液及血液病的认识不足，导致了骨髓库建设过程中遭遇了一种无形的、巨大的观念抵触。这一点，从我国的输血献血事业长期以来困顿不前、得不到长足发展的现状就可见一斑。

这是一个瓶颈，卡住了奔涌的爱心，阻遏了社会观念的进步。要冲破这个瓶颈，唯一的办法就是广泛宣传血液知识，启迪人们正确认识自己的身体，普及现代的、健康的生命科学观念。舍此，即使有再大的资金投入，有再科学的现代化管理手段，我们也只能面对多数人观望、少数人行动的尴尬局面。

这不是危言耸听，而是有事实为证。

二 宣传的误区：似扬实抑、自设壁垒

台湾和大陆同文同种同源，同样受到中华民族传统文化的熏陶和滋养。但是，台湾的慈济骨髓库起步晚，却比大陆发展速度快。他们在 2000 多万人口的基数上，建库两年多就拥有了 10 万志愿者；我们在 13 亿人口的巨大基数上，建库近 10 年，志愿者人数却不超过 2 万！如果仅仅以人口基数与志愿者的比例来测算，而不考虑时间因素的话，台湾的发展速度是大陆的 270 多倍；如果再把时间长度因素计算进去，则台湾的发展速度大约是大陆的 1000 多倍！

海峡两岸同文同种同源，为什么有如此巨大的差距？应该说，最关键的差距就是观念的差异。也就是说，在血液知识的认知上，我们还停留在蒙昧阶段，在公民献血的宣传动员和观念教化上，我们大大落后了。身体发肤，受之父精母血，不可损伤、更不可授人。这种观念长期以来在中国人当中是深入人心的，影响所及，连我们的血液事业工作者和媒体也不自觉地受到了这种观念的桎梏，以致在实际工作中下意识地强化了这种观念。最明显的例证就是，长期以来，我们对待少数献血救人、主动无偿献血和参加义务献血的人们一律大力表彰，并给予假期和物质奖励，礼遇之隆，至今未减。

我们的工作人员和媒体认为这是在大力宣传和推动献血事业朝着正常的方向发展，其实，恰恰是这种大张旗鼓的宣传和格外优宠的礼遇，无形中把本来符合生命科学，于身体并无损伤的献血行为神秘化、神圣化，使人们失去了平常心。因为，长期以来，人们心目中已经形成了固化的思维模式：凡是大力宣传、表彰的，必是难能可贵、平常人做不到的。请看我们长期以来对主动献血救人和参加无偿献血的人们所用的褒扬之词吧——"舍己救人""无私奉献""值得学习""崇高""勇敢""富于牺牲精神"……这些词语，看似毫无问题，实际上它们包含并传递着另外一种信息，那就是，这样的"高尚行为"对行为人自身是有损害的。人们只有在"豁得出去"的情况下，在"勇敢而富于牺牲精神"的高尚情操鼓舞下，才会捋起胳膊去献血。

然而，我们这个世界，毕竟不是人人都能做到"舍己"，也不是人人都可以"无私"的。公众的最朴素也最普遍的心理逻辑：凡是"值得学习"的，肯定是常人难以做到的；常人难以做到的，必是对自身有所牺牲的。我们号召学习雷锋，恰恰就是因为多数人很难做到雷锋那样忘我无私。既然献血是如此神圣无私的奉献行为，是常人难以做到的一种牺牲行为，那么一般的社会公众心态就是：我没有那么高尚，我做不到牺牲自己，还是别去奉献了吧。因此，这种宣传模式，实际上阻滞了这一事业的正常发展。它在表彰少数人的同时，无意中给多数人设置了一道心理门槛——你够高尚吗？你勇于牺牲自己吗？你做不到高尚和牺牲，那么就别来献血。长期以来，这种违背科学的、似扬实抑的宣传口径，恰恰起到了与预期目的相反的效果。它把少数人捧上了"崇高""伟大"的圣坛，却把多数人挡在了"无偿献血"的门外。

三 台湾地区无偿献血概况

按照国际输血界通告的标准，无偿捐血者占一个国家或地区总人口5%以上，即被认为是发达水平。早在20世纪90年代初期，台湾的捐血人数已占到全岛人数的5.9%，进入了"发达水平"。到1996年，根据台湾血液基金会的统计，台湾地区当年献血人数已达全岛人口总数的7.31%，而且均为无偿献血，这一数字表明，台湾地区已经当之无愧地进入世界先进行列。

卖血制度乃一社会时弊，于国于民贻害无穷

献血事业之所以在台湾地区从无到有，并获得了长足的发展，完全有赖于他们有一整套组织宣传策略。

台湾地区曾经是一个把血液当做"红金"，当做"特殊商品"进行赤裸裸交易的社会。医院临床用血基本靠卖血者的血液来供应，"血牛"的劣行，与大陆某些地区的"血霸"毫无二致，不但血液管理混乱，还败坏了社会风气，给受血者和供血者都带来了身心的

损伤。那个时期，输血后肝炎、梅毒等血源性疾病不断发生，人们几乎是谈血色变。

1974 年，时任台湾红十字会副会长的蔡培火先生首先对岛内日趋严重的卖血制度发起反击。蔡培火先生是台湾早期民主革命者，致力于文化的改良、传播，社会慈善活动和反对日本殖民者统治的运动，在抗日战争中为台湾的光复立过功勋。抗战胜利后，蔡培火先生加入国民党，代表台湾同胞赴南京参加日本投降典礼。返台后就任台湾地区党部执行委员，1947 年当选第一届"立法委员"。从 1950 年任"行政院"政务委员。后受聘担任"总统府国策顾问"，并任国民党"中央评议委员"。从 1952 年起，蔡培火先生兼任红十字会副会长、台湾地区分会会长。由于蔡培火先生自 20 世纪 50 年代起就担任台湾红十字会的领导工作，对岛内把血液当做"特殊商品"的流弊知之甚深并深恶痛绝。他很早就意识到，血液事业绝不单纯是卫生部门的问题，它涉及的是社会，是人心，是道德。不转变人们的观念，不推行无偿献血的思想，血液市场就会永远地乱下去。到 70 年代，"红金"交易风气日盛，百姓啧有烦言。蔡培火先生痛感卖血制度乃一社会时弊，于国于民贻害无穷。于是他挺身而出，召集一批挚友和社会热心人士，发起成立了"台湾捐血运动协会"，立志彻底割除卖血这一社会毒瘤。1974 年 4 月 19 日，在蔡培火的推动下，"中华血液基金会"正式宣告成立。由于蔡培火"总统府国策顾问"的身份，当时的"总统"蒋介石特意给该协会题词："捐血运动的倡导，为济世活人的义举，捐血者的行为就是义，而其动机则是发乎仁，故此一运动，不仅有裨国民保健，而于互助的德性之弘扬，亦深具意义。"

"与别人分享健康"

初创时期的困难是不言而喻的，资金、房舍、人才都是迫在眉睫的大问题，尤其是当时的民众对无偿捐血还完全没有正确的认识，因此可谓困难重重。但这些仁人志士们个个怀着一颗赤诚之心，高举"捐血救人"的旗帜，利用各自的影响力，奔走于社会各界，痛陈卖血制度的危害，宣传实行公民捐血的种种益处。卖血制度的弊端，民众早已感同身受，而两相对比之下，捐血的益处则是显而易见的。我们应当注意的是，他们的宣传完全是有针对性的、务实的、科学的，绝不给自愿捐血者冠以"舍己救人""勇敢无畏"或者"高尚""无私"等华丽的高帽。这样的平实的宣传基调，就是很真实地告诉人们，捐血于人有利，于己无害。没有大张旗鼓唱高调，反而更容易深入人心。

在号召民众无偿捐血方面，台湾当局一些高层人士也起到了很好的表率作用。国民党主席蒋经国在1981年召开的国民党"中央党委会"上谈到捐血问题时，首先提出了"血浓于水"的口号，并亲自号召国民党的主席、秘书长等高级干部要以身作则、身体力行，凡符合捐血条件者，均应积极参加捐血。

由于蒋氏父子全力支持倡导，台湾高层人士率先垂范，树立了一代新风，国民党政高级干部凡符合条件者，大都能参加捐血活动。其中，尤以台湾现任领导人马英九的贡献最为突出。

马英九自20世纪80年代初跻身台湾政坛，1981年起担任"总统府"第一局副局长。其后相继担任"行政院研究发展考核委员会"主任委员、"行政院大陆委员会"常务副主任委员、"法务部"部长、"行政院"政务委员、台北市长、中国国民党副主席、中国国民党主席等职。

作为台湾地区政界要员和主要领导人，马英九是一位定期捐血者，自1986年起常到捐血中心捐血，至今共捐血180余次。

自从2008年担任国民党主席及台湾地区领导人之后，马英九的捐血习惯受到相当大的限制。而且由于他曾连续两年视察发生疫情的地区，按规定，到过疫区的人一年之内不得捐血，台湾人称之为"坐血监"。2011年6月11日，马英九在睽违三年后再度坐在了捐血台前，据当地媒体称，这是他的第180次捐血。马英九对媒体称，日后条件许可，他一定会重回快乐捐血人行列。

马英九自愿定期来到捐血中心捐血的事，被人们传为佳话。马英九身为"政界"要员，他捐血却从不声张，总是在下班后轻车简从去台北捐血中心捐血，从不事先打招呼。据捐血中心的职员介绍，至少在20世纪90年代的几年间,马英九每三个月就会捐一次血,有时捐500毫升,有时捐250毫升。大略推算一下也可知道,马英九自1986年开始捐血,截止到2011年6月,共捐血180次(250毫升算一次,500毫升算两次)。他的行为,可以说是为台湾政界人士带头捐血树立了榜样。台北捐血中心的工作人员说,马英九作为政界名人,自愿做一个捐血者,这种名人效应对台湾地区捐血事业的推动力很大。

马英九曾在接见台湾2009年度绩优捐血人代表时表示,捐血与捐时间、捐赠金钱或捐出器官一样,都是和别人分享资源的行为,不同处在于,捐血是与别人分享健康。更重要的是,捐血人会有一种部分人身上和你流着同样血液的那种"血脉相连"的感觉,对社会而言,这是一种非常温暖的关系。马英九认为,许多人对捐血有不正确的观念,认为会影响身体健康,其实捐血刺激造血功能,促进新陈代谢。他强调,身体健康的人才有资格捐血,所以,捐血不仅是爱心的表现,也是健康的象征。定期捐血除了代表愿意与他人分享大爱,更提醒自己要随时保持健康状态。

"与别人分享健康",正是这样的平和务实的基调,使台湾地区公民的无偿献血进入了一个良性循环、平稳推进的轨道。这也是他们为什么能摘掉"卖血"的帽子、一举跨入世界血液工作先进行列的奥秘所在。

"捐出自己的血,救活一个人"

综前所述,应该说1974年4月9日成立的台湾捐血运动协会是台湾从卖血到捐血转变的重要关口。从此,台湾地区逐步推进无偿捐血,即把血液从商品交易的沼泽中分离出来,临床用血靠捐血者的无私奉献来满足。为有效地进行捐血作业,从1974年8月起,台湾相继成立了台北、台中、台南、高雄、花莲、新竹捐血中心。目前,全岛捐血中心的布局基本完成。为使业务畅达、方便捐血者,全岛还设有分属这6个捐血中心的几十个捐血站,并配有多辆移动捐血车,轮流在繁华地区采血。为了科学采血和方便公众捐血,台湾血液基金会从基金会捐血中心、捐血站乃至每一台捐血车，全部实行了电脑联网作业，任何一名捐血者从报名登记开始，就纳入电脑管理范围，采血——检验——入库——供血——检验结果的通知，完全由电脑准确无误地操作。

　　捐血运动协会当初被列为民间团体，归属于台湾"内政部"管辖，随着协会工作的不断深入，这项工作及其组织成为"卫生署"在医疗血事业中越来越不可缺少的组织部门。为适应这一需要，1990年，在原协会基础上，设置了"财团法人捐血事业基金会"，原协会所属的捐血中心，改隶于基金会，即被"行政院卫生署"认可，原捐血运动协会则继续辅助推行捐供血事业的宣传工作，并在各捐血中心成立联络中心，负责会员之联系及管理工作。为增进与外界的交流，提高输血管理水平，捐血基金会于1992年7月正式更名为血液基金会，进一步明确了血液基金会在台湾血液事业中的主导地位，成为"卫生署"在血液事业中的支柱。

　　在台湾，到处都可以看到"快乐的捐血人"。这些捐血人没有一个是迫于行政命令而来的，更没一个人是为了金钱而来。如果说马英九等政界要人捐血还可以得到一些政治资本、为自己多捞几张选票的话，那么千千万万普普通通的捐血人则是没有任何利益可图的。如果一定要说他们能得到什么，那只能是因为想到"捐出自己的血，救活一个人"而获得的心灵慰藉。

他山之石

　　20世纪90年代初期，时任中国红十字会血液事业部副部长的洪俊岭同志曾率团赴台访问。当时他就曾在一篇文章中指出，台湾捐血意识如此深入人心，彻底抹掉了卖血的污渍，其秘诀就在于以下几点。

　　一是有完善统一的组织机构，它聚集了一大批致力于此的仁人志士。基金会董事长魏火曜先生是台湾医学界极有声望的人物，他的弟子遍布全岛，有极大的号召力。各捐血中心的领导人也都是当地英才，有的是退休的"国大代表"，有的原是地方政府要员，他们一旦参与此项事业就极其认真地投入工作，使得基金会系统这架机器非常有效地转动起来。

二是充分认识到捐血绝非单纯的医学问题，而是社会问题。因此，无偿捐血工作的展开，绝非个别组织和个人的独立行为，而是全社会都积极参与的行动。尤其是国际狮子会、扶轮社、青年会、妇女会等社团，不仅是一般参与，而且是经常组织志愿者随采血车到街头，摇旗呐喊，广泛宣传。甚至从国民党中分离出的"新国民党连线"，在激烈的政党斗争中还抽出精力，在台北举办了以"爱心连线热血情"为主题的捐血活动。在全社会各个团体和公众的共同努力下，仅1993年，台湾各捐血中心就得到社会各界捐赠的大型采血车11台。

三是调动了民众的参与意识。他们并不是人为地拔高捐血行为，既不说它的"高尚"，也不说它的"无私"。前面已经说过，这种人为拔高的宣传，看似轰轰烈烈，令人热血沸腾，实际上很容易误导公众心理，使人们想当然地认为捐血行为是一种具有危险性的行动，否则，怎么会那么"高尚""无私"呢？因此，台湾在这方面的宣传是很高明的，只是平平淡淡的一句"我捐血是为了救人"，道出了一片热诚之心，也拨动了人们的心弦。经过这样低调朴素的宣传，加之社会上层人士的奔走和参与，在比较短的时间内，台湾的捐血者就遍布社会各行各业、各个阶层。政治主张可有不同，职业也可因人而异，社会地位亦有高低，但他们在做一个"快乐的捐血人"方面可谓殊途同归、众心向善。

四是简朴而肃穆的表彰方式也进一步激发了民众的参与意识。各捐血中心都把当地捐血达到50次的人名镌刻在捐血中心的显要位置，每个捐血中心都按统一规定在每年4月份对边区的捐血人按次数级别进行表彰，同时表彰对此作出贡献的有关社会团体。举行这种表彰会时，一般当地要员都会出席并发表贺词。

目前，台湾早已实现了公民无偿献血，医疗单位对于患者的用血也只收工本费，不附加利润。各地的捐血中心、捐血站、捐血车遍布全岛，随时接待着自愿无偿捐血的人们。据统计，2010年，台湾民众的捐血率达到了7.99%；全年捐血量250万单位（每单位250

毫升)。

经过 20 多年的努力，在台湾，卖血已成为历史，血液事业已成为人们倾注爱心、互敬互助的一块丰田沃土。

台湾人民是我们一脉相承的同胞兄弟，文化传统一脉相承、语言文字一样，甚至过去卖血的历史也和我们一样。他们在血液事业上先我们一步跨入世界先进行列，由"卖血"转变为"捐血"的经验可以说是我们最能学，也最易学的榜样。

台湾同胞能做到的事情，我们为什么不能呢？

四 证严法师与台湾慈济骨髓库

在台湾，证严法师的名字可以说是家喻户晓。由证严法师一手创建的慈济世界，在亚洲乃至全世界都有着深远的影响。这位年逾古稀、形容纤瘦的比丘尼，在西方人眼中是"东方的德蕾莎"；在东方人心里，她就是"人间观世音"。很多人难以想象，这个生于台湾、一辈子不曾离开过台湾的弱女子，竟是跨越五洲，超越种族和信仰的全球慈济事业的开拓者，更难相信，她的手上，掌握着以她为精神信仰中心而分布在全球 60 余个国家和 300 多个地区的上千万志工、会员、委员，支配着慈济事业来往数亿、数十亿甚至上百亿的资金流向，缔造着曾经鲜为人知、如今却遍地开花、福田广阔的慈济大爱世界。

善根缘起孝心

证严法师俗名景云，1937 年出生在台中清水县一个富裕家庭。15 岁时，她的母亲因胃穿孔需要开刀。在那个年代，开刀是很危险的。因此，法师向天祝祷并发愿"减少自己十二年的寿命，茹素，为母亲增寿祈福"。也许是孝心感动了上天吧，母亲的病竟然奇迹般地出现了转折——医生说不必开刀。不久，母亲服药而痊愈。八年后，法师的父亲因脑中风骤然去世，法师受到很大的打击。父亲早逝，母亲多病，使幼小的景云对人生充满了困惑，又由家庭的痛苦想到众生的痛苦。此后，法师几度离家弃俗不成，辗转浪迹仍未找到栖身静修之所。在此期间，时而台北、台中、台东四处挂单，最后在花莲县秀林乡下的小庙——普明寺安住下来。1962年秋，法师自行落发，静静踏上僧侣修行的生涯。

1963年2月，法师只身到台北市临济寺准备受戒，却因没有剃度师父而无法报名。戒场报名截止前一个小时，由于到慧日讲堂请购《太虚大师全集》的因缘，巧遇印顺导师（台湾比丘界第一位以论文获得日本大正大学文学博士学位的学问僧），至为惊喜，并以一颗谦卑恭敬、姑且一试的心，请求拜印老为师，想不到竟获导师应允，证严法师喜出望外。由于时间紧迫，印顺导师在简单的皈依仪式中对证严法师开示说："你我因缘殊胜，我看时间来不及了，但是既然出家了，你要时时刻刻为佛教、为众生啊！"并且当场为她取了法名——"证严"，字"慧璋"。行了简单的皈依礼，法师即刻赶到临济寺报名，顺利地受了三坛大戒。32天后，证严法师返回花莲，日夜诵经、抄经、拜经、燃臂供佛，少食少眠，精进用功，过着清修的生活。

1964年春，法师开始在花莲慈善寺讲授地藏经，因而与最早四位随她出家的弟子结下师徒之缘。法师为自己的修行生涯立下"一日不作，一日不食"的自修清规。法师及追随她修行的僧众们，坚持自给自足，过着简单的清修生活。1965年农历春节后，他们开始在普明寺后的五分地耕种花生，还到车间拿原料加工，买水泥袋，然后把水泥袋拆开擦拭干净后，改糊成小纸袋，再卖给饲料店或五金行。或者将裁缝店不要的碎布拿来缝制成婴儿鞋，以贴补生活所需。

把慈善力量组织起来，从救人做起

1966年，法师到一私人诊所探望其弟子胃出血开刀的父亲，从病房区走出来时，看到地上有一摊血。法师慈悲心起，询问周围人们受伤的人到哪里去了。有人说："抬走了！是一个山地妇人小产，由四个年轻的山胞从丰滨轮流抬着，走了七八个小时的山路，才到

让爱永存

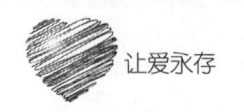

这里,因为缴不起医疗费与保证金,所以又抬回去了。"

这一下非同小可,不可遏抑的悲痛在年轻法师的心里排山倒海般地撞击着,她悲悯地想:不知道是两条命还是一条命,是活还是死,难道这就是生命的无奈吗?人命关天,明明可以挽救的一条生命,仅仅因为没有钱缴保证金,就被拒之门外!为什么不先救她呢?

法师出家本来是为逃避名利,但此时此刻,法师对于"金钱"似乎有了新的诠释———钱可以用来救人命。

但是光有钱,如果不能及时把钱送到,一样救不了人。她突然顿悟到佛教那句话:千手千眼观世音,救苦救难活菩萨。假如每个人都有观世音菩萨的慈悲心肠,那么500人散播在各个角落,不就有千手千眼可以及时救苦救难了么?于是,一个崭新的,不同于传统佛家修行的意念在法师心底扎了根。她要组织一个500人的团体,成为一尊活生生的千手千眼观世音菩萨,以出世的精神来完成入世的任务。

没多久,花莲海星中学有三位天主教修女,来向法师传教。她们谈到彼此的教主、教旨、教义,把天主的博爱与佛陀的慈悲提出来研究讨论。修女在临离去前,提出了一个尖锐的问题:"我今天终于了解佛陀的慈悲是普及一切的生命,确实很伟大。但是,天主的博爱是为全人类,我们在社会上建教堂、盖医院、办养老院,而你们佛教有吗?"闻听此言,法师心情顿时沉重起来。因为佛教徒本就有一种谦虚的观念,都是为善不欲人知,大都各做各的,常以隐名氏的方式进行。其实它潜藏的力量很大,只是没有组织罢了。修女的话触动了法师的灵机,也加强了她的信念,她决定把这些慈善力量组织起来,从救人做起。

"五毛钱也可以救人"

1966年,证严法师做出了她修行生涯中又一个重要的决定,从此以出世之身,行入世之道。这一年的农历三月二十四日,"佛教克难慈济功德会"成立,证严法师亲自主持了药师法会。慈济草创之初就在实践的蜡烛制作工艺,而今已经发展得很成熟。从下决心人

148

佛门清修时起，证严法师就为自己和追随自己修行的弟子立下了永久的规矩：不赶经忏，不作法会，不化缘，不接受任何供养。维持他们正常生存的每一毛钱，都必须通过自己的双手劳作而来。这个规矩至今延续奉行了半个世纪，现如今慈济事业拥有的过亿，甚至过百亿的资金，都与这里的比丘尼没有任何关系。慈济世界草创之初，法师就带领六位同修弟子，利用学佛的闲暇时间做婴儿鞋。同时，她也不忘教化身边的家庭主妇，日行一善，持之以恒。

一个济世团体的雏形——佛教克难慈济功德会，就在法师与4位出家弟子和30位信徒的愿心下组织起来了。最初的做法，是由4名弟子和2位老人家，每人每天加工增产一双4元的婴儿鞋，一天增加24元，一个月平均多720元；而30位信徒，则是在不影响生活的情形下，每天节省5毛菜钱，以作为急难的救助金。

这5毛钱，看似微薄，但其中所蕴涵的学问和实际的力量却超乎想象。

最初法师利用屋后的竹子，锯成30个竹筒扑满，发给信徒一人一个，且坚持要他们每天存进5毛钱。信徒们觉得奇怪：为什么不干脆每个月缴15元呢？法师说："不奇怪，我希望你们每天提起菜篮即投入5毛钱，临出门前就有一颗救人的心，节省5毛钱，即是培养节俭的心与爱人、救人的心，两个心存一筒，力量是很大的。"于是这30个人每天提起菜篮到菜市场，逢人便宣扬："我们每天要存5毛钱！我们有一个救济会，我们要救人！"

"5毛钱也可以救人？"消息不胫而走，参与的人愈来愈多，千手千眼发觉苦难的功能也很快地发挥了。第二个月他们便救济了一个从大陆来台、孤苦无依的老太太，每天有人送饭给她，为她清理环境，直到她往生后安葬为止。一桩艰辛、伟大的济世工程就这样默默地开始了。那年，法师29岁。

今天的很多慈济人，都深深地感恩证严法师起初经营的那段竹筒岁月。而当时皆因响应法师号召，每日动一善念的家庭主妇，又有几人能想到，她们手中的这几个竹筒，竟然积攒下日后庞大的慈济世界。

慈济是代表一种生命的方向，也是一种生命的重心

随着募得资金的逐步增多，法师所做的事情也越来越大。此时的她，已经在心里埋下了一个大志向，要在花莲建一个全台湾设施最好，并且不收任何保证金的慈济医院，这就意味着她将要募资8个亿。而这8个亿是花莲政府一年财政预算的8倍。这样大胆的决定，不但让她身边的主妇们大吃一惊，更是引来了众多非议。

但是法师坚信"人之初，性本善"，坚信每一个人都有爱心。她说："我就是信己无私，信人有爱，我相信我自己绝对没有私心，就是做善事的。那我也绝对相信人心本善，信人有爱。每个人都有爱心，只是你要给他机会，你要给他因缘，你要告诉他，你自己就可以当一尊菩萨。"

这份菩萨之心，居然感动了当时的台湾地区领导人蒋经国。建院所需的土地，很快因为蒋经国先生的关注而顺利解决。事后，蒋经国曾说，他走遍全台湾，从未见过出家人为社会做了这么多事。而这群出家人，又是如此的简朴、清苦，令人尊敬。

就是这样一批又一批的慈济人，在过去的近半个世纪里，在全球60多个国家和300多个地区，在灾难发生时，第一时间出现，最后撤离，为灾难中的人们送去生命所需的物资和抚慰。大到房屋、医院、学校、教堂，小到牙刷、香皂、马桶、纸巾。

截至目前，慈济历经严格考核并获证的委员有20万，常做志工200万，募捐会员累计已过千万。今天的慈济世界，拥有四大事业、八大法印，作为一个佛教组织，他们的事业囊括了慈善、教育、医疗、人文、环保、骨髓捐赠、国际赈灾等多个领域。而作为这份庞大事业的缔创者，证严法师似乎书写了太多的惊叹和不可能。

台湾的骨髓捐赠，就是由慈济人发起创建的。

基于"尊重生命"的理念，法师不忍心看到血癌病患及家属苦候亲属间骨髓配对结果的煎熬与失落，1993年，在卫生署及各大医学中心的殷殷期盼下，成立了骨髓库。由于慈济的号召力，骨髓库在很短的时间内就成为亚洲最大、全世界第三大的骨髓数据库，也是志愿捐髓比例最高、拒绝率最低的骨髓库。

如今，尽管全球慈济世界已经拥有上千万志工，而这份庞大事业的中枢，却只有一百零几位比丘尼，她们依然恪守本分，奉行上人的理念，一日不作，一日不食，将生活中的每一个地方，都当做清修的道场。今天围绕着上人和她身边这100多位出家人衍生出来的佛教慈善事业全球罕见。他们的行动能力、决断速度和在长达半个世纪里积攒下来的全球赈灾经验，使得他们已经成为华人慈善领域中的奇迹。

证严法师的人生经历和慈善事业绝对属于人间奇迹，将证严法师誉为"东方德蕾莎""人间观世音"绝无虚夸。在生活中，我们即使无法模仿，也绝对应该对这位大爱无疆的现代慈善事业神话的缔造者深怀敬仰。

五　丰沛而又枯竭的生命资源

没有对比就不知道差距。20世纪90年代的中华骨髓库，面对的就是这样一个境况——与台湾相比，与世界相比，我们明显落后。作为13亿人口的泱泱大国，这不能不说是一种尴尬和耻辱。

也就是在这样一个令人尴尬而又痛心的年代，发生了一件令骨髓库的工作人员们不知应该欣喜还是伤痛的事。黑龙江省留美博士杨吉林，其女儿明月在加拿大患白血病，需要进行骨髓移植。由于人种的差异，在加拿大当地找不到供者。杨吉林立即奔赴国内，表示愿意由他个人出资，在国内募集志愿者。当时还是采用血清学检测，送检的血样一定要鲜活的。不能不说大陆的民众是不缺乏爱心的，此事一经动员，各地百姓深夜云集，很快就采集了2000多例血样。可惜，血样送到加拿大，结果还是没有配型成功。事实上，检测大量样本仍找不到配型合格者的事例屡见不鲜，何况我们送去的血样仅有区区2000多份，远远够不上"大量"。从这个意义上说，明月姑娘还不算是最不幸的。2005年，美国一位名叫凯丽的患者，在世界范围内检索800万例都没有找到配型合格者（最后在中华骨髓库配型成功）。与这800万相比，我们的2000份实在是一个十分

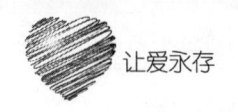

"寒酸"的数字。

令我们汗颜的是，明月最终不幸去世，其父杨吉林又将自费采集的 2000 多份志愿者血样检索数据无偿交给中华骨髓库，使当时的库存激增至 5000 份。至今，我们仍然无法定义这个"激增"是值得欣喜还是应该感到伤痛。

有关资料显示，我国等待造血干细胞移植的患者有上百万，仅白血病的发病率即达每年 4 万以上。因白血病死亡的人数为 3 万多，与发病人数基本持平。而当时我国大陆造血干细胞志愿捐献者很少，各地加在一起不足 3 万，由于资料少而分散，分型方法和标准不统一等问题，库存资料配上型的可能性微小，很难满足社会需求。台湾 1994 年建库，已有 34 万余份的供者资料，大陆病人的移植很大程度上靠台湾提供供者。截止到 90 年代末期，已有数十例台湾同胞的造血干细胞移植到大陆患者体内，挽救了这些患者的生命。可以说，这些患者是幸运的。至于欧美国家，他们的造血干细胞捐献者资料库及其移植工作发展很快。拥有 3 亿人口的美国，于 1986 年建立国家骨髓库（造血干细胞捐献者资料库），到目前为止，库存捐献者资料已超过 800 万，每年有 60% 的患者可以从资料库中找到配型相合的捐献者并进行临床移植。现在，美国、法国、加拿大、德国、荷兰、芬兰、瑞士、比利时、澳大利亚、日本等国的骨髓资料库发展迅速，欧美国家已经建立起国际互联网，可以通过国际的互相检索来帮助病人查找供者。遗憾的是，欧美的骨髓库中以白种人为多，亚裔人很少，他们的白细胞抗原与东方人不同，中国人在那里找到供者的机会几乎为零。遍布世界各地的华人一旦患病需要造血干细胞移植治疗时，均把希望寄托于祖国。

希望在祖国，祖国却不能为自己的同胞提供足够检索的数据资料。我们有 56 个民族，有 13 亿人口。就一个国家或者地区来说，我们的生命资源应该说是最丰沛的。然而，就当时的情况而言，13 亿人口与"不足 3 万"的数据资料相比，实在令人蒙羞！

大量的生命资源被卡在一个细细的瓶颈下，令人心忧如焚却无可奈何！

第七章 两岸髓缘（上）

1993年10月20日，台湾"骨髓捐赠数据库"正式定名为"慈济基金会台湾地区骨髓捐赠数据中心"。其成立时间虽晚于大陆骨髓库，但由于台湾在血液事业方面早已形成了良好的社会氛围，打下了比较坚实的基础，因此它后发先动，成立仅一年零两个月，即已完成6.2万余人份的资料入库，并实现7例捐赠手术。

这个成绩的取得，一方面得益于慈济事业创始人证严法师的善行广布，另一方面，也与被医学界誉为"血清之父"的著名骨髓移植配型专家李政道教授的努力密不可分。

一 "生命使者"李政道

这世界上有两个李政道，字同音同，都是中国人，都是博士，都很著名。所以，首先需要说明的是，此李政道非彼李政道。这里要说的是作为骨髓移植配型专家的李政道，而不是那位曾获诺贝尔奖的美籍华裔物理学家李政道。

一人兴而事业兴

李政道1935年出生于台湾，1972年获美国RUTGERS大学博士学位。1935年出生于台湾，1972年获美国新泽西州鲁格尔斯大学博士学位。曾任美国华盛顿大学教授、美国红十字总会研究所HLA实验室主任、世界红十字会第一届世界组织相容性会议主席。他多年从事HLA基础实验研究，对骨髓移植、组织配型有杰出贡献，是国际著名的免疫血液学家，也是中国HLA专业的奠基人。

生于台湾的李政道博士对祖国大陆有着深厚的感情。1992年，在李政道博士的倡导和无私援助下，中国红十字会总会建立了中华骨髓库。

李政道博士在美国骨髓移植配型中心工作时，发现大量患白血病的华人，由于没有合适的骨髓配型，无法得到医治而死亡。为了让那些不幸患白血病的同胞能够拥有再生的机会，李政道于1992年回到台湾，开始致力于建立华裔骨髓资料库。他曾对记者说："我是美国公民，但我是中国人，更关心中国。在美国骨髓移植配型中心工作时，有许多华人甚至印第安人找到我，让我救救他们的孩子。美国的骨髓资料库很大，但白人和黑人的基因种类和基因频率跟中国人不同，骨髓移植能够匹配上的概率很低。我因此意识到中国人的孩子只有靠中国人来救。于是我在美国工作40年后又回到台湾，参与建立华人骨髓资料库。"

1993年10月，由台湾佛教慈济慈善事业基金会的证严法师发起，由李政道博士着手组建的"台湾慈济骨髓捐献中心"正式成立。李政道博士担任了该中心基因和免疫实验室主任。台湾慈济骨髓捐献中心位于台湾花莲市慈济医院，其成立几年后即成为当时世界上最大的华人骨髓资料库，当时的捐髓对象面向北美、西欧、东南亚等地区的华裔病患者。

李博士说，在所有器官移植中，骨髓移植的配型最重要，如果骨髓配型不好，排异反应强烈的话，华佗再生都无法妙手回春。而为骨髓配型把关的，就是血液实验室的工作人员。20世纪90年代初，台湾慈济骨髓库建立以后，由于经验不足，技术力量欠缺，台湾早期几位慢性白血病病人的骨髓移植手术都失败了。失败的原因，大部分是由于当时配型技术不过关、配型不准确引起的。

李政道为慈济骨髓捐献中心带来了先进的科学技术，在他的指导下，骨髓捐受双方基因分型检验准确率得到迅速提高，成绩远胜于欧美发达国家。

现在，李政道担任台湾慈济骨髓捐献资料中心主任，潜心致力于全世界华人骨髓移植工作。台湾慈济骨髓捐赠中心拥有从美国引进的最新高科技分子生物学DNA高分辨HLA基因分型检验技术，储存的骨髓资料与新加坡及祖国大陆、香港等各地医院通过电脑连线，寻找白血病患者和捐髓者相同的 HLA 遗传基因。近年来，李政道博士为浙江、北京、上海、成都、广州、厦门等地的非血缘关系骨髓移植提供了可靠的技术，并多次送骨髓到祖国大陆，对促进海峡两岸的医学技术交流和加深同胞间骨肉之情起到了积极的作用。

所谓"一人兴而事业兴"，李政道博士对于台湾慈济骨髓捐献资料中心、对于两岸髓缘的沟通与建立，就起到了这样举足轻重的作用。可以说，正是因为有了他，才有了台湾慈济骨髓捐献资料中心的兴旺发达；也是因为有了他，两岸在造血干细胞捐献、配型和移植等方面的交流和往来才会如此顺畅、日益密切。

"其实我只是拿包的，做些跑腿的工作"

台湾花莲东临浩瀚苍茫的太平洋，西倚贯通南北的中央山脉，是宝岛东海岸一座美丽宜人的城市。台湾著名的民间慈善机构——慈济慈善基金会就坐落在这里。

海峡隔不断亲情，高山挡不住缘分。多年来，台湾慈济同胞从这里起程，在海峡间传递着同胞爱、骨肉情。

自 1997 年 4 月，54 岁的台湾妇女杨秀霞为安徽 17 岁的少年刘金权捐赠骨髓、李政道博士将第一例台湾骨髓送到大陆以来，台湾慈济骨髓库已经为祖国大陆送来骨髓 600 余例，其中有 100 多例都是李政道博士亲自护送而来。他多年来不辞劳苦、辗转两岸，架起了沟通两岸人民生命的血缘之桥。百余次的往返，使他与愈来愈多普通的生命紧紧联系在一起，也被愈来愈多的大陆同胞所熟识。

近年，李政道博士更频频跨越海峡，到大陆进行讲座、赠书、售书及参加与骨髓捐献有关的宣传活动。

在慈济骨髓捐赠中心主任李政道博士的办公室里，存放着一个个特制的、不同颜色的骨髓箱。记者看到，箱体上都贴着卡片，上面写着受髓者的姓名、年龄、地址，几乎都是祖国大陆的患者。

"每一个捐髓者，都有催人泪下的故事，每一个骨髓箱，都满载着两岸同胞的情与爱。"李政道博士感慨地说。

1999年台湾"9·21"大地震的第二天,是慈济骨髓捐赠中心定好的为浙江医学院第一附属医院送髓的日子。为了这生命的约定,9月22日一大早,献髓的台湾同胞与慈济的医护人员在余震不断的摇荡中,冒险完成了骨髓的抽取,交到了李政道博士手里。李政道博士几经辗转,于当天深夜赶到杭州。在场的医护人员、患者家属接过这生命之髓的同时,也焦急地询问台湾震区的情形,场面十分感人。

曾有记者问及,在几万乃至数十万分之一的概率中,为什么大陆患者大都能在台湾寻找到相同的骨髓配型?李政道解释说:"因为同是华夏儿女的缘故!骨髓配型最基本的要素有两个,一是从自己所属的族群中寻找相同遗传标志的捐髓者,这样成功概率最高,再就是同一族群的人的抗原种类和频率最相似。从人类学、遗传学的观点来看,两岸同胞毋庸置疑是同源、同种,所以,才能获得如此高的配型成功概率!"

李政道说:"90年代初,我就向中国红十字会建议设立中华骨髓库,因为中国人的白血病还是要靠中国人自己来解决。虽然在美国有将近400万的捐赠者,但白人和黑人的基因种类和基因频率跟中国人不同,骨髓移植能够匹配上的概率很低。1992年,'中国非血缘关系骨髓移植供者资料库'正式成立,这是很有意义的一件事。这么多年过去了,中华骨髓库的建设有了很大的变化,这几年发展特别快。这不但是大陆人民的福音,也是台湾人民的福音。"

近些年祖国大陆和台湾之间的骨髓配型、移植工作互动良好。李政道博士说:"目前台湾60%左右的白血病患者能找到相匹配的骨髓,祖国大陆有50%的南方人、20%的北方人也能在台湾骨髓库找到相匹配的骨髓。只有基因种类和基因频率相匹配,骨髓才能相匹配。这也证明两岸是同根同源,有共同的祖先,同时也说明大部分的台湾人是由祖国大陆的南方人迁移过去的。"

1997年第一次亲送骨髓到大陆的时候,李政道博士就已经是年逾花甲的老人了。这样的老人,百余次亲捧骨髓箱,送到祖国大陆各地,该是何等的付出,何等的艰辛!最初几年,曾有记者当面询问:"送骨髓这样的工作,您派工作人员来就行了,为什么要自己亲自送?"李政道说:"万事开头难,从台湾送骨髓到大陆也是一样,其中的困难有技术方面的,也有人为方面的因素,同时也涉及两岸关系。因为许多人还是知道我的名字的,我亲自出面送,许多问题的解决会顺利些。再如我的美国护照来往于两岸三地更为方便些,还有就是由于经验的关系,我对手术的规划、制度等更为熟悉些,也希望亲自到现场去了解一下那里的设备。另一个原因就是,我随机应变的经验比较丰富。由于抽髓和移植手术是两岸同时进行的,每一次送髓都是分秒必争,(2008年12月15日两岸实现三通以前)受不能直航的困扰,每一次在香港转乘,都是惊心动魄。只有亲眼看到殷红的骨髓徐徐输入患者的体内时,自己的心脏才渐复平静。"

随着两岸关系的改善,目前这个渠道已经十分畅通,也很成熟了,最近几年,已经无须李政道博士亲自送骨髓(造血干细胞)了。

作为美国骨髓资料库的创始人之一,李政道是世界华人广为熟悉的医学专家和慈善家。他多年来不辞劳苦、辗转送骨髓到祖国大陆,挽救同胞生命的事迹在海内外广为传扬。李政道也成为名副其实的"生命使者"。

而李政道博士则谦逊地说:"现在台湾的骨髓捐献已很成熟,我就把更多的精力投入到大陆这边来。其实我只是拿包的,做些跑腿的工作。"

二 李政道博士千里救庄妍

1999年,在沂蒙山区,有一位身患白血病的12岁小女孩,因多年来找不到抗原配对的骨髓而即将走到生命的尽头。消息辗转传到台湾,传到李政道博士主持的慈济骨髓中心,引发了海峡两岸的一次爱心救援行动。

那时候,两岸关系远非今日可比,交通、通信十分困难。正是这些困难,使这次爱心救援活动更凸显出人性和人道主义的光芒。

让爱永存

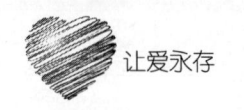

病魔缠身，小庄妍危在旦夕

1999年2月20日，12岁的山东省临沂第四中学初一学生庄妍因病情恶化住进北京人民医院。医生告诉家长：庄妍的白血病已经快到激变期，需尽快进行骨髓移植。

庄妍1987年4月出生于山东一个双职工家庭。这孩子自小聪明可爱，两岁时已能识1000多个汉字，背诵100多首唐诗，被周围邻居誉为"神童"。对此，庄妍的父母心里像吞了蜜一样甜。然而，天有不测风云。1992年，就在庄妍刚满5周岁时，有一天，正在和小朋友们一起跳皮筋的她突然昏倒在地，接着就是持续高烧不退。在山东临沂市人民医院当医生的妈妈带她到医院作了检查，配了点药。没想到服药后，病情反而严重起来了，怎么也退不了烧。到医院打吊瓶、吃药，也没用，白血球指标始终降不下来。在医生建议下，父母带她来到山东省人民医院，请专家为庄妍进行了全面检查，查出来的结果令全家人大吃一惊——女儿得了白血病！

庄妍的父亲说："这个诊断结果，一下子把我们击垮了。"从此，父母带着孩子走上了求医之路，到北京、天津、广州等几所大医院进行复查，但复查的结果彻底打破了全家人的一丝侥幸。

据专家介绍，这种病最长的存活期为13年。这是世界上任何一对父母也无法接受的。为此，庄汉进和妻子带着女儿开始了马拉松式的南下北上求医问药的历程。

在北京人民医院，专家告诉庄汉进，这种病在国内大多通过药物化疗杀死体内的癌细胞，控制病情的发展。但这种方法不能除根，时刻都有复发的危险。根治的方法只有一种，即进行骨髓移植。但和患者基因相同的骨髓极难找，在数万甚至数十万人中才可能有一例。由于当时国内捐献骨髓的志愿者太少，尚未能建立起完备的骨髓库，寻找配型准确无误的骨髓无异于大海捞针。且这种方法的费用极为昂贵，仅手术费就需要40万元。这个天文数字般的医疗费用将是他们这个普通家庭无法承受的。但是，为了女儿，庄汉进和妻子一再说，他们愿意豁出一切，就算乞讨度过余生，也心甘情愿。

第七章 两岸髓缘（上）

女儿一天天憔悴下去，眼看着那花一般的生命在痛苦和煎熬中慢慢耗掉。庄汉进说，那就像往他和妻子心窝里捅刀子。为了寻找相配的骨髓，小庄妍的父母首先接受了血检。但是化验结果显示，父母的骨髓和庄妍不相配。他们又听说，兄弟姐妹骨髓相配的可能性比较大。庄妍的父母仿佛又抓到了一根救命稻草。尽管希望渺茫，为了救女儿的命，他们还是决定再生一胎。因为女儿得的是白血病，根据计划生育的有关政策，可以再生一胎。于是他们打了报告，要求生育第二胎。接着，取环、准备小孩的衣物，仿佛生活又从头开始了。一年后，庄妍的小弟弟诞生了。庄妍的父母从此一边体验着哺育小儿子的辛苦和快乐，一边担心着女儿的病情，甚至还无端地为小儿子的健康担心。这种担忧直到经过体检告之非常健康后，才慢慢消失。儿子两岁的时候，父母带着姐弟俩去北京的医院配型，可是结果又没有成功。这一次是彻底地绝望了。回家的路上，只有两岁的儿子一路断断续续地哭闹，姐姐庄妍双眼满含泪水，夫妻俩则默默无语。病魔带来的愁云，深深笼罩在这一家人的心头。

这期间，庄妍父母除了用药物控制女儿的病情，还动员所有的亲属进行了血检，但检验结果表明，亲缘配植已毫无可能。要移植骨髓，必须在更广泛的捐献者中搜寻。就这样，7个年头，庄妍父母在焦急的奔波和寻求中艰难地度过。寻找无望，小庄妍的生命烛火开始渐渐暗淡下去。

一线希望之光

也许是苍天有眼，小庄妍似乎命不该绝。就在庄妍父母走投无路的时候，《中国青年报》上的一则报道给小庄妍带来了生的希望：杭州浙江大学医学院第一附属医院用台湾同胞的骨髓成功救活了一个白血病患者。父亲庄汉进读到了这则报道，他仿佛在一片汪洋中抓到了一根救命稻草，立即心急如焚地赶到了浙医一院，含泪将女儿目前万分危急的状况告诉了该院主任医生黄河。黄主任劝庄汉进先将女儿接到该院抽取血样、接受化疗，然后由他们负责帮助庄妍

让爱永存

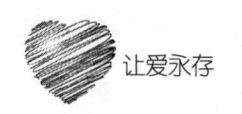

和台湾慈济基金会联系，寻找这一救命骨髓。据黄河主任介绍，慈济基金会是一家有 32 年历史、160 万会员，在世界上许多城市都拥有分支机构的佛教慈善机构，当时已经有一个拥有 17 万志愿者的全球最大的华人骨髓库。该骨髓库中心的主任便是从美国归来的骨髓专家、配型高手李政道博士。

浙医一院为庄妍抽血取样后，通过熟人相托的渠道将血样送到台湾慈济骨髓捐助中心进行配型。当时，两岸尚未实现三通，如果血样不是托人送去，按正常渠道寄送的话，有时候需要在路上走三个月才能寄到。小庄妍吉星高照，托人带往台湾的血样仅仅过了三天就送到了台湾慈济骨髓捐赠中心的李政道博士手中。命运终于眷顾了庄妍，让她平生第一次尝到了"幸运"的滋味。

通过当地媒体的报道，庄妍的遭遇引起了台胞们的高度重视，花莲市社会各界密切关注着小庄妍的骨髓移植。李政道博士和他的同仁立即投入紧急救援行动中，化验血样，寻找配型。李政道博士动情地说："大陆、台湾本来就是一家，我们有义务拯救自己的同胞。"

您就用我儿子的骨髓吧

1999 年 6 月 20 日，慈济骨髓中心终于从 17 万人的骨髓库中初步筛选出 22 个有抗原配型相合可能的捐献者。在随后进行的第二次配型筛选中，竟有两人的 HLA 完全符合骨髓移植条件。这简直是个奇迹！因为在过去的配型中，有的患者从 17 万人中都找不到一个相合的。李政道博士不由得长舒了一口气，一颗悬着的心算是稍微落下了一些。

当通知发给两位青年捐献者，要求他们到慈济中心进行全面检查时，其中一位 26 岁的青年大学生在母亲的陪同下，提前找到了李政道博士，表示愿意无偿捐献骨髓。他的年届花甲的老母亲深情地告诉李先生："我是一个有孩子的母亲，我知道孩子对于一个母亲的重要性，既然大陆那个小女孩需要我儿子的骨髓救命，我支持儿子的选择。现在，我把儿子带来了，您就用我儿子的骨髓救救那个可怜的孩子吧!"

面对李政道博士,那位青年人也表示:"我献出的是一份爱心,我不要任何报酬,也不要告诉那个小女孩和她的家人我的名字,我相信海峡两岸同胞的心是连在一起的。"听着这些发自肺腑的话语,感动的泪水禁不住从李政道博士那饱经沧桑的脸上缓缓流下:"谢谢,我替大陆的那位母亲和她的孩子谢谢你!"

"爸爸,我真的很留恋这个世界"

消息从台湾传来:骨髓配型成功,可以进行骨髓移植!一接到这个消息,庄汉进忘形地冲进了病房,捧着女儿苍白的脸蛋,哽咽着说:"孩子,咱有救了!"稍停,意识到自己失态的庄汉进小心地问庄妍:"孩子,你知道你得的是什么病吗?"因为在这以前,他们总是害怕女儿经受不住打击,千方百计瞒着女儿。

听到爸爸的问话,庄妍这个一向表现要强、乐观的小女孩忽然哭了,她很委屈地告诉爸爸:"这几年,您领着我到全国各地看病,我就知道自己可能得了绝症。临来浙江时,您向亲戚朋友借了那么一大堆钱,我就想,也许这回我再也回不来了。可是,爸爸,我离不开您,离不开妈妈、弟弟,离不开我的老师和同学啊,我真的很留恋这个世界……"庄汉进再也忍不住自己的泪水,禁不住和女儿抱头痛哭。

1999年8月10日,浙医大第一附属医院无菌舱开始全面检修,并进行了彻底消毒,整个骨髓移植工作进入了倒计时。

8月20日,本需提前3天住进医院进行特级护理的台湾那位大学生,在母亲的陪同下乘火车赶到花莲市慈济骨髓中心,提前一周住进了医院。

8月27日,那位台湾大学生被送进了手术室并施行了全麻手术。看着自己的儿子被送进手术室,母亲再也忍不住自己的泪水,她守在手术室的门口,心里一遍遍叨念着儿子的名字,祝愿儿子平安。

手术从早晨8点开始。3个小时后,1100毫升骨髓带着台湾同胞的体温进入了密封的包装内。

惊心动魄的 10 小时

就在李政道博士取骨髓的前一周，在浙医大一附院无菌舱内，小庄妍已经陆续服用了相当于普通化疗 20 倍的毁灭性剂量，将自己体内含有白血病细胞的骨髓全部杀死，然后等待新的骨髓移植到体内。这是一个致命的药剂量，医学上称之为致死剂量。如果到时供髓者不能及时供髓，或者在骨髓运输途中出现意外，那么其后果不堪设想。

可就在这节骨眼上，无菌舱内的小庄妍由于常年服用大量的抗癌药物，生理达到了药物挑战的极限，生命危在旦夕。这就要求原计划在骨髓保存极限 24 小时内运达的骨髓必须提前 12 小时运达，否则，残酷的病魔将会吹灭小庄妍微弱的生命之火。

黄河主任立即与李政道博士取得了联系。李政道博士接到电话后，急出了一身冷汗，原计划乘民航到台北的计划被打破了，他必须在极短的时间内到达台北。李政道一边看着手表，一边用手机不断地与外界联系。此时此刻，表上的秒针每跳过一秒钟，他的心便要抽搐一下。他清楚地知道，他是在和死神赛跑。

很快，从台北方面传来消息，台北一制药公司的老板愿用自己的直升机来接李博士去台北。40 分钟后，一架米黄色的直升机停在花莲市慈济骨髓中心的草坪上，李政道博士和助手迅速进入机舱。不一会儿，这架飞机便在轰鸣的马达声中急速向台北方向飞去。

到达台北机场后，已是 15 时 40 分，正好赶上台湾"中华航空公司"的班机。这时，前来送行的人员有人劝李政道先生放弃乘这次班机，因为在 5 天前，该公司的一架班机从曼谷抵港新机场时发生事故，导致 2 人死亡，211 人受伤。而且这几天狂风暴雨不断，天气状况极差。但李政道博士知道，大陆那个小女孩的生命已不允许他再做其他选择，他必须登上这架班机。

两个小时后，"中华航空公司"的班机顺利抵达香港。这时，从香港飞往杭州的班机已经起飞，唯一的办法是取道上海。李博士一边用手机和杭州方面取得联系，一边在香港空姐的带领下和助手跑步横穿机场，直奔停机坪。香港机场的地面工作人员闻知此事后，大为感动。他们临时做出决定，特殊情况特殊对待，破例让他们未出机场，直接踏上了飞往上海的班机。

事后，李政道博士说，慈济在台湾花莲，他们抽完骨髓之后，从花莲赶到台北桃园中正机场，再转国际航班到香港，然后再转机到上海，从上海再坐汽车到杭州。在这段漫长而复杂的路途上，有一个必须时刻随身携带的小箱子，叫做"骨髓箱"。

李政道说："我们什么东西都可以摆在地上，可以摆在任何地方，就是这个骨髓箱，连上厕所都要带去，没有一分钟可以离开我们的视线。"

不论白天还是晚上，这个骨髓箱每半个小时就得摇一次。因为虽然加了抗凝剂，骨髓还是有凝结的危险。一有凝块，就会损失很多的细胞。所以李政道他们就像抱小孩一样，轮流抱着骨髓箱摇一摇。

就这样，一路抱着、摇着那个救命的骨髓箱，李政道博士一行于当天 20 时 50 分抵达上海虹桥机场。

当李政道博士和他的助手从机舱里走出来时，早已望眼欲穿的浙医大附院医生和小庄妍的父亲庄汉进紧紧地拥抱了李政道老人。庄汉进哽咽着，什么话也说不出来，只是对着李政道博士深深地连鞠三躬；而站在一旁的庄妍的母亲，好久好久才泣不成声地说了一句："您救了我们全家……"

未做片刻休息，李政道博士和助手又乘前来接应的轿车呼啸着向浙江驶去。23 时 15 分，10 多个小时前还在台湾同胞体内的 1100 毫升骨髓全部输入了小庄妍体内。

此刻，站在无菌舱玻璃门外的李政道博士望着小庄妍，终于欣慰地笑了。

三 两岸三地救陈霞

陈霞，江苏省姜堰市东塘村的一位普通农家姑娘。2000 年 9 月，21 岁的陈霞被确诊患有急性粒细胞白血病。那时候的她，怎么也不

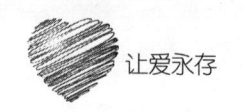

会想到，就因为自己这一病，竟然引起两岸三地医务工作者和新闻媒体以及广大公众的极大关注。陆道培、李政道等顶尖级的血液病专家亲自出马，两岸三地电视台的著名节目主持人联袂直播了捐献及运送骨髓的全过程。在两岸尚未实现三通的困难情况下，大家演绎了一场"生命20小时"的人间绝唱。

2001年6月14日凌晨，一场历经近20小时，由台湾同胞捐献骨髓，移植给江苏姑娘陈霞的手术，获得圆满成功。主持这次手术的苏州大学附属第一医院血液科主任、留法博士吴德沛宣布，运送骨髓和手术的每一个环节都进行得十分顺利。患者在接受手术过程中无任何不良反应。这是海峡两岸合作进行的第86次骨髓移植手术，是江苏省首例非亲缘异体骨髓移植手术，也是第一次由祖国大陆和台湾、香港多家新闻媒体联合进行直播，引起全球华人极大关注的手术。进行这次手术的苏州大学附属第一医院在中国治疗白血病方面处于先进地位。提供骨髓移植所需新鲜骨髓的志愿者是一位25岁的台湾男青年。医生从他身上抽取了1025毫升骨髓，注入陈霞体内。手术从13日21时50分开始，进行了4小时14分钟。参加这次工作的各类人员多达数千人。从6月13日早晨6时45分开始，香港凤凰卫视、台湾东森电视台和TVBS电视台、江苏卫视、苏州有线电视台、新华网从早晨到深夜对这次手术进行了间断性直播，大陆、台湾、香港的30多家新闻媒体，近百名记者参与了这次报道。

坚强女孩笑对白血病

2000年7月，陈霞在家乡姜堰市一个电脑培训班学习。培训期间，她时常感到头晕，本来以为是中暑。9月1日，陈霞去徐州送一个上海的妹妹，那天感觉异常难受。此后的一段时间里，她的身体越来越差，还发觉肤色开始发黄、发黑。9月17日，连续多日被头昏、乏力、低烧困扰的陈霞走进了姜堰市人民医院血液科。根据医生的建议，她接受了骨髓穿刺化验。几天后，她拖着虚弱的身体去看化验结果。医生告诉她，她患了急性粒细胞白血病，必须立即住院治疗。

陈霞对白血病的了解，是孩提时代从日本电视连续剧《血疑》中获得的。在她的记忆里，白血病就是不治之症。因此，弄清楚自己的病情之后，她觉得自己也将与幸子一样，不久于人世了。拿着住院通知单，她感到天地都变了颜色，心中充满了恐惧和悲伤。她不知道是怎么从医院的三楼走下来的，眼泪一直在眼眶中打转，却没有流下来。那天，回家的路也变得分外漫长。

陈霞是一个独立而又孝顺的女孩。她14岁那年离开父母到湖南外贸学校读书，毕业后，又独自一人去徐州开了家服装店，生意很是红火。后来，远在家乡的父母开了家小工厂，每日起早摸黑，十分辛苦。陈霞不忍心父母受苦，毅然把店面盘掉，回到家乡帮助父母。在陈霞心目中，父母是她生命中最无私的人。现在，病情确定了，她首先想到的是自己的父母，想到自己来不及尽孝膝下，心中充满愧疚。走在回家的路上，她一直在想，眼下唯一能够回赠父母的，便是她的坚强与快乐。

家，就在前面。陈霞在面对家门的那一刻调整好了情绪，微笑着走进了家，微笑着与父母说话。后来，她对采访她的记者说，那时，她最大的心愿是在生命的最后日子里，每日为父母做上一盘好菜，每晚与父母在一起聊会儿天，说一两个笑话。

从患病的当天开始，陈霞就决定写些日记，把自己的真实想法留下来作为纪念。

她在2000年9月17日的日记中写道：

今天上午我去了姜堰人民医院做了血常规，情况非常不好！也许对我来说以后再也没有什么人生可谈，更令我难受的是父母只生了我一个，他们怎么办？他们知道了会有什么样的后果？我好难受。我的理想，我的愿望……我还没有来得及孝顺他们。我怎么会有这种病呢？难不成是天意？陈霞认命吧，黄泉路上有老也有小，别怕！静心！静心！面对现实，开心地活着，珍惜与父母相处的每一分，每一秒，去尽最后一份孝心吧！就当没发生一样好吗？陈霞一定要挺住，也许生命会出现奇迹呢！唉！别想！走

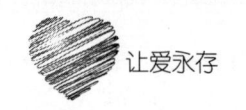

一步算一步吧！爸妈，今夜将是我一生中最思念你们的时候。做你们的女儿我好内疚，我万一有什么不幸，你们……我写不下去了……我无法形容我此时此刻的感受。

再见！

我深爱你们、想你们、念你们！

女儿：陈霞　晚 10：38

她懂得自己的病是绝症，于是把病历藏到了抽屉里。然而，细心的母亲还是发现了陈霞笑容中的细小变化。

当天晚上，家中做饭的阿姨发现了被陈霞藏在抽屉里的住院通知单，交给了陈霞的父母。由于病历上打了一长串英文，还打了两个大大的问号，父母看不懂，当即找到医院的一个医生咨询，才得知了女儿的病情。

第二天清早，陈霞被父母送进了姜堰市人民医院，进行骨髓穿刺后，证明她确实患有白血病。

父亲不相信这样的结果，就带着病历到苏州咨询，结果还是那么残酷。

不久，陈霞转至苏州大学附属第一医院。在苏州大学附属第一医院，医生对她进行了治疗白血病的常规化疗，但两个疗程下来，病情未见明显缓解。经检查，她被确诊为原发性耐药型白血病。白血病患者中，有 20%～30% 属于这一类型，很难治疗。鉴于陈霞的病情，她随即被送进净化室。在那里，她开始接受大剂量化疗。两个疗程后，她的病情开始明显缓解。

然而，陈霞所患的白血病，病情缓解后极易复发，唯有骨髓移植，才能长期生存。陈霞是独生女，没有配型对象。这就意味着只能从没有血缘关系的人群中寻找配型相合的人。但是陈霞这时已经知道，非血缘关系的配型相符率是几万分之一到十几万分之一。

那时候，中华骨髓库还处在艰难维持的阶段，检索没有结果。病区主任吴德沛想到了台湾慈济骨髓捐赠中心。作为一位医务工作者，吴德沛很清楚地记得，在刚刚过去的 1999 年，浙江一位 13 岁的患白血病的小姑娘庄妍曾在那里成功配型并骨髓移植成功。

这一切，陈霞都看见了也听见了，她依旧平静地微笑着，对父母、对医生、对身边的病友。她觉得，即使到了最后一刻，自己也应该笑着离开，只有这样，才可能使父母悲伤的心得到一点点安慰。

两岸专家情系农家女

为了拯救陈霞的生命，吴德沛决定向台湾慈济骨髓捐赠中心求助。他找到了与台湾慈济骨髓捐赠中心发起人李政道博士联系密切的北京医科大学血液研究所所长陆道培院士。陆道培立即与李政道取得了联系，李政道表示尽最大的努力在台湾寻找配型相符的人，并希望尽快将陈霞的血样通过一定渠道送到台湾进行配型。

吴德沛说："我认识陈霞是在2000年9月底的一个下午。分管她的留美博士后张日副主任告诉我，有位叫陈霞的病人想做骨髓移植。让我去看看。陈霞静静地躺在病床上，清秀消瘦的面庞缺少血色，充满倦容，眼圈略黑，双眼中有忧愁恐惧，更充满对生命的渴望……当时我就有一个强烈的冲动，就是要为这个不幸的姑娘，尽一个医生最大的努力。"

2001年5月25日，陆道培院士来到苏州，在附一院的血液科病房，对陈霞进行了全面的会诊。当时，陈霞突发的中耳炎一直让他放心不下。在和医院的专家们商讨完具体的手术细节后，他又对各种可能出现的意外提出了指导意见。

陆院士还观察到，由于陈霞的手术成了两岸同胞关注的焦点，医护人员压力太大，就及时地宽慰："尽管有许多成功，但也有意外，我们能够办到的，就是努力做到最好。"

2000年12月20日，陈霞在吴德沛主任的陪同下，与父母一起抵达北京。陆道培院士当即抽取了陈霞的血样，并制作了陈霞的病情档案。

按照计划，抽取血样后就要返回家乡了。那天晚上，父母问陈霞，想看看北京吗？陈霞点了点头。经历了四次化疗以后，陈霞病情已暂时得到了控制，她感觉自己体力挺好，便提出到天安门广场看看。

第一次看到天安门，看到人民英雄纪念碑，陈霞有说不出的高兴。她走遍了天安门广场，留下了一张张笑意盈盈的照片。那一天，为女儿忧虑了三个多月的父母似乎也轻松了许多，在女儿的笑声中，他们也开怀大笑起来。

2001年3月，台湾传来消息，骨髓配对成功。5月24日，李政道专程来到苏州。在苏州期间，他对陈霞的骨髓移植给予了技术指导，并与医院的血液病专家一起，制订了详细的治疗方案。

李政道此次莅临苏州，可以说就是为了陈霞来的。一个花样年华、笑起来像花一样美丽的少女，不幸患上了被人们看做是"绝症"的白血病，这样的遭遇谁听了都会为之动容。

李政道这位被人们称做"爱心使者"的老人来到苏州，一方面是为了看望手术之前的少女陈霞，另一方面，他也高兴地戴上了苏州大学的校徽，成了这所百年老校的兼职教授。1981年，李教授曾经来过苏州，他没有想到，20年后他会以"爱心使者"的身份重新来到这里。

李政道在回答记者问题的时候说，在中国人的传统看来，血肉毛发都是爹娘所赐，是不能轻易与人的，更何况是骨髓呢。可以说，直到1990年，台湾人在骨髓捐献上的观念仍然是十分保守的，当局也限令：骨髓移植必须在三亲等内。与此同时，岛内每年有500名白血病患者却在望眼欲穿地等待着供体，他们中的许多人因为无法配对成功抱憾而逝。

从医学的角度看，白血病患者找到和自己完全相同的骨髓配型的概率有多少呢？李政道说："平均来说，从中国人里找，有万分之一；而要从白人里找，连百万分之一都不到。"

正因为成功的比例太低，李政道更觉得他所从事的事业是非常有意义的。

他说，海峡两岸都是为了同一件事——"救人一命"。

骨髓移植是一个复杂的高难度、高风险的手术，骨髓从抽取到输入必须在20个小时内完成。从台湾到大陆，必须绕道运输，稍有闪失，前功尽弃。然而爱心战胜了界限，海峡隔不断亲情，李政道和捐赠中心的志愿者们多次辗转于两岸，一次又一次地为白血病患者送去生的希望。

为了接受骨髓移植，陈霞再次住进了苏州大学附属第一医院，开始接受极为细致的身体检查。6月5日，陈霞被送进了无菌的层流室，医生开始给她进行预处理化疗。这次化疗，剂量更大，陈霞每日吃的药片便超过100粒。血液病区副主任孙爱宁告诉记者，目前，陈霞虽因超大剂量化疗身体较虚弱，但状况良好。她对移植手术的成功充满信心。

"今天不管发生什么，我一定要为陈霞留下一张最灿烂的笑脸"

2001年6月13日，是两岸三地所有炎黄子孙都为之感动、揪心的日子。13日早晨7时左右，供者将进无菌室作准备；半个小时后，供者全身麻醉；8时，抽取骨髓；9时30分，骨髓将被装进骨髓箱里，箱子里有液氮，还要用布包起来，上下装上冰包，以保持比较低的温度，这样才不会影响细胞的活力。护送骨髓的志愿者将从台湾花莲坐飞机到台北桃园机场，然后再转国际航班到香港，再转机于晚上7时左右抵达上海，随即转乘汽车抵达苏州。护送者沿途要像摇小孩那样摇骨髓箱，因为里面的骨髓不摇便有可能凝结，一旦有凝结将会损失大量细胞。

这是一个漫长而又复杂的路途，这是一次跨越海峡满盛着血浓于水的血缘亲情的救助大行动。正因为此，这次移植引起了台湾、香港、江苏三方的极大关注。6月13日早晨7时起至23时30分，香港凤凰卫视、江苏卫视、苏州有线电视台通过卫星携手对全程进行间断性直播，这在中国电视史上是第一次。其中，凤凰卫视著名主持人吴小莉从台湾花莲全程跟踪至香港、上海、苏州进行现场报道。这次直播，共租用了3颗国际通信卫星，动用5辆卫星直播车，2辆数字转播车。

这一天，也是陈霞即将获得新生的日子。她在日记中写道："今

天对我来说更是一个特殊的日子,因为我看到了希望!看到了生的希望!得到了人世间最宝贵的——生命!此时此刻我的心情是常人无法想象的,我感悟到了什么叫生命。生命就是希望,充满艰难与险阻,唯有坦然面对生活的一切成功与失败,光荣与屈辱,病魔与快乐,那才叫领悟生命,她才是生命的强者!"这一天凌晨4点钟的时候,陈霞曾在梦中惊醒。当时窗外大雨瓢泼,漆黑一片。

她忽然感到一阵恐惧,一种孤独无助的感觉袭上心头。她清楚地知道,这种感觉来自一个白血病病友的绝望挣扎。那位被陈霞称做大姐姐的病友叫林耘,出生于音乐世家。入院时,她的儿子才几个月大。她与陈霞病情相同,2000年1月从无锡某医院转入苏大附一院,就睡在4床。林耘入院后,经过大剂量的化疗,病情得到了一定的缓解。但由于一直没能与台湾取得联系,后来被转到天津治疗。陈霞听说,林耘到天津后,没多久就发生感染逝世了。陈霞记得那位大姐姐的音容,记得她有着强烈的求生欲望。苏大附一院的许多医生护士至今还记得她的音容笑貌和苦苦求生的意志。求生,是每个病人的愿望。可是,只有求生的欲望是救不了命的。陈霞想到了自己,想到了远在台湾的那位答应捐骨髓救自己的大哥哥。万一台湾那位大哥哥……她不敢再想下去,却想起了另一位病友。那是一位像自己一样找到了供者的幸运者,已在无菌室里做过"歼灭疗法",全身免疫系统和造血功能已被彻底摧毁。然而,在最后的关头,捐赠者却临阵逃脱,彻底把那个病弱的姑娘送上了死路。数月后,这个受尽病魔折磨的女孩,全身糜烂地离开了人世。陈霞的脑海里浮现出那张委屈绝望的面容,心中又多了几分恐惧。

天亮了,陈霞才从恐惧中走了出来。她想起前一天吴小莉在电话中祝福的声音,心里顿时充满了阳光和希望。她相信,有吴小莉护送,骨髓是一定能够在20小时内拯救自己的。因为,她早就听说过这位大明星最看中观众的称誉:爱心大使,无处不在。

其实陈霞并不胆小,更不懦弱。那种对生命的恐惧和期待,应当说是人人都会有的。陈霞有着像男孩子一样的性格,所以和她交往的大多数都是男孩子。她发病后,有个湖南的男孩子为了找到她,打了 200 多个电话，几乎问遍了苏州所有的医院和附一院所有的科室和病房。当最终找到陈霞的时候，这个男孩在电话中痛哭失声。但这个男孩并不是陈霞的男朋友，他们只有纯洁的友谊。

陈霞曾经谈过一场恋爱。那个男孩是徐州人。陈霞在徐州上初中的时候与他同校，他比陈霞高一级。陈霞初一的时候他就追求她，这种追求一直持续了两年始终没有结果。初三时，陈霞因严重的贫血休学离校后，两人便分开了。谁知数年以后，他们又在北方偶然重逢，于是两人成了恋人。陈霞说，当时自己其实也觉得大家还太年轻，谈恋爱会影响个人的事业发展。她曾经对男孩表示过自己绝对是个事业型的人，男孩表示自己完全能理解。然而时间久了，一心一意扑在事业上的陈霞难免会忽略了感情，男孩渐渐感到无法接受，两人之间出现了隔阂。就在陈霞被查出患病之前不久，她向男孩提出了分手。男孩后来去了上海开创事业，听说陈霞患病的消息后，男孩立刻赶到医院，在病床边陪伴了一个多月。陈霞移植骨髓之前，他还来看过她。平时两人偶尔还用电话联系，按照陈霞的说法，现在两人只是好朋友。

陈霞说，自己生病后就不想让太多的事情打扰自己，一心一意只想把病治好。

手术这一天，那个男孩本来要去苏州陪伴陈霞的，但陈霞说什么也不同意。为了不给陈霞增添精神负担，他只好答应不到苏州去。

6月13日，是三台直播《生命20小时》手术全过程的一天。这时无论是台湾、香港还是苏州的工作人员都在密切关注着天气的变化。因为这次直播采用的是动态全过程直播，直播时间、内容、顺序将取决于骨髓抽取、运送、移植的整个过程，特别是从台湾、香港至上海再到苏州的运送过程，这其中只要一次飞机晚点就会给整个直播带来影响。而天气又可以说是造成飞机晚点、延误甚至改变航向的最重要的因素。所有人都知道，骨髓抽取出来必须在20小时之内输入陈霞体内，否则效果就不好了。假如捐髓者出了意外，不能当天抽髓，或者陈霞身体不适，不能当天手术……有太多的不确定性和不可知因素，真是让人心悬。

让爱永存

在陈霞病房的隔壁，陆道培院士再次从北京来到苏大附一院，和她的主刀医生吴德沛博士仔细推敲治疗方案。陆院士的亲临指导，给了吴德沛博士极大的精神支持。

陆院士被称做"中国骨髓移植之父"，是我国开展骨髓移植治疗白血病的先驱。1964年，他进行了双胞胎（同基因）的骨髓移植，成为亚洲第一例、世界第四例成功的病例。37年以后的今天，这两个双胞胎姐妹还过着健康的退休生活，简直像一个奇迹。

吴博士留学多国，与白血病战斗了多年，具有丰富的临床经验。但做这样的非亲缘性异体骨髓移植，毕竟还是第一次。

随着骨髓移植手术日子的临近，越来越多关心陈霞的人来到医院，他们带来了鲜花和祝福，也带来了对新生命的期望。

手术室门外，苏州有线台的记者徐蕾和摄像师徐坚，正在通过一个特别的消毒柜。他们要在那里待足40分钟，然后才能穿上消毒衣，戴上大口罩，接近陈霞无菌病房的隔离屏。

徐蕾说："今天不管发生什么，我一定要为陈霞留下一张最灿烂的笑脸。"

那班飞机的一半旅客含泪答应了他们的请求

为陈霞捐献骨髓的台湾男青年，时年26岁，家住台北，当时还处在待业状态。因他得到慈济通知的时候，正好刚刚离职，要换新工作。但在每一次应聘求职中，他都如实告诉公司，自己可能需要请假捐献骨髓，因此丧失了多次再就业的机会。为了保持捐髓时的身心健康，他推迟了寻找工作的时间，进行了半个多月的休养生息。他身高一米七十，体重七十二公斤，会讲流利的普通话，确实像命运之神为陈霞选中的一位大哥哥。他是在一个偶然的机会中成为捐髓志愿者的。

1999年的一天，也是初夏时节，慈济基金会正在一家百货公司举办宣讲活动。他匆匆走过时，并没有特别留意其中的捐髓宣传内容。过了一会儿，他再次路过那个地方，发现慈济的会员们还在宣教，一行大字标语"全世界或许只有你可以救他"把他吸引了过去。

第七章　两岸髓缘（上）

渐渐地，他被一种爱心和奉献的精神深深打动，就登了记，并主动于 1999 年 7 月 25 日参加验髓，还经常在互联网上留心慈济骨髓捐赠库发布的配对结果信息，决定庄重地和一名还不相识的人签下一份生命的约定。

2001 年 3 月，这份生命的约定开始兑现了。在慈济骨髓库为拯救陈霞，进行血型配对搜索时，很快就发现他与陈霞的"人类白血球抗原"相符，并且有 6 个相配点，是骨髓移植的理想人选。慈济骨髓库把这个消息告诉了他，询问他的意见。开始，他没有立刻答应；母亲心疼儿子，也试图多方阻止。经过一段时间的深思，他想到，自己只是疼痛一两个星期，却可以延长别人几十年的生命，于是就慢慢下定了决心。接着他就反复做母亲的工作，多次对她说："妈妈，你有 3 个儿子，我如果真的发生了什么事，还有哥哥们可以照顾你，我自己做的事自己承担所有的责任。"所以，当慈济的志愿者赶到他家，准备进一步做他的动员工作时，他立即毫不犹豫地回答："在我验血的时候，我就已经做好了捐髓的准备。既然现在有人需要，我当然要捐。"

但是，他的妈妈仍不太情愿，特别担心他的身体。他就请求母亲说："妈妈，你一定要答应我，可能全世界只有我才能救她。"父亲看到了儿子善良的心灵和勇敢的品格，在一旁赞赏着支持儿子："你已经 20 多岁了，可以做你想做的事情。"

5 月 18 日，他到花莲慈济医院进行了全面的健康体检；6 月 5 日，他在台北南海捐血室里抽了 500 毫升的血，准备在抽髓手术时用。

6 月 12 日下午，当这位青年与慈济的邱师姐前往机场赶赴花莲时，最后一班飞机已经客满。情急之下，邱师姐、他和他的母亲当众跪地相求，希望有乘客让位。

航空公司职员知情后，立即将情况向乘客广播。松山候机厅立刻一片寂静，那班飞机的一半旅客含泪答应了他们的请求。到达花莲后，他对前来采访的吴小莉说："只想讲一句真心的话，希望陈霞能早日康复。"并掏出一串佛珠，请送髓的义工转交陈霞。

2001 年 6 月 13 日，台湾花莲，风和日丽，红霞漫天，大自然勃

发着旺盛的生命力。花莲是台湾岛东部美丽的海滨城市，面对着浩瀚的太平洋，以盛产优质大理石闻名于世。此外，这里还是一个多民族友好聚居的地方。

6月13日早上6点40分，在台湾花莲慈济中心医院，这位被陈霞亲切地称做"大哥哥"的自愿捐髓者被推进了静思堂的二楼的一间手术房。已经全身麻醉的他，静静地躺着，但仍然面带虔诚的微笑。扎入他臀部髂骨中的钢针，很快抽出了第一管10毫升的骨髓液，这是每一针的最大抽取量。

7点35分，第一针约10毫升骨髓液从捐髓者臀部的髂骨中抽出。以后，每隔几分钟抽一次。至8点10分，共抽出骨髓液1025毫升。随即由专业医师搅拌、加入抗凝血剂，并完成了保持处理和检验工作。8点40分，三大袋，共1305毫升的生命热血被装入印有慈济标志的干冰箱，由高瑞和医师亲手捧送进静思堂，接受所有人的祝福。

目睹儿子的手术过程，捐献者的母亲泪流满面，她说："钢针扎在儿子的身上，疼痛却在娘的心头。人心都是肉长的，为了女儿，我理解陈霞的妈妈。我相信儿子的话，救人一命，我们这样做值得。"

与此同时，海峡这边的另一位母亲正在专注地盯着电视画面。看着捐髓者在手术室中忍痛抽髓的背影，陈霞母亲哭出了声："感谢那位捐献者，感谢他捐献给我女儿第二次生命。"她颤抖着，喃喃自语。

令人钦敬的台湾义工

11点10分，飞机准点到达台北桃园机场。慈济松山区会员列队迎接，合手长祈香港天气变好。

4位慈济的志愿者手里捧着骨髓桶。这个骨髓桶不但不能托运，而且连X光也不能照射，为什么呢？义工陈乃裕拿出一份证书，那是一张特别的通行证。慈济的义工们带着它可以让骨髓直接进入机场安检入口。陈乃裕解释说："这是因为X光照射对细胞会有破坏，会伤害骨髓。所以，为了保持细胞的活性，最好不要经过 X 光照射。"

李政道博士说过："不能浪费捐赠者的爱心，要让爱心开花结果！"

让李博士感动和敬佩的，是慈济骨髓捐赠中心的义工们。

用李政道博士的话说："他们是'用自己的钱做别人的事'，而且还做得很高兴。他们送骨髓到大陆，所有的费用全是自己掏的腰包，我们中心是不付给他们钱的。"

任何国家的骨髓中心都是免费向患者提供骨髓的，这就决定了从事这样工作的人，必须具有强烈的爱心。以台湾慈济骨髓捐赠中心为例，它的三分之一资金是靠收取一些必要的检验费得来的，而三分之二则要靠各界的捐赠和义工们自己的付出。

著名主持人吴小莉现场采访了义工陈乃裕："从花莲到台北，已经完成了送髓的第一阶段。从 1997 年开始，慈济医院对大陆的骨髓捐赠到现在已经有 86 例，第 1 例和第 86 例都是陈师兄带队护送的。能不能告诉我们你现在的心情？"

陈乃裕："每个生命都那样重要，我们手上拥抱的是生命。生命的价值又那么的高，所以我们真的很怕在我们手里有一点点的闪失。你看，刚刚飞机又在台北的上空转了一圈，我们就很担心说，是不是机场有状况了，那样就糟糕了。"

为了拯救江苏姑娘陈霞的生命，有多少人在期待着这份满载着爱心与亲情的骨髓能够还陈霞一片灿烂的天空。

一路上，义工们小心翼翼地抱着髓桶，小心翼翼地摇晃着它，似乎这个髓桶比自己的生命还重要。抵达香港国际机场时，比预计的时间还提前了 6 分钟。这时，骨髓抽取已经有 7 个多小时了，他们还要飞往上海，然后赶赴苏州……的确在跟时间赛跑。

等待航班的间隙，吴小莉采访了义工们。义工林师姐说："我本身经济能力也不是很好，我先生也是一般的薪水阶层。但是我为什么会这样做，就是爱心。生命就是互相依存的，我能给的话，我会觉得生命越来越有价值，我付出得越多就感觉越富有。"

吴小莉介绍说："这些志愿者的食宿，包括机票都是自费的。比

如这一次转机的过程，要 2 万多元台币，大概是 5 千块的人民币或港币，这还不包括吃住。所以，对他们来说，负担还是比较大的。"

义工中有位高师姐，已经是第三次请求来送骨髓。高师姐说，她的先生是个码头工人，生活非常困难。她又不想让父母知道，也不想让先生为难，所以就想自己攒钱来做这个志愿者。第一次，她的款项还没有筹足，所以没有争取到送髓机会。第二次是因为身体不好，没有成行。但是她对自己说："我一定要完成送髓的心愿！"于是，这第三次她终于如愿以偿。

坚强女孩的命运牵动着公众的心

吴德沛介绍说，陈霞是原发耐药性白血病，非常难治。一个专家也对陈霞说："我今年 50 多岁了，行医数十年，像你这样的病人只碰到过三个。"底下的话，这位专家不说了，怕刺激陈霞吧。专家碰到的另外两个"这样的病人"，一个是刚出嫁没多久的少妇，另一个是 60 多岁的老先生。这两个人最后都没有得到治疗而去世了，所以陈霞是既不幸又幸运的。

陈霞先后进过四次无菌舱，每次大剂量化疗后她都会出现危急的状况。一次是中耳炎，半边脸都肿起来了。一段时间痛得不能吃不能睡，吴德沛只能给她做 24 小时吗啡持续滴注。后来母亲偷偷地弄来一个民间秘方，将黑鱼胆消毒后，抽出胆汁滴在耳朵里。滴胆汁的时候是非常痛的，等医生知道的时候，陈霞的中耳炎居然已经奇迹般地得到了控制。

另一次化疗后陈霞消化道出血，吐出来的已经是条状的消化道黏膜。医院开出了病危通知书，有护士偷偷对陈霞母亲说，"还是别治了，多准备准备后事吧。"母亲回答说："我什么都不准备，只准备好钱，不管花 30 万、50 万还是 100 万，我一定要把女儿的病治好。"

吴德沛接收陈霞这个病人时，她的父母说："吴主任，我们相信你的医术，我们就把女儿交给你了，你能不能像对待自己女儿一样对待她？"吴德沛说："我一定会这样做的。"在治疗期间，他和陈霞的关系处得非常好，她亲切地管吴大夫叫"吴叔叔"。吴德沛亲自陪着陈霞去北京联系供体，为了联系供体，和台湾之间来往的传真就有近百份。

吴德沛说："手术前两天晚上，我一直没有睡好。江苏省血液研究所所长、阮长耿院士和我们医院的吴爱勤院长对这次手术非常重视，有时深夜都会打电话给我，问我手术的准备，有没有什么困难，他们也都在关注着陈霞的命运。"

"手术当天早上 6 点 40 分左右，我到无菌舱里看望陈霞，对她进行了体检，并再次审定了手术方案。陈霞说'我有信心，我相信自己一定会好起来。以前化疗那么难，那么痛苦你都帮我挺过来了，这次有了骨髓，我肯定会好起来的'。我出舱以后就回到了医师办公室，心里反而比前些天平静了许多。"

无菌舱内等待手术的陈霞，羞怯地向医生提出了一个请求，想为自己抹一点口红。得到医生允许后，她从枕头底下取出了一管口红。为了实现这个计划，她曾费尽了苦心。那支口红是她第四次进无菌舱时，偷偷裹在毛巾中带入的。她自作主张，已把口红放进微波炉中消毒，现在拿出来一看，熔化得只剩下指甲般大小了。她就用那点残存的口红，仔细在自己的双唇上涂着，两眼闪亮地看向远方。

陈霞是个独立性很强的女孩子，很多白血病病人在进入无菌舱后，精神都异常脆弱，什么都需要别人帮着做，即使男孩子也是如此，更有甚者会完全瘫睡在床上什么都不能做。但陈霞一直对医护人员说："我自己能做的事情就让我自己做。"尽管病得手发抖，她还坚持自己剪指甲、擦身，医护人员都说从来没有看到过如此坚强的女孩子。所以，当陈霞最后病情得以缓解后，许多医护人员都激动得哭了。

在病房门外，病友们相伴在陈霞周围给她勇气。他们把花篮摆成一个心心相印的图案，向陈霞送去无私的祈愿，也表达着自己对生命的期盼。这些与陈霞同病相怜的病友，在苦苦地等待匹配的骨髓时，仿佛能从陈霞身上获取重生的曙光，只要有空，就忍不住要到陈霞的病房前看几眼，透过玻璃，为陈霞传递一个树立信心的眼

神，做个表示鼓劲的手势。

与陈霞同住一个病区的武文斌，是东南大学二年级学生，他的病情与陈霞非常相似，只是还没有找到骨髓的提供者，他的祝福目光中，掩饰不住深深的羡慕，好像陈霞也可以实现他重返校园的梦想。

一对河南夫妇，在报纸上看到陈霞要做手术的消息后，提前一天，从郑州赶往苏州看望陈霞，想以亲身经历为她排忧壮胆。因为这对夫妇中的丈夫罗维先生，1996年患了白血病，后来从台北找到了供髓者，成功地做了手术，同样是海峡彼岸的热血为他带来了第二次生命。

一位叫钱玉兰的女孩，通过电话让医院转达她对陈霞的诚心祈祷。3月份的时候，她还和陈霞一样，剃着光头，并和陈霞住在相邻的病床，她们很快就成了无话不谈的好朋友。后来，小钱的姐姐要将骨髓移植给她，是乐观、开朗的陈霞消除了小钱的绝望心情，帮她渡过了精神上的难关。她说："那时，我和谁都不想说话，而她和谁都能说起话来。整个病房，到处都是她漂亮的小红帽和灿烂的笑声。她就是两只手臂打了四瓶吊针，也还在爽朗地笑着。如今，我康复得很快，大学也即将毕业了。我要等着陈霞早日出院，按照我们的约定，去玩遍名山大川。"

下午的直播开始了，来自台湾志愿者的骨髓已经到达机场，第二次生命离陈霞越来越近了。尽管是上班时间，但在市第一百货公司家电柜的电视机前还是挤满了普普通通的苏州市民，人们的眼睛在专注地盯着电视屏幕，心中在为年轻的陈霞默默祝福。

这次直播活动，不仅吸引了众多的苏州市民，也让在苏州的台湾同胞十分关心。蔡重信、赵景芳夫妇从台湾来苏创业已有一年半的时间了，如今他们在人民路上开了一家婚纱店。听说今天电视台将对陈霞骨髓移植手术进行现场直播，他们特意请了假和女儿一起收看节目。

这位年轻夫妇表示，他们将把这个真情故事告诉5岁的女儿，让她也明白两岸同胞本是一家，血肉亲情是永远也割不断的。

在南京，江苏电视台的热线电话也迎来了全天的第一个高峰。

第七章　两岸髓缘（上）

半个小时内，有150多个电话，来自他们卫星覆盖的黑龙江、云南、四川、北京等地。江苏省血液中心的电话也破天荒地响个不断，几十名观众询问了捐献骨髓的程序，一所高校的200多名师生集体向血液中心报名，捐献骨髓。

一位姓王的先生，关了自己当天开张的公司，赶到医院向血液研究所捐献了2万元研究基金。

一位天真的中学生，甚至在电话中急切地表示，自己也是AB型血，可能与陈霞骨髓相同，要立即去医院，请医生为他验血，看是否与陈霞配对。

近百名苏大附一院的职工当即表示，要报名成为捐献骨髓的志愿者。

在陈霞家乡，乡亲们放下田里的农活，聚集在一起观看陈霞的手术直播……

最后一站有惊无险——海关总署取特许入境

这时，人们一直担心的天气终于开始惹麻烦了，飞机要在暴雨后的香港机场推迟起飞。

在苏州，有线电视台的直拨热线骤然"热"起来，所有的电话都在询问香港班机的消息。哈尔滨的观众张新奎在电话中说："我很关注，因为我也是个患者。我能否与陈霞通电话？我1992年患白血病，已移植了，很成功。想和你们取得联系，捐点款，捎一句话，祝陈霞成功，树立信心，配合医生。"

在苏大附一院，陈霞还在午休中。本来医生答应她，直播开始时叫醒她。但现在，护士长非但没敢叫她，反而生怕她醒来，看到了飞机要推迟起飞的报道。

观众揪心，专家们也在着急。吴德沛在回答记者问题的时候，焦急之情溢于言表："我们希望骨髓越早到达苏州越好。两次转机已经耽误了六七个小时，现在上海也在下雨，会不会有其他的意外发生，我们也是很担心的。因为骨髓细胞离开身体之后，时间越久变性死亡的细胞就越多，健康的细胞也就越少，输入病人体内之后，

所需要植活的时间就会增加，就会延长。这样的情况下，并发严重感染的机会也会增加，会给病人带来致命的危险。"

香港飞机终于起飞，就在大家觉得终于可以松一口气的时候，没想到骨髓到达的最后一个环节出了问题：因为没来得及办全入境手续，骨髓有可能被扣留在上海机场。

骨髓是国家特别限制入境的血液制品之一，需要卫生部的免检批文。而这例骨髓只有江苏省卫生厅的免检批文，海关只能按规定办事——暂扣。而此刻补办卫生部批文显然已经来不及了。分秒必争的紧急关头，怎经得起"暂扣"！一旦真的被暂扣，再到卫生部去补办手续，那就不是一天两天的事了。这样的"暂扣"，肯定就把陈霞的命扣到黄泉路上去了！

有线台记者黄健得知这一情况，脑袋"轰"的一声，差点晕倒。人命关天，他再也顾不了许多，直奔机场海关，缠住了一位管事的李科长，不厌其烦地向他讲述抢救陈霞的故事。李科长虽然被感动了，但他也做不了主，只好用电话向上级海关汇报。上海海关立即电话、传真并用，终于在下班前和中国海关总署取得了联系，得到了特许入境的明确答复。一场意外的困难化险为夷。而这时已是下午6点多钟，载有骨髓的MU596航班已在飞往上海的途中。

为预防入境时出现意外，机场海关专门派出一名工作人员，随同黄健迎接骨髓……

我超越了死亡

6月13日21时50分，手术开始。4个小时后，陈霞获救。陈霞主治医生吴德沛兴奋地向外界透露：陈霞新植入的白细胞已经成活，白细胞数量很快上升到1500个。而通常情况下，接受骨髓移植的患者要在术后三周后白细胞数量才会明显上升。吴医生说，这主要得益于供体骨髓中造血干细胞含量多，充满活力。

一场历时近20个小时、由两岸三地共同参与的生命大营救宣告结束。

2001年6月21日，无菌舱里的陈霞提笔给跟她有着相同遭遇的病友写了一封信——

亲爱的病友们：

你们好！

我叫陈霞，是一个非常平凡的女孩，我是在去年9月被确诊患上急性粒细胞白血病的。这世界上许多事情的发生是难以预料的，生活的变化绝不以人的主观意志为转移，所以活在世上，难免受到突如其来的打击。当时的我也许是这世上最难受的一个，我还年轻，我还有理想……再一想到我的父母，我……

但我很快就控制住了情绪。我是一个很现实的人，也是一个很乐观的人。由于是难治型的，吃的苦自然比其他病友更多一些，但我从未退缩过。我一边同病魔顽强地斗争，一边劝病友聊天打发难捱的时光。因为我总是将微笑挂在唇边，所以别人都说我坚强，其实我知道，我并不像人们说的那样坚强，我只是在以一颗平常之心去面对命运的挑战罢了。

一个人的生活不可能是笔直的，在匆匆的生命之旅中到处是坎坷与崎岖。你必须要有抑制它的勇气和信心。想想那些没有钱不能在医院接受治疗的人们吧，他们又是怎样一种生存的状态呢？有了病并不可怕，可怕的是有些人还一直沉浸在悲痛和忧郁中不能自拔。想想吧病友们，生命是多么的辉煌，你有什么理由去拒绝它呢！

当你有一天完全康复，重温一抹美丽的心情，抚慰一颗疲惫的心灵，回首一段苍凉的人生时，我想你会大声叫嚷："我超越了自我，我超越了死亡！"难道不是吗？

四　血脉相连一家亲

2002年1月19日上午，汕头大学医学院第一附属医院血液内科骨髓移植室前的走廊里站满了人，人们关切的目光都注视着无菌层流室的大门。因为，汕头市一位患白血病的青年在全社会的关心下，在海峡两岸血浓于水的真情下，生命得以延续。今天，这位得到台

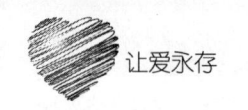

湾同胞捐赠骨髓并移植成功的白血病人将从无菌层流室里顺利出来。

9时30分,无菌室的大门终于打开了,白血病患者、汕头市工贸中专学生姚文健在医生护士的陪同下,坐在轮椅上出来了。久候在门外的姚文健的亲人、同学、老师等一拥而上,伴随着一声声祝福,一束束鲜花放到了姚文健的怀中。姚文健激动地连声说:"感谢医院,感谢全社会关心我、帮助我的热心人!"

在这个年轻的生命得以延续的背后,有一个海峡两岸人民血脉相连的动人故事。

文健患病　社会各界齐关爱

姚文健就读于汕头市工贸中专九九计算机四班,是一个尊敬师长、热爱运动的好学生。1999年下半年开始,姚文健经常感冒发烧,并伴有膝盖疼痛等症状,他以为是寻常感冒加上运动过量引起的不适,未以为意,一直坚持回学校上课。1999年10月26日,姚文健在学校上课时突然头晕乏力,鼻孔出血,昏倒在教室里。经汕头大学医学院第一附属医院的详细检查,诊断为"急性粒细胞性白血病"。平日只有在报纸上看到的"白血病"三个字,竟然写在儿子的病情诊断书上,文健的父母简直不敢相信!这个无情的结果摆在了姚文健和他的老师同学们面前,大家也都惊呆了。这种不幸的事,居然发生在自己头上、发生在自己身边!

当时,所有人都知道,治疗白血病需要做骨髓移植。是否能找到配型相合的骨髓姑且勿论,就算是找到了,单单是手术费用就要好几十万元。而姚文健的父亲是一条街道下属公司的经理,母亲是居委会的干部,靠他们的收入来支付昂贵的医疗费用,几乎是不可能做到的。姚文健的不幸,牵动了众人的心。1999年10月29日,姚文健的班主任、共青团支部书记等人发起了为帮助姚文健治病献爱心的倡议并带头捐款。这个活动一下子便得到汕头市工贸中专全校师生的响应。很快,工贸中专的师生为姚文健共捐款近8000元。

汕头市工贸中专全体师生合力救助患病同学的消息经媒体报道后,在社会上引起了很大的反响。在很短的时间内,姚文健的学校以及有关媒体便收到了社会捐款近 20 万元。

为确保捐款真正用到受捐人身上，同时也为了使捐款人放心，社会上的一些热心人更建议成立姚文健医疗捐款筹划组，姚文健的医疗费用直接向筹划组支取，而捐款人也可凭捐款收据查询捐款的流向和余额。中共汕头市宣传部副部长王扬泽获知此事后，认为这个建议非常好，于是马上会同有关部门在汕头慈善总会建立了姚文健医疗专项资金账户，并成立了由有关社会人士组成的资金管理使用小组，使社会对姚文健的关爱真正落到实处。

寻觅骨髓　台湾同胞伸援手

年方 20 岁的姚文健在汕头大学医学院第一附属医院的精心治疗下，病情得到了控制。医生说，再过几个疗程便可进行骨髓移植了。姚文健是独生子，没有血缘骨髓来源，再加上当时大陆的骨髓库可供检索的资料十分有限，要在茫茫人海中寻找到合适的骨髓提供者，真是谈何容易。

为了姚文健年轻的生命，汕头大学医学院第一附属医院和汕头市的有关媒体开始尝试与台湾慈济骨髓捐赠中心联系。几经周折，汕头方面终于与慈济骨髓捐赠中心联系上了。慈济骨髓捐赠中心的工作人员回答："我们同祖同宗同根，都是华夏子孙，血脉相连，只要能做到，一定帮忙。"这句话，令汕头方面十分感动。

2001 年 4 月 26 日，汕大医学院第一附属医院血液内科医学博士刘元生通过电话向台湾慈济骨髓捐赠中心有关负责人介绍了姚文健的情况："我院有患者姚文健，男，20 岁，汉族，因患急性髓性白血病于 1999 年 10 月入院我科，经化疗后达到部分缓解，因故出院后病情复发，今年 1 月再次入院化疗，3 月达到再次缓解，仍继续强化治疗缓解至今。已可施行异基因骨髓移植，因患者为独生子女，无血缘骨髓来源，特请贵中心施以援手，提供白细胞抗原相合骨髓挽救这条年轻的生命。"

台湾慈济骨髓捐赠中心有关负责人向刘元生博士了解医院是否做过骨髓移植手术、是否成功医治过白血病等等。刘博士明确答复，

汕大医学院第一附属医院从1994年至今已成功进行8例自体移植手术，1例异体移植手术。

当天，姚文健的医院证明、医生证明及其母亲的求援信通过传真发送至台湾慈济骨髓捐赠中心。在求援信中，姚文健的母亲向慈济骨髓捐赠中心恳求："我跪拜你们，求求你们救救我的儿子姚文健……拜请你们为其找一名相配的骨髓提供者。在下生当殒首，死当结草。谨此拜表以求。"

4月27日，台湾慈济骨髓捐赠中心给医院传来《病患配对申请表》，要求刘元生配合做好有关工作，填写好申请表格，并将病患血样寄到台湾慈济实验室复检。

5月底，台湾慈济骨髓捐赠中心收到了姚文健的血样。

7月初，从台湾方面传来了令人振奋的消息：姚文健骨髓配对成功，共找到了11位合适的供髓者。姚文健母子得知消息后高兴得相拥而泣。随后，刘元生博士对姚文健的身体状况进行了彻底的检查并复函慈济骨髓捐赠中心称："从提供的资料看，11位供者都合适，特别是156127供者最理想。如果其身体状况好，艾滋病毒及肝炎病毒阴性，最好能由其供髓。患者姚文健骨髓穿刺检查结果良好，拟进行放射治疗，然后准备施行骨髓移植手术。"

好事多磨　"海霸王"急人所急

当汕大医学院第一附属医院正式复函台湾慈济骨髓捐赠中心，要156127的骨髓供姚文健移植的时候，问题来了。可能是因为有关规定的制约，也可能是出于慎重，台湾慈济方面提出：汕大医学院第一附属医院不是他们的合作医院，姚文健的骨髓移植要到与其有合作关系的医院进行，他们才同意提供骨髓。

关键时刻，在汕头投资的一家名为海霸王国际集团的台湾企业挺身而出，全力促成了问题的解决。

海霸王的副董事长庄自强是台湾慈济协会的委员，当时他正在汕头，得知此情况后多次表示，只要能做到的他一定帮忙，并表示会通过在台湾的母亲向李政道博士请求，争取让慈济将姚文健一案作特殊处理，提供骨髓给汕大医学院第一附属医院。庄自强的父亲、海霸王董事长庄荣德闻讯后也表示，大家都是华夏子孙，只要能救人一命，海霸王人就要竭尽所能，把这个忙帮上。

7月28日晚，汕大医学院的医生应邀到庄自强在汕头的家中；而同一时间，在台北，李政道也应邀到了庄荣德夫妇的家中。通过越洋电话，汕大医学院的医生向李政道请求道：姚文健病情较为特殊，属复发再缓解，施行骨髓移植时机不宜拖延。鉴于慈济一时间不能到汕大医学院进行资质评估，在未成为合作医院前，请求慈济特例处理，提供骨髓以拯救姚文健生命。李政道则主要询问了医院的技术力量和以前的几例骨髓移植情况，并要求把资料马上电传给他。李政道看完资料后，复电同意将姚文健作特例处理，但他也提出了一个条件，那就是须由中国治疗血液病泰斗陆培道院士或骨髓移植专家黄河写一封推荐函给他。

8月中旬，按李政道的要求，刘元生赴京拜访陆培道院士，向陆培道介绍了汕大医学院第一附属医院的技术力量和姚文健的情况。陆培道表示，在时间许可的情况下他将到汕头考察，或委派跟随他多年、有丰富骨髓移植临床经验的郭乃榄教授到汕头做技术指导。

8月下旬，汕大医学院第一附属医院院长李玉光、副院长郭光华赴台进行学术交流。在海霸王集团庄荣德夫妇的安排下，李、郭两位院长有机会与李政道共进晚餐。席间，他们向李政道全面介绍了由香港知名人士李嘉诚捐资兴建的汕大医学院第一附属医院的情况。随后，在李政道和庄太的陪同下，两位院长参观了台湾慈济医院。这次交流大大增强了李政道对姚文健作特例处理的信心。

9月14日，受陆培道委托，郭乃榄到汕头给姚文健会诊。9月19日，慈济正式同意在陆培植的技术指导下，特例供骨髓给汕大医学院。10月8日，慈济表示捐髓者已完成体检，可于11月捐髓。10月11日，汕大复函，表示医院已完成姚文健骨髓移植准备工作，可在11月14日回输骨髓，郭乃榄届时将到医院指导手术。

至此，寻找骨髓中的这一段插曲得到了圆满的结果。人们都说，能遇到急人所急、乐做善事的海霸王庄氏一家人，真是姚文健的福分。

血脉相连　飞送骨髓现真情

2001年11月3日上午，姚文健的亲人都聚集在他的病房中，因为这天姚文健将进入无菌室作骨髓移植前的术前总治疗。刘元生介绍，为了彻底消灭姚文健体内的白血病细胞，要对姚文健进行10天的超大剂量化疗，以期待新的健康的造血干细胞植入其体内。这期间，姚文健的造血机能和免疫机能会极度低下，所以他只能待在无菌室里。9时40分，姚文健坐在轮椅上被医护人员徐徐推向无菌室。在即将入室的瞬间，姚文健回过头来坚定地表示，自己有信心康复出舱。

11月13日晚，一位身高1.61米、体重52公斤的26岁的女青年悄悄地住进了台湾的花莲医院。这位女士是谁？她就是为了未曾谋面的大陆患者而自愿捐献骨髓者，按照国际惯例，她的姓名只能在姚文健手术1年后公开。

11月14日早上6时，这位女青年已躺在了花莲医院的手术室里。麻醉完成后，穿刺针从女青年的骨部穿入，新鲜的骨髓慢慢地流出来，经过2个多小时，1225毫升骨髓被成功取出。9时多，骨髓被装进一个蓝白相间的里面放有冰块的骨髓转运箱里。

当天14时30分，花莲的两位慈济志工黄永存和李惠融紧抱着骨髓箱坐上了台北飞往香港的飞机。为了防止回输细胞聚集、减少，这两位护髓者一路上都要不停地摇晃骨髓箱。16时15分，飞机到达香港机场。19时45分，两位护髓者又坐上了香港至汕头的飞机。20时45分，飞机安全抵达汕头机场。这箱经过近11个小时中转飞行的骨髓很快便被送到了医院。

21时，汕大医学院第一附属医院的骨髓移植室里，专程从北京赶来的郭乃榄教授和主要负责移植手术的刘元生博士及其他医护人员在紧张地进行着手术前的准备工作。21时10分，经过检测和处理，救命的造血干细胞送进了骨髓移植室；21时40分，血袋接上输血管，移植开始，带着台湾同胞的爱心的造血干细胞缓缓输入姚文健的体内……

五 永远记住他们

2000年9月2日晚间8时许，广州白云机场。两位身着深色裙子、仪态端庄的女乘客提着一个神秘的小方盒，急匆匆走下南航从香港至广州的飞机。机场海关人员给了她们特殊的待遇：免检。这两位女士一走出机场大楼，便被早已等候在此的一群人领上了车，汽车绝尘而去，一路直奔广州东郊华侨医院……

这两位神秘女士，一个叫洪秀专，一个叫邹秋芳，都是台湾佛教慈济基金会的义工。她们手中的小方盒，正是一个祖国大陆三岁病童的生命所托，也是一个大陆家庭的希冀所在。在这个小小的方盒里，同样凝聚着一位台湾大学生的深情祝福，以及一群与病童素不相识的台湾热心人士的一片爱心。

大陆最小患者接受台湾供髓

与此同时，在暨南大学医学院第一附院——广州华侨医院的四楼手术室里，气氛凝重而又紧张。病人及其家属还有医生们也在急切地等候台湾同胞一行早日到来的消息，急盼小方盒里盛着的那袋神秘液体早点运到，以救治病床上一个小小的生命。

三年前，湖南怀化儿童王新阳刚一出生，即被发现患有重型地中海贫血。从此他只能依靠每月不间断地输血来改善贫血症状，维持生长发育。地中海贫血是一种遗传性血液系统疾病，传统的治疗方法是不断输血，如想根治该病，唯一方法是进行异基因造血干细胞移植。小新阳自出生起，其父母就为他多方求医。2000年暑假，他们来到华侨医院，在有关人士的帮助下，与台湾慈济骨髓中心建立了联系，于2000年7月在台湾找到了与患者相合的骨髓供者。

华侨医院即将为这位大陆最小的患者实行骨髓移植，人们急切等候的正是来自台湾同胞捐献的骨髓。根据当时的统计，这是大陆接受台湾骨髓所救治的首例地中海贫血患者，也是接受捐赠者中年龄最小的患者。

"落地皆兄弟，何必骨肉生"

9月2日晚9时许，李政道博士同台湾慈济骨髓中心的两位义工姐姐捧着骨髓保存箱走进暨南大学医学院第一附属医院门诊的一间会议室。当李政道博士把装有680毫升的骨髓送到华侨医院血液内科专家手中时，已经在这里等候多时的人们激动地蜂拥向前，报以热烈的掌声。

李政道不是临床医生，而是一位血液配型方面的专家。这次为了慎重起见，他亲自来到大陆，将一份台湾大学生自愿捐赠的骨髓送至广州华侨医院的同仁手中。

李政道博士在简短讲话中表达了这样的意愿："海峡两岸，情同骨肉。我们送来了台湾青年医学生捐赠的骨髓，让一个幼小的生命得到救助，也是让'大爱为慈'的精神在中华民族的血脉凝聚，并且永远延续。"据李博士介绍，"慈济"两位义工不辞辛劳，一大早五六点钟便从台湾花莲寺赶到台北，再到机场乘华航的飞机，于下午3时50分到达香港，最后乘南方航空公司的飞机于晚上8时左右抵达广州，一日内辗转数千公里，马不停蹄地送来大陆儿童急需的骨髓。李政道博士说："她们都是在花自己的钱，为别人干活。但是为了同胞情谊，她们心甘情愿，过得很快活。"

当晚，广州华侨医院的医护人员接过珍贵的骨髓，立即移植到小新阳的体内，重新点燃这个严重地中海贫血患儿的生命之火。"两岸同胞血浓于水，海峡难隔两岸亲情"。望着那慢慢输入病童体内的骨髓，小新阳的家人表示，将会永远感激海峡对岸的那位大哥哥、那群热心的人。

台湾义工邹秋芳深情地说："落地皆兄弟，何必骨肉生。"她们是把台湾同胞的一份爱心和祝福带到广州。她说，9月2日上午9时半，台湾医护人员从慈济医学院的一位大学六年级男生身上抽出骨髓。

这位时年25岁的大学生还特意给患者捎来一封热情洋溢的信。信中写道："虽然我们素昧平生，但是我愿意献出你所需要的骨髓。

或许在你我的一生中，我们都不会见面，但请你永远记得……为了你的生命，台湾、大陆有许多叔叔、伯伯、阿姨、姑姑、哥哥和姊姊参与了……"他以"捐髓哥哥"的名义祝福小新阳早日康复，"成为一个健康、活泼、快乐、孝顺、有用的人"。

两位台湾义工的无私奉献，那位"捐髓哥哥"的心愿和他热情洋溢的祝福，让我们不由得想起了另外一位捐髓者的故事……

不能忘记"宝岛母亲"杨秀霞

这是《人民日报》的一则报道："2001年6月13日，星期三，一个普通的日子，然而，一段饱沁两岸同胞血肉之情的爱心故事正沿着台湾花莲——台北——香港——上海——苏州悄然展开，人们通过两岸和香港电视的连线直播，注视着这场与时间赛跑的抢救生命行动。"

"清晨6时40分，在台湾花莲慈济医学中心手术室内，经过一个多小时的手术，慈济医院血液肿瘤科主任高瑞和与黄彦达医师，从一位没有透露姓名的台湾青年体内抽取了1025毫升骨髓血液，迅速放进特制的冰桶。手术室外，150名慈济志工通过电视关注手术过程，默默祈祷。8时许，慈济护髓小组林胜胜女士等4人手捧保温箱乘车前往花莲机场，搭机到台北松山机场。这个时候，罹患急性骨髓性白血病的21岁姑娘陈霞，也在苏州医科大学附属医院做好了手术准备，等待着将要挽救她生命的骨髓血液的到来。"

这则报道，反映了两岸"三通"以前台湾同胞为挽救大陆同胞所付出的艰辛。从1997年4月54岁的台湾妇女杨秀霞为安徽17岁的少年刘金权捐赠骨髓以来，在祖国大陆骨髓库尚在组建之际，不少需要骨髓移植的患者都把生命希望伸向了慈济。从那以后，直到两岸"三通"，百余次的捐献，每一次都是这样路途迢迢、这样辗转跋涉。

我们不能忘记，开台胞捐献骨髓挽救大陆同胞生命之先河的，是时年已经54岁"高龄"的杨秀霞。

1997年4月18日，北京307医院，患白血病的安徽少年刘金权接受了骨髓移植手术。刘金权与捐献骨髓的人没有血缘关系，这样的手术在大陆还是第一例。

手术十分顺利。20天后，刘金权的造血功能恢复了，免疫系统得到重建。遗憾的是，一个多月后，情况发生了变化，患者出现常见的排斥反应，并发肺部感染。经过医院的全力抢救，这位少年最终还是被病魔夺去了生命。

四年以后，大陆的一位记者寻访到了那位捐献骨髓的人——杨秀霞。

此前，人们一直认为那位给刘金权捐献骨髓的"宝岛母亲"姓张。这次，在寻访"宝岛母亲"的路上，当年护送骨髓去北京的慈济志愿者陈乃裕才告诉记者："她其实不姓张，姓杨，叫杨秀霞。她一直认为这是很小的一件事情，我一再向她说明你们的诚意，她才同意见面。"

台北远郊的一个寺庙里，槟榔林立，丹桂飘香。杨秀霞正在那里做义工。那时候，她已经年近六旬，根据记者的描述，她"身材瘦小，穿一件圆领薄毛衣，一头短发中夹杂了许多白发，一双和善的眼睛静静地看着记者"。她就是被称为"宝岛母亲"的杨秀霞。

说起1997年捐献骨髓的事，杨秀霞始终觉得是一种缘分。她说："在这么小的可能中，那孩子与我的骨髓能配型成功，听说没有血缘关系的人骨髓配型的成功率只有万分之一，甚至几十万分之一。这不是缘分是什么？我当时54岁了，是捐献骨髓的最后年限。在最后的年限还有救人一命的机会，这不是缘分是什么？所以，我是没有任何考虑就答应献髓的。"

杨秀霞原在路桥收费站工作，是提前退休的，每个月只能领到很少的"资遣"费。因此，她的家庭生活比较困难。那时她的3个孩子有2个在读书，负担很重。决定捐献骨髓时，她的母亲也有顾虑，担心女儿的身体受影响。可杨秀霞义无反顾，在半个月时间里，3次走上手术台捐献骨髓。为了万无一失，她居然捐了1000毫升骨髓，多捐了200毫升！回忆当时的情景，她说："他指靠着我啊！手术是两岸同时进行的，我如果反悔的话，这个孩子就没命了！无论我自己怎么样，我非捐不可！"

那时候还没有外周血提取造血干细胞的技术，捐献骨髓者要接受真正意义上的手术。这种手术，对身体还是有一点点损伤的。因此，捐献骨髓以后，杨秀霞严重贫血，时常晕眩，还引发了脊椎疼痛，必须趴着才能睡。那段时间，她甚至不能弯腰拾东西，穿鞋子……"这都是很小的事情，骨髓抽了还能再生的，我现在不是很好吗？"杨秀霞指着陈乃裕说，"他们才是了不起，一天换了4次飞机把骨髓送到北京，真是辛苦。"捐髓后，她幸福地对别人说："我在大陆也有个儿子，不知他长得跟我像不像。"杨秀霞念念不忘那位与自己有缘的少年，还拿出积蓄打制了一块纯金的吉祥符，准备在日后见面时送给那位少年。

刘金权去世的坏消息传来后，这位宝岛母亲陷入了巨大的悲痛中。她说："这几年，我就害怕听到这个消息，每次打听，我的心情都很紧张……"时隔数年，这位慈善、平和的母亲谈及那个孩子，眼里依然闪着泪光。

记者把刘金权手术三周后的一段录音交给了杨秀霞——

"我现在感觉非常好！请转达我和我们全家对台湾妈妈的问候和感谢。她把骨髓献给了我，挽救了我的生命。我祝他们全家幸福平安，好人一生平安！"

听了这样的录音，想到这位说话的少年已经远逝，杨秀霞悲戚难言。她请求记者把自家的地址交给刘金权的父母："我从没想过回报，只希望能为他们做点什么。有机会去大陆，我一定去看他们，这是缘分！"

是啊，这是缘分。那些慷慨地为大陆同胞捐献骨髓（造血干细胞）的台湾同胞们、那些自掏路费和食宿费用前来服务的台湾义工们，都值得大书特书，永志纪念！

第八章 两岸髓缘（下）

成立于 1993 年的慈济骨髓干细胞中心，是全球唯一靠民间善款构建起来的骨髓库。多年来，该中心已完成 2000 多例骨髓（造血干细胞）捐献，接受移植者来自全世界 28 个国家和地区。其中，向大陆捐赠的案例最多。统计数据显示，到目前为止，台湾慈济骨髓库已经向祖国大陆患者提供了 1000 多例造血干细胞。之所以有这样高的配对比例，慈济医护人员的解释最为朴素、精当："因为同是华夏儿女的缘故！骨髓配型最基本的要素有两个，一是从自己所属的族群中寻找相同遗传标志的捐髓者，这样成功概率最高，再就是同一族群的人的抗原种类和频率最相似。从人类学、遗传学的观点来看，两岸同胞毋庸置疑是同源、同种，所以，才能获得如此高的配对概率！"

一 两位女性同时改写历史

血脉相连，爱心相映，这种血缘亲缘之爱跨越了山水阻隔，超越了政治纷争。在 2007 年以前，这种捐赠是单向的，也就是只有台胞向大陆患者捐髓的记录，而没有大陆人向台湾同胞捐赠造血干细胞的先例。这个局面在 2007 年 7 月终于被改变——两岸之间的爱心传递由单向发展为双向。

飞机上折叠了 219 颗幸运星

这个改变的标志性人物就是杭彬。

杭彬于 2007 年 7 月 14 日进京，经过 4 天造血干细胞动员剂注射后，分两次接受造血干细胞采集，并将"生命火种"直送台湾，捐赠给当年 16 岁的台湾白血病女患者。

杭彬很早就是一位热衷于公益的好心人。她的无偿献血开始于 2000 年夏季的一天。那天，还是苏州某工厂先进生产者的杭彬，与车间里的姐妹们利用厂休日一起去逛街，街头的献血车引起了杭彬的注意。她让姐妹们稍等，自己捋起袖子登上了献血车，第一次捐出了 200 毫升殷红的鲜血，换回了一本同样殷红的献血证。

从此，每年献一次血成了杭彬的生活规律。在 2004 年 3 月的一次无偿献血中，血站工作人员与杭彬聊天时询问她愿不愿意加入中华骨髓库，为白血病患者送去生命的火种。杭彬几乎没加思索，一口应承了下来。血站工作人员现场采集了她的血样，从此，杭彬的造血干细胞资料保留在了中华骨髓库。

提到白血病与骨髓捐献，杭彬并不陌生。20 多年前风靡中国的日本电视连续剧《血疑》，在她心中埋下了一个深深的情结。要是有很多人支持，要是找得到相配的造血干细胞，幸子那年轻而又美丽的生命就不会这样夭折。"将来有一天，有人需要我的骨髓，我会毫不犹豫地捐献。"杭彬在心中立下了这样的誓言。

2005 年 8 月的一天傍晚，下班途中的杭彬突然接到了红十字会的工作人员打来的电话，告诉她已与台湾一名患白血病的 14 岁女孩 HLA 低分辨配型成功，问她是否愿意捐献造血干细胞，让她征求家人意见后答复。

回到家中，杭彬第一次把自己志愿捐献造血干细胞并已经配对成功的事告诉了丈夫。半天没吭声的丈夫开了口："你捐骨髓救人，这我不反对，可万一自己的身体垮了怎么办？"一句话问住了杭彬。

杭彬沉默了，之后她向做了几十年医生的父亲讨教。父亲虽然心中也在暗暗担心，可还是用科学的态度讲述了捐献造血干细胞的具体情况，告诉女儿、女婿和老伴，现在采集造血干细胞不再像以前那样在腰脊髓上抽了，而是通过血细胞分离机将外周血中的造血干细胞分离出来，不会影响捐赠人的身体。

这下，杭彬心里踏实了，她赢得了全家人的支持。第二天，她来到市红十字会，愉快地接受了高分辨检测和体检。

对杭彬来说，等待是漫长的。2005年就答应了的事，到2007年才重新启动。

2007年7月14日中午12点，由上海飞往北京的HU7606次航班准时起飞。飞机上，杭彬与母亲望着渐行渐远的大地，心情变得激动起来。在确认捐髓后的这段时间里，她越来越急切地希望能够早日为台湾患者捐献造血干细胞。如今终于踏上去北京采集造血干细胞的航班，她深感肩上的责任重大。

登机之前，杭彬接受了苏州市相城区有关部门的祝愿。一大早，她的几位小姐妹就赶过来为她送行。一身运动装扮的杭彬显得十分精神。她告诉记者，当天早上她特地去吃了碗地道的苏州面。她的丈夫性格内向，很少倾诉心里话。但这几天，丈夫起得比她还早，"虽然没说，但我知道他的心里话。"在公司同事的陪同下，杭彬和母亲、女儿乘坐大巴赶往上海虹桥机场。一路上，女儿躺在她怀里沉睡过去。到了机场分别时，女儿拉了拉她的手，差点哭出来。

飞机上，旅客们吃过午饭后，杭彬突然做了件令人意想不到的事。她离开座位，走到空姐工作间，和空姐们商量了几句。过了一会儿，一名空姐拿起话筒，向飞机上的乘客广播说："在我们中间，坐着一位特殊的客人。她叫杭彬，这次是到北京的医院捐献骨髓。她所捐助的对象，是一名台湾小妹妹。她的骨髓将跨过海峡，送到台湾。她有些心里话想对大家说。"话音刚落，机舱内响起了一片掌声。随后，杭彬向大家介绍了自己捐髓的情况。她表示，想通过今天这个机会，向乘客们宣传中华骨髓库。生命只有一次，而正常人的造血干细胞是可以再生长的，大家如果有可能，请与当地的红十字会联系，加入到志愿者的行列。杭彬还告诉大家，她在前一晚突然想到，可以在飞机上和大家一起折叠一些幸运星，送给台湾患者，让海峡对面的同胞能感受到大陆同胞的爱心。"希望大家能分享我的爱心之旅。"

在热烈的掌声中，杭彬走进机舱，在空姐的协助下，向乘客们发放彩色的纸条。"如果你有什么话想对台湾同胞说，可以写在纸条上，然后折成幸运星。"乘客们积极索取纸条，有些不会折的乘客就向周围人讨教。杭彬也主动去教大家折叠的方法。机舱内的这番热烈情景，令天空变得温情脉脉。一名旅客在纸条上深情写下"两岸同胞根连根，炎黄子孙心连心"的字句。一位空姐告诉记者，在发放纸条过程中，乘客们非常配合，十分热心。当空姐一年半，第一次看到这样的爱心之举，她也深受触动。

1颗、2颗、3颗……乘客们把折好的幸运星交给杭彬，放入一个玻璃瓶中。一位姓徐的女乘客一个人就折了5颗幸运星。她告诉记者，能够坐上这趟航班，她感到非常荣幸。"回北京后，我也会加入志愿者队伍。"一位名叫北山淑子的乘客特地对杭彬表达谢意。她说，自己有一半中国台湾血统、一半日本血统，对杭彬的爱心她感到非常敬佩，对中国人的奉献精神有了更深的理解。

飞机上的242名乘客，总共折叠了219颗幸运星。杭彬激动地说，之前并没有想到乘客们的反应竟是如此热烈。她在发纸条时，许多旅客对她讲了祝福的话。拿着玻璃瓶，杭彬觉得手上的爱心沉沉的。"我觉得肩膀上的责任很重。这样的心情，我现在很难用语言来表达。但我预感，捐助骨髓这件事，会给我的人生带来更多启发。"

一炮打双响，单向变双向

北京道培医院是中华骨髓库认定的造血干细胞采集医院之一，主要负责向境外患者采集造血干细胞。当时，中华骨髓库向境外总共捐献了26例造血干细胞，有25例是在这个医院采集的。医院为杭彬提供了一流的饮食和住宿条件，并且格外强调人文关怀。不过，采集过程并没有特别之处，都是按照正常程序来做。

医院为杭彬配备了一个专门的小组。由四名护士和四名主任医生组成。主持采集工作的是医院资深医生童春容。她从事血液病实验室研究以及临床工作已有19年。从15日到20日，前四天将在每天上午为两名捐髓者注射造血干细胞动员剂，目的是将骨髓内的造血干细胞送到外周血液中。19日上午注射动员剂后，下午就将进行第一次造血干细胞采集，采集品将放到4℃的冰箱冷藏室。由于一次采集过程的血液体外循环量有限，因此，第二天上

午在打最后一次动员剂后,将进行第二次造血干细胞采集。两次采集的干细胞将放置在专门的箱子里,保温存放。并在当天搭乘民航航班送往台湾。

杭彬被安排在该医院的特殊病房入住。这是该院除了有"亚洲第一舱"之称的特护病房外,条件最好的一个病房。意外的是,这个病房并不是杭彬一个人住。与她同住的还有一名来自湖南的女孩小艳。这位23岁的女孩将和杭彬在同一天接受造血干细胞采集,捐助对象是另一位台湾患者。

时年23岁的小艳在湖南浏阳某药店当营业员。2007年1月,她在长沙加入中华骨髓库,4月就接到通知与台湾一患者初配成功,经过高分辨检测后,确认她与该患者吻合。体检后,她正式签下了志愿捐献造血干细胞同意书。这样,她就和杭彬一起,成为大陆首次向台湾捐献骨髓的两位捐助者。两人同时接受外周血造血干细胞采集。两份造血干细胞也一起送往台湾。

中华骨髓库管理中心副主任刘静湖介绍说,过去台湾慈济骨髓库一共捐献了1300多例造血干细胞,其中有500多例是向大陆提供的。中华骨髓库最近5年发展得特别快。此前曾经向住在大陆的台湾同胞捐献过骨髓。但跨海向台湾地区捐献骨髓,这还是第一次。

这个单向捐献的历史,在同一天被两位大陆的女性打破了。

2007年7月20日下午,在中国造血干细胞捐献者资料库与台湾佛教慈济骨髓干细胞中心(台湾慈济骨髓库)举行的交接仪式上,中华骨髓库管理中心主任洪俊岭与台湾慈济骨髓库副主任杨国梁在交接单上签字,并移交两例造血干细胞。

杨国梁在交接仪式上说,海峡两岸同宗同源,这些年两岸骨髓库交流合作越来越多,共同为两岸同胞服务,为华人患者服务。今后会有更多台湾同胞到中华骨髓库求助,中华骨髓库是他们的希望。

时任中国红十字会副会长的苏菊香、中国红十字会顾问孙爱明、中国工程院院士陆道培、国台办交流局副局长曲萌及部分中华骨髓库志愿者出席了交接仪式。2001年获得台湾同胞捐赠骨髓重获新生的大陆姑娘陈霞也出席了交接仪式。

15时37分，台湾慈济骨髓库工作人员携带两份"生命之髓"，乘坐CA115次航班离京。这两份造血干细胞，分别用于台北和花莲的两名白血病患者的移植手术。为保证"生命之髓"顺利登机，首都机场还协调海关、边防和安检等部门，开辟了绿色通道。

除了捐献造血干细胞，杭彬和小艳还分别为两名受捐者准备了千纸鹤、幸运星和中国结。其中的200多颗幸运星就是杭彬从江苏来北京的飞机上，由乘客们集体制作的。

18时45分，两份造血干细胞抵达香港，经过转机，随20时的班机飞往台湾，21时许抵达台湾。

有史以来，这是大陆造血干细胞首飞台湾。

二 苏州人领跑"爱的回程"

继2007年7月，苏州女子杭彬成为大陆通过中华骨髓库与台湾慈济骨髓库合作为台胞捐髓的第一人以来，大陆向台胞输送造血干细胞这一被著名节目主持人吴小莉称为"爱的回程"的行动不断续写新篇。2009年7月，江苏苏州昆山的王红艳再次架起"髓缘"之桥，向台湾一白血病患者捐献造血干细胞。由此，王红艳成为大陆向台胞捐髓的第五人。

王红艳：我们和台湾同胞的心是永远连在一起的

35岁的王红艳祖籍山西省襄县，2003年来到江苏省昆山市，从事建筑工程管理工作。

2004年的一天，王红艳和老公一起逛街时，正好看到献血车，便第一次参加了无偿献血。此后，她又先后4次参加无偿献血，累计献血达1200毫升。

2007年4月，王红艳和母亲一起来到昆山市红十字会血站献血。等候期间，她随手拿起一份资料翻看。这份资料上介绍的是捐献造血干细胞的相关知识。这是王红艳平生第一次接触这方面的知识，当她从这份资料中了解到一个健康的人只要捐出一点点造血干细胞就能挽救一个人的生命时，当即决定加入中华骨髓库，做一名造血干细胞志愿捐献者。在工作人员的引领下，她签订了承诺书，留下血样，就离开了。

2009年3月16日，一个电话让王红艳兴奋不已。

昆山市红十字会工作人员通知王红艳，她与一名台湾白血病女患者的造血干细胞初配成功。王红艳当即表示"愿意捐献自己的造血干细胞"。

"还有什么能比挽救一个人的生命更幸福？"王红艳说。

4月15日，好消息再次传来：第二次高分辨率配对成功。

这之后，王红艳就开始了她的"身体强壮工程"。每天她都抽出时间锻炼身体，希望能提高造血干细胞的质量和移植成功率。

作为一名工程管理人员，王红艳和丈夫当时都吃住在位于上海的建筑工地上。初配前的每次体检，王红艳都是乘坐公共汽车从上海赶到昆山的。

一周后，昆山市红十字会工作人员通知王红艳：体检全部合格，马上飞赴北京接受造血干细胞采集。

毋庸讳言，对大多数人而言，捐献造血干细胞还是一个比较陌生的领域，有些志愿者在获知配型成功、准备实施捐献时还会有几分犹豫。可是王红艳却没有丝毫犹豫，反而兴奋异常。她说："报名前，我就知道未来能配型成功的概率非常小，只有十万、百万分之一。但当时我想如果能有机会救人一命，这一辈子就肯定'与众不同'了。"没想到的是，她真的有点"与众不同"——不但配型成功了，而且对方竟然还是位台湾同胞。

"虽然我们相隔一个台湾海峡，但我们大陆同胞和台湾同胞的心是永远连在一起的。"王红艳兴奋地说。

十字绣寄深情：你我的心是相通的

"我知道晶晶想妈妈，但别怪妈妈把你一人扔下，妈妈在救人！"

起程飞赴北京的那一刻，8岁的女儿晶晶片刻不离地守在王红艳身边。

第八章 两岸髓缘（下）

此前，这对母女从未分开过，不管多忙，王红艳总是一早送孩子上学，傍晚准时守在校门口。

这一次，王红艳却要为了一个陌生人与女儿分别。

忙里偷闲时，她一再检查自己为女儿整理的衣物是否齐全，一再叮嘱邻居照看好女儿。

"等她大了，她就会懂，妈妈是在救人。"妈妈的慈爱在一点一滴地流露着，"有人比晶晶更需要妈妈，知道吗？"

"晶晶才上小学一年级，只能托付给邻居照看了。"在为女儿整理衣物时，王红艳不忘放上晶晶最喜欢的洋娃娃。

2009年6月15日上午11时，王红艳在丈夫和母亲以及红十字会工作人员陪同下，在北京道培医院血细胞分离室进行第一次造血干细胞采集。历经5个小时，顺利完成第一次采集，首次捐献造血干细胞悬液172毫升。16日上午8时，王红艳进行第二次造血干细胞采集。

采集期间，陆道培院士到血细胞分离室看望王红艳和其家属，并与他们亲切交谈，介绍捐献造血干细胞的意义。中华骨髓库管理中心主任洪俊岭和台湾移植医院的代表也到采集现场慰问王红艳。洪俊岭向王红艳赠送了鲜花，并向她颁发了捐献造血干细胞荣誉证书。

6月16日上午11时，中华骨髓库在道培医院会议室举行造血干细胞捐赠交接仪式。

中华骨髓库管理中心主任洪俊岭、中国工程院院士陆道培一同郑重地将一个蓝色塑料箱交到了台湾某医院负责人翁女士手中。

接过塑料箱，翁女士难掩激动之情，多次向在场人员鞠躬，不停地说："谢谢！谢谢！"

台湾移植医院代表、王红艳和其家属、昆山红十字会常务副会长刘超英以及10多位媒体记者共同见证了这一爱心的传递。洪俊岭与移植医院代表分别在造血干细胞交接单上签字，陆道培院士将造血干细胞移交给移植医院代表。

交接仪式上，王红艳将她在北京起早贪黑赶制的"梅花傲雪"十字绣交给了台湾的翁女士，请她转交给台湾患者，衷心祝愿其早日战胜病魔，重新扬起生命的风帆。她说："能为挽救台湾同胞的生命出一份力，我很高兴。真心祝福台湾同胞像寒冬里的梅花一样坚强，战胜病魔，早日康复！"翁女士紧紧握着王红艳的手，连声道谢。

来北京之前，王红艳便得知，此次的受赠对象是一位与她年纪相仿的台湾姐妹。虽然她们从未谋面，但王红艳说，她们的心是相通的。她会情不自禁地想象海峡对岸那位素不相识的姐妹的模样。

为了祝愿同胞姐妹身体早日康复，王红艳来北京之前，特意把十字绣的工具放入了自己的行李箱中。到达北京后，除了每天注射动员剂外，王红艳心里想的就是为这位台湾姐妹赶制一幅"梅花傲雪"的十字绣。一有空闲时间，她就和随行的母亲一起赶制这份礼物。她计划在采集前绣制完成，送给那位患病的台湾同胞，鼓励对方要像傲雪的梅花一样，早日战胜病魔。红十字会工作人员怕她累着，劝她多休息，她却说，躺在床上不舒服，有点事做反而觉得很踏实。经过三天多的努力，在进行第一次造血干细胞采集的前一天晚上，王红艳终于完成了这幅"梅花傲雪"的绣制。

至此，又一次沟通海峡两岸骨肉情的爱心传递宣告完成。它是由中华骨髓库第1248名造血干细胞捐献者、江苏省昆山市民王红艳捐献的一份造血干细胞。

这是中华骨髓库第五次向台湾同胞捐献造血干细胞，也是江苏省第二次向台湾同胞捐献造血干细胞。

中华骨髓库管理中心主任洪俊岭表示："随着造血干细胞志愿捐献者的增多，跨海峡的生命接力故事会越来越精彩。"

诚如王红艳委托翁女士转达给台湾白血病患者的那句话："你我的心是相通的。"

爱，只因我们是骨肉相连的同胞

2010年1月中旬，正是北京冬季最冷的几天。但在北京市道培医院里，江苏苏州市民韩秀芳完成了一次"生命的接力"，温暖了无数人的心灵。在经过4天造血干细胞动员后，韩秀芳捐献的造血干细胞成功运抵台湾，移植给了海峡彼岸一名身患白血病的16岁女孩。韩秀芳是继杭彬和王红艳之后，苏州第3个将"生命火种"捐献到台湾的人。

据苏州市红十字会专职副会长严晓凤介绍，当时全国向台湾同胞捐献干细胞的爱心人士不到10位，早在2007年，苏州的杭彬就向一位台湾患者捐献了造血干细胞。如今韩秀芳再次用爱续写"生命的接力"，她已是苏州对台捐献造血干细胞的第三人。苏州成为祖国大陆向台湾同胞捐献造血干细胞最多的地区。

韩秀芳于2002年登记加入中华骨髓库，2004年曾成功配对过一次，后由于对方取消而没有如愿。2009年6月，韩秀芳再次从苏州红十字会的工作人员那里得知，她与台湾的一名白血病患者配型初步成功。韩秀芳激动万分，立即表示全力以赴，救助那名台湾患者。提起再次配对成功，韩秀芳直言"很高兴，两次配对成功太不容易了"。当得知这次配对成功的台湾受捐者是一位1994年出生的小孩时，身为母亲的韩秀芳觉得自己与这孩子很有缘分。

2010年1月8日，韩秀芳从苏州赶到北京，住进了北京市道培医院。当她从医生那里知道台湾的小患者已经在为接受骨髓移植做化疗准备时，韩秀芳非常激动："那一刻起，这个孩子已经完全将她的生命交到了我的手中，我仿佛看到了那孩子满怀期待的目光。我在心里对自己说，一定要以最好的身体状态采集出最好的造血干细胞来回报那孩子对我的信任。"

1月12日，韩秀芳接受第一次采集，在长达4个小时的采集过程中，韩秀芳没有觉得任何不适，采集出的162毫升造血干细胞悬液质量也非常高。第二天，她接受了第二次采集。当90毫升的造血干细胞悬液采集完成时，韩秀芳忽然有个念头，她想摸一下那个还带着她体温的小小的袋子。

"我请医生把刚采集的造血干细胞拿给了我，轻轻地抚摸着还有些温热的造血干细胞，心中有一种说不出的感受。就这么一袋看似普通的造血干细胞，却能挽救一条鲜活的生命！我感叹生命的神奇，也感叹生命的顽强。我衷心地希望这颗生命的种子飞越海峡后能在那个孩子的体内生根发芽茁壮成长。"

整个采集过程中,"大陆对台捐髓第一人"杭彬一直陪在韩秀芳的身边,像是一位贴心的小姐妹,握着她的手悉心讲解每个步骤,以"过来人"的身份消除了韩秀芳的不安。时间在说说笑笑中过得很快,病床里也传开了这对"爱心姐妹花"的故事。

韩秀芳的爱心举动,得到了她的丈夫顾华一的积极支持。顾华一说,在韩秀芳去北京捐献前,他就一直在家里陪伴着秀芳,让她休息好,以便赴京时能够顺利采集。顾华一表示,如果妻子的善举能让那位台湾小朋友的生命得以延续,那将是他们夫妻俩最大的荣幸。

1月中旬,正是北京最冷的季节。在病房里的韩秀芳把早准备好的十字绣拿出来,一闲下来就和杭彬一起绣平安符。韩秀芳说,在这喜气洋洋的虎年即将到来的时刻,她希望这溢满中国红的平安符能够和造血干细胞一同为海峡对岸的小朋友带去好运。"爱不需要理由,爱只因我们是骨肉相连的同胞。"

杭彬全程陪同韩秀芳进行了这次捐献。巧合的是,杭彬与韩秀芳都生于1971年,都是在2002年加入中华骨髓库,受捐者又都是十五六岁的台湾小孩。

苏州近年来与台湾的"髓缘"延绵不绝。自2001年身患白血病的江苏姑娘陈霞在苏州接受台湾同胞捐髓之后,近10年间,苏州台湾两地四次架起了"髓缘"之桥,见证了海峡两岸血浓于水的深情。

三 河北送给台湾的圣诞大礼

2009年12月24日中午,河北经贸大学大四学生王彬向台湾同胞捐献造血干细胞仪式在北京市道培医院举行。来自台湾大学附属医院的医生接过密封在箱内的造血干细胞时,感激地说:"这是河北送给台湾的圣诞大礼!"他代表接受捐助的台湾同胞杨先生向王彬表示诚挚的感谢。之后,造血干细胞随飞机被运往台北,当天19时,造血干细胞准时输入正在等待手术的台湾同胞体内,一个濒临死亡边缘的患者的命运将从此柳暗花明。

至此,王彬成为河北省首例、中华骨髓库第八例大陆向台湾地区捐献造血干细胞的志愿者。

备考间隙向台湾同胞捐髓

　　王彬祖籍安徽淮北，1988年出生，当时在河北经贸大学商学院经济专业读大四。在学校，他比较热衷于公益活动，曾经担任学校红十字会的负责人，多次宣传艾滋病预防和白血病知识。2008年，王彬成为一名造血干细胞志愿捐献者，签订了承诺书。没想到，仅仅一年过去，就和别人配型成功了！王彬感慨地说："我们学校加入中华骨髓库的有1200多人，目前包括我在内只有3个人配型成功了，概率非常低。能挽救一个和自己流着相同血液的人的生命，这是一个偶然，也是一种幸运，我义不容辞。"

　　2009年7月7日，河北省红十字会的一个电话让王彬瞬间变得兴奋而又激动。工作人员告诉王彬，他的血液已与台湾一位身患白血病的患者的血液配型成功，希望他能够为这名白血病患者捐献出造血干细胞。"这意味着自己的造血干细胞可以救助一个宝贵的生命，挽救一个濒临死亡的生命。"得知这一消息后，王彬毫不犹豫地答应接受造血干细胞移植。

　　对于王彬为台湾白血病患者捐献造血干细胞一事，无论是同学还是家人都很支持，甚至有些同学还萌生了羡慕之情。毕竟，这是救人性命的大事。

　　采集期间，王彬的妈妈周芬也赶到北京看望。她说，儿子报考了研究生，下个月9号就要考试了。这位妈妈坦言，在担心儿子身体的同时，也为儿子的学习捏了一把汗。王彬说，他报考的是兰州大学的区域经济专业。之所以报考这个专业，一方面是因为这个专业跟自己的本科专业相关，另一方面是他感到中国的区域发展不均衡，希望能通过自己的所学为区域经济发展出谋划策。"兰州是西部的重要城市。趁着现在年轻，应该多闯荡闯荡。"王彬说。他母亲周芬紧靠在儿子的身边，眼睛盯着仪器和管线。

　　觉得妈妈有点紧张，王彬笑着安慰妈妈说："没事，就像感冒输液一样，不过扎针时疼一些罢了。"周芬心疼地反驳："还说没事，

昨天抽完血还跟我说手麻、脚麻呢。"

"那说明我缺钙了，这是采集干细胞的正常反应，回家吃点儿好吃的就行啦。"王彬2008年5月加入了河北经贸大学红十字会，负责中华骨髓库志愿捐献者招募。他对造血干细胞采集的细节了如指掌，所以乐呵呵地安慰母亲。母亲周芬点着头，但还是心疼地落下了泪。

上午11时，来自台湾某医院的医生准时来到道培医院，王彬的血液采集也正好结束。

双方签了造血干细胞交接单后，大陆方面将密封在一个小箱子里的造血干细胞交给台湾医生。当王彬走下病床来到台湾医生面前时，那位医生健步上前，紧紧握住王彬的手说："你就是捐献者吗？我代表台湾的杨先生谢谢您！患者杨先生50多岁了，目前只有骨髓移植一条生路。我们之前没有找到一个相符的配型，连患者的直系亲属都不行，没想到在大陆、在河北能找到成功的配型，非常难得。"他说，目前配型成功概率如此低，而一些配型成功的人因为没有足够的勇气，最终还放弃了捐献。"这个小伙子真有勇气。"他不住地说着谢谢，称赞王彬做了一件大善事，功德无量。临行前，他向王斌母子深鞠一躬，连声道谢，并再次走上前握住王彬的手说："你很勇敢，也一定会好人好报。感谢你在平安夜送来的'救命血'。"王彬腼腆地说："不用谢，这是我应该做的。"

台湾医生介绍说，现在患者已经将身体里的免疫系统、造血系统全部摧毁，血细胞数量非常低了。当日17时10分，飞机到台北后，患者将连夜做手术。他拎着手中的小箱子，再一次激动地说："这是河北送给台湾的圣诞大礼！"

因为要赶飞机，医生不敢多耽搁，办好相关手续后，匆匆离开。望着台湾医生远去的背影，王彬长舒了一口气。

寄语台湾患者：为活着而战

12月23日晚，做完第一次造血干细胞采集后，王彬在宾馆给台湾的患者写了一封信。

"在通过了各项血液检测后，确定这一小概率事件就发生在自己身上时，哪怕距离再远，哪怕素未谋面，我来了，和你一起。"

"现在准备考研究生，时间紧迫，自己身体曾出现过不适，特别是最近一系列准备工作，身体反应比较激烈。但是，想到你还在命运的最前线和病魔抗争，我就充满勇气，有什么能比'活着'这个朴素的愿望更能鼓舞人心呢？在这里的几天，我一辈子都不会忘记，因为我和你一起，为活着而充满激情地战斗。我的信随着造血干细胞一起到了你那里，希望你能感觉到力量。它在你身体里流淌时，我已感觉到力量。"

这是一封没有署名的信件。因为按照规定，捐献者和受捐者的信息应该互相保密的。王彬说："现在我只知道患者比我重，140斤。"身高 1.81 米的王彬说完又是一笑：

"我们虽不认识，但我们的血却能相融！"

四 大陆脐血首捐台湾

造血干细胞根据采集来源不同一般分为：骨髓血造血干细胞、外周血造血干细胞、脐带血造血干细胞。脐带血中的造血干细胞可以用来治疗多种血液系统疾病和免疫系统疾病，包括血液系统恶性肿瘤（如急性白血病、慢性白血病、多发性骨髓瘤、骨髓异常增生综合征、淋巴瘤等）、血红蛋白病（如海洋性贫血）、骨髓造血功能衰竭（如再生障碍性贫血）、先天性代谢性疾病、先天性免疫缺陷疾病、自身免疫性疾病、某些实体肿瘤。我国脐带血的保存质量和移植成功率均已达到世界先进水平。

李政道专程来杭接"生命种子"

2008 年 7 月 14 日上午 11 点，国际知名免疫遗传学者李政道博士专程赶到杭州，他接过浙江省卫生厅副厅长马伟杭递上的脐带血运输箱，两位医务工作者的双手紧紧握在一起。这只装载着 40 毫升"生命种子"的液氮运输箱，承载着大陆同胞的亲情与爱心，将从杭

州出发，直抵台湾。

在机场交接之后，当天下午，73岁的李政道博士立即返航，专程护送脐带血造血干细胞赴台湾。这份脐带血，飞抵台湾后将与台湾本地另一份脐带血融合在一起，移植给一位身患急性白血病的台湾同胞，挽救他的生命。

台湾接受这份脐血的患者年仅35岁，患有急性白血病，一直无法找到配型骨髓。6月2日，浙江省脐血库收到从台湾地区台湾大学附设医院发来的脐带血造血干细胞搜寻申请。按照申请表上提供的信息，工作人员对6000多份样本做了一次仔细搜索，最后找到了一份HLA抗原5个位点相合的脐带血造血干细胞。一般情况下，3个位点相合就算初配成功，配上5个位点，更是难得的机缘，工作人员都非常兴奋。这份脐带血是2002年入库的，一直保存在零下196℃的液氮中。经过检测，其活性没有改变。

工作人员知道，等待脐血移植的是一位挣扎在死亡线上的急性白血病患者。为了争取一分一秒的时间，脐血库与台湾相关单位积极地联系着。台湾临床医院与浙江省脐血库经过研究，确认该份脐带血可以作为供体造血干细胞，对这位台湾同胞实施造血干细胞移植手术，以挽救他的生命。消息传来，振奋人心。

珍贵脐血来自六千人的捐赠

一份脐血只够治疗一个婴儿或体重在50公斤以下的少儿使用，但只要有2份以上HLA相同的脐血，就有望挽救一位成人患者的生命。造血干细胞移植是挽救白血病患者的一种有效方法，目前，国际上除骨髓血和外周血干细胞移植手术外，正在积极开展脐带血干细胞移植技术。让人感到惊喜的是，杭州这一份脐带血将与在台湾找到的另一份脐带血融合，可以进行双份脐血移植。

浙江脐带血造血干细胞库于2001年5月14日开始正式运作，是卫生部批准设置的10家脐血库之一。无数的母亲在生下孩子之后，自愿把原本废弃的脐血捐献出来，收于脐血库保存。近年来，浙江省脐血库已具有相当大的规模，到2008年7月，已保存脐带血造血干细胞6000多份，达到国际先进水平。

在这次与台湾患者配型成功之前，浙江省脐血库已为北京、上海、江苏、福建、安徽及省内各地的12例病人提供了匹配的脐带血造血干细胞。浙江省血液中心主任吕杭军说："我们要感谢捐赠这6000多份脐血的母亲，是她们的无私付出，壮大了我们的脐血库，为绝境中的患者带来了希望。"

李博士与浙江的渊源，也是因为骨髓移植。1998年11月28日，李政道博士亲自护送一份珍贵的骨髓来到杭州，让浙江白血病患者范和志重获新生。这是浙江省首例非亲缘异基因造血干细胞移植术，范和志也成为国内当时非亲缘异基因骨髓移植存活时间最长的人之一。

李政道多次往返两岸促成骨髓移植，他也自称跟浙江有"血缘"。他说："10年间，我多次往返两岸促成骨髓移植，总是被感动。这次带着这珍贵的脐血去台湾，我也很感动。"

脐血移植的突出优点是病毒感染机会少和移植后排斥反应弱。更重要的是，脐血移植配型成功的概率要比骨髓移植大许多。

李政道博士介绍说，脐带血造血干细胞移植目前在全球都在积极开展，技术正在越来越成熟。脐带血内的造血干细胞属于"原版"干细胞，匹配的成功率更高，移植后的排异概率相对小。而且脐带血造血干细胞来自废弃不用的脐带，比起骨髓造血干细胞，来源更加容易。国际上专家预测，脐带血造血干细胞移植很快会部分取代骨髓移植。

五 两岸三地相见欢，血浓于水同胞情

截至2010年10月，中华骨髓库共向台湾地区提供了9例造血干细胞，向香港地区提供了31例造血干细胞，900多名大陆患者接受了来自台湾地区的"生命种子"。

中华骨髓库首例捐髓者孙伟于1996年捐献造血干细胞救助了一名白血病儿童，患者恢复良好，现已长大成人，大学毕业参加工作。

2001年，台湾同胞捐献造血干细胞拯救苏州少女陈霞的感人报

道引起了海内外对这"生命 20 小时"的极大关注，现在捐受者都很健康。

2007 年，中华骨髓库志愿者杭彬向台湾地区患者捐献造血干细胞，这是大陆首次向台湾同胞提供造血干细胞，"生命的回程"体现了海峡两岸同胞血浓于水，中华民族血脉相连的浓浓真情。

2010 年 10 月 24 日，"生命相髓——两岸三地骨髓捐受者相见欢活动"在江苏省苏州市举办。活动由中国红十字会总会主办，中华骨髓库、江苏省红十字会、苏州市红十字会、苏州广播电视总台承办。活动得到了国务院台湾事务办公室、国务院港澳事务办公室的支持。中国红十字会副会长郝林娜、苏州市市长阎立、国务院港澳事务办公室交流司司长谢伟民、中华骨髓库管理中心主任洪俊岭和副主任刘静湖、江苏省红十字会常务副会长张立明等领导出席了此次活动。活动现场还邀请了台湾佛教慈济骨髓干细胞中心主任石明煌、慈济大爱电视台总监汤建明以及香港骨髓库代表参加。中央电视台著名主持人康辉、香港凤凰卫视的吴小莉、台湾东森电视台的王佳婉等担纲现场主持。江苏广播电视总台、香港凤凰卫视、台湾东森电视台、慈济大爱电视台以及多家网络媒体对此次活动进行了录播。

活动在温馨感人的气氛中开始，中国红十字会副会长郝林娜在活动中发表了热情洋溢的讲话。她提到，中国红十字会一直以来秉承"人道、博爱、奉献"的红十字精神，并且不断扩大人道主义工作领域，中华骨髓库事业是这一精神的具体体现。在各方的大力支持下，中华骨髓库积极与国（境）外骨髓库交流与合作，加强沟通往来，目前中华骨髓库库容量已突破 120 万人份，成为世界最大的华人骨髓库，成功移植 1850 多例，为白血病患者带来了生的希望。

自 1997 年大陆接受台湾同胞捐献的造血干细胞以来，已有众多大陆患者接受了来自台湾同胞捐献者的"生命种子"。截至 2010 年 10 月，大陆共向台湾地区提供了 9 例造血干细胞，向香港地区提供了 31 例造血干细胞。这一生命相随的过程，不仅仅是两岸三地捐献者表现出的大爱，更是两岸三地民间交流植根于基层，落实到民众的具体体现。当前两岸关系发生了前所未有的重大和积极变化，步入了和平发展的历史新阶段,各界大交流的局面正在形成。两岸三地广泛的多领域的民间交流,必将会增进两岸三地同胞的相互了解、融洽彼此的感情。我们要进一步加强两岸三地的交流与合作,特别加强中华骨髓库在技术上与台湾地区和香港地区的交流与合作,建立更高层次的合作平台,为解除白血病患者的疾苦,为构建社会主义和谐社会,作出新的更大贡献。我们坚信,无论分隔了多久,两岸同胞始终是血脉相连、唇齿相依的命运共同体。

现场共有12对骨髓捐受者以不同形式相见,中华骨髓库首例捐献者孙伟的到场引起了大家的关注,中华骨髓库管理中心主任洪俊岭向孙伟转交了受髓者的感恩信,并送上鲜花。当孙伟得知他救助的白血病患者恢复良好,现已长大成人,大学毕业参加工作,他欣慰地表示,希望对方能够身体健康,在人生的道路上顺利前行。

大陆首次向台湾地区提供造血干细胞的捐献者杭彬也在现场与受髓者"荣荣"相见,场面十分感人。当年的"荣荣"现已成长为一名开朗的女高中生,喜欢绘画,热爱生活。"荣荣"给杭彬送上了自己亲手绘制的卡片,祝福她永远健康靓丽,生活顺利。

台湾同胞捐献造血干细胞拯救的陈霞带着感恩的心来到活动现场。陈霞康复后,一直帮助血液病患者,以自己的亲身经历鼓励他们坚持与病魔作斗争。曾经与中华骨髓库携手救助过她的台湾佛教慈济骨髓干细胞中心、苏州大学附属第一医院的领导看着康复的陈霞,欣喜且欣慰。

活动当天是捐献者孙磊的生日,曾经接受他造血干细胞移植的香港受髓者余女士与其他捐受者一起陪孙磊过了一个不平凡的生日。余女士说:"曾经,他的造血干细胞给了我第二次生命,我要在这个特殊的日子里为孙磊送上我最真心的感恩和最诚挚的祝福,我终于可以当面对他说一声'谢谢',祝福他幸福平安。"

相见欢活动感人至深,主持人、嘉宾、观众无不动容落泪。最后,活动在受髓者的感恩声中落下了帷幕。中华骨髓库爱心大使杨扬、康辉、孙楠,台湾著名魔术师刘谦联合向大众发出呼吁,号召适龄健康的人们加入中华骨髓库,为全世界白血病患者献出一份爱心。

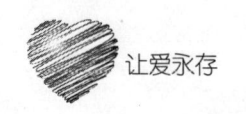

活动后，台湾佛教慈济骨髓干细胞中心、香港骨髓库都致电中国造血干细胞捐献者资料库管理中心，对此次活动的成功举办表示祝贺，愿与中华骨髓库一起，为供患者提供更多的关心关怀和帮助。

中央电视台《新闻联播》《共同关注》、凤凰卫视、慈济大爱电视台、江苏电视台、苏州电视台等多家电视媒体，人民网、中国日报网、凤凰网、新浪网等多家网络媒体在活动当天均对此活动作了相关报道。次日，《人民日报》《中国青年报》等报纸刊载了活动报道，苏州电视台播放了时长90分钟的现场录播，向观众讲述了一段段曲折的故事，呈现了一幕幕感人的相见场景。10月28日晚，中央电视台《焦点访谈》栏目对此次活动进行了特别报道，报道中介绍了中华骨髓库发展现状，着重强调了造血干细胞捐献事业所遇到的问题，并呼吁更多的人加入到造血干细胞捐献队伍中来。多家媒体通过多角度报道，不仅宣传了此次活动，还加深了中华骨髓库在大众心中的印象，增进了大众对造血干细胞捐献的了解，将进一步推动中华骨髓库的建设和造血干细胞捐献事业的发展。

在活动结束后短短一周的时间里，中华骨髓库热线电话铃声不断，来自全国各地的热情的群众打来电话，咨询如何加入中华骨髓库、怎样捐献造血干细胞等问题。江苏省等多个省市掀起了关爱白血病患者、踊跃加入中华骨髓库的热潮。

救助白血病患者凝结了百万志愿捐献者的爱心，汇集了千余名捐献者的奉献，是社会各界力量的集中表现。"生命相髓——两岸三地骨髓捐受者相见欢活动"虽然已经落下了帷幕，但是造血干细胞捐献工作还将继续，中国红十字会中华骨髓库对白血病患者的关爱将不断传递下去。

下 篇

第九章　艰难起步中的一抹亮色

正是在全国的建库工作最艰难、发展几乎处于停滞状态的时候，始终独撑危局、坚持资料库建设和志愿捐献者资料收集工作的中华骨髓库上海分库频传佳音，使我国的骨髓移植和骨髓资料库建设工作出现了昙花一现的闪光点，给当时沉闷凝滞的局面带来了一抹难得的亮色。

一　孙伟——外周血采集造血干细胞捐献第一例

1996年，上海小伙子孙伟成为中华骨髓库第一例采用外周血采集造血干细胞进行捐献的非血缘关系供者。这也就注定了他的"第一人"的地位。

在我国的医疗史上，所有捐献过造血干细胞的人都将被人们记住。在中华骨髓库保存的资料中，这些人的名字会连缀成一串色彩绚烂的足迹，刻写出中华骨髓库成长与发展的每一步。这些人当中的排头兵，就是孙伟。

> 他想，既然号召捐献骨髓，看来捐一下
> 也不会对身体有什么损害的

孙伟是中国建设银行上海分行黄浦支行的信贷员，笔者见到他时，已经是2005年1月。从他完成捐献的时候算起，当时也已经是第9个年头了。这位年轻人很帅气，高大而略显单薄的身材，充满阳光气息的一张笑脸，儒雅中透着几分腼腆。我们的交谈很随意，孙伟也就带着几分随意的口吻讲起了他当年捐献的经过。

让爱永存

1995年10月的一天，孙伟只记得那天是一个周末，上海多家媒体报道了白血病患儿施峰的悲情故事，这个才上小学三年级的小男孩得了白血病，外公外婆数日之间急白了头发……报道中介绍说，白血病患者如想得到根治，唯一的途径就是进行骨髓（造血干细胞）移植。这个小男孩的亲友多人配型未能成功，因此一家人陷入了困境，亟待社会各界人士伸出援手。

此前，孙伟从未注意过这类事，这方面的知识几乎为零。他只是通过看日本电视剧《血疑》，知道了有一种病叫做"血液病"。从那时开始，剧中主人公幸子的命运就使他对这一类疾病有了一个"恐怖"的印象。这一次看了媒体的报道，他才知道通过骨髓移植可以挽救白血病人的生命。孙伟说，他记得当时看到那个患病的小男孩在电视中对着观众说："我生白血病了，哪位叔叔阿姨救救我！"孙伟有些伤感地回忆："可能这个孩子也不懂得这个病的凶险，根本没有意识到死神的魔手已经扼住了他的喉咙，所以，他面对镜头说这番话的时候还笑嘻嘻的，一副满不在乎的顽皮神态。"

这个画面深深触动了孙伟。病魔的无情和小男孩的天真神态形成了强烈反差，刺痛了他的心，使孙伟这个当年的大男孩第一次感到了生命的脆弱和珍贵。他想，既然号召捐献骨髓，看来捐一下也不会对身体有什么损害的。如果有损害，国家怎么会动员捐献呢？国家不会做那种为了救一个人而害另一个人的蠢事的。用这样一种朴素而又简单的逻辑推导了一番，他首先对捐献骨髓有了一个基本的认识：对捐献者的身体无碍。然后，他又开始畅想：我这个"叔叔"万一要是能救这个小男孩，那该是多么好的一件事啊！这种想法使他年轻的心激动起来，好像自己真的可以挽救这个小男孩的生命了。就是抱着这种想法，孙伟第二天就去报名捐献骨髓。当时正好赶上周末，据说电视播出后，当天就已经有100多人报了名。孙伟第二天赶去报名的时候，这个数字已经翻了几倍，孙伟的报名序列号是第500多名了。他不由得感慨：这么多人在献爱心啊！原先还多少有点担心的他，见到有这么多人报名捐献，心里一下子踏实了。

可是，对自身的安全不再担心之后，孙伟的信心反而没有那么大了——这么多人在捐献，能轮得到我来救这个小男孩吗？

一纸通知，使孙伟成为我国采用外周血采集造血干细胞捐献新技术的第一例

说来也巧，孙伟1995年10月报名，转年5月就得到通知，说是他的血型和一个患病的小男孩配型合格了。当时孙伟还以为受者就是他在电视上看到的那个小男孩，心里别提多高兴了。可是上海市红十字会的工作人员告诉他：配型合格的这个男孩是杭州的，不是当初电视里报道过的那个孩子。那个孩子因为没有配型合格的捐献者，已经不在人世了。孙伟这才知道，那个笑嘻嘻地请求叔叔阿姨救命的小男孩早已被病魔夺去了生命。谈到这里，孙伟神情黯然地摇头："很可惜，这么多人报名也没能挽救那个小男孩的生命！那小男孩太可爱了，现在闭上眼睛，脑海里都是他那笑嘻嘻的神态。"

每一个生命都是那么可爱，这个小男孩的样子在孙伟心里留下的印象太深刻了。这个画面如此清晰又如此强烈地冲击着孙伟善良的心，也使他对即将可能挽救的那个杭州男孩寄予了更多的同情。

在筹划准备捐献骨髓的时候，孙伟得到上海市红十字会的通知：手术方案由腰穿抽取骨髓改为外周血采集造血干细胞。就是这么一纸通知，使孙伟有幸成为中华骨髓库采用外周血采集造血干细胞捐献新技术的第一例。这一年，孙伟26岁。

张瑾心里暗叫一声"佩服"，眼泪差点夺眶而出

在上海市红十字会，只要一提起"孙伟"两字，工作人员多半会在孙伟的名字前面冠以"伟大"两字。

"孙伟最伟大之处就在这里！"当年直接和孙伟谈话的杨钧仪和至今仍然战斗在造血干细胞捐献工作岗位上的张瑾，多年后回忆此事仍然非常感慨："我们当时已经被此起彼伏的'反悔现象'吓怕

了，看到孙伟，我们硬硬心肠干脆把丑话说死，免得到时候再来一场令人断肠的'借荆州'。"

张瑾说："我们要尊重你的知情权，捐献造血干细胞有两种方法——'骨髓造血干细胞移植'和'外周血造血干细胞移植'，后者和献血区别不大，前者可是要从髂骨中直接抽的。"张瑾一边说还一边用手指指自己的胯部："就是从这里进针，直接抽取骨髓！假如需要这样抽取，你还捐不捐？"

张瑾说："当时我已经豁出去了。周围人急得直向我使眼色——好不容易找到的供者啊，你要把他吓跑？"

"其实我心里是有一点预感的，这位姓孙的捐献者看上去深沉而内敛，能激不能求，退一万步说，求来的承诺总是纸做的，到时候反悔等于白求。"

果然，孙伟眼睛也不眨："髂骨就髂骨，捐！"

"签字？"

"签！"

"你父母同意吗？"

"我的年龄早就可以自己做主了！现在起，听你们安排！"

"真的？"

"假的我就不来了！"

真是一个顶天立地的男子汉！张瑾心里暗叫一声"佩服"，眼泪差点夺眶而出。

当时，孙伟尚未结婚，他怕家人和女朋友担心，就对他们撒谎说只是献血。大学生毕业后身体合格就要献血，这是惯例，所以家人和女友都认为很正常。直到媒体报道出来，亲人们才知道他捐献的是造血干细胞。他的父亲是看到报纸后才急忙赶到医院看望儿子的，看到儿子一切正常，也就放心了。孙伟对父亲解释："我是觉得奶奶年纪大了，跟她说也听不懂，很费神，就没说得那么详细。"

青年人就该有些爱心，何况可以救下一条性命呢

手术分两次进行，总计大约9个小时。孙伟说："可能是我身体

素质好吧，觉得这个手术没什么反应。手术后休息了一个星期就开始上班了。"单位领导知道后很关心，特意嘱咐他多休息一段时间，但孙伟觉得没什么反应，就提前上班了。这件事经媒体披露后，很多人也了解了造血干细胞捐献的意义，孙伟所在的单位发动组织了几百名青年员工去报了名，而且，当时领导决定在整个上海的建设银行系统发动职工捐款，支持中华骨髓库的建设。大家捐款十分踊跃，一共捐了130.6万元。据当时上海市红十字会的工作人员说，这是建库以来他们收到的最大一笔捐款，此前一共只有十来万。这可以提供大约7000个供者的血检费用。

捐献手术成功后，经各方面的同意，孙伟"违反"供者和受者不见面的规定，常常到杭州去看他挽救的那个男孩。他说："那孩子现在很好，很正常地上学，高高大大的一个孩子，看着就让人高兴。"

十几年过去了，杭州的小男孩已长成大小伙子。每当与孙伟谈起他的"髓缘"故事时，他总说："没什么，只是做了应该做的，而且社会给了我很多的荣誉。现在一些供者捐献骨髓后根本不让宣传，也没有得到各种荣誉，但实实在在地帮助一个病人，帮助他从死神手中挣脱出来，这是我们骨髓捐献志愿者最想得到的。"

对于自己的行动成了中华骨髓库造血干细胞捐献进程的里程碑这件事，孙伟说他压根就没想过这方面的事情。他说："这事很平常，青年人就该有些爱心，何况可以救下一条性命呢。我所做的只不过是把血管延长一段而已。事实上，医生曾说，救一个人很简单，像这种手术，将来有可能的话，甚至只要一个细胞就够了。"

他开创了一段新的历史，树立了一座里程碑

孙伟的祖籍是浙江宁波，祖父祖母都是"老宁波"，这个老派宁波家庭，家风严，规矩大。孙伟从小耳濡目染，明白做人最重要的一条就是守道德和讲信用。他说："不讲道德不守信用的人，祖父祖母不许我们与之交往。比如借钱、借物，到了约定的时间一定要还！借钱借物不还，是他们最最深恶痛绝的。又比如帮助别人，能够帮

助别人而不帮，他们也痛恨，会说'罪过！罪过'。"还有就是邻里环境的熏陶也很重要。孙伟在南市区长大，他说："我们那个里弄人口非常密集，那时大家生活困难，互帮互助的风气很浓，见死不救的行为是要被大家指着背脊骂的。那种没有道德的人，在弄堂里走进走出会抬不起头的，大家都不和他说话。"看来，家风教化对孙伟的善行义举起到了至关重要的作用。

在上海采访期间，笔者曾与孙伟共进晚餐。席间，他始终就是这样淡然坦然地谈论着这件事。清澈的眼神，淡淡的微笑，似乎在谈论儿时送给同学的一支铅笔，那么轻描淡写，那么漫不经心，绝口不提自己已经成为中国造血干细胞捐献第一人。

实际上，他开创了一段新的历史，树立了一座里程碑。我们，以及我们的后人，都应该记住这个平凡无奇的名字——孙伟。因为这个名字注定要镌刻在中国造血干细胞捐献史的丰碑上。

二 唐铮——无关供者异地捐赠外周血造血干细胞第一人

唐铮，女，中科院上海某研究所科研人员，上海市红十字骨髓捐赠志愿者俱乐部副秘书长（2005年）。1997年报名捐献骨髓，其资料进入中华（上海）骨髓库。2001年3月，唐铮与沈阳一位女大学生HLA配型成功，2001年6月19日，完成外周血造血干细胞的采集。当天，唐铮捐献的造血干细胞通过上海航空公司的"爱心"号航班送到了北京307医院。至此，唐铮成为国内无关供者异地捐赠外周血造血干细胞的第一人。

冥冥中，她觉得等待自己挽救的那个患者离自己很近

2005年1月，笔者在上海见到了唐铮。没想到，这个看起来文弱沉静、娇小温婉的女人，却是个女强人。交谈得知，她当时是中国科学院上海硅酸盐研究所产业化领导小组办公室主任，高级工程师。

1996年，中华骨髓库首例非血缘外周血造血干细胞移植在沪获

得成功。一时间，中国建设银行职工孙伟的名字传遍浦江两岸。时任上海某研究所团委书记的唐铮被孙伟捐献造血干细胞的事迹所感动。她四处收集相关资料，知道了将血液中分离的造血干细胞移植给白血病患者，就可以赋予他们新的生命。这让她觉得很神奇，又觉得这种捐献应该很神圣。于是，一颗小小的种子悄然撒落在唐铮的心田——如果有机会，我一定会加入到这个神圣的队伍中去。

1997年，中华（上海）骨髓库成立不久。为了配合中华（上海）骨髓库的成立，报纸、电视等新闻媒体纷纷报道了医院里白血病患儿的情况，介绍了建立骨髓库和捐献骨髓的意义。当时刚刚做了母亲的唐铮又一次从报纸上看到宣传捐献骨髓的文章，同时也看到了一些白血病患儿的照片，这再次深深地激起了唐铮的同情之心。这次的宣传，是为了动员人们报名做捐献骨髓的志愿者，因此报纸上同时公布了热线电话号码。机会离自己近了，一个电话就可能使自己成为一个挽救别人生命的人。唐铮没再犹豫，她决定加入到骨髓库的行列中。按照报纸上公布的热线报名电话号码，她立即把电话打了过去。她笑着对笔者说，当时好像就有一种感觉似的，认为报了名肯定能实现捐献的愿望。在这个信念的驱使下，虽然热线很"热"，怎么也打不进去，但她仍然一遍一遍地拨这个号码。40分钟后，电话终于拨通了。报了名，存了血样，中华骨髓库上海分库的工作人员告诉她回去等。"要等多久呢？"当时对这项事业几乎一无所知的唐铮有点天真地发问。人家回答："也许几天、几个月，也许几年、十几年，也许，一辈子也等不到一个配型相合的。"

人家这么说，唐铮可不这么想。冥冥中，她觉得等待自己挽救的那个患者离自己很近，她感到自己这次报名绝不会是白报的。

唐铮心里的这个"坎儿"就这样轻松地迈过去了

1998年1月6日，工作人员把采血样的通知寄给了唐铮。唐铮的先生看到了这份通知书，她才把自己报名的事情告诉了他。丈夫对她的行动表示理解和支持，可是却开玩笑地对她说："你没这么好的运气的。"

报了名，采了血样，这件事似乎就过去了。一天又一天，一年又一年，单位里繁忙的事务让唐铮渐渐把这事给淡忘了。

就这样沉寂了三年。2001年3月，唐铮忽然接到上海红十字会的电话，得知沈阳有一位白血病患者，年仅19岁，她的Ⅰ类白细胞抗原与唐铮的相符，希望她进一步接受Ⅱ类配型的检查。虽然当时唐铮患支气管炎尚未痊愈，但她还是异常兴奋——愿望终于有机会得以实现了！

第一次通知她去做二次配型的时候，唐铮考虑到自己正在因为支气管炎吃药，可能会影响配型结果，要求过几天再去配型。在此期间，她生怕因为服药导致配型不合格，索性提前一星期停止吃药。果然，Ⅱ类配型非常顺利，很快便有了结果：那位因患白血病而无法走进大学校门的沈阳女孩的白细胞抗原配型和唐铮完全一致。唐铮很高兴，她告诉笔者，当自己的一个很小的付出可能会挽救一个人的生命时，那种感觉真的是很美妙的。

但是这个感觉再美妙，唐铮也没有表现出来，她很镇静地回到家里，尽量用漫不经心的口吻把这件事告诉了自己的父母。父母很开明，听说自己的女儿只要捐出一点血就能挽救一个大学生的性命，连连点头称善。

告诉了父母，当然也应该告诉自己的丈夫。在怎样告知和什么时候告知丈夫的问题上，唐铮颇费踌躇。应该说，由于宣传不到位和传统的认识误区左右着多数人的思维，当时人们普遍对捐献骨髓感到一种恐惧，这种恐惧其实也是一种无知——对捐献骨髓（即捐献外周血造血干细胞）的认识的误区。唐铮的丈夫是一位大学教授，他相信科学，但他不是这方面的专家。唐铮平时身体不是很好，患有脑血管痉挛，还经常胃疼。对于妻子的捐献行为，做丈夫的会不会因为认识上的偏差和对妻子身体的关心而持异议呢？考虑到这些因素，唐铮决定先不告诉丈夫。她知道丈夫是通情达理并且尊重科学的，她只是想先慢慢讲清楚道理，然后再说出自己要捐献的事。可是，也不知道怎么回事，平时上班很少和她联系的丈夫偏偏在这时候给她打了个电话。结婚多年，唐铮什么事情都没瞒过老公，这件事要不要马上说呢？迟疑间，她还是透露了口风。因为上海市红十字会的同志再三强调要征得家人的同意，以免体检合格后家人又来拖后腿。因此，她对丈夫说："有一件事我还没跟你商量就答应了人家，我现在不说，你回家我们再慢慢说吧，我怕说了你会骂我。"

回到家里，唐铮把这件事告诉了丈夫。丈夫听明白了，立即表示支持。唐铮心里的这个"坎儿"就这样轻松地迈过去了。

> "一个人当然要对家庭负责任，但同时也应该对社会尽一份责任，我们这一代知识新人，应该有新的观念，更宽的胸襟"

2001年5月，唐铮获悉自己的HLA与这位白血病患者的配型完全相同，知道远在千里之外的一位沈阳女孩与自己有了"生死缘分"，她连声说："真是太幸运了。"她至今一直在惊讶，祖籍浙江瑞安的自己为何会与沈阳女孩有如此缘分。然后，唐铮接受了体检。体检的那天，红十字会的工作人员看着瘦小的唐铮，也替她捏着一把汗。检查结果显示，她可以为患者捐献骨髓。知道检查结果后，唐铮的第一感觉是："我好幸运，沈阳女孩竟然和我有这样的联系，这种机缘真是很难得。"从配型成功那时起，唐铮一心想着患者，一切都为了这次骨髓捐献的成功。她本来体质较弱，当时患支气管炎尚未痊愈，但为了能够挽回患者的生命，她开始非常注意自己的冷暖和睡眠，小心饮食和服药，为的是能为患者提供合格的造血干细胞。她默默告诫自己："一定别生病，现在我的健康还关系到另一个人的生命啊！"

6月初，传来患者准备手术的消息。就在这时，唐铮却遇到了婆婆的强烈反对。

唐铮有个幸福美满的家庭，时年36岁的丈夫是上海某大学的教师，4岁的女儿在上幼儿园，婆婆在家操持家务，帮他们带孩子。唐铮的婆婆是个十分淳朴善良的人，没文化，信佛。老人家最初以为儿媳只是献血，没说什么。后来听说是要"抽骨髓"，害怕了，不理解了，心疼儿媳了。儿媳瘦瘦弱弱的样子，怎么能随随便便把骨髓抽出来呢！万一有个三长两短，孙女怎么办呢？老人家心里明白，儿子儿媳都是有文化的人，自己一个人反对这件事怕是说不过他们，于是老人家动员当时只有4岁的孙女当说客。女儿就来劝妈妈，不要去抽骨髓。唐铮耐心地告诉女儿："人和人之间是需要互相帮助的，你说对吧？现在有一个大姐姐病了，妈妈只要献一点血给她，她就可以恢复健康，重新回到学校上学了，你说这样好不好呢？"女儿听懂了，立即"倒戈"，说："妈妈，我也跟你一起去吧。"

女儿的思想通了，婆婆还是固执己见。唐铮觉得不能让婆婆心里有疙瘩，想到婆婆平时烧香拜佛，她对婆婆说："您烧香拜佛是为了行善，我捐献一点造血干细胞就可以救人一命，这是多大的善事啊！"婆婆信佛，当然知道"救人一命胜造七级浮屠"的道理，这一番话说得婆婆无言以对了，只好甩出"杀手锏"：小孩以后不带了。眼看矛盾要升级，唐铮的爱人钱先生发话了："妈，你不要再施加压力了，唐铮现在是不能回头了，否则等于见死不救！"

人心都是肉长的，更何况这是人命关天啊。婆婆终于让步了，于是婆婆每天给唐铮烧好可口的饭菜，给她增加营养。在签字现场，钱先生讲了一句十分朴实的话："一般人如果碰到这样的机会，我想都是愿意的。"

听说唐铮要捐献骨髓，一些亲朋好友也十分担心。他们有的劝唐铮等支气管炎好了以后再说，有的"告诫"她，不要为了别人把自己身体搞垮了，还有的人甚至说她这样做是对家庭不负责任。可唐铮都一笑了之，她对大家的关心表示理解和感谢，但她看过科教片，深知捐出自己的骨髓对自己的身体影响不大，但对于患者来说，却可能是挽救生命的唯一希望。她认为："一个人当然要对家庭负责任，但同时也应该对社会尽一份责任，我们这一代知识新人，应该有新的观念，更宽的胸襟。"

费尽口舌，也费尽了心机，唐铮终于说服了家人和朋友，以她的坚持和勇气感染了周围的人们，以瘦弱的身形里透出的坚韧的毅力赢得了大家的钦佩。

第九章　艰难起步中的一抹亮色

郭娜："我真的太渴望生命了！"

唐铮还不知道，此刻，在遥远的北国沈阳，一位女孩子正热切地期待着自己的消息，仿佛在用心和她交谈，在用所有的感觉和她悄然沟通。女孩子叫郭娜，19 岁，再过几天，她将接受一位上海捐赠者的骨髓移植。

上午收到大学录取通知书，下午却接到了白血病的诊断书。沈阳女孩郭娜永远记得这大喜大悲的日子——1999 年 9 月 1 日。

以后的日子里，郭娜往返于家庭、医院之间，开始接受一次又一次的化疗。为了保住宝贝女儿的性命，郭娜的父母倾其所有，还带着郭娜到北京、上海等许多城市求医。面对因四处奔波日渐消瘦苍老的父母，面对他们无微不至的关爱，曾经对生活失去信心的郭娜终于鼓起勇气直面病魔。她的坚强支撑着几乎倒下的父母，一家三口相依相偎，踏上与病魔苦苦作战的艰难之路。

因为频繁的输液、抽血和治疗，郭娜的手背上再也找不出一根可以输液的血管。每次化疗只能在手指最末梢的小血管上注射。化疗对郭娜来说，真是一种无法用言语形容的折磨。然而郭娜是个坚强的女孩，自患病后，她总是微笑着面对一切。她最大的心愿就是在生命的最后日子里，每天为父母做盘好菜。父母是她生命中最无私的人，现在自己唯一能够回赠父母的，便是自己的快乐与坚强。

2001 年 3 月，郭娜父母在病友的介绍下，拨通了上海市红十字会中华（上海）骨髓库的电话，随后将郭娜的 HLA 配型传真给了上海。"五一"节前夕，最后的检验结果出来了：上海供者的 HLA 与郭娜完全相合。5 月 29 日，在北京的解放军 307 医院也接到上海传真的体检报告。供者除乙肝表面抗原有 2 项指标呈阳性外，其他各项检查全部合格。经专家认定，供者出现的问题并不影响移植。当天，307 医院向郭娜发出"请速来北京做移植准备"的通知。

郭娜获悉在上海找到 HLA 相配捐献者的消息时，曾激动得一连几晚睡不着觉。她承认自己是个"幸运"的白血病患者。现在郭娜最想圆的就是朝思暮想的大学之梦，并期待着病体康复之后与上海的好心姐姐见面。

想到自己将摆脱疾病的魔手,郭娜难以遏制激动的心情,拿起笔来,写了一封信。

尊敬的上海红十字骨髓库的叔叔阿姨们:

你们好!

我叫郭娜,今年20岁,于1999年7月毕业于沈阳市第一中学,同年考入沈阳师范学院法律系。然而,天有不测风云,就在即将迈入大学校门的前夕,我被确诊为急性淋巴细胞白血病。十二年的寒窗苦读毁于一旦,这对我们全家来说,有如晴天霹雳,无疑是个致命性的打击。

那时,我只有十九岁呀!十九岁,这是人的一生中最宝贵、最值得骄傲的黄金时期!一个花季般的年龄,她应该拥有一头乌黑亮丽的秀发,应该拥有人世间最灿烂的笑容,应该拥有一个健康的体魄,应该拥有一个锦绣的前程,应该拥有一个使人骄傲的青春,应该拥有……一切一切人世间最美好的东西。可它对于我来说,却什么都没有。有的只是因化疗而大把大把脱落的头发,因长期服用激素药物而日渐肥胖的身躯,体重也由原来的100斤猛增至130斤。为了生存,每天不得不与病魔做着顽强的斗争。即使这样,每天也必须承受与死神抗争的危险。生命对于我而言,有如风中之烛般脆弱,不堪一击。

目前,因化疗药的毒副作用,我的手背上已找不出一根可以输液的血管。每次化疗只能在手指最末梢的小血管上注射。因此化疗对我来说,真是一种无法形容的折磨与痛苦。

就在我全家人几近绝望的时刻,命运之神为我送来一缕希望的曙光。当爸爸告诉我在上海找到与我骨髓相配的捐献者时,我惊呆了!简直不敢相信。这是真的吗?我使劲地掐了自己一下,啊!这是真的!此刻激动的泪水禁不住夺眶而出!能够在茫茫人海中寻找到配对,这是每个患者做梦都渴望的呀!我真是个"幸运"的白血病患者。真的很感谢骨髓库的叔叔、阿姨为我带来了生命的希望之光。我激动得一连几个晚上睡不着觉,浮想联翩,禁不住偷偷地流泪。我想到那朝思暮想的大学,还有许多许多在我心中还未来得及实现的梦想！！！！！！

　　骨髓库的叔叔、阿姨，我现在还年轻，人生这路走的还太短暂，还没有实现我的人生理想和人生价值。我真的太渴望生命了！中华骨髓库的领导，我由衷地恳求你们千方百计地想尽一切办法帮助我，在我人生最困难的时候拉我一把，挽救我这年轻的生命。我永远不会忘记救我于危难之中的好心的叔叔、阿姨们。这是一个身患白血病女孩发自心底的呼唤！

　　请骨髓库的叔叔、阿姨代我转达对那位救我的好心姐姐的问候，没有她无私而又伟大的爱心就不可能有我生命的希望。也希望她保重身体！

　　我本月底就要到北京307医院做移植手术了，沈报记者讲上海中华骨髓库是第一次将骨髓送到外地做移植，上海方面也非常重视，上海市红十字会、辽宁省红十字会及沈阳市红十字会等都对此事投入极大关注。我非常地感谢叔叔阿姨对我的关心和爱护，感激之情无法用语言来表达，这是骨髓情缘把我们连在一起了。我一定要战胜病魔早日康复重返大学校园，用实际行动来回报社会，回报关心和爱护我的人们，愿好人一生平安！最后，我代表我的父母向你们道一声：辛苦了！谢谢！

　　此致

沈阳患者：郭娜

送人玫瑰，手有余香

　　2001年6月9日，在丈夫的陪同下，唐铮到华山医院签署了告知书。6月14日正式入院接受动员造血干细胞的药物。红十字会和医院在这方面本着实事求是的态度，将用药后所有可能产生的副作用如实地告诉了唐铮，使唐铮有了足够的心理准备，以应对那些问题，这对她能够顺利走完全过程非常有帮助。

　　2001年6月19日，唐铮在上海、郭娜在北京的307医院同时做好了我国大陆第一例异地骨髓移植的全部准备。

　　造血干细胞的采集数量是与患者体重成正比的，而沈阳女孩由

于化疗和长期服用激素，体重达到了 69 公斤。为了采集足够救命的造血干细胞，唐铮分两天采集，一共采集了 6 个半小时，血液体外循环的总量为 18000 毫升，采集到了 100 毫升造血干细胞悬液。采集当天，唐铮的母亲来到医院陪伴女儿。见到躺在病床上安静地接受采集的唐铮，母亲虽然也哭了，但她支持女儿捐献的态度却依然十分坚决。唐铮谈到这件事的时候很欣慰："我父母都是 20 世纪 60 年代初的大学毕业生，很开明，他们对我的支持真的很重要。"

由于唐铮对药物相当敏感，造血干细胞的动员情况非常好。第二天的采集工作结束得比较早，医院方面来不及准备轮椅，唐铮是自己从 10 楼的层流室走到 13 楼病房的。当天午饭后，大家举行了一个简短的捐赠仪式。根据原先的安排，唐铮可以不参加这个仪式。但为了让大家了解到捐献者接受采集后的身体状况，她还是参加了这个仪式，她希望以自己的微笑来打消大家对骨髓捐献的顾虑。就在病床边举行的这个简短的仪式上，时任上海市红十字会会长的谢丽娟代表红十字会向唐铮深鞠一躬表示感激。15 点 15 分，由上海航空公司特意安排的"爱心航班"带着 100 毫升造血干细胞悬液飞往北京；17 点 13 分，航班飞抵北京；18 点 01 分，北京 307 医院，唐铮的造血干细胞经过颈部静脉注射，成功地移植到患者的体内。一个多月后，郭娜度过了急性排异期；3 个多月后，郭娜出院了。沈阳姑娘郭娜的生命得到了挽回，唐铮以她的一颗爱心谱写了一曲忘我奉献的颂歌。

至此，唐铮有幸成为中华骨髓库首例无关供者异地捐赠外周血造血干细胞的人。唐铮在捐赠仪式上说："送人玫瑰，手有余香，我真心希望能有更多的人以科学的态度、坚强的意志和真诚的爱心，为更多的白血病患者点燃生命的希望，让这个社会充满爱的阳光。"唐铮高尚的义举，真诚的挚爱，宽广的胸怀，在社会上引起了极大的反响，据有关媒体报道，就在唐铮为郭娜捐献骨髓后的短短数日内，仅沈阳一地就有 3000 多人报名参加中华骨髓库。

什么是奉献？什么是志愿者？那是一种
两极相通，是心灵与心灵的沟通

完成这次捐献后，唐铮对捐献造血干细胞的意义有了更深的认识和体会。她觉得，应该让更多的人加入到捐献造血干细胞的队伍中来，增加库容、扩大基数，使更多的患者得到有效的救治。因此，捐献完成后，唐铮加入了上海造血干细胞捐赠志愿者俱乐部，并很快因为参与的积极性和较强的组织工作能力赢得了会员们的信任，当选为该俱乐部的副秘书长。

俱乐部的工作中有很重要的一项，那就是每个曾经成功捐献过造血干细胞的人都要主动现身说法，向配型合格准备捐献的人谈体会讲感受，消除捐献者的心理负担。唐铮说："这样的做法是很有效也很有必要的。说老实话，当年我作为一个供者，在捐献前也有过恐惧心理，因为那时候对这个捐献的方式有各种各样的传说，什么骨头上打洞啊，要打100多针啊。现在想起来，当时如果有一位捐献过造血干细胞的人亲自给我讲一下，我也就不会有这种恐惧感了。"所以，"过来人"现身说法，是非常重要的一环。对此，唐铮的丈夫也深有体会，当初他陪着妻子去签署"告知书"的时候，心里也觉得有点没底，他想得比较长远，担心妻子捐献造血干细胞的若干年后会有什么影响。他说："当时我就是想，既然已经承诺了，那就走到底吧。"这样的精神固然可嘉，但是这样的担心却完全是因为对捐献本身缺乏了解。

唐铮说得对，如果当时有一个曾经捐献过造血干细胞的人把捐献的过程、体验和经验告诉将要进行捐献的她，那么她会更坦然地走进医院，她的丈夫也就不会有那个不必要的担心了。正是因为有这样的感受，唐铮在参加俱乐部工作后，非常积极地投身到每一项具体的工作中，尤其是向准备捐献的人进行"宣讲"，她更是积极参与，在俱乐部成员中赢得了"很会讲"的美誉。唐铮说："不是我很会讲，是因为我的体会深，表达自身感受的能力也比较强，我知道捐献者心里想的是什么，担心的是什么。"这样的宣讲活动，完全是

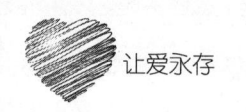

利用业余时间。

唐铮的捐献行为被上海各媒体报道后，引起了较大的社会反响，她成为公众瞩目的人物，还曾在公共场所被群众认了出来。为此，唐铮自己写了一篇心得——

"曾有人这样对我说：唐铮，你可是过了一把明星瘾。其实我是一个极其普通的人，在自己的岗位上努力工作。之所以能在公共场合被别人偶然认出，完全源自一个冲动的决定。说是冲动，其实完全是母爱力量。大家一定都有这样的体会，当一个女性在遇到危险的时候，在做出一个决定的时候，伟大的母爱无法阻挡地起着重要的作用……几年来，每当静下心来的时候，我总会想象有一个四五岁的患儿因为我的存在而摆脱了血液病的困扰。虽然以前我对配对率的概念理解非常肤浅，但我真心地希望能够帮到别人。

"…………

"我一直认为：人应该有一种精神，那是人的原动力。所以在做好本职工作，为国家的发展，为综合国力的增强尽一份应尽的义务外，人还应该更多地为社会做些什么。于是在捐献造血干细胞后，我加入了上海市红十字骨髓捐献志愿者俱乐部，我愿意为那些血液病患者志愿服务。

"引用一段我给沈阳女孩郭娜信中的话：'在我走过的30多年岁月中，我曾经得到过别人的很多帮助，能有机会给别人一些帮助，这是普通的为人之道，是做人的基本道理。我感谢你给了我这个机会，这是我的幸运。骨髓捐献这项工作在大陆开始得比较晚，大家对这个问题还有一个认知过程，就像献血一样，若干年以后会有越来越多的人加入到这个行列，越来越多的血液病患者会因此得到救治。说来我一直认为非常惭愧，试想台湾人口与大陆人口的数量是无法相提并论的，而且台湾至今还使用在骨头上打洞，直接抽取供者骨髓的方式，就是这样台湾的骨髓库供者资料的数量也已经达到30万人，大陆因此有100多人从那里找到了白细胞配型相符的供者，相比之下，我们的队伍实在太渺小了。'

"你能想象当一名患者得知找到了与他白细胞配型完全相匹配的供者时的感受吗？那时的心情是无法用言语来表达的。那是一种获得生存权利的希望,那是一种在危难时得到援助的获救感。我们希望越来越多的人能够从社会得到帮助,我们需要有更多的志愿者加入到我们的行列中来。

"我作为俱乐部的副秘书长,主要负责Ⅱ类配型的查询工作,也就是当有患者来中华(上海)骨髓库查询后,要通知那些Ⅰ类配型和他相符的志愿者,再次征询供者的意见,准备做Ⅱ类配型。每个供者不是一个简单的电话就能解决问题的,需要足够的耐心,需要解释,需要做工作。这种工作对我其实是考验,我只能克制自己的急躁脾气,细声慢语地向他们解释,代患者向他们表示感谢,谈自己的亲身感受。我感到这是一种锻炼,也是一种意志品质的磨炼。所以,我要说在做这些奉献的时候,我也收获了,除了收获满足和幸福外,还得到了别人没有的机会。由于我具有已经捐献完成的优势,我还是对外宣传的主要成员。不用多说医学道理,只要谈自己的体会,谈整个过程,就很容易被人接受,很容易与人交流和沟通。作为一名科技工作者,我有责任和义务做科学精神的传播者,宣传科学知识。说实话,在捐赠前我也曾经有过害怕,不知道到底怎么回事,更没有一位已经捐献过的人来与我谈谈。但有一点我非常清楚,我应该相信医学,应该相信医生,我知道无论如何红十字会不会做剜肉补疮的事。今天,我觉得我应该利用各种场合告诉别人我的亲身经历,这既是一种知识的传播,同时也是一种精神的传递。虽然各种媒体对骨髓捐献的宣传不可谓少,但是还有相当多的人不了解,至今仍有供者来电话询问是不是在背后抽,或者是否在骨头上打一个洞。我希望通过我们的宣传能够让更多的人了解真实的情况,打消大家的顾虑,以科学的态度对待骨髓捐献。

"什么是奉献?什么是志愿者?感觉上这是一种施予,是在帮助比自己差的人,是在帮助那些弱势的人们。实际上那是一种两极相通,是心灵与心灵的沟通。因为有了你,别人的生命更加精彩,这绝不是简单的给予。奉献可以激发人性中被掩盖的善意,这是人最宝贵的财富。一个人需要有所追求,追求心目中的理想和目标。从奉献中发现别人对我的需要,发现社会因为我的存在会更加美好,我的价值便得到了最好的体现,在奉献社会的过程中体会生命。我

以为我的所作所为是平凡而普通的,因为我发自内心愿意做这些事,我认为我是送人玫瑰,手留余香。我愿意为体现整个民族的良好精神面貌,愿意为构造一个温馨的社会主义大家园而尽一份绵薄之力。

"我以为:人应该心存感激地生活,感激他人给我们机会去帮助他们,感激他人给我们机会去奉献社会,使我们在奉献中体会自身的价值。"

从一个普通的捐献者到一个宣传者和组织者,唐铮感动了社会,也感动了自己;她挽救了别人的生命,同时也完善了自己的灵魂。

三 龚晓平和上海骨髓捐献志愿者俱乐部

20世纪90年代中期,在中华骨髓库骨髓整体捐献工作基本处于停滞状态的时候,上海的骨髓捐献却呈现出一派小小的繁荣。孙伟的捐献事迹经媒体广为报道后,造血干细胞捐献的相关知识开始为人们所知,外周血采集的方式也普遍为人们所接受。1997年,中华(上海)骨髓库正式挂牌成立,社会对于造血干细胞捐献的知晓率和认知度逐渐提高,中华(上海)骨髓库被誉为白血病人的希望工程。

继孙伟之后,另一位捐献"未遂"者、上海骨髓捐献志愿者俱乐部最早的成员之一龚晓平同志的事迹也值得大书一笔。

站在人群中,他为自己没能挽回一个生命而感到深深的遗憾

龚晓平从小就受到父母助人为乐精神的熏陶,在高校就读期间,经常省下仅有的一点零花钱,去帮助那些经济困难的同学。他性格开朗,待人真诚,善于与不同类型的人交往,具有较强的人格感召力和十分活跃的社会活动力。龚晓平曾是国家电力华东公司的一名高级工程师,从事电力系统通信网和安全、管理工作已有20余年。从2002年10月起,他担任上海华东电力旅行社有限公司(国有企业)总经理。因出色的工作,多次获得上级部门的表彰。同时,他还承担了许多社会工作。1998年4月加入中国民主促进会,2002年6月起任民进上海市委科技法制经济委员会副主任。他是原上海黄浦

区第十二届人大代表、黄浦区（黄浦区与南市区合并）第一、二、三届人大代表（1998.3~2003.3），新黄浦区（黄浦区与卢湾区合并）第一届人大代表（2011.9至今），被黄浦区人民法院聘为特邀监督员和人民陪审员。在通信业务、工会副主席、人大代表、法院监督员、陪审员和民主党派工作等众多岗位上，他处处任劳任怨，兢兢业业，出色完成着各种角色所承担的职责。

热爱生活，关爱生命，是龚晓平热心社会公益工作的内在动力。他曾经先后数十次无偿献血。有好几次节假日外出，他路上看到无偿献血车，就上去悄悄献血，从来不要求任何报酬或休假。

1995年，龚晓平从一本杂志上了解到白血病患儿及其家庭的种种不幸，他善良的心被深深地震撼了，决心要用自己的骨髓去挽救那些不幸患儿的生命。1996年3月，龚晓平找到了上海红十字会中华（上海）骨髓库，报名成为一名骨髓捐赠志愿者。1997年12月17日，上海市红十字会来电通知，他与一位身患白血病的少女骨髓配型完全相同，如果手术成功，这将是中华骨髓库第二例、上海首例非血缘性造血干细胞（骨髓）移植手术。龚晓平知道，非血缘性骨髓相配的概率仅有万分之一，他觉得冥冥之中仿佛有一根奇妙的丝线，将自己和这位素不相识的女孩连接起来了。他对这个遭受病魔摧残的花季少女有了一种父亲般的情感，为此愿意做一切能够做的事。可惜，在他和医院共同努力，骨髓移植手术期准备工作基本就绪时，那位患者病情突然恶化，带着无限遗憾离开了人世。噩耗传来，龚晓平痛惜到了极点。站在送别的人群中，他为自己没有能够挽回一个年轻的生命而感到深深的遗憾。他不希望总是被动地等待，想着能主动地为白血病患者做点实事。

为了神圣的骨髓捐献事业，龚晓平的付出实在无法计算

此后，龚晓平四处联络，八方游说。在他的影响下，他的两个弟弟、一个弟媳相继加入了骨髓捐献志愿者的行列。当时，中华（上海）骨髓库的入库数仅8000余人，远远满足不了白血病患者骨髓配型的需要。在上海红十字会和解放日报社的合作和共同支持下，

全国首家红十字会骨髓捐赠志愿者俱乐部于1999年6月5日在上海正式成立。龚晓平出任了秘书长。在成立大会上，他含泪讲述了自己未能挽救患病女孩的深深遗憾，真诚地向社会呼吁：请加入我们志愿者的行列，白血病患者需要你们。从那一刻起，龚晓平将红十字的"人道、博爱、奉献"精神，奉为自己毕生追求的事业。

骨髓捐献志愿者俱乐部则是一个会聚了众多热心骨髓捐赠事业人士的志愿组织。俱乐部的首任秘书长龚晓平全身心地投入了这项爱心工程。在他的组织与推动下，骨髓捐献志愿者俱乐部会员迅速扩大，为骨髓库的志愿者提供了服务的平台，为市民了解骨髓捐献的知识提供了信息的窗口，为中华（上海）骨髓库的发展作出了卓有成效的努力。

骨髓捐献志愿者俱乐部成立后，做了大量的志愿服务工作，如：宣传骨髓捐赠的意义，募集骨髓库发展所需的资金，采血点验血服务，骨髓配型 II 类查询，对配型成功的供者动员鼓励，以及关心帮助患者和处理骨髓库日常事务工作等。为了做好这些工作，龚晓平几乎投入了所有的业余时间。中华骨髓库上海分库的登记入库人数从1999年6月俱乐部成立之初的8000余人到如今已增加至近10万人，成功完成非血缘关系骨髓移植手术1例，完成造血干细胞捐献200多例。中华（上海）骨髓库的飞速发展中倾注了龚晓平和俱乐部全体会员的无数心血和辛勤努力。俱乐部成立之初，会员仅为30名，如今成员已发展到300多名。俱乐部会员（除年龄或健康不合格者外）均已加入中国造血干细胞捐赠志愿者资料库，其中不少是夫妻、兄弟、姐妹等，会员中有学生、工人、医生、教师、科技工作者、公务员、法官、保险业和民营企业人员等。

据不完全统计，俱乐部共计开展各类宣传活动200多场次，提供志愿服务共计1.5万余人次，累计达到18万多小时。

为了神圣的骨髓捐献事业，龚晓平的付出实在无法计算：多少次的稿费、讲课费，他都当做"额外收入"捐赠。自愿缴纳的俱乐部成员会费，他总是最高额。他所在单位电力大楼底层为建设银行，也是骨髓库定点募捐银行。于是，每次单位发了额外的奖金或补贴，龚晓平马上在这里换成一张张捐款发票。他还四次自费购买飞机票，护送供者的"骨髓"到成都、天津、北京和福州。为了向更多的人宣传骨髓捐献的知识,他无数次地放弃休息,利用节假日到高校、图书馆、政府机关、公共机构等地,进行骨髓库的宣传工作。在他的人格魅力的感召下,那位等不及进行移植的白血病女孩的父亲,也报名加入了俱乐部,并担任了一定的组织管理工作;龚晓平单位的团总支部书记,成为俱乐部的志愿服务部部长;龚晓平的弟弟成了俱乐部的组织培训部部长,负责新会员的招募和培训工作;龚晓平的一位朋友,兼任了俱乐部的财务总管,为俱乐部管理着每一笔来之不易的钱款。为了维持了俱乐部的正常运作,他们承担了俱乐部大量烦琐细致的事务工作,付出了不少的时间、精力和财力,而这一切都是义务的,从来没有一分钱的报酬。

对于这位上海骨髓捐献事业的"名人",中央电视台、上海电视台、电台、《解放日报》《青年报》《班组学习》《上海滩》等诸多媒体曾广泛报道了他的奉献精神。

用爱心实践心愿

在 2003 年 3 月 9 日召开的上海市红十字骨髓捐赠志愿者俱乐部年会上,有一个场景让与会者深深感动:因骨髓移植成功而病愈的上海交大学生邢怡,深情地拥抱了骨髓供者郑君华,然后热泪盈眶地向全体俱乐部成员深深地鞠了一躬。她说:"没有龚叔叔,没有俱乐部,就没有我的今天,我今后也要成为像龚叔叔一样的志愿者,帮助那些需要帮助的人们。"

面对这感人的一幕,时任俱乐部秘书长的龚晓平感到无比欣慰。但是又有谁知道,为了这一天,他和俱乐部究竟付出了多少。

2001 年 2 月,上海交大三年级学生邢怡不幸被查出患了慢性粒细胞白血病。为了给她治病,父母花光了积蓄,债台高筑,几乎倾家荡产。不幸中的万幸,在中华骨髓库上海分库,邢怡找到了配型合格的造血干细胞。然而,巨额的手术费用又把邢怡推到了死亡边缘。正当邢怡全家一筹莫展时,捐髓志愿者想出办法,联系电视台通过电视新闻报道了她的故事。报道播出后,社会上的许多好心人

慷慨解囊，解决了邢怡的燃眉之急。邢怡移植所需的巨额医药费就是龚晓平和俱乐部帮助筹集的；邢怡手术和术后期间，是他和俱乐部的成员一起一次次上门慰问她、鼓励她；邢怡父亲的工作是他帮助解决的；邢怡当时的住房也是他自费购买并花了一万元装修、无偿提供给她的。他为病人做了那么多，却从来不求回报，也从不张扬。单位、俱乐部往往是事后通过病人才知道他做了那么多好事。他常说："病人能恢复健康就是我最大的快乐"。

作为一位骨髓库的志愿者，龚晓平还没有机会实现自己的个人心愿：用自己的造血干细胞直接挽救白血病患者的生命。但作为一位俱乐部的发起人，他用自己的爱心，激发了社会大众的真情；用他们共同的真挚情谊，点燃了无数患者的生命之火。他用行动实践了心愿：只要人人都献出一点爱，这个社会大家庭将会无比温暖。

关于上海市红十字造血干细胞捐赠者俱乐部

如今，上海市红十字骨髓捐赠志愿者俱乐部已更名为上海市红十字造血干细胞捐赠志愿者俱乐部。造血干细胞志愿者工作理事会是俱乐部的领导机构，理事会成员有上海市红十字会、解放日报、东方电视台、上海电视台、上海市血液中心等单位领导，以及俱乐部代表。龚晓平是俱乐部第一任秘书长，现任理事会副秘书长；李瑾是现任俱乐部秘书长、理事会理事。

俱乐部隶属于上海市红十字会，由加入中华骨髓库上海分库的志愿者组成，设5个职能部门，并通过7个会员小组开展活动。管理架构为：秘书长、副秘书长、组织培训部、志愿服务部、宣传联络部（宣讲队）、网站事务部、综合事务部、会员小组。主要承担上海市分库的宣传和报名等志愿服务工作，以及开展无偿献血、探望白血病患者、护送造血干细胞、看望和陪护造血干细胞捐献者等与救助血液病患者相关的各种有意义的活动。造血干细胞这颗生命的种子就像太阳，是宇宙的万物之源，因而俱乐部也是一个尊重生命的组织。

俱乐部没有专职人员，所有会员均利用业余时间进行各种形式的志愿服务和日常管理，不索取任何报酬。俱乐部的会员、志愿者们还在组长、版主等有关人员和俱乐部、医院以及红十字会等有关部门的协调组织下，进行了无偿献血、"小小心愿"、探望白血病患者、探望福利院儿童、联系媒体帮助落实患者的治疗、红十字救护、捐助山区儿童就学、护送干细胞等各种有意义的活动。俱乐部的宗旨是：倡导红十字"人道、博爱、奉献"的精神，一切为了造血干细胞捐赠事业的需要，致力于资料库的发展壮大，为更多的血液病患者带来生命的希望；倡导"工作、学习第一，家庭、生活第二，志愿服务第三"的理念；遵循绝不期望以任何方式得到利益的志愿服务原则，被服务对象的满意是志愿服务的基本要求。

志愿服务的基本出发点：①病人需要；②我们可以；③我们愿意。

四 李瑾——"捐献无障碍家庭"

1992年中华骨髓库宣布成立，2001年12月28日中国红十字会总会正式任命洪俊岭担任中国造血干细胞捐献者资料库管理中心主任。笔者以为，这次任命是划分"前十年"与"后十年"的一个标志。

2005年1月，笔者两赴上海，采访过四位骨髓（造血干细胞）捐献者——孙伟、唐铮、林栋和李瑾。还有一位"捐献未遂"者，就是当年的上海市红十字造血干细胞捐赠志愿者俱乐部秘书长龚晓平。

四位捐献者中，除了孙伟之外，其余三位的捐献行为都发生在2001年以后，但是习惯上，笔者仍把他们划入了"前十年"的"成绩册"。因为他们的报名、采集血样日期都在"前十年"的历史时期内。"前十年"过于寂寞，就让这几位捐献者的高尚行为增添一点热闹气氛吧。

"捐献无障碍家庭"令"悔捐者"汗颜

李瑾，上海汇众汽车制造有限公司动能科职工，1984年参加工作，她捐献的造血干细胞受者为福建南屏一位15岁的小女孩。

2001年6月，李瑾和老公一起看了电视上关于唐铮捐献造血干细胞的报道后，深受感动，夫妇俩一商量，当即决定报名成为志愿者。因为他们看到的那则电视报道并未公布捐献热线号码，李瑾和老公是打114热线电话报名的。2002年，李瑾曾经历过一次捐献"预热"——她接到了上海市红十字会的电话，通知说她的血样已经与一位患者初次配型成功。可惜，兴奋的火苗刚刚燃起，很快又被扑灭了。二次配型后，又通知说没配上，这让她很是遗憾了一阵子。

转眼到了2004年6月，中华骨髓库上海分库的工作人员电话询问李瑾是否能再次进行血液检查，李瑾爽快地答应了。在血液中心，负责采集血样的医生问李瑾是不是第二次配型，李瑾说"是的"。医生说："那么你是高分辨了，你要做好准备捐献造血干细胞了。"李瑾说："当初报名的时候就做好准备了，等了好几年终于等来了这个机会。"

李瑾的父母都是退休教师，思想上很开明，很支持女儿的捐献行动。她的先生当初和她一起报名，早就成了一个战壕的战友，对于李瑾的捐献行为不仅支持，甚至还对她如此"幸运"表示"羡慕、嫉妒、恨"呢。家庭成员中，只有李瑾的女儿在校读书尚未成年。女儿早就在学校接受过这方面的教育，对妈妈的义举更是感到自豪，一再表示"等我长到18岁，我也要去报名捐献造血干细胞"。因此，这是一个比较少见的"捐献无障碍家庭"。

李瑾说，2004年9月中旬通知体检，当时她在发烧，所以过了几天才到华山医院体检。10月中旬，红十字会通知她去做心电图。没想到结论是不合格，医生说她的心脏有点毛病，叫做"T波倒置"，简单说也就是心脏缺氧。李瑾有点不甘心，对医生说："会不会是因为我前几天感冒发烧还没有痊愈造成的啊？"

她告诉笔者："当时我真的不想放弃，人家福建那个小女孩的生命在等着我啊！"

工作人员见李瑾捐献的态度如此坚决，同意她再检查一次。李瑾问医生："是心脏低频还是心脏缺氧？可不可以做捐献？"可是医生只管做检查，对这个专业性很强的问题也答不上来。但是这位医生告诉李瑾："有的人配型合格，到我这里体检也合格，但是他事到临头害怕了、后悔了，还想办法求我们帮他说成不合格呢。你现在正好有一点问题，不合格不是正好吗？"李瑾说："人家小女孩的生命在等着我去救呢，只要身体没有大问题，我一定要捐，这是人命关天的事情啊！"

10月18日，李瑾到医院看病，争取把心脏问题消灭，好如期捐献。她拿了些药，每天按时服用，盼着身体尽快好起来。她知道，那个小女孩不能总这么等下去，现在是患者接受移植最好的时间啊！

近年来，随着资料库库容的增加，不断有捐献者得知自己配型成功之后又以各种原因悔捐的情况出现。李瑾却恰恰相反，她是想尽了办法也要把自己的造血干细胞捐给受者，这份高义，足令那些悔捐者汗颜无地！

一波三折的捐献

就在这个时候，李瑾的外婆不幸去世了，她心情很不好。此后一周，第三次体检，虽然此前已经吃了一个星期的药，但体检结果显示，心脏情况还不如第二次。医生把对李瑾进行体检的两次心电图传真给上海市红十字会，请专科医生看了心电图，结论不是很乐观，因为无论患者多么需要，首先要保证的是供者的绝对安全。从这个角度考虑，专家说不敢放心，因为捐献的时候要注射动员剂，血黏度会有所增高，对供者的心脏要求也就比较高。可是，考虑到李瑾的态度很坚决，专家要求她再做一次运动平板试验。李瑾到医院去打听，原来做这个运动平板试验还要提前预约。人命关天，情况紧迫啊，李瑾能等，可是那个患病的小女孩没有多少时间可以等了。李瑾焦急地向医生说明了这个情况，医生被感动了，同意她"加塞"，第二天就来做试验。试验做完，报告上注明要第二天拿试验结果。可是李瑾等不及，当天晚上7点就跑到医院拿结果。她对笔者说："我看到实验报告上'正常'二字，心里别提多高兴了，当时就打电话告诉上海市红十字会的张瑾老师。张老师让我第二天下午去签志愿书，那是10月28日吧。"

2004年11月6日，李瑾住院，注射动员剂。她说："我可能属于敏感体质，上午9点半注射动员剂，到下午3点就开始有反应了，浑身骨头如针扎，整整一夜头疼欲裂，有点像感冒发烧的感觉。第

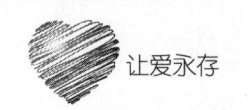

二天上午，这些症状就都消失了。"

动员剂连打 5 天。前 4 天上臂肌肉注射，第 5 天改为臀部肌肉注射，这时候也就开始采集了。事前，已经有过捐献造血干细胞经历的唐铮前来看望李瑾，把自己在捐献过程中的一些体会告诉了她，比如可能会出现轻微的手或者嘴唇发麻、感到有点恶心等等。因为采集过程中血液在体外循环时要加抗凝剂，会导致血液内钙离子的流失、中和，那些生理症状就是缺钙反应。一旦出现这种情况，就应该告诉医生，只要补充一些葡萄糖酸钙就行了。

采集进行了大约 4 个小时。李瑾本来就是低钙体质，很快就出现了唐铮说的那种缺钙反应。好在唐铮已经给她打过"心理预防针"，她已经有了思想准备，采集工作没有受到影响。

说到这次捐献的体会，李瑾说："我报名捐献骨髓（造血干细胞），就是盼望着有这样的机会挽救别人的生命。听说和我配型的那个小女孩恰好跟我的女儿同岁，你想想啊，作为母亲，平时小孩发发烧都会急得要命，眼看孩子得了这样的病，她的妈妈该有多着急！我能不救吗？"

李瑾是上海第 45 例、中华骨髓库第 179 例造血干细胞捐献者。这次亲历亲为的善举使她对捐献造血干细胞有了新的认识。笔者采访她的时候，她正在和公司领导商量举行一个动员捐献造血干细胞的活动，这个活动的主题就是"母爱——点燃生命的希望"，旨在让更多的人加入到捐献者队伍中来。

五 徐慧——首例为同一个患者做两次捐献的人

徐慧是中华骨髓库捐献造血干细胞的第二人，也是为同一个患者做两次捐献的第一人。

手放在生命的契约上，面对上苍，说"我愿意"

1998 年夏初的一天，徐慧看到一则电视报道，说的是一个身患白血病的男孩，病得很重，危在旦夕。医生在捐献者资料库里找到

第九章　艰难起步中的一抹亮色

了与他匹配的供者，本来他可以做造血干细胞移植了，可在临做手术时，作为捐献者的那个大学生变卦了。结果，那个孩子死了。

看着电视，徐慧一家人都沉默了。好一会儿，徐慧说："这大学生怎么这样，临阵脱逃！"徐慧的妈妈于积玲问女儿："那么，如果是你，你做吗？""做！当然做啊！"妈妈也说："是啊，如果年龄允许的话，我也做！"这个电视片让徐慧郁闷了半天，也难过了半天：本来么，没有找到可能挽救男孩生命的捐献者也就罢了，问题是找到了匹配者，只要那个捐献者点点头，伸一只手，就能挽救一个鲜活的生命。可是那个人临阵怯懦，拒绝了捐献，生的希望被他点燃，又被他生生掐灭，未免太残忍了吧，怎么做得出这样的事呢！这就好比一个人落进水里眼看就要被淹死，你没看见，你不知道，当然和你一点关系也没有；可是你看见了，你看见落水者在那里挣扎呼救，明明伸出手就能把他拉上来，可你却转身走掉了，置别人的生死于不顾，这算什么，见死不救啊！这件事，让生性善良的徐慧辗转反侧，夜未能眠。

第二天，徐慧就去上海市血液中心报了名。大概是前一晚那个电视报道起了强烈的反激作用吧，那天报名的人很多。医生在为徐慧抽取血样时笑着对大家说："配型相合的概率很小的，不一定轮得到。"是的，徐慧也了解到，这种配型相合的概率是很低的，万分之一甚至几万分之一，配上了，和中了大奖差不多。

既然相合率那么低，总不能天天去催问，所以，徐慧报名后，也就渐渐把这件事放在脑后了。2000年的8月吧，有一天，上海市红十字会来电话了，说徐慧与一位白血病人配型完全吻合，问她是否愿意帮助这位病人。徐慧说："我愿意。"徐慧挺兴奋，觉得自己运气还真不错，偏偏就中了这个"大奖"。

采访徐慧的记者曾经问过她："你犹豫过吗？去报名的路上，去体检的路上，躺在病床上，你犹豫过吗？"徐慧的回答很单纯也很朴素："我不犹豫，说好了的事嘛。"

说好了的事就要做，答应了就要兑现。就这么简单，天经地义，没有第二种选择。徐慧觉得，既然配型相合，那就是一种缘分。在生命面前，来不得半点犹豫，这就像是履行一个庄严的仪式：手放

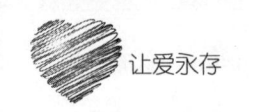

在生命的契约上，面对上苍，说"我愿意"。

红十字会通知徐慧去长海医院，并要求父母一道去。于是，约好了时间，爸爸妈妈和徐慧一起去了。血液科的主任很详细地给他们讲了造血干细胞移植是怎么一回事，手术怎么样，后果怎么样。这是徐慧生平第一次如此详细地了解这件事，这下才听明白，知道不是在背脊骨上抽骨髓，只是抽血，而且抽出的血还会输回去。回家的路上，妈妈对徐慧说："我知道的，是外周血，那就更不会有什么事了。"徐慧说："我想也不会有事。医院要救人才叫我们去，怎么会害我们呢？这个道理是很清楚的。"

她美丽鲜活的生命因子，正鲜活地游走在另外一个或者应该说是两个生命里

徐慧是个知青子女，随父母在新疆长大。徐慧的爸爸徐书敏，1965年去新疆，1988年回上海。整整23年，徐书敏一直在新疆一个叫小拐的地方"修理地球"。

举家迁回上海的那年，徐慧已经14岁了，正在读中学。徐慧的外公早年在国民党军队里当军医。新疆解放时，外公所在的部队倒戈起义。外公后来参加了共产党，因为起义发生在开国大典之前，所以，老人家还享受离休待遇。徐慧说："妈妈也许因为生在新疆那个辽远开阔的地方，所以性格特别开朗，我去捐献，妈妈起了很大作用。"于积玲在一边笑着说："这没什么，轮到谁，谁都肯的！"

于积玲介绍说，徐慧小时候身体不是很好，肺炎、支气管炎，轮番闹。不能感冒，一感冒，就发气管炎，差不多每个月都要病一场。

徐慧说："小时候身体不好，现在没事了。既然能救一条人命，那我做什么不都是值得的吗？"

是啊，既然能救一条性命，我们做什么不都是最有价值的吗！

捐献造血干细胞时，徐慧刚恋爱不久。那天晚上，与男朋友小蒋见面，徐慧把这件事告诉了小蒋。小蒋听了有点发呆，好半天都没说话。徐慧说："我这是去救人，你应该支持我。"小蒋笑起来，

说：“我身边好像有个活雷锋啊！”

第二天一早，小蒋打来电话，说他的朋友都说抽骨髓对人身体不好。徐慧说：“我不是去抽骨髓。医生说了，造血干细胞移植跟献血差不多。你放心好了，让我们去救人，医生怎么会害我们？”小蒋说："那医生也许还不知道呢，科学是要渐渐发展的。"徐慧说国外已经做了很多年了，都没发现什么。见小蒋似乎还有什么话要说，她索性截断了他："我已经决定了，那个病人需要我……你放心好了，不会有后遗症的。"小蒋说："既然你决定了，我也不说什么了。"几年后，徐慧笑着对采访她的记者说："是没什么呀，结婚后，我生了女儿，现在感冒也很少了。"

在徐慧心里，只要能救李平，做什么事都毫不足奇。她说："采集前，医生问我还有什么要求。有什么要求呀？我没要求。后来，我提要求了，请不要拍电视，我不要报道。"

"采集前一周，我住进了长海医院，每天打一针。我一个人住双人房，医院挺优待我的。"

徐慧用她无私捐献的造血干细胞，救活了没有血缘关系的姐妹李平，使她挣脱了白血病的魔掌。这是继 1996 年中华骨髓库首例非血缘关系外周血造血干细胞移植成功后的第二例。

徐慧回忆起采集造血干细胞的过程，轻描淡写地概括："是这样的，我的血从这只手上抽出去，然后从另一只手上输回来。"

手术前，上海市红十字会与徐慧约定：供受双方不能见面，不能打听对方的情况。交代这些的时候，郑重其事的，令徐慧感到一点神圣与神秘。后来，上海市红十字会召开新闻发布会，请了徐慧与李平到会，于是，供受双方在这种情况下见面了。

手术半年后，医院打来电话，说李平的病情复发了，需要再进行一次造血干细胞移植。医院对徐慧说："上海市红十字会是不主张在同一个人身上做两次捐献的，但只要你肯再捐献，李平还有活的希望。"

徐慧说："医院的意见很明确，他们希望我能做。接了电话，我把这事跟妈妈说了。我妈很干脆，说既然救人，就不能救得'半不郎当'，救人要救到底。我也是这个意思，既然病人需要，我就做。"

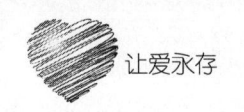

这样，徐慧又一次住进了长海医院，又一次"从这只手上抽血出去，然后再从那只手上输血回来"。

躺在静静的病房里，徐慧看着自己鲜红的血从一头流出去，又从另一头返回。记者问徐慧："在这抽出与输入的过程中，徐慧，你想了些什么？"

徐慧说："没想什么，这是去救人，有什么想的？"是啊，溺水者在河里呼救，你还想什么，唯一的念头就是赶快下去救人！

这一次捐献干细胞后，医院发现李平不是复发，只是出现排异反应。于是，他们就把徐慧第二次捐献的造血干细胞冷冻起来了。徐慧知道了这个情况，也没说什么。记者又问了："你怎么想的？"徐慧不假思索地说："我没怎么想。"

这就是徐慧的精神姿态：救人要紧。哪怕白捐献了，但为了救人，也是值得的。

徐慧的妈妈也很为女儿骄傲："我们徐慧，她捐了两次！"

徐慧也挺自豪："你知道吗？我的 HLA 分型与李平的特别相配，六个位点，完全一致。很多人是五对半，我是六对全部吻合！"

后来，李平的病真的复发了，于是进行第二次手术，徐慧第二次捐献的造血干细胞终于派上了用场。

徐慧在一家私营的快递公司工作，两次捐献造血干细胞，救了同一个人。这么大的事，同事们都不大知道。徐慧不喜欢说这些，第一次捐献，她提的唯一要求就是不要报道。"干吗呀，弄得大家都知道！"

古希腊"晦涩哲人"赫拉克利特说："无人能两次涉过同一条河。"从这个哲学命题的角度去想，徐慧捐献了两次造血干细胞，拯救的是两条生命。她美丽鲜活的生命因子，正鲜活地游走在另外一个或者应该说是两个生命里。

六 林栋——"待遇"最高的捐献者

林栋进入上海市徐汇区龙华小学做体育老师的时候，还是个二十出头的小伙子。他身体好，精力旺盛，除了教体育之外，还教自然常识课，同时兼任大队辅导员。这位阳光青年把捐髓看做是一种幸运。

迎着"非典"的威胁捐髓

2001年五四青年节，徐汇区团区委号召团员青年加入骨髓库。林栋听说抽一点点血就有可能挽救一条生命，便毫不犹豫地响应号召，报了名。他说，报名时父母都在外地，他也没来得及跟他们商量，觉得这是治病救人的好事，父母知道了也会同意的。当时只有奶奶在家，他跟奶奶说了一下，奶奶不懂什么造血干细胞，只听说过献血，觉得这是好事，也支持孙儿报名。

2002年11月，上海市红十字会通知林栋，安徽一名白血病患者的骨髓和他初步配型成功。随后，林栋进一步作了两次血液检验，各项指标和那位病人的情况均符合。11月底，他又被告知二次配型获得成功。为了不耽误工作，2003年初，林栋利用寒假检查了身体。可这时候正赶上"非典"暴发，林栋又刚刚接手大队辅导员工作，很忙，经常是周末也要加班工作，于是他想利用当年7月放暑假的时候捐献。但是医院说对方是急性淋巴性白血病患者，不能等，林栋就和校长商量，决定利用五一国际劳动节放假期间进行捐献。

这时正值4月中旬，"非典"的紧张气氛已在上海蔓延。捐骨髓，意味着自己的身体将在一两个星期内处于比较虚弱、免疫力也比较低下的状态，一旦遭遇病毒，健康人都很难抵抗，更何况……林栋的父母得知这一情况后，都大吃一惊。他们并不反对儿子捐骨髓，但哪有在这个非常时期自己给自己降低免疫力的道理呢，这不是拿自己的性命开玩笑吗？

父母的担心，林栋非常理解。他正琢磨着该怎样说服家人呢，4月下旬，医院又来电话了：那名安徽病人已入住医院，他患的是急性淋巴性白血病，这种类型的白血病对成人危险性特别大。患者40岁，若不接受移植，随时都有生命危险。是马上捐献还是推迟捐献，林栋面临着选择。因为自己可能遭到"非典"病毒感染，就拒绝帮助一位面临死亡的病人吗？不！不能这么做！他把这个情况连同道

理讲给奶奶和父母听,讲给平时最疼爱自己的姐姐听。深明大义的家人们理解了他,一致同意:尽快入院,救人于危难之中。

人生能有几次机会救别人一命呢

2003年4月26日,林栋住进了上海市长海医院血液科病房。长海医院是一家部队医院,院方对此非常重视,政委、院政治部主任等领导亲自到场安排,前期准备十分充分。由于是"非典"时期,医院方面对林栋的保护措施非常严密,严防他感染"非典"。为了尽可能保证林栋不与外界接触,住院期间,医护人员克服种种困难,破天荒地把笨重的采集干细胞仪器和大大小小的管子从专家楼搬进了林栋的病房。林栋开玩笑说:"因为'非典',我可能是捐献者中待遇最高的。"上海红十字会、长海医院做得非常好,区委领导、教育局领导、校长、区人大常委会主任等都赶来看望林栋。林栋说:"我自己没觉得做了什么了不起的事,没想到给我这么高的待遇。"捐献前最后一次抽血化验,林栋还真的很担心配型不成功呢。直到采集的针管扎进自己的胳膊,他的心里才踏实了。

捐献连续5天注射动员剂,事先林栋已经了解到注射动员剂之后会出现的一些生理反应,比如低烧、关节酸疼等,林栋说:"当时也怕,但我不是怕'非典',而是担心时间被'非典'无限期拖延,错过了最佳捐献时机。因为有一条命在我手上啊!"

林栋所在的学校对他的捐献义举也大力支持,虽然正是"非典"肆虐时期,但是校长认为这不但是治病救人的善事,也是对学生进行思想教育和素质教育的好机会。校长专门派车送他到医院,并叮嘱他,五一长假过后,可以再休息三天,不要惦记学校的工作。

4月29日下午和30日上午,林栋进行了两次造血干细胞的采集。血液缓缓地从左臂抽出,经过血细胞分离机后,又从右臂缓缓输回身体。生的希望,也就在那个机器中慢慢地积聚起来,随后又传给另一个人。

林栋的妈妈信佛,林栋就开玩笑地对妈妈说:"我这是为你积德啊。"珍惜生命,就是最大的德行。捐献前,林栋本来以为最难做工作的就是妈妈，怕她有心理压力，没想到妈妈听懂了道理之后，不但没有一句反对意见，反而非常支持。关于入院、学校的工作、家里的事情等等，都是妈妈亲自帮他安排的。

　　林栋的父亲是上海市劳改局的干部，工作关系在上海，可是实际工作地点却在安徽白毛岭监狱。那里恰好也属于宣城，父亲说，患者恰好也是宣城的，还蛮有缘分嘛。因为当时正值"非典"的紧张时期，林栋的父亲远在安徽就没能赶回来。林栋抽血时，曾看到妈妈在一旁掉眼泪。但是老人家是有意背着儿子的，不想让他看见。林栋说："其实我看见了，当时心里既感动又有点难过。"第一天捐献后，妈妈说："明天还有一次呢，你好好休息。"医生说，"你的干细胞质量不错，五一上午只抽血两个小时就采集够了。"林栋全身所有的血液在他体外转了3圈，他觉得很新奇，很有意思。回流血的那只手臂4个小时不动，妈妈就在一旁给他揉，陪他聊天。捐献的那两天，姐姐和姐夫、舅舅和舅妈都来陪他，一家人在一起很开心。

　　捐献完毕，林栋中午就回家了。他说："我住院的费用都是患者一方承担的，我不想给人家增加负担。成功救活了一个人，感到很欣慰。"提到一些配型合格而又拒绝捐献的人，林栋直言不讳地说："这种人，道德上就是被判了死刑的人。"林栋说："我看重我人生中有这样一段经历，将来我对后辈可就有话说了，人生能有几次机会救别人一命呢。当然也不会一辈子不放下这件事，人，不能活得太累。"

　　虽然校长叮嘱他长假过后再休息三天，但是林栋放不下工作，长假结束，5月8日他就上班了。患者家乡的电视台曾联系要来采访，林栋婉言谢绝了。他说："我不想那位接受捐赠的患者谢我，也根本没想过捐献之后还要怎样。"

榜样的作用："千万别漏掉我"

　　龙华小学的特色就是德育教育。林栋的捐献行为，为学校德育教育提供了天然的教材。学校专门组织了一场别开生面的座谈会，让孩子们和林老师面对面地交流。孩子们纷纷提问，气氛很热烈，林栋说："孩子们的感动也感动了我。"

学生们问林栋:"老师,抽骨髓前你害怕吗?""你不怕'非典'吗?"林栋对孩子们说:"假设有一个天平,一端是一个人的生命,另一端是可能因'非典'造成的伤害,你们说哪一端更重呢?"

"人——的——生——命!"孩子们齐声说道。

林栋说:"那么我和你们的选择是一样的。"

学生们问:"您为什么要捐献造血干细胞?"

时年只有25岁的林栋说:"当时也没想太多,只是想到有机会去救一个人的生命,这对自己是很有意义的。我平时就钦佩甚至艳羡见义勇为的行为,但是生活中能够见义勇为的机会并不是很多,你想遇到还真不好遇的呢。这就算是遇到个见义勇为的机会了吧。"

林栋说:"全校利用这件事情对孩子们进行教育,孩子们回到家里一说,对成年人也是个教育。最初我捐献时,大家心里也没底,我们的宣传还是不到位,很多人不知道是怎么回事,心存畏惧和疑虑。"林栋捐献后,报名很踊跃。由于"非典"时期上海血库告急,学校里很多老师都报名献血,包括刚刚生过孩子的女老师也不落人后。在林栋行为的带动下,"非典"时期学校完成献血任务非常好。

2003年11月,团区委又搞了一次集体捐献造血干细胞报名活动。这次活动中,团区委请林栋讲述了本次捐献的亲身经历。原先很多老师对捐献程序不甚清楚,还在迟疑,林栋现身说法后,他们消除了因不了解而产生的一丝疑虑,很多人第一时间就报了名,还叮嘱负责此事的人:"千万别漏掉我。"

据上海市红十字会的同志透露,林栋捐献造血干细胞的受者接受移植后,很快就恢复了健康,已经恢复正常工作。

七 童馨萱——救一个生命原本可以这样简单

上海女孩童馨萱青春靓丽、活泼开朗,成长在一个条件优越的家庭,在上海一家证券公司工作。在童馨萱眼里,生活是那样绚烂多姿、五彩斑斓。她以为,所有的人都会像她一样,无忧无虑,简单而快乐。的确,在她20多年的生命历程中,只有阳光,没有阴霾;只有欢乐,没有灾难与忧愁。她以为这就是世界的本来面目。

她想，如果是自己，一定不会忍心看着本来可以救活的生命无助地逝去

1999年5月，《南方周末》上一篇不长的报道引起了童馨萱的注意，并且深深地震撼了她。报道称，一个18岁的男孩子不幸得了白血病，幸运的是他找到了一个和他骨髓配型相合的女孩，可以做骨髓移植手术。然而在手术前一天，那个女孩的母亲动摇了，她不愿让女儿"冒险"救一个素不相识的人。于是，手术取消了。男孩的家属只得求助台湾的慈济骨髓库，刚刚找到合适的供体，男孩病情恶化，撒手人寰。

这则报道还配发了患病男孩的照片。童馨萱看到，那是一个正值青春年华的小伙子。可惜，在他本该最幸福的人生旅途中，却承受了常人不能忍受的痛苦，绝望地离开了人世。

一个美好的生命，就因为旁人一个冷漠的念头，就此灰飞烟灭。善良的童馨萱看着、想着，不禁潸然泪下，哭得非常伤心。她想，如果自己是那个女孩，一定不会忍心看着本来可以救活的生命无助地逝去。童馨萱把这则报道拿给自己的好友看，本来都很开心的朋友们也陷入了沉默。童馨萱突然冒出一个想法：去报名，捐献自己的造血干细胞，挽救有可能挽救的生命！

刚刚动完阑尾炎手术的童馨萱一边在家休养，一边开始收集相关资料。通过这些资料，她知道了通过提取血液中的造血干细胞移植给患了白血病的人，就可以赋予他们新的生命。经过慎重考虑，1999年7月，童馨萱拨通了中华（上海）骨髓库的电话。电话中，骨髓库工作人员对童馨萱不明白的问题进行了详细的解释，这更加坚定了童馨萱捐献骨髓的决心。

自己是那个男孩子生存的唯一希望了

1999年9月19日，上海中华骨髓库通知她去验血，这时童馨萱才打电话给外地工作的父亲："爸爸，我报名参加骨髓库，今天验

血,你先不要告诉妈妈。"

童之伟,这位从北京插队到山西、后到上海工作的父亲并没有过多的吃惊。他和妻子都了解自己的女儿,也都会为女儿作出这样的决定而骄傲。然而,捐献骨髓这样的事,毕竟对从小宠爱惯了的女儿是个不小的挑战。为了支持女儿的行动,他专程回上海,给女儿找来了许多相关的医学书籍和资料。

童馨萱从小怕打针,但这次抽血她却没有觉得很疼。"所有的医护人员,甚至包括门卫大爷,对我都特别好。"让她感动的是,那位门卫老大爷不但仔细地告诉她上哪个楼梯、在哪里拐弯、敲哪个门,还怕她不明白,干脆带着她直到门前。礼貌和微笑让多少有点紧张的童馨萱忘记了疼痛,只有一种暖暖的温馨的感觉。

验血后,接下来就是漫长的等待。忙碌的童馨萱渐渐将这件事情淡忘了。2000年6月,她收到红十字会寄来的一封信,让她再去接受检查。这时她才得知,自己和上海一个刚上初三的男孩子结下了不解的生死缘。

这次是妈妈陪同童馨萱到医院检查,她暗自祈祷自己能与男孩配型成功。到了医院,医生告诉她,这次一共通知了5个人,有2个人没有来,另外2个人经检验,骨髓都没能与那个男孩儿配上。童馨萱轻松的心情一下子紧张起来:这么说自己是那个男孩子生存的唯一希望了,如果自己再出现不符……她不敢往下想。

还好,检查完毕,童馨萱的血液中六对因子全部与男孩儿相符,可以移植。10月,医院通知双方准备手术。

看着仪器里分离出的干细胞,一团一团的,她觉得非常美丽

然而,意外接连出现。先是钱的问题,男孩子的父母是普通工薪阶层,支付那么一大笔医疗费有困难。如果仅仅因为钱的问题就放弃一个生命,实在是太说不过去了。童馨萱开始四处奔走,发动身边的朋友,写文章呼吁,并在自己所在的公司募捐……钱总算凑够了,大家刚刚松了一口气,可这时男孩子又得了腮腺炎,抵抗力变得非常弱。而这种造血干细胞移植手术要求严格的安全期,只有

第九章　艰难起步中的一抹亮色

在病情相对稳定的情况下才可以做。这样，手术又拖了下来，生的希望似乎又一次与这个男孩子擦肩而过。

2000年2月，童馨萱终于等来了可以手术的电话通知。2月26日，童馨萱住进医院，注射造血干细胞动员剂的第一针。这种针剂的效果就是将骨髓中的造血干细胞增殖释放到血液中，然后再从血液中进行分离，移植到患者的体内，形成患者自身的造血干细胞。按照医院的方案，连续五天的注射后，童馨萱体内造血干细胞的数量会成倍增长，达到移植所需要的量后，即可进行干细胞移植手术。

可是，童馨萱连续打了四天造血干细胞动员剂的针剂，她体内的造血干细胞数量却一点儿也没有增长。与此同时，她的白细胞却激增到了危险的数量。医院始终把保护捐献者的身体健康和人身安全放在第一位，医生们当机立断，立即进行手术，即使提取不到足够量的干细胞，也要保证童馨萱的健康无恙。

3月1日下午2：00，童馨萱挂着未输完的药液被推进了手术室。两支16号针头分别扎进童馨萱的左右手臂，鲜红的血液从童馨萱的右臂的血管流出，进入一个密封的仪器，经过高速分离，再从左臂流回体内。

手术进行到一个小时后，医生告诉童馨萱一个好消息：分离后的血液中有了造血干细胞！童馨萱听了，忍不住流下了激动的泪水，这一年多的准备总算没有白费啊！看着医护人员们操纵着机器，看着仪器里分离出的造血干细胞，一团一团的，她觉得非常美丽。那个男孩子有救了，自己的生命能够点燃另一个生命了，她觉得自己的生命也是那么美丽。

按照男孩子的体重比例，童馨萱第一次分离提取了248毫升造血干细胞悬液。看着储存在密封的容器中自己的血液，童馨萱心满意足，但是她还是担心这不够那个男孩子需要的分量。手术结束后，医生和护士们为童馨萱淳朴、善良的品性感叹不已，他们安慰童馨萱说，不用做第二次分离了，那个孩子肯定能救活。

在床上一动不动躺了四个半小时的童馨萱手脚已经麻木，医生用轮椅把她送回了病房。如果一切正常的话，等到手术移植成功，她就可以出院回家了。

童馨萱郑重地请求医生，如果这次仍然没有足够的干细胞，她宁可接受直接抽取骨髓，也绝不放弃救治那位男孩子的机会

童馨萱焦急地等着那个男孩的消息。父母却告诉她，移植手术的情况今天还不能出结果，只有等明天了。童馨萱听了，带着甜甜的微笑睡着了。其实，爸爸妈妈没有把真相告诉她。他们早已从医生那里知道，男孩的体重是72公斤，需要的造血干细胞量远远大于常规的数量。因此，第二天，童馨萱还要再接受一次考验。这个晚上，除了童馨萱，所有的人几乎都没有睡着。

3月2日早上，童馨萱早早醒来，对父母说，如果今天护士长不端着盘子进来给她打针，那孩子就一定是得救了。正说着，门被推开了，护士长走进来，放下手中的托盘，歉意地向她笑了笑。童馨萱愣了一下，但是很快又做了一个鬼脸，主动将手伸了出来。她明白了，一定是昨天采集的造血干细胞数量不够。既然不够，那就继续采集。童馨萱根本就没有退缩的念头，她觉得自己和那个男孩已经有了某种密切的联系，她有义务救他。而且，她觉得挺开心，自己不用付出很多，就可以救一个人，这是以前从没想到过的，救一个人的生命，原来竟可以这样简单！一想到这个，她心里就有一种说不出的舒服和高兴。

为了保证手术成功，童馨萱郑重地请求医生，如果这次仍然没有足够的造血干细胞，她宁可接受直接抽取骨髓，也绝不放弃救治那位男孩子的机会！这个看似柔弱的女孩的坚决态度，使在场的人们都感动了。

感动的情愫弥漫在病区里，这份感动也属于童馨萱。这几天在医院接受采集造血干细胞手术，有一个场景给童馨萱留下了很深的印象。一个患白血病的孩子，一直没有找到适合他的供体，孩子的母亲是一个乡下人，以为童馨萱也是白血病患者，很同情她。当她知道童馨萱是骨髓供者时，这位母亲非常激动，和童馨萱说了很多话。虽然她不会说普通话，童馨萱听不懂她说什么，但是这位母亲的心她读懂了。让她感动不已的是，这位善良的母亲，自己的孩子还没有得到救助，却能为别人的孩子终于有救而开心。

手术持续到3月3日凌晨，为了不让童馨萱因为长时间不动而手脚麻木，医院的老院长特意从家里带来很多棉垫，一块块垫在童馨萱身下。最后血液回输的时候，因为童馨萱的血管很难找，所以针头由脚部插入，痛感比较强烈。院长拉着馨萱的手，一直给她讲故事，讲着讲着，紧张了好几天的老院长实在太疲惫了，竟然不知不觉地睡着了。

凌晨2：00，报告出来，"完全够了！"焦急等待的人们禁不住欢呼起来。40分钟后，在药物作用下生成的大量造血干细胞被输送到男孩子体内，一个快要衰竭的生命又重新勃发了生机。

"我并没有付出很多，却挽救了一个孩子的生命。"

幸运的不只是他，我也是幸运的

按照国际惯例，捐献者与受益者之间是不能见面的。童馨萱住进医院后，有好多次，男孩子的父母都和她擦肩而过。童馨萱虽然没有与他们交谈，但是从对方关切、感激的目光中，她能够感受到他们的心情。

童馨萱说："住院期间，每天我都会向护士询问那个男孩子的情况。护士告诉我，这个男孩非常乖，在学校时功课也很好。他得了这个病是很痛苦的，每天化疗要用很多药，因为没有免疫力，只能一个人孤孤单单待在无菌病房里，可他从来都是笑嘻嘻的。"

3月3日早上6：00，兴奋的童馨萱偷偷跑到楼上，问护士小姐自己能不能看看那个男孩。护士将她带到无菌室外面，隔着无菌室的玻璃，童馨萱只能看到男孩静静睡觉的背影。想到自己的血液正流淌在男孩子的体内，童馨萱感到异常幸福和满足。

3月3日是童馨萱的22岁生日，摆满了鲜花的病房里充满生机。一大早，就有人送来了一大捧娇艳欲滴的红色郁金香，绢带上写着：祝姐姐生日快乐！没有署名，但是所有人都知道这花是谁送来的。童馨萱灿烂地笑了，清澈的大眼睛里满载着欣慰和快乐，这一刻，童馨萱已经等了一年半了。

2001年3月28日,童馨萱得到消息:接受移植的男孩已经从无菌室出来,这意味着他的所有指标已经开始恢复正常,免疫力也逐渐恢复。再经过一段时间的治疗,他就可以像正常的孩子一样拥有自己的生活,上高中、上大学、谈恋爱、结婚……童馨萱和她的父母为那个男孩子畅想着今后的生活,一家三口开心极了。

谈起女儿的这次捐献,童馨萱的母亲卢民娟说:"这孩子决定什么事情一向不草率,这一点我们倒是放心。其实这也不是头一回了。以前她就瞒着我们给山区贫困学生写信、寄钱。不过,女儿做手术,当妈妈的哪能不担心呢?说实话,那几天我这心里还是七上八下的。不过现在好了,孩子的命救回来了,我女儿也没事,皆大欢喜啊。"

记者采访时,曾问童馨萱有没有想过退缩。童馨萱说:"以前也有朋友问过我,是不是想过退缩,但是我从来没有出现过这种念头。不是说自己有多么高尚、多么伟大。我只是想,这需要很大的缘分才会让你遇到他。现在我坐在这里,只觉得自己是非常幸福的人。因为我并没有付出很多,却挽救了一个孩子的生命。实际上,幸运的不只是他,我也是幸运的。你想啊,一个人活着,能力有多大呢?能救活一个生命,成千上万的人也未必会有一个人有我这样的幸运机会!"手术后很长一段时间,腼腆的童馨萱一直拒绝接受媒体的采访。她只希望悄悄地将这件事做完,不要被太多的人知道。但是经过爸爸的劝说,她意识到社会上还有很多人不了解骨髓捐献的过程,而对这件事情了解的人越多,就意味着能得到救助的人越多。于是,童馨萱坦然地走入了中央电视台《讲述》栏目组的演播室中。

第十章　万丈高楼平地起

中国造血干细胞捐献者资料库起步于 20 世纪 90 年代初，最初 10 年里，发展极为缓慢，库存数量对于我们这样一个有 13 亿人口、56 个民族的大国来说，可以说微不足道。经历了 10 年的停滞，直到 2001 年，在政府有关部门的支持下，中国红十字会重新启动了建设中华骨髓库的工作。同年 12 月，中央机构编制委员会办公室批准成立中国造血干细胞捐献者资料库管理中心，统一管理和规范开展志愿捐献者的宣传、组织、动员，HLA（人类白细胞抗原）分型，为患者检索配型相合的捐献者及其他移植相关服务工作。从 2003 年起，中华骨髓库的建设得到国家彩票公益金的支持，从此步入快速发展的新时期。

前进的轨迹

造血干细胞移植是拯救白血病患者生命的重要有效手段。只有大力开展骨髓造血干细胞的捐献，才能为千千万万个白血病等患者带来新的生机。

让全社会都知道造血干细胞移植的科学原理，动员更多的人加入到捐献者的队伍中来，是扩大库容的重要途径。因此，中华骨髓库重新启动之初，宣传工作就成了诸项工作中的重中之重。

让全社会都知道我们在做什么

谈到宣传工作，洪俊岭一句官话套话都没说，只说了一句谁都能听明白的大实话："就是要让全社会都知道我们是做什么的和我们

正在怎么做。"

中国造血干细胞捐献者资料库是代表中国唯一的国家级的开展造血干细胞捐献的管理机构。并由管理中心统一管理和规范全国造血干细胞的捐献工作,包括志愿捐献者的组织、征集、登记、HLA分型,开展为患者搜寻相合的造血干细胞捐献者及移植治疗服务等工作。

为了动员更多的青年志愿者参与造血干细胞捐献,为拯救白血病患者奉献爱心,中国造血干细胞捐献者资料库在中国红十字会总会的领导和调配下,首先抓住了宣传工作这个重要环节,大张旗鼓地营造声势,让全社会了解捐献造血干细胞的伟大意义;宣传科学采集造血干细胞方法和相关常识,消除社会上的一些误解;呼吁社会各界及广大民众对中国造血干细胞捐献者资料库给予有力支持,呼唤更多善良的人献出爱心,参与公益事业;倡议人们捐献有限的造血干细胞,挽救生命。2001年12月,由中国红十字会举办的"中国造血干细胞捐献者资料库系列宣传活动"在北京西单文化广场拉开帷幕。隆冬季节的刺骨寒风并没有削弱人民群众、专家和"爱心大使"们的参与热情。现场进行造血干细胞捐献咨询、报名和募捐的人们络绎不绝。中国红十字会专家就造血干细胞的移植方法、安全性和风险性等相关问题进行了现场讲解。由首都医科大学、北京航空航天大学学生组成的青年志愿者承担了现场咨询、组织报名的工作。

12月16日,中国红十字会在北京西单文化广场举行了"点击爱心,互联生命——中国造血干细胞捐献者资料库主题上网卡宣传活动"。活动中首次推出了由中国红十字会监制发行、以"点击爱心,互联生命"为主题的爱心上网卡。中国红十字会"爱心大使"、著名相声艺术大师姜昆亲临现场为购卡者签名留念。李宁、黄格选等"爱心大使"的签名卡也在活动中义卖。青年演员李亚鹏因腿部受伤在北京治疗,听说举办此项活动,拄着拐杖来到活动现场为购卡献爱心的群众签名。活动现场还设立了针对中国造血干细胞捐献者资料库相关知识的咨询、捐献报名和募捐等项目。

中华骨髓库重新启动之后,各地分库相继成立。在中国红十字会总会和中国造血干细胞捐献者资料库管理中心的具体指导下，各地分库也根据自己的具体情况进行了广泛的宣传和组织动员工作，上海、北京、深圳等一些经济相对发达、现代化程度相对较高的城市在这方面的工作尤其突出。

2001年12月30日下午，深圳市血液中心传出喜讯：通过远程传输，深圳骨髓基因信息库将该市2076份捐献者资料存入中国造血干细胞捐献者资料库。这是中国造血干细胞捐献者资料库存入的第一笔资料，它标志着中华骨髓库开始了实质性的运作。

12月30日下午3点45分，深圳市血液中心主任杨春森拨通了中国红十字会总会的电话，电话的另一端，中国红十字会总会常务副会长王立忠、副会长孙爱民、国内工作一部部长蓝军和血液事业部处长张晓阳正焦急地等待着这激动人心的时刻。杨春森向中国红十字会总会的领导汇报："深圳市造血干细胞捐献者的资料将立即开始传输，请准备接收。"

"同意！"孙爱民副会长一声令下，深圳市输血研究所工作人员立即打开电脑，连接中国红十字会总会的网络，鼠标轻轻一点，资料立即开始从深圳传往北京。几分钟后，孙爱民副会长致电深圳市血液中心：资料成功录入中国造血干细胞捐献者资料库，一共2076份，其中男性资料1389份，女性资料687份。中国红十字会总会对其于中国造血干细胞捐献者资料库所作的巨大贡献表示感谢！

据深圳市输血研究所所长吴国光教授介绍，深圳造血干细胞捐献者资料库成立以来，发展很快。从2000年8月建库，一年多时间，已有2700多份资料，是当时全国最大的造血干细胞捐献者资料库分库，也是当时中华骨髓库的重要组成部分。

深圳骨髓库建库有着自己鲜明的特点：首先，在无偿献血者中征集，一旦配型成功，资料不容易丢失，登记者都非常乐意捐献；其次，深圳是移民城市，建库有着得天独厚的优势，有着各地的基因特征，容易配上型。自2001年7月成功为白血病患者毛佐财配型移植后，深圳骨髓库为全国各地包括台湾的300多位患者提供了资料检索，成功地为来自广西、江苏、上海、北京、深圳等地的11名患者配型成功。

宣传工作的目的，不仅是要普及科学知识和动员人们献爱心，更重要的是通过典型事例的报道使人们真正了解这件事的意义和过程，以期激发人们的爱心，打消公众的顾虑，使更多的人自觉地加入到捐献者的队伍中来。深圳造血干细胞捐献者资料库在建库初期，就十分注重这方面的工作，这也是他们在较短时间内就成绩斐然的重要原因之一。

2002年9月，深圳造血干细胞捐献者资料库抓住契机，在"首例救助首都北京白血病患者"这一比较特殊的事例上大做文章，一时吸引了国内多家媒体争相报道。捐献者家乡的媒体更是分赴北京和深圳两地，进行追踪报道。通过这样的宣传报道，使人们在第一时间了解到捐献造血干细胞的全过程及现场感受，深刻领悟了"献出一点点，就能挽救一条生命"的道理，起到了良好的社会宣传效果。

"让人们知道我们在做什么"，这是第一步；"让人们知道我们在怎么做"，这才是宣传工作的要旨。在许多人还不懂得捐献造血干细胞究竟是怎么回事的情况下，就是要通过各种媒体广泛宣传，使人们了解捐献造血干细胞是一种对自身无害、对受者是"再造""重生"的善举。科学知识的普及固然重要，但最有力的说服，莫过于活生生的实例。我们在宣传工作中，说"弘扬"也好，说"奉献"也罢，表彰和赞许的是奉献者的大爱精神，而真正受益的，却是范围更加广泛的民众。

每一次进步都意味着一些生命的获救

如果说，有些事情只是相当于在沙滩上留下一些很容易被磨灭的印记，那么，中国的造血干细胞捐献事业就等于在坚硬的岩石上钻一口深井——世上万事万物无出一理，无论何种事业，其艰难的程度和成绩的彰显以及对人类的贡献是成正比的。

在全国红十字系统工作人员的一致努力下，中华骨髓库的工作成效显著，可以说是一步一个脚印，一步一个台阶。毫不夸张地说，她的每一次进步，都意味着一些生命的获救。

1992年，受国家卫生部委托，中国红十字会正式开展中国非血缘关系骨髓移植供者资料检索库工作。时任中国红十字会血液事业部副部长的洪峻岭同志兼任中国非血缘关系骨髓移植领导小组办公室副主任。

1996年9月，我国首例非血缘关系造血干细胞移植手术成功。上海志愿者孙伟，为患有急性淋巴白血病的杭州学生高天翀捐献了造血干细胞。15年过去了，高天翀康复情况良好，孙伟也已结婚生子，身体情况良好。

2001年3月，中国红十字会重新启动资料库建设工作。

2001年12月28日，中国红十字会总会正式任命洪俊岭担任中国造血干细胞捐献者资料库管理中心主任。

2003年9月，中国造血干细胞捐献者资料库第10万份志愿者资料入库。她是来自西安杨森的员工李巧吉，时任中国红十字会党组书记的江亦曼同志为她颁发了荣誉证书。

2004年3月29日，中国红十字会总会与中国平安保险公司在人民大会堂举行捐赠保险仪式。中国平安保险（集团）股份有限公司向2003年1月1日至2006年12月31日的所有造血干细胞捐献者无偿提供为期一年的每人总保额35万元的意外伤害及重大疾病保险。

2004年4月15日，中国造血干细胞捐献者资料库迎来第100例造血干细胞捐献者。他是北京某医院医生吕建华。是日，时任中国红十字会常务副会长的王立忠同志向吕建华颁发了"荣誉证书"。这一年，恰恰是中国红十字会在中国落户一百周年。这第100例的捐献也是中国造血干细胞捐献者资料库向中国红十字会百年诞辰献上的一份厚礼。

2004年6月29日，来自重庆分库的志愿者吴渝为一位美籍华人白血病患者捐献了造血干细胞。中国造血干细胞捐献者资料库实现首例跨国捐献。

2004年11月26日，中国造血干细胞捐献者资料库第20万人份数据入库。他是来自黑龙江省戒毒劳教所的警察阎涛，中国红十字会会长彭珮云向他颁发了"荣誉证书"。

2004年12月27日，中国造血干细胞捐献者资料库第200例造

血干细胞捐献者马超在北京道培医院顺利实施造血干细胞采集。中国红十字会常务副会长江亦曼向马超颁发了"荣誉证书"。

2005年4月6日，中国造血干细胞捐献者资料库首例向香港同胞提供造血干细胞交接仪式在北京举行。捐献者是来自江苏分库的志愿者王经，中国红十字会副会长兼秘书长郭长江向王经颁发了"荣誉证书"。

2005年9月9日，中国造血干细胞捐献者资料库第300例造血干细胞捐献者任鹏在北京道培医院顺利实施造血干细胞采集。时任中国红十字会常务副会长的江亦曼向捐献者任鹏颁发了"荣誉证书"。

2005年10月底，中国造血干细胞捐献者资料库数据达30万人份以上，成为亚洲最大的骨髓库。第30万名志愿者是上海海运公司的员工司月洁。

2006年3月，中国造血干细胞捐献者资料库入库数据达到36万人份。中国造血干细胞捐献者资料库第400例造血干细胞捐献者曲海菁在上海华山医院顺利实施造血干细胞采集。中国红十字会副会长苏菊香出席了在海军总医院举行的交接仪式。

2006年8月22日，中国造血干细胞捐献者资料库第500例造血干细胞捐献者王阔在北京实施造血干细胞采集。在入库数据达50万人份新闻发布会上，中国红十字会总会的彭珮云会长为王阔颁发了"荣誉证书"。

2007年2月1日，中国造血干细胞捐献者资料库产生了第600例造血干细胞捐献者——河南分库的陶合献。

2007年5月开始新增脐带血检索配型服务。

2007年8月4日上午，中国造血干细胞捐献者资料库西藏分库在拉萨召开成立大会。至此，中国大陆31个省、自治区、直辖市均已建立了中华骨髓库省级分库。

2007年8月31日，中国造血干细胞捐献者资料库电脑网络系统技术改造项目（软件部分）验收会在京举行。

2007年11月5日，中国造血干细胞捐献者资料库产生第800例造血干细胞捐献者，她是来自湖南分库的肖玲，是首位向英国提供造血干细胞的人。

2007年12月20日,中国造血干细胞捐献者资料库入库数据70万人份情况通报会在北京新闻大厦召开。何鲁丽副委员长向第70万名志愿者、来自深圳市的黄伟华同志颁发了荣誉证书。

截至2007年底,可用于为患者检索服务的HLA分型资料达70万人份;800多位志愿者为患者捐献了造血干细胞,其中40多名捐献者为美国、新加坡、瑞士、英国、韩国以及中国香港、台湾地区的患者捐献了造血干细胞。

2008年2月2日,为了感谢社会各界人士对中华骨髓库建设事业的支持和帮助,中国造血干细胞捐献者资料库在北京举行了"中国红十字会·中华骨髓库喜迎2008答谢晚宴"。全国人大常委会副委员长、中国红十字会名誉副会长司马义·艾买提,中国红十字会会长彭珮云、常务副会长江亦曼,中央编办副主任吴知论,民建中央秘书长张皎,中国红十字会副会长苏菊香和郭长江、秘书长王海京、顾问孙爱民,中国工程院院士陆道培以及中华骨髓库爱心大使王霞、杨扬、马伊俐及著名演艺界人士梅葆玖、张学津、陈铎、李祖铭及各方代表出席了晚宴。人民日报、中央电视台、新华社、健康报等在京主要媒体的领导和记者及各界朋友近200人参加了晚宴。

2008年2月22日,中国造血干细胞捐献者资料库第8位向韩国提供造血干细胞的捐献者在上海产生。中华骨髓库管理中心的洪俊岭主任前往上海参加了造血干细胞的交接仪式。

2008年5月12日,由中国红十字会总会、中华全国总工会、团中央、全国妇联、中华新闻工作者协会联合主办,中国造血干细胞捐献者资料库管理中心承办,北京市红十字会、共青团北京市委员会、北京市学联协办的"中国红十字会造血干细胞捐献者代表事迹报告会"在全国政协礼堂召开。中国红十字会会长彭珮云,中国红十字会常务副会长江亦曼,共青团中央书记处书记卢雍政,中国红十字会副会长苏菊香,中华全国总工会女职工部部长丁大建,全国妇联宣传部副部长张小媛,中华全国新闻工作者协会书记处书记赵晨仔,中国红十字会总会顾问孙爱明,中国工程院院士、中华骨髓库专家委员会主任委员陆道培及各主办单位、协办单位、承办单位

领导，中国造血干细胞捐献者资料库宣传工作专家委员会全体委员出席了报告会。首都医学界人士、学生、社区代表近千人参加了报告会。汪霖、潘庆伟、陈余春、刘幸、杨曦五位报告人进行了精彩的讲演。

2008年5月13日，中华骨髓库向美国提供的第5例造血干细胞捐献交接仪式在北京道培医院举行。这是中国造血干细胞捐献者资料库向国外提供的第45例造血干细胞。

2008年5月12日，四川汶川发生大地震。中华骨髓库管理中心全体职工和志愿者积极捐款，并踊跃报名赴灾区支援救灾工作。受中国红十字会总会指派，洪俊岭主任带领中国红十字会第二批工作人员于5月15日下午赶赴灾区，组织协调救灾物资接收和发放工作。刘静湖、邹庆波副主任，靳伟民、张雷、杨帆同志先后赴四川灾区参与救灾工作，查秀英同志赴中组部担任特殊党费收缴管理工作。从5月21日开始，中华骨髓库管理中心派出工作人员负责中国红十字会救灾热线的接电话工作，解答接收救灾款物问题。根据中国红十字会总会要求，中华骨髓库管理中心承担起为全国红十字会系统到灾区第一线救灾的人员联系保险的工作。

2008年7月18日，中华骨髓库捐献第1000例造血干细胞交接仪式在解放军307医院举行。中国红十字会副会长苏菊香、顾问孙爱民，中华骨髓库管理中心主任洪俊岭、副主任刘静湖，解放军307医院院长罗卫东，中华骨髓库爱心大使、奥运冠军杨扬，中华骨髓库在京专家，多家主流媒体记者近百人参加了此次活动。

2008年10月6日，中华骨髓库与中国人民解放军南京军区福州总医院签署了造血干细胞移植医院合作协议书。截至2008年10月，中华骨髓库已与全国105家医院签署了移植、采集造血干细胞合作协议书。

2008年10月15日，中华骨髓库与天津市脐血库在天津举行了合作签字仪式。中华骨髓库管理中心主任洪俊岭与天津脐血库主任邱录贵共同在协议书上签字。天津脐血库公共库5000份脐血资料将纳入中华骨髓库查询系统。

2009年1月8日，中华骨髓库与四川脐血库合作，签字仪式在四川成都举行，中华骨髓库管理中心主任洪俊岭与四川脐血库董事长曾永江在协议书上签字。

2009年7月捐献人数达41例，创下建库以来单月造血干细胞捐献人数的最高纪录。

2009年8月27日，中华骨髓库入库志愿者数据突破100万人份。第100万名入库志愿捐献者安婧是来自南方航空公司的一名空中乘务员。9月15日上午，由中国红十字会总会主办、中华骨髓库管理中心承办、强生公司协办的"中国红十字会中华骨髓库百万志愿者数据入库新闻通报会暨博爱基金启动仪式"隆重召开。中国红十字会名誉副会长张怀西，常务副会长江亦曼，副会长苏菊香、郭长江，秘书长王海京，相关部委领导及爱心大使出席了会议。

2010年2月5日，在中华骨髓库管理中心召开了第五届专家委员会HLA专家工作组例会会议，中华骨髓库管理中心主任洪俊岭，副主任刘静湖、邹庆波，技术部副部长靳伟民，HLA专家工作组的蔡剑平、奚永志、张伯伟出席了此次会议，会议审定了《中华骨髓库2010年HLA数据入库标准及质控办法（试行）》，并讨论通过了《口腔粘膜拭子评估方案》。

2010年2月，"中华骨髓库百万志愿者数据入库"入选由《环球慈善》杂志策划、组织的"2009中国十大慈善新闻"。

2011年5月16日，中华骨髓库第三届年会暨中华骨髓库重启十周年庆祝会在京举行，全国人大常委会副委员长、中国红十字会会长华建敏出席会议并讲话。

华建敏在会议上指出，我国是一个人口大国，有很多等待造血干细胞移植的患者。建设中华骨髓库十分必要和重要，是中国红十字会在人道救助领域的重要工作。2001年中国红十字会重新启动中华骨髓库建设以来，坚持保护人的生命和健康的人道宗旨，经过十年艰苦努力，中华骨髓库从一个鲜为人知、不被社会理解和关注的新生事物，成为会聚社会爱心、具有社会公信力和影响力的公益品牌，发展成为世界最大的华人骨髓库。中华骨髓库的建立，不仅为捐献者奉献大爱、拯救生命提供了平台，也使千百万个支离破碎的家庭获得新生，有力促进了社会和谐，提高了红十字会在人们心目

中的认知度和公信力，在国际上产生了良好影响。

他说，希望中华骨髓库把十年历程作为一个新的起点，继续大力弘扬"人道、博爱、奉献"的红十字精神，秉承人人为我、我为人人的宗旨，发挥优势，加强建设，科学发展，努力提高有效库容率、库容使用率和移植患者的生存率，进一步提高服务意识和服务质量，不断增强公信力和影响力，加强交流与合作，向建设世界一流骨髓库的目标奋力迈进。

"首例"的意义

无论在何种领域中，"首例"的意义都是非凡的，也是值得纪念的。上海的孙伟被誉为"中国大陆造血干细胞捐献第一人"，这个纪念意义将永远存留在中国造血干细胞捐献史上，成为一座千古丰碑。那么在中国造血干细胞捐献领域，还有多少个"首例"？恐怕很难做一详尽统计。我们且撷取一二，以为纪念。

2007年6月15日晚8点，患高危急性淋巴细胞白血病的阿联酋人亚都拿在广州军区广州总医院接受了25岁中国小伙李化军捐献的造血干细胞。这是全球第一例中国人向非华裔国外患者捐献造血干细胞。

当年24岁的阿联酋小伙亚都拿是一名理发师。2005年11月，他忽然出现头晕乏力、低热的症状，于2006年4月在当地医院被确诊为急性淋巴细胞白血病，需要进行造血干细胞移植。

然而，家中有8个兄弟姐妹的亚都拿却未能在亲人中寻找到合格的配型。无奈之下，他只得通过网络向全球各地的骨髓库求助，当然，考虑到人种的关系，寻找的重点放在亚洲。然而找遍了菲律宾、新加坡等地，仍然一无所获。而亚都拿所患的白血病属于高危类型，化疗作用小，病情进展快，必须尽快找到合适的配型。

令亚都拿没有想到的是，2007年3月，喜讯传来，远在中国河南，一名25岁的小伙子竟然跟他的HLA配型相合。这给他带来了生的希望！

第十章　万丈高楼平地起

在中华骨髓库找到配型后，亚都拿通过网络找到了广州军区总医院血液科。他到医院了解了骨髓移植的情况后，决定到广州做手术。

2007年6月5日，亚都拿入住广州军区总医院。6月10日开始，他接受了全身化疗，12日和13日，开始进行大剂量化疗。"预处理"完毕后，他的骨髓被清空，等待造血干细胞从河南空运过来。

与此同时，河南小伙的造血干细胞也成功采集，并于6月14日下午启运。经过两个多小时的飞行，这份珍贵的"生命种子"于6月15晚8时运抵医院，20分钟后开始输入亚都拿的体内。

为亚都拿捐献造血干细胞的是来自河南商丘的李化军，25岁，自己开了一家影视广告公司。这个体重80公斤的壮小伙在采集造血干细胞前24小时就戒酒戒烟，为捐献做好了一切准备。

李化军2003年成为中华骨髓库的造血干细胞志愿捐献者。2007年4月，他接到河南省红十字会的通知，自己和一位阿联酋白血病患者的血样初次配型成功，需要采血进行高分辨配型。经过血样分析，高分辨配型成功了。然后，李化军又接受了严格的体检。6月12日，李化军开始严格的作息时间，每天注射动员剂，将骨髓血中的造血干细胞大量动员到外周血中，以利于捐献。

2006年5月，我国造血干细胞捐献者的名单中出现了第一位现役军人。

捐献者名叫沈忠臣，是内蒙古锡林郭勒盟的一名边防干部，当年30岁。2003年，他报名成了一名造血干细胞志愿捐献者。2006年1月，他接到通知，他与一位白血病患者配型成功。体检合格后，沈忠臣如愿以偿地成功捐献了自己的造血干细胞，成为首例现役军人造血干细胞捐献者。

2006年7月，东华大学哈萨克族青年别尔得别克为一位汉族患者捐献造血干细胞，成为全国首位哈萨克族捐献者。

2005年4月5日，来自江苏无锡的王经在北京道培医院为一位香港患者捐献了造血干细胞，这是我国内地首次为香港同胞捐髓。

王经是无锡市一家公司的员工，2002年10月报名成为造血干细

胞捐献志愿者。三年后，当中华骨髓库的工作人员电话通知她与一位患者配型成功时，她毫不犹豫地答应捐髓。"那时我只知道对方是个白血病人，连是男是女都不知道，我也不想知道，"她说，"我只希望这位患者能因为我的帮助而活下来，不要浪费我的一片心意。"王经的妈妈陈月萍说："她报名我们都不知道，配对成功后才回家跟我讲的。我说去吧，救人是很好的一件事。我回家跟她父亲讲，王经捐骨髓配对成功了，他说那好啊，救人家一命！"

时年34岁的王经是无锡市某超市的一名普通员工，同时也是亲朋好友心目中的女英雄。因为从1999年至她捐献造血干细胞时止，她无偿献血总量达到了3600毫升。同时她也是无锡市首位实现捐髓的女性志愿者，更是我国内地向香港白血病患者捐髓的第一人。

2007年7月，苏州志愿者杭彬在北京市道培医院实现造血干细胞捐献，成为大陆为台胞捐献骨髓的第一人，结束了长期以来台湾同胞单向为大陆患者捐献的历史。

杭彬从2000年起就曾多次参加无偿献血活动。2004年3月，她在苏州红十字会和安利苏州分公司合作组织的献血与捐助造血干细胞活动中，作为公司员工报名参加血液采样，成为一名造血干细胞志愿捐献者。2005年8月的一天上午，她接到苏州市红十字会电话，通知她HLA低分辨配型成功。"接完电话的一瞬间，我有点害怕，不知道手术会不会疼啊，手脚都有点不听使唤了。"回到家后，她把这事跟父母说了，做医生的父亲说，你既然承诺了，那就不能后悔。有了父亲的支持，杭彬的勇气恢复了。后来，红十字会工作人员告诉她，是一位台湾同胞需要帮助。杭彬听了特别高兴，因为她知道在2001年一位台湾同胞曾成功给江苏女孩陈霞捐献过骨髓，而移植手术地点就是在苏州。"我觉得如果能为台湾同胞捐献骨髓，是一件特别好的事情。"

但因为台湾患者病情变化，造血干细胞捐献一事被推迟。2007年4月底，杭彬得到消息，那位台湾女孩的身体可以接受移植了，并再次提出捐献的要求。杭彬当即答应捐献。

2007年7月21日，在北京市道培医院举行了中华骨髓库向台湾地区捐赠造血干细胞交接仪式。仪式上，杭彬家乡苏州市相城区相关人士将 500 只幸运纸鹤转交给来自台湾慈济骨髓库的义工，这些纸鹤中，有一只写有杭彬的亲笔祝福，她带去了大陆同胞对接受捐赠的台湾白血病患者的良好祝愿。

当日下午 1 时，在台湾慈济骨髓库工作人员的护送下，满载祖国大陆同胞浓浓亲情的造血干细胞到达首都机场，搭乘下午 3 时多的航班，经香港送往台湾。这些救命的造血干细胞抵达台湾桃园机场后，会由连夜待命的台北荣民医院的医务人员延续此次跨越海峡的爱心接力。

第十一章　反悔的伦理学代价

关于造血干细胞捐献过程中的伦理问题，中华骨髓库管理中心主任洪俊岭早在2005年就曾有过专门论述，现援引他的《中华骨髓库建设中的伦理问题初探》部分文字，以为本章开篇。

在我国，中华骨髓库的建设是一项新兴的事业，是一项需要较大资金投入、公民广泛参与、技术保障条件严格、医疗水平较高的社会慈善事业。它的产生和发展体现了我国综合国力的迅速提升。随着中华骨髓库规模日益扩大，越来越多的病人将从骨髓移植中获得新生。要将骨髓库建大、建强，还要有伦理道德领域的软件的支持，不然，一个看似巨大的造血干细胞数据库，缺乏社会伦理的根基，有可能走向偏颇。

（1）白血病在全球的发病率呈上升趋势，我国每年新增四万至六万名白血病患者，被列入十大高发性肿瘤之一。骨髓细胞移植是目前医治白血病的最有效的医疗手段，还为血液系统恶性疾病、实体瘤、免疫性疾病、遗传性疾病等提供了有效的治疗手段，目前全球已经有超过10万人接受了移植。

中国红十字会领导的中华骨髓库自2001年重新启动以来，截至2004年底，已累计入库数据24万人份，为患者和移植医院提供检索服务5800多人次，1600多位患者初配成功，201位志愿者为患者捐献了骨髓，中华骨髓库在中国的医疗体系中正在起到越来越重要的作用。

人体的免疫系统是精密而高效率的防卫系统，要在茫茫人群中找到完全相合的非亲缘供者的机会往往只有几十万分之一，犹如大海捞针。这里就发生了超出医疗领域的社会问题，就要有一批了解移植知识、乐于捐献的志愿者。正是这一看似与医疗行为无关，但又密不可分的工作，构成了伦理问题的重点。

汉语中"伦理"一词，是指人际关系中所应当遵守的规则。器官移植（包括血液、骨髓细胞）在西方并未引起太大的争议，在中国则遇到了传统的挑战。《孝经》中言："身体发肤，受之父母，不得毁伤。"孔子曾说："君子死，冠不免。"即使死了也必须是"完尸"，连帽子都不能免去，才对得起列祖列宗。这种观念根深蒂固，成为某种"文化基因"。

任何社会的存在和发展都不可能离开伦理与道德的支撑，中华骨髓库的建设也是这样，没有千千万万无私奉献的志愿者，再好的医疗技术和移植手段也只能束之高阁。

（2）以下就几个捐献者、患者、医务人员重点问题作一粗浅分析。

捐献者的自愿无偿原则

中华骨髓库的建设原则是以人道、博爱、奉献为基石，汇集一切有爱心人士的心愿，以自己的造血干细胞，去救助陌生的患者。"自愿"和"无偿"是一切问题的出发点。谁能用金钱来衡量捐献者的救助行为呢？

十来年前，我国的临床用血大部分还是由卖血者提供，被境外人士视为"民智未开"。今天，卖血的历史已经一去不复返，但是，在捐献骨髓挽救病人方面，我们还有很长的路要走。我们还不时听到"让我捐献骨髓，先说给我多少钱"，"我救人家，到时候谁救我"的说法。生命无价，任何带有功利色彩的评价都是对无偿捐献行为的亵渎。

到目前为止，中华骨髓库 200 多位捐献者的无私奉献行为，已经为我们今后的发展理念作出了明确展示，"自愿"和"无偿"的捐献行为是我们的旗帜，更是体现出对生命的尊重。对志愿捐献者的概念可作如下表述：无任何外界压力，为救助垂危的患者，不谋求任何物质回报和受者的直接感谢，基于爱心自愿捐出自己的骨髓的人。

捐献者无特定捐献对象原则

这里说的骨髓捐献是指非血缘关系的、非特定对象的捐献，是

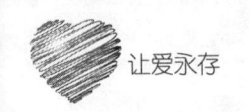

面对所有需要救治的患者的。这位患者可能是本国的,也可能是外国的。曾有一个高校的老师得了白血病,学生们自发地组织起来到捐献机构要求捐献骨髓,但是他们首先声明,捐献是针对他们的老师,如果与老师不能配型成功,他们将收回各自的检测报告单。这一要求理所当然地被拒绝了,理由很简单,中华骨髓库的服务对象不分性别、年龄、种族、国籍和社会地位。中华骨髓库的爱心大使、造血干细胞捐献者杨曦在他的一篇散文诗中,对捐献的意义作了最好的诠释:"我有一个梦,终有一天,中华骨髓库中的血样能够从现在的 10 万份增加到 100 万份、1000 万份,使每一个前来配型的患者都能在这里找到生命的希望,让世界上少一个哭泣的母亲,多一个团圆的家庭。而我们,也不用再像讲述一个传奇故事一样向别人介绍我们的捐献经历。"

登记与捐献行为一致原则

捐献报名登记时,为使登记者更加明确有关事项和相关义务,要在制式的同意书上签字,它起到了提醒报名者在登记时要深思熟虑的作用。尽管同意书上有关条款已经写得很详细,但还是有一部分登记者在与患者配型初步相合后,表示不履行捐献义务。

这种人基本上分为两种情况,一是登记时没有进行认真考虑,头脑一热,把当时的报名登记与将来可能的捐献割裂开来;再一种情况是,报名时就不情愿,往往是被集体报名捐献活动"裹胁"来的。

据统计,报名的志愿者中,与患者配型相合后,有 20% 的人反悔,给资料库带来了极大的浪费。粗略计算,一人份的检测费为 500 元,加上保存管理、数据传输、样品递送等费用就要 600 元,一个一百万人的资料库,如果有 20% 的反悔率,将是多么大的一笔资金!垂危的患者刚刚为找到了相合的供者而兴奋,供者不同意捐献的消息就是对他的致死一击!

所以,我们要坚决地将建库的质量放在第一位,绝不能盲目追求建库数量。我们还是要强调,报名捐献时要深思熟虑,一旦与患者配型相合就要义无反顾!

供患双方无须相见原则

骨髓移植是一种生命的馈赠，包含了人类最真挚的大爱情怀。我们倡导，患者接受了移植，只要对人类之爱心存感激，只要想着以自己的力量回报社会就足够了；供者也不必清楚地了解自己的造血干细胞输给了哪一位患者，只要知道我们的大家庭里又多了一个欢乐的笑脸就可心满意足了。

供患双方不发生任何联系，是国际上的惯行规则，是这一领域的伦理规范。我国曾发生过这样的事情，一位患者了解到有一位供者与他配型成功，但供者方面有些原因不能马上捐献，于是就兴师动众找到这位供者的家里和他的工作单位，这位供者感到很恼怒，险些打消了捐献的念头。

我们提倡捐献者和受赠者以共同的人类之爱心，宽容厚道地对待施受关系。当然，在实施移植手术时，临床上还要对两者进行必要的空间隔离，也是保证这一原则得以贯彻的技术手段。

社会关注原则

骨髓库建设说到底是取之于民，用之于民。国外成功经验表明，社会各界的支持和参与，是建成骨髓库的重要因素。根据我国人类遗传基因的多样性，建成一个具有临床意义的骨髓库至少要有100万志愿者的加入。

由于技术要求，大量血液样品在各地之间邮寄，有时会因不能及时邮寄，延误了救治工作。国家邮政局及时发文件，要求各地邮政机构密切配合，使曾经困惑我们的血液样品邮寄问题彻底解决。

报刊、电台、电视台、网络等媒体几年来发表的几千份各种体裁的相关文章，中央电视台的焦点访谈、现场直播、人物专访等形式的宣传使中华骨髓库更加受到人们的关注。

一位经骨髓移植治愈的康复者，饱含着对不知名的捐赠者的敬意开通了一个网站，它已经成为宣传、交流、传递信息的阵地。

社会关注为中华骨髓库的健康发展起到了积极的推动作用。

对患者特别关照原则

在人类社会的早期，人们就萌发了生命神圣的概念，"医乃仁术"被普遍信奉为职业伦理原则。

一旦罹患白血病等，对于一个家庭来说，他们对生的渴望和面临的困境，是常人很难体会的，对他们更要爱护有加，才可使他们得到心灵的安慰。医生和有关人员应该向病人提供必需的信息，包括可能的预知结果和面临的风险，让病人对移植有充分的理解，并尊重病人自主作出的决定。医务人员对准备和已经实施移植的病人应该注意其保密权和隐私权，不得随意将其作为宣传的对象。为当事人保密，尊重供者和患者的隐私权，是骨髓库伦理建设中的重要方面。

根据世界上许多国家较成熟的经验和我国的国情，尽早制定一部包括骨髓移植在内的器官移植法，对我国这一事业的正常开展和健康发展是十分重要的。但是，建库中的伦理建设问题与立法有着同等重要的位置。它们就像一辆车上的两个轮子，缺一不可。

全球大约有50个国家和地区成立了骨髓库，据统计，到2011年11月，全世界已登记的骨髓志愿捐献者达1900多万份。我们还要看到一个现实：我国的人口基数大，建库任务还很繁重。健康适龄的人们，卷起你们的衣袖，加入到志愿者的队伍，让世界少一些眼泪，多一些欢笑，你们就是和谐社会的创造者！

一　反悔知多少

"我承诺，一旦需要，我志愿无偿为需要移植的患者捐献造血干细胞，以挽救其生命。"在我国，每一个报名的志愿者都曾签下这样的一份书面承诺。然而，在这样的庄严承诺之后，中华骨髓库捐献者反悔率却仍然高达20%。这一数字，折射了道德、伦理和认识上的偏差，在现阶段，只能令人扼腕，而无之奈何。

他们给了我生命的一点点希望，却立即又让它破灭了

由于相关资料保密，我们已无从知晓我国造血干细胞捐献者中的第一个反悔人是谁。但是可以确认的是，反悔者大有人在。

从法律和一般道理的角度上说，我们不该过多指责这些反悔者。因为捐献与否是他们自己的权利，旁人无权置喙。但是从道德和生

命的意义上考量，这样的反悔者却无疑背负了沉重的道德十字架，因为他们属于"见死不救"。这在根本上有别于"未见死而不救"——我不知道某人陷于危险之中，我之"不救"是无须负任何道义上的责任的。与之相对应的，你明明知道某人陷于生命的危机之中，而只有你能够施以援手，并且此前你已经做出了在这种情况下会出手救人的承诺，在这样的情况下，你负手而去，不管不顾，甚至置医生的动员和红十字工作人员的苦苦相劝于不顾，那就有违道德，甚至应当受到道德法庭的审判了。

据统计，中华骨髓库骨髓捐献志愿者反悔率高达20%。

南方医院血液科主任孙竞透露，他也遇到过志愿者捐献前反悔的，病人、家属都万分失望，有的患者一时激动，连气都喘不过来。孙竞说："骨髓移植是白血病人生命中唯一的稻草，如果找到唯一的配型相合者，而志愿者一旦反悔，无疑等于宣告本是'死缓'的白血病患者成为'死刑立即执行'。"

志愿者反悔，反映了人们仍然对白血病，对干细胞捐献的认识有偏差：有人认为捐献后会影响健康和自身造血功能，甚至有人认为捐献要在背脊骨上打孔钻洞。

实际上，人体内的造血干细胞具有很强的再生能力。捐献造血干细胞可刺激骨髓加速造血，一至两周内，血液中的造血干细胞就能恢复到原来的水平。国外曾经对10万名捐献者作了10年的跟踪调查，没有发现一例因为捐献造血干细胞造成人体伤害的情况。"在我看来，献骨髓比喝一杯滚烫的开水还要安全。"孙竞说。

中华骨髓库管理中心以及全国各地分库的工作人员，都曾遇到过配型合格而志愿者不同意捐献的情况。由于对捐献事宜不够了解，其中多数是捐献者的父母、爱人反对捐献，担心影响身体健康。每次，工作人员都要耐心细致地做志愿者和家人的思想工作，讲明道理，并保证对身体没有损害，劝说志愿者捐献救人。

家人的顾虑，谁都能够理解。其实，国家对造血干细胞供者十分负责，供者在初配成功后，还要进行严格、全面的体检，符合条件才能捐献，半年后还要对供者进行复检。此外，捐献者采集完成后，一至两周就可完全恢复，不会影响身体健康。

哈尔滨市血研所所长马军说，黑龙江省白血病发病率为6.8/10万。每年有近1万新发病例，其中50%是青少年，这1万人中只有1%能找到造血干细胞捐献者。该所2008年共有250人申请配型，其中40余人配型成功，但最后仅有6例接受了移植，原因之一是供者以身体不好、工作忙、家人不同意等理由拒绝捐献。

对于这种临阵反悔者，大家的看法也不尽一致。有人认为捐骨髓毕竟是一种爱心奉献，是志愿行为，志愿者反悔也是正常的，不应该受到过多谴责。还有人希望尽快完善相关法规，不让骨髓捐献变成不能兑现的承诺。

如果有患者与骨髓库中造血干细胞志愿捐献者初步配型成功，然后联系到造血干细胞志愿捐献者，并初步达成意向后，在其捐献造血干细胞前需要经过以下过程：高分辨配型阶段、体检阶段和预处理阶段。

整个过程中，供者检查、住院等相关费用，全部由患者承担。如果捐献者反悔，涉及的费用也必须由患者承担。

如果供者在前两个阶段反悔，即高分辨配型和查体阶段，那对患者来说损失的可能是金钱和时间。但供者如果在患者进入预处理阶段反悔，那患者就要付出生命的代价。也就是说，最后时刻的反悔，对患者伤害最大，可以说就是直接要了患者的命。

因为移植造血干细胞的方案是"清髓"方案，患者在移植前，会摧毁自己的造血系统，此时捐献者反悔，没有供者的造血干细胞输进患者体内，那么患者的细胞基本不能恢复。对于一个造血系统被摧毁的人，即便医生竭尽全力医治，那也极易引发感染，非常危险。当然每一家造血干细胞移植医院，在进行无关供者捐献造血干细胞移植手术前，都作好了最坏的打算并制订了相应的医疗预案，一旦捐献者在最后关头反悔，都会尽力挽救患者的生命。

二 生命中不可承受之"轻"

就在本书写作过程中，媒体曝出一志愿者捐献过程中突然反悔的事件。无论事件中有多少不得已，无论任何一方曾经受过多少委屈或误解，我们也只能用无奈来形容这件事了。当然，我们没有权利指责任何人，包括那位反悔的捐献者。但是事件对于患者将会造成比较严重的影响。

生命中不可承受之"轻"。这个"轻"，是压倒骆驼的最后一根稻草之轻，是承诺后突然反悔的轻言之轻。一个已经"进舱"，已经接受了清髓处理的患者的生命，就如同一只背负沉重压力、已经满负荷的骆驼，而捐献志愿者最后关头的突然反悔，就相当于压垮骆驼的最后那一根稻草。这根稻草之轻，甚至可以忽略不计，但是放在已经摇摇欲倒的"骆驼"身上，就足以造成"骆驼"轰然倒地、患者的生命就此结束的恶果。

古人讲"一诺千金"。我们再次呼吁、再次恳请、再次提醒每一位已经或者即将成为造血干细胞志愿捐献者的人们——请在生命面前严肃考虑自己的承诺，不要拿另一个生命开玩笑！因为，你拒绝承诺只需轻轻一言，这一言之轻，你可以转身就忘。却不要忘记，就因为你的轻言放弃，另一个鲜活的生命将就此魂飞天国！

最惨烈的绝望莫过于先给了你希望

很多不幸却是从幸运开始的。对一个人来说，从希望之火被点燃到陷入黑暗的绝望，这是一种绝对的精神折磨。没被反悔者蹂躏过的神经可能不会体验到这句话的真理性。而每一位亲身体验过反悔们爽约折磨的白血病患者，都会有这样的感慨：与其让我从希望之巅骤然跌落到失望与绝望之谷，不如让我从来就没有过任何希望！

希望的风帆高高扬起，却骤然间被狂风暴雨扫荡殆尽。暂时有、霎时无的残酷，远不如"从来没有"来得平静而容易接受。

一个令人无奈的事实是，无论中国还是外国，任何一个骨髓库，在造血干细胞捐献过程中，反悔的现象并不奇怪。据中国造血干细胞捐献者资料库管理中心透露，在全国范围内的统计显示，骨髓初配成功后，志愿者的反悔率达20%。国际上同样面临骨髓捐献者"临阵反悔"的问题。不过，这里说的是"骨髓初配成功后"的反

悔。这个时候的反悔，还算是比较"温柔"的，因为患者还没"进舱"，还没有实施清髓。也就是说，多数情况下，患者还有时间和机会等待下一个志愿捐献者。

对于悔捐者的千万种解释和说明，意义都是不大的。在生命面前，在人性面前，科学有时候也会苍白无力，也会徒呼奈何。

捐献造血干细胞是一种爱心奉献，是自愿行为，志愿者反悔也是正常的，不应该受到过多谴责。中华骨髓库也将进一步加强造血干细胞捐献知识的宣传和普及，也会尽力去完善或者协助完善相应的制度，给予捐献者和患者更多的有效保障，最大限度减少志愿献者的反悔。我们再次给大家一个建议：深思熟虑加入中华骨髓库，义无反顾捐献造血干细胞。对于那些反悔的志愿捐献者，我们只能报以遗憾。

三 与传销组织的生命争夺战：反悔者们的"反面教材"

一个花季少女得了白血病，好不容易找到了和她血型相匹配的造血干细胞捐献者。当她刚刚看到生的希望，做好手术前的一切准备的时候，捐献者却突然失踪。他是不是也像一些捐献者那样，在捐献造血干细胞的关键时刻反悔了、藏匿了？

通过多方查找，终于得知这位捐献者并非临阵脱逃，而是不幸陷入了传销组织的魔爪。于是，一场和传销组织争夺生命的战斗无声展开。市血液中心医生积极营救，帮其脱险，终于赶在最后时刻完成了捐献。在这一事件中，身陷外地传销魔窟的洪永华先生的表现尤其令人感动。他千方百计脱身去救白血病患者的精神，实令那些临阵脱逃的捐献者们汗颜。

一个电话 陷入传销魔窟

洪永华，男，30多岁。他做过保险，开过网络公司，是一个普普通通的深圳市民。2002年的一次献血后，他填写了造血干细胞志愿捐献登记表，成为一名造血干细胞志愿捐献者。成了志愿者，也

第十一章 反悔的伦理学代价

不可能天天挂在心上。因为造血干细胞配型吻合概率非常小，7 年来，他几乎都忘记了这件事。直到 2009 年 9 月，他才接到深圳市血液中心的电话，被告知有患者和他的造血干细胞配型相合，问他是否还愿意捐献。洪永华当即表示愿意，并顺利通过体检。然而，就在他终于可以奉献爱心的时候，意外发生了。

中秋节前，一个老同学给洪永华打来一个电话，邀请他到河南南阳去，说是那里有一个做珠宝的项目很有前途。洪永华当时赋闲在家，也正想找点事情做，既然是老同学邀请，他也没多想就买了一张去南阳的火车票。

可是无巧不巧，10 月 13 日上午 9 时 07 分，火车正点出站。9 时 13 分，洪永华就接到了深圳市血液中心周医生的电话，通知他高配检验也合格了，让他于当月 19 日住院，准备接受骨髓移植手术。洪永华心想，既然已经上了车，就到河南走一趟吧，反正到 19 日还有约一周的时间呢，应该能按时回来。于是，洪永华在电话里向周医生说明了情况，并保证一定会按时回来。

可周医生并不这么想。因为洪永华不仅仅要及时赶回来，而且还要健康地回来。周医生担心他节日期间免不了大吃大喝，出门在外身体会受到伤害，一旦他的健康出现问题，肯定会影响到手术的顺利进行。因此，周医生再三交代他要注意身体，按时返回。带着周医生的叮咛，洪永华踏上了南阳之旅。然而，后来的事实证明，周医生的担心并不是多余的。

10 月 14 日早上 6 时多，洪永华抵达南阳。一下火车，他就被同学带到了一个位于郊区的二层小楼。当时他万万没想到，自己会在这样一个地方一待就是 8 天，直到 22 日才得以离开。洪永华事后回忆，那天一到住处他就失去了自由。他明白，自己被老同学出卖了，被传销组织绑架了！

对那不寻常的 8 天传销生活，洪永华就一句话："这 8 天真不是人过的日子！"他说，到那里以后，人家不许他出门，手机也被没收，完全失去了自由。每天上三次洗脑课，内容是传销理念，讲如何发财。而且同样的内容反复地讲，还不许消极地听课，如果回答不了问题还有被打的可能。洪永华曾对他们说，自己以前搞过 8 年

275

保险，成天给别人上课，他们传销的很多理论和他们干保险差不多，甚至他们说的有很多事例也都是从保险课上搬过来的。他还告诉那些人，这些内容给别人讲还行，给他讲没用。但那帮人不听他的，还威胁说让他老实点，不要自以为是。

洪永华说："在那里就和坐牢一样。"每天除了上课就是吃饭睡觉，吃的是白饭青菜，而且只放盐，连油都没有，一日三餐最多3元钱。这样的"伙食"，洪永华一点都吃不下去，而那些人却吃得很香，因为他们已经被彻底地洗脑了。那些人相信，只要吃两年苦就能发大财。

斗智斗勇　医生和传销组织手机"作战"

虽然失去了自由，但洪永华一刻也没放弃争取自由的努力。洪永华说，在这期间他有三个担心。一是担心身体受到伤害影响骨髓移植；二是担心会被人误会，说他临阵退缩不愿捐献；三是担心家人找不到他而着急。他开始时就向传销组织讲明，自己必须在19日以前赶回深圳，因为那里有一个白血病患者等着他去进行骨髓移植手术，也就是说有一条命握在他手里。但那些人根本不为所动，并说，迟几天没有关系。看这架势，洪永华知道硬来是无法脱身了。他采取了麻痹战术，不再申辩，也不再要求离开，而是装出一副老老实实听课的样子。直到10月19日，由于看到洪永华表现不错，传销的组织者才允许他出去转转。但即使这样，他仍被严密地监视着。在对方的监控下，他被允许用电话向家里和周医生报了平安，并说了他在河南南阳一个同学那里。就是这句话，让寻找他数日的家人和周医生知道了他的下落，也使对他的营救有了目标。

洪永华在河南受罪，在深圳的周医生也揪着心。周医生说："我一直牵挂着出差在外的洪永华，怕他出个什么意外。"洪永华刚走两天，周医生就给他打电话。开始，洪永华的手机是关机状态，后来开通了但一直没人接。周医生说，关机时，她担心他的安全；开机后不接电话，她怀疑他动摇了。用自己的电话打，对方不接，周医生就试着用其他电话打，还是不接。她又委托外省的人打，仍然是不接。周医生分析:"我的电话不接,说明他有可能反悔了;但不是我的电话他也不接,这就不妙了。"这时周医生就意识到洪永华肯定出事了,至少,他可能被人控制了。

周医生迅速打电话给洪永华在湛江的母亲和妻子,询问洪永华的下落。这时,洪永华的家人也从洪永华打来的电话中发现了他同学的踪迹。他们找到了他同学的妻子,并要到了他同学的电话号码。他的同学在电话中承认洪永华在他那里,且被迫在搞传销。

为早日将洪永华解救出来,洪永华的家人通过一个当公安的亲属向南阳公安机关做了通报。周医生也和河南南阳血液中心取得了联系,向他们介绍了洪永华被传销组织绑架的情况,请他们在当地施以援手。这期间,为救回洪永华,周医生通过不断打电话和发短信,对骗洪永华去河南的同学进行劝说。并告诉对方,如果白血病人因他死亡,他将负刑事责任,深圳的警方会到河南抓人。

周医生说,为了"策反"洪永华的同学,她也费尽了心机。不仅对洪永华的同学晓之以理,还动之以情。她觉得,人心都是肉长的,一条生命很可能就要因他们的所作所为而失去,他们不会无动于衷的。

周医生说:"很多短信看似是发给洪永华的,但考虑到由于他失去了自由不一定能看到,所以其实是给他的同学看的。"

请看部分短信内容:

"你已答应捐献干细胞了,现因无法联系上你,病人的治疗不知道如何处理。病人一旦进入无菌舱清髓治疗,如果你不出现,病人必死无疑。请尽快和我联系。周医生。"

"接到你的电话知道你平安我就安心了,你说你19号回来,那么我们就要安排病人清髓治疗,你要知道,病人的生命就交给了你。所以你务必按时回来,到了给我电话。"

"请代转洪永华:您好!一直联系不上你甚为焦急。不知道你的情况如何,很为你担心。我知道你是一个很有爱心的青年,你是经过深思熟虑才作出决定捐出干细胞来挽救一个垂危的生命。联系不上你我想你有你的特殊原因,但是病人要在22日进入无菌舱进行清髓,清髓后如果没有你的救助就必死无疑。所以我们必须有你的回

复才能决定病人如何治疗。如果你收到我的信息请马上给我回电。不管你是否捐献，我都会尊重你的决定。期待你的回音。周医生。"

"我是周医生，打你的电话没接，你没事吧？需要我的帮助吗？请给我电话好吗？"

虎口脱险　履行生命的承诺

10月21日，奇迹出现了，传销组织终于同意放洪永华走了。对此，洪永华分析："可能是我的家人知道了是我同学害我的，我们两家住得很近，他不敢对我怎样；也可能是当地的血液中心和公安机关起到了威慑作用；也有可能是他们认为我不可能被洗脑，没有利用价值。但我认为起作用最大的应该是周医生的短信。"

10月22日，洪永华终于回到了深圳。一到深圳，他就住进了医院。

"好人还是有好报。"洪永华说，现在他更加坚信捐髓是正确的选择，不仅因为他可能救一名白血病人，而且这样他也救了自己。

10月29日，洪永华在深圳市第二人民医院接受了造血干细胞采集。周医生表示，洪永华的造血干细胞已经成功提取出来了，30日早晨就会给病人进行移植手术。一名白血病人就会因他而有了生的希望。

捐献成功后，洪永华收到了受捐的山西白血病女孩的亲笔信："亲爱的大哥哥，是你给了我重生的希望，十万分之一的概率，让我找到了你，是缘分，是上天对我的眷顾……"这封信，洪永华反复读了很多遍，并且复印备份，准备将原件塑封后珍藏。来信还说："如果有可能，等我好了，几年之后，我会找寻你的，希望可以亲自感谢你！"

女孩第二封来信同时寄来了一条围巾，称："是我亲手织的，织得不好，希望在即将到来的冬季里，这条围巾能带给你温暖，在远方，会有一个女孩默默为你祈祷、祝福的……"

相对于那些临阵脱逃的志愿者，洪永华的确有资格接受这样的祝福。他身陷传销魔窟，仍千方百计脱身赶来营救那位苦苦等待的白血病女孩。这种行为，就是那些反悔者们最好的"反面教材"。

四 反悔行为的客观评价

捐献自己的造血干细胞救人一命，本来是件大好事。可捐献者中途放弃，我们该怎么看待呢？中途拒捐，并对白血病患者的生命造成了极大威胁，应该承担什么样的责任呢？如果有责任，是法律责任还是道德义务？造血干细胞捐献者临阵脱逃严重损害了捐献行为的公益性和公信力，破坏了社会诚信。该怎样避免类似事件的再次发生呢？

这些，都需要一个公正客观的评价。

捐髓者反悔缘自认识偏差

捐献者反悔的事件在全世界各国都有发生，我国当然也不例外。捐献者之所以反悔，主要是人们对捐髓认识有偏差，认为捐献造血干细胞要在背脊骨上打孔钻洞，"敲骨吸髓"的恐惧让人们临阵退缩。再有就是中国人传统的思想，认为父精母血，不可轻予他人。还有人认为捐献后会影响健康和自身造血功能。种种原因，致使有的志愿者当初同意捐赠的念头只是一时冲动，没有经过深思熟虑，觉得反正相合率那么低，自己不可能配上。在这种思想主使下成为志愿者，一旦配型成功后多半就会因害怕而拒绝捐献。还有些志愿者报名时并未与家人沟通，一旦配型成功后，由于家人极力反对，导致最终拒绝捐献。另外，一些大学生在校期间一时热血沸腾报名捐献，但数年后毕业、工作、结婚、生子，生活环境和家庭成员都发生了变化，这时候再让他捐献，想法就不同了，往往也会拒捐。

这些主客观因素，其实都源于认识上的偏差。都是因为把捐献造血干细胞这件事看得过于严重。其实，诚如专家所言，捐献一次造血干细胞面临的危险，还不如喝一杯滚烫的水所冒的风险大。

让爱永存

捐髓者反悔只涉道德，无关法律

从立法上来说，我国在捐献方面的法律法规相对空白，在对捐献者追究法律责任方面无法可依。我们知道，法律责任主要有刑事责任、行政责任、民事责任三大类。

先看刑事责任。《刑法》关于间接故意杀人可理解为"明知自己的行为会造成被害人死亡的结果，但是放任这个结果的发生"的不作为行为。可是这个"不作为"承担责任的前提必须是捐髓者和白血病患者之间有法定的救助义务。显然，捐髓者不属于这种情况。由于捐献干细胞是自愿、无偿的，不能强迫，因此行政责任也无从谈起。那么，最有可能承担的是民事责任，因为向患者捐献造血干细胞，相当于赠与合同。但即使是赠与合同，除具有救灾、扶贫等社会公益、道德义务性质的赠与合同或者经过公证的赠与合同不能撤销外，其他的赠与人可以随时反悔。另外，赠与合同的标的是财产，可捐髓者自己体内的造血干细胞不能算财产。同时，由于捐献是一种公益行为，因此在捐献同意书、捐献知情书上，并没有关于捐献者违约应当承担什么责任的条款，因此这种行为也不存在违约问题，也就无法承担民事责任。

从捐献原则来看，骨髓捐献提倡的原则是"自愿、无偿"，既然是自愿，捐还是不捐，主动权就始终在志愿者手里，捐献者就有中途反悔的权利。

从另一方面讲，骨髓捐赠是无偿的，而且是一种应当鼓励的善举。如果法律对一种善举要求过于苛刻，则会打击行善者的捐献积极性。据了解，全世界都没有对反悔者的处罚规定。

因此，对志愿者捐献骨髓的行为首先应予肯定；同时，对中途反悔者也应予以理解，至多对其进行道德上的评价。

爱心需要制度呵护

采集造血干细胞，国家要花费大量的公益事业基金，而患者花费的金钱更多。捐献者中途反悔，不仅给患者带来巨大的经济损失和精神损失，甚至等于第二次向看到希望的患者宣判了"死刑"。要避免此类情况发生，需要做好以下几点：

首先，要制定调整骨髓捐献行为的法律法规。目前，在我国，骨髓捐献仅被作为一种道德层面的自愿契约行为，捐献者有反悔的权利。这样的道德契约能鼓励更多人加入到捐献队伍中来，但弊端是随意性太大，对捐受双方的权益无法实施法律层面的保障。因此，在《献血法》《器官移植条例》都没有涉及的情况下，有必要出台《骨髓移植条例》，对骨髓捐献行为的法律性质、法律效力进行规范，对医院、患者、捐赠者的责任进行明确的规定，让善心运转的每一个环节都有法律的保护和约束。

其次，要加强对骨髓捐赠知识、采集程序及重要意义的社会宣传。很多反悔者在捐献时举棋不定，家人坚决反对，与对骨髓捐赠无害不了解有很大关系。因此，多策划一些宣传活动，将白血病的报道重点转向捐献的科学知识和实例报道，使更多的爱心人士能了解捐献过程的具体细节，有利于他们作出捐献选择。

再次，要完善对捐献骨髓者的心理疏导和捐献后的健康保障。国家应向志愿者提供健康医疗保险，以解除捐献者对捐献风险和健康的担心。同时，还应像对献血者及其直系亲属需要输血时给予的优惠政策那样，对骨髓捐献者给予相应的政策。

最后，要强化对志愿者的道德教育，提倡"深思熟虑""诚信捐赠"，使他们明白爱心不是一时冲动，而是一生的承诺，践行承诺不仅是对他人生命的尊重，更是对自己的尊重，从而减少反悔事件的发生。

寄语反悔者

虽然我们不能过多地指责反悔者，更无法对这种临阵脱逃者实施制裁。但是，我们最最无法想象的就是，当一个垂危的生命向你发出明确的求救信息，而全世界很可能只有你一个人可以挽救这个生命的时候，你怎么忍心转身离去？你是否知道，你离开的背影已

经写满了冷漠甚至残酷?

除了那些反悔者,志愿者流失也是目前多数骨髓库面临的问题。流失的主要原因是志愿者在联系方式更改后,没有及时通知资料库更新,所以有时初筛发现符合的人选不少,但最后往往很少人能进行初配。这些,给本来就艰难的配型工作带来了更大的困难。

我们说过,配型工作差不多就是大海里捞针。不妨设想,当骨髓库的工作人员费尽千辛万苦好不容易"捞"到了一根"针"之后,却发现这根"针"是假的、是一种虚妄、是一个海市蜃楼的时候,该是何等沮丧的心境!好吧,心情不计费,也没有标价,姑且忽略。但是"大海捞针"是需要人工、需要精力、需要上上下下很多人的配合的,是有费用的。本来就十分有限的资金,居然会这样白白浪费,这是何等令人心疼的事!所以我们在这里再次吁请所有的志愿者:请深思熟虑,谋定后动。说一句大实话:您深思熟虑后作出不捐献的决定,也算是对骨髓库的一种支持——起码节省了日后上天入地寻找您的人工和精力,起码不会让可能"不幸"与您配型相符的那位患者从希望之巅跌落到绝望之谷。再说一句更实在的话:起码可以让那位不幸的患者仅仅带着"回天乏术"的遗憾离开这个美丽的世界,而不至于含着对人世间"见死不救"之恶行者的愤恨离世。

这一点小小的请求,相信任何一位准备成为志愿者的人都应该而且可以做到。

第十二章　谁是最可爱的人

我们这个时代，许多行业许多个人都可以被称之为"最可爱的人"。挽救别人生命的人，是不是也可以位列其中呢？答案是肯定的，因为世间一切事物，人是最可宝贵的。中国的佛教中有一句偈语：救人一命，胜造七级浮屠。造血干细胞捐献者以自身小小的付出，换来他人宝贵生命的延续，这实在是一种功德无量的义举。这样的人，我们完全有理由说他们是最可爱的人。

一　于井子的故事

于井子的父母都是上海知青，当年广阔天地炼红心，到新疆插了队。她出生在新疆的阿克苏沙井子，"于井子"就成了她的名字。这是个很简约直白又很唯美的名字——井边的女人，隐约透露着一种先天的倔强生命力。出生一年后，于井子被送回到上海外婆家。

于井子长到15岁，初中毕业了。她报考了护士学校，成了一名成绩不错、性格有点叛逆的学生。

眼看一个年轻生命离去，她自问：我还能够做些什么呢？

两年后，17岁的于井子毕业了，被分配到了普陀区人民医院护理部。第一年，于井子被安排在工作不是特别忙碌的骨科，她很快适应了自己的角色，成了一名优秀护士。

骨科的病人大多年纪不大，病情也大都不是很重。每天，跟着带教老师——护士的屁股后面转，于井子踏踏实实地将以前书本上的知识落实到现实中去，做得有板有眼。一年后，她就被调到了大

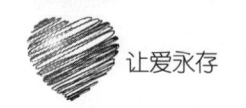

内科的呼吸科。

相对来说，骨科的工作节奏是比较舒缓的，呼吸科就大不一样了，老、重病人焦躁不安的表情，急救室里病人瞬间被死神夺去生命的情景，日复一日地冲击她的神经，同时磨砺着她的责任心。原来不觉得护士这一行有什么了不起，后来却是越做越怕，越做越小心。她的体会是，做的时间越长，越容不得自己有半点疏忽。她还意识到，护士是一个特殊的服务行业，直接对生命负责。

这个行业也许最有助于培育人的爱心和耐心吧。1992年的某一天，护士长问大家："我们科室的这个献血名额，谁去？"大家都不吱声。于井子站了起来："我去！"于是大家如释重负，一起给她鼓掌。这是于井子第一次献血。她快快乐乐地献了200毫升血，并坦然宣传：血这个东西，越献越多的。

作为护理人员，于井子坚信：健康人献血援助病人是应该的，正常的，并不是什么崇高的事情，医务工作者更不应该躲避。面对生活中人们对献血的偏见，她觉得自己献血就是一种献血无害的明证。

"你看，我的脸色还是红扑扑的吧。"她笑呵呵地向同事证明，献血并不影响她的身体健康。正笑着呢，护士长又来征求献血名额了，"我去，我去！"没等大家反应过来，她又站了起来，说，"这次我要献400毫升！我要看看自己的底线是多少。"看底线，是为了下次再多献一点。

八年里七次献血，其中两次，是她信步街头，看到了流动采血车，就高挽袖子迎上去的。如此献血，不是出于疯狂，更不是为了出风头，而是善良的心肠要尽善良的责任。作为护士，她几次都目睹失血过多的病人因为血库的存血不足而失去生命，每次她的喉头都像卡了一根鱼刺。她决定用自己的微薄力量让血库里多一点儿血，同时，她也想改变某些人对献血的疑虑，用行动告诉他们：献血对自己没有任何伤害，而到了别人身上，就派上了大用场。她从不细究自己的血是流到哪些人身上去了，她确信：血肯定被病人用了，被需要它的人用了。

从呼吸科调到血液科后，于井子更确定了自己献血有意义。

血液科里的病人，很多都是白血病患者。与他们朝夕相处，于井子更爱笑了，似乎更乐观了。其实，面对那些绝症患者，她更感到生命的无常与凄凉。

一日，医生给一位 15 岁的男孩下了病危通知单。于井子曾给他讲过笑话，他叫她"阿姨"时声音很清脆。大家都说他长大后一定是一个英俊的小伙子。现在，他躺在病床上，奄奄一息。因为缺乏骨髓干细胞的配对捐献者，他医无可医。所有人都知道他其实是在等死，但是，这一日真的来临时，还是让人难以接受。

"救救我，我不想死！"男孩的气息微弱，但生存的渴念仍然顽强。面对这个可怜的孩子，医生们却无力地垂下了头，于井子与其他护士强忍着眼中的泪水，不忍多看这个孩子一眼。毕竟，他只有 15 岁，看着这么一个年轻的生命消逝，身为医务工作者的他们却无能为力，帮不上一点忙，这是多么残忍的事情！为了给孩子看病而倾家荡产的父亲，无法忍受这骨肉分离的打击，冲动地扒着窗台，嚷着"我活不成了"，要从七楼往下跳……

这一天，于井子的心绪很久都没有平复。"我还能够做些什么呢？"这念头一直盘踞在她的脑海，挥之不去。

"献血、捐献骨髓，都是我自己爱做的事情"

2002 年的某一天，于井子在报纸上看到中华骨髓库正在寻找造血干细胞捐献志愿者的消息。顿时，她来了精神，仿佛在黑暗中看到了一线光明。利用休息日，她报名做了一名骨髓捐献的志愿者。这件事，她完全是独自行动，没有告诉任何一人。她事后经常对别人说的一句话就是"献血、捐献骨髓，都是我自己爱做的事情"。

2003 年 6 月，于井子报名随旅行团去国外旅游。正准备出发，忽然接到红十字会的通知，说是有个白血病患者与她的造血干细胞相匹配，要马上进行骨髓移植，问她是否还同意捐献。于井子闻讯，立即取消了旅游计划。

6 月 27 日，于井子躺到了华山医院血液科的病房里，漫长的八个小时，鲜血从她身体里流入血细胞分离机，经过机器分离出造血干细胞后，又返回到她的身体。这仿佛是一个仪式，勇敢的付出让

于井子感到从机器返回的不仅是自己的鲜血,更有成倍的笃定与坚强。

在医院里住了一个星期,每天进行皮下注射,于井子这个专业护士被别人护理了一回。与此同时,她所捐献的100毫升造血干细胞悬液,经飞机送往福州,输入了病人体内。经过一个月的观察,福建传来消息:移植成功。此时,于井子捐献骨髓的消息才不胫而走。

血液科的一位中年女患者有点儿失落:"于护士,早知道你捐献骨髓就好了,我或许就可以跟你匹配上了!"于井子安慰她:"没关系,会有别的骨髓捐献者的干细胞跟你匹配上的。"

巧的是,接受于井子的造血干细胞捐献得救的正好也是一位护士,病愈后,她强烈要求和于井子见面以表达感谢之情。于井子拒绝了。"那你就和她通通电话吧,"红十字会的工作人员说,"毕竟是你救了她的命!"于井子脸红了,说:"我只是做了我想做、爱做的事情。电话里,她要是说感谢的话,我都不知说什么好呢。算了。"

隔年,福建省红十字会举办大型慈善公益晚会,宣传献血献骨髓。主办方力邀于井子前往参加。当于井子上台时,导演竟安排了她的造血干细胞接受者原淑美上台与她相见。

"没有你的骨髓,我无法活到今天!"原淑美拉住于井子的手,热泪盈眶。措手不及的于井子,仿佛是做错了事情的孩子,两颊火辣辣的,她早就说过自己并不是为了得到感谢才捐献骨髓的,但此时此刻,面对原淑美的真挚谢意,面对台下如雷的掌声,她还是无法躲避这份真诚的谢意。

面对如潮的好评,于井子向夸奖她的人辩解与强调:"这真的没有什么了不起的,我做了我该做的、爱做的事情。并且,健康人献血捐献骨髓应该成为一种社会常态!"于井子从心底里希望血库、骨髓库里满满的,永不缺"货",并以身体力行作倡导。

二 特殊身份的特殊捐献

说身份"特殊",因为这位捐髓者是一名狱警;说捐献"特殊"，因为他居然利用公共假期和自己的婚假进行捐献。理由呢，就是不想耽误工作。无私、坦荡、真诚若斯，宁不令人钦敬？

在父母坚决反对中签下捐献协议

1980年7月，方世俊出生于湖南省岳阳市一个普通的干部家庭。

1998年10月，从省司法学校毕业后，方世俊被分配到岳阳监狱，做了一名普通警察。自从穿上这身渴望已久的警服后，方世俊对工作和生活更加热情、更加积极了。2001年秋，方世俊在监狱外面带班，突然发现一辆小四轮车在岳华公路上出了车祸。他见状后马上跑到出事地点，发现司机和他的妻子都身负重伤、昏迷不醒。方世俊带领服刑人员撬开车门，救出伤者，然后又拦住一辆过往车辆，将伤员送往医院，直到两人脱离生命危险后他才悄然离开。事后，伤愈出院的当事人四处打听，好不容易才知道了他的姓名和工作单位。直到当事人给单位送来一面锦旗，单位的领导和战友们才得知他做过这样一件好事。

2003年5月，当时已是岳阳监狱十二监区团支部书记的方世俊，为积极响应监狱团委和岳阳市红十字会的号召，主动带头参加了由团委组织的无偿献血活动。在献血的同时，经岳阳市红十字会工作人员的推荐，他看到了关于捐献造血干细胞的宣传资料，于是当场递交了一份志愿捐献造血干细胞的登记表，成了中华骨髓库的一名造血干细胞志愿捐献者。

2006年4月底的一天，方世俊突然接到岳阳市红十字会打来的电话，说是福建有一名身患白血病的大学生与他配型相合并急需造血干细胞救治。方世俊非常高兴，马上就答应了对方需要自己捐献造血干细胞的请求。那时，他唯一的想法就是，作为一名监狱警察、一名党员、一名志愿者，不管怎样，都不能见死不救。

方世俊把这件事告诉了当时还是他女朋友的郭微。女友当时没有明确表明态度，只是马上上网查询了一下有关捐献造血干细胞的情况。在肯定了对身体无碍之后，女友答应了他的请求，并且还做了他的一位幕后支持者。接着，方世俊又通过女友做通了"准岳父

让爱永存

母"的思想工作，经过一番解释和劝说，"准岳父母"也对方世俊的志愿行为表示理解和支持。

然而，让方世俊始料不及的是，自己的父母得知他要捐献造血干细胞的事后，两位老人当即表示坚决反对。方世俊的父母告诉他："你小时候体弱多病，曾经因为肾炎和肝炎住过两次院。如果你再去捐献造血干细胞，身体会垮的！"

方世俊见拗不过父母，便将从网上找到的一些有关捐献造血干细胞对身体无害的资料和新闻给父母看。同时，他继续耐心地做二老的思想工作，劝他们不要为此事担心。那时，他只希望通过网上那些活生生的事例打消父母亲的顾虑，然后才好实施下一步的捐献。当然，他也做好了万一父母坚持反对，自己只有"先斩后奏"的打算。总之，他决心已定，无论如何也不能放弃这次救人的机会。

5月中旬，湖南省和岳阳市的红十字会领导及医务人员专程来到监狱，对方世俊进行进一步采血取样，进行HLA高分辨检测。不数日，检测结果出来了——配型合格！此后，相关医疗部门又对方世俊进行了4次体检，最终确定他的身体健康，完全符合捐赠条件。而这几次采血检验，方世俊始终都瞒着家人、领导和同事。因为他不希望自己的举动让更多的人挂念。

9月初，方世俊又一次瞒着同事及家人，与岳阳市红十字会正式签订了捐献造血干细胞协议书。这就意味着，他已正式决定要为那位福建大学生患者捐献造血干细胞了。

爱的见证：新婚妻子陪他进京捐献

正式捐献造血干细胞之前的4次体检，方世俊都是利用业余时间去岳阳市完成的，他为此事没有请过一次假，更没有让任何人知道。他觉得捐献造血干细胞是每一个符合条件的公民都能够做到的，所以不希望让更多人知道后四处宣扬。直到9月下旬，湖南省岳阳市红十字会给单位领导打来电话，单位一些同事才知道这件事情。

从那天起，方世俊开始改变饮食和休息习惯。他戒掉了烟酒和油腻食品，每天保证充足的睡眠时间。他心里十分清楚，只有自己的身体健康了，才是对患者的尊重。

2006年9月28日，中华骨髓库管理中心给湖南分库发来通知，想请方世俊于10月中旬来京捐献造血干细胞。接到这个通知后，湖南分库何一萍主任却犹豫了起来。因为她早就得知，方世俊已经在一周前定下了婚期，而且还向亲友们发了请柬，他和妻子郭微已定于国庆节期间结婚，另外还请了半个月婚假。

何一萍主任也知道这个手术时间不能推，可是就这样要求人家推迟婚期也不合情理。踌躇再三，她还是试着给方世俊打了个电话，问方世俊需不需要在蜜月后再做干细胞采集手术。不料方世俊却非常干脆地回答："我可以如期捐献造血干细胞，但是监狱工作很忙，我马上要结婚了，请你们安排一下，能否在我的婚假期间完成捐献，这样我就不用请假了，免得影响工作。我的婚期不能推，那样对爱人不尊重；可大学生的手术更不能推，我准时到北京吧！"简短的几句话，热情爽快，中华骨髓库湖南分库的全体工作人员被方世俊深深地感动了。

当方世俊的父母得知儿子一定要捐献造血干细胞后，两位老人在电话中哭了起来，他们埋怨儿子不知道珍惜自己的身体，不该在这件事上自作主张而不跟他们商量。方世俊见事情的发展并不顺利，于是便动员做医生的哥哥去做父母的工作。经过多方努力，这对善良的老人勉强打消了顾虑。

接到红十字会暂定于10月14日赴京捐献造血干细胞的正式通知后，方世俊和妻子郭微作了商量。因为国庆节放假5天，而婚假又有15天，1日和2日他还要在监狱值班，所以从3日才开始正式休假。婚期定在10月7日进行，原计划利用国庆长假到云南结婚旅游，然后再改道去北京，那么现在只能改变计划了。

10月7日，方世俊与妻子郭微的婚礼如期举行。9日，也就是结婚后的第三天，他在新婚妻子的陪伴下，踏上了开往北京的列车。那天下午，岳阳监狱党委副书记、政委梁伟新，岳阳市红十字会秘书长陈振富以及方世俊的同事、朋友，还专程赶到岳阳火车站为这一对特殊的新人送行。就在火车即将离站的那一刻，人群中突然出现了一个步履蹒跚的老年妇女，她就是方世俊的母亲。看着自己心

爱的儿子已身披红花地坐在列车的车窗前,她不顾在场工作人员的劝阻,硬是跑过去哭着对方世俊说:"伢儿,你怎么也不告诉我们一声!"方世俊笑着安慰母亲:"妈,您老人家就放心好了,我不会有事的!"说罢,方世俊的眼眶也湿润了。

　　来到北京后,方世俊被安排住进了空军总医院的病房,新婚妻子郭微则一直陪伴在他的身边。为了确保这次捐献万无一失,医院对他进行了为期几天的住院观察,每天24小时注意观察他的身体变化与反应。而妻子郭微却总是跑前跑后地为他送饭、洗涮餐具,成了他的生活助手。坐在病房里,眺望着窗外与家乡迥异的北方深秋景象,看着时刻陪伴在身边的新婚妻子,方世俊笑得非常坦然,因为他心中充满了幸福。

　　17日下午,注射造血干细胞动员剂后,方世俊突然出现了不良反应,腰酸背疼起来。妻子郭微见状,马上给他按摩。看着妻子为自己忙活,方世俊歉疚地笑着说:"这几天让你跟着我受了不少委屈和磨难,我们本来要去云南旅游度蜜月的,可如今却躺在医院里。回家后我一定要好好补偿你!"郭微却一把搂住了他的脖子:"谁叫我是你老婆呢!旅游以后还有机会,这里的事情不能耽误啊!你别再胡思乱想了,就让我们用捐献造血干细胞来见证爱情和婚姻吧!"

　　10月19日,造血干细胞采集完成。司法部监狱管理局的两位领导走进病房看望方世俊。他们高兴地说:"尽管当今社会志愿者越来越多,但并不是每个人都能在关键时刻真正站出来。你这种高尚的行为和品德很让人感动。你虽然是一名基层警察,却是我们监狱系统全体干警的优秀榜样!"方世俊笑着回答:"配型成功的概率只有几万分之一到几十万分之一,捐献不会影响健康,我能和患者配型成功,是我们的缘分。再说,救人一命,也是人民警察的责任。"

爱心是否强大,也是一个民族是否强大的标志

　　根据医生通报,当晚6时左右,福建那名身患白血病的大学生身上便开始流淌着方世俊的血液。想到这里,方世俊情不自禁地搂

住了妻子郭微，兴奋地说："能用我的造血细胞救助一个生命，这是我的幸运。在这个世界上，还能有什么比救助一个生命更有意义呢？今天，我终于可以实现自己的心愿了，我真的很开心！"

为了尽早能向自己日夜牵挂的父母有个圆满的交代，更为了将这个好消息及时带给一直盼望着自己回去的领导、同事和亲友，方世俊决定当日就返回湖南。

2006年10月20日早上，当方世俊挽着妻子郭微，满面笑容地走下列车时，来自湖南省监狱管理局，岳阳监狱，省、市红十字会等单位的领导、同事和亲友们，纷纷手捧鲜花向方世俊簇拥而来，那一刻，方世俊和妻子脸上堆满了喜悦和灿烂，那一刻，同志们的掌声如潮。上午10时，在湖南省监狱管理局7楼大会议室里，省监狱管理局隆重举行了"欢迎岳阳监狱民警方世俊赴京捐献造血干细胞载誉归来仪式"。会上，来自湖南省红十字会、中华骨髓库湖南分库、省政法委、省司法厅、省监狱管理局等单位的领导，先后就方世俊赴京捐献造血干细胞载誉归来发了言。省监狱管理局经局党委会研究，决定为方世俊同志记三等功一次。

湖南省司法厅副厅长兼监狱管理局局长刘万清在发言中深情地说："方世俊同志捐献造血干细胞是中华骨髓库1996年以来的第539例，湖南省的第42例，湖南政法系统的第1例。方世俊同志为我们监狱人民警察赢得了荣誉。我希望大家都要向方世俊同志学习，学习他乐于助人、默默无闻、不求回报的精神；学习他热心公益事业，用爱心帮助他人延续生命、传承人道、自愿服务的精神！"

中国红十字会常务副会长江亦曼在接受记者电话采访时说："从医学上来说，捐献造血干细胞的过程，与捐血相比，除了剂量大小之外，并没有太大的区别。捐髓不是吸骨取髓，这是一个常识。遗憾的是，在生活中，仍然有很多人并不清楚这一点。由于中国民族众多，中华骨髓库的配型成功率并不高。据有关方面数据显示，日本骨髓库的配型成功率已经达到百分之一，欧洲是七百分之一，而中国还不足千分之一。我国目前等待造血干细胞移植救命的患者已达100多万人，而且每年还在以惊人的速度增长，其中大部分患者找不到配型，只能眼睁睁被病魔夺去生命。对于民警方世俊携新婚

妻子、放弃休假进京捐献造血干细胞的壮举，我们深表谢意。其实，爱心强不强大，同样也是一个民族强不强大的标志！"

方世俊告诉采访他的记者："在我开始做捐献准备和正式捐献期间，我的妻子郭微特别理解和支持我。为了让我安心工作，我们结婚装修房子、买家具，都是她和她父母负责操办；为了支持我捐献造血干细胞，她主动动员我放弃了去云南旅游结婚的计划。如果没有她的支持理解和鼓励，我的生活肯定没有今天这样幸福美好！"

方世俊结束了光荣的北京之行回到家里，他的父母也很激动："伢儿（方世俊）这次去北京捐献造血干细胞成功了，我们也从电视上看到报道，我们真的很高兴。以前是我们误会他了。毕竟他是在帮助别人，救人一命是应该的，以后我们还会多支持他做些好事、善事，不再和他唱反调啦！"

三 两次捐髓无疑救人两命

全国范围内，两次为同一位患者捐髓的志愿者鲜有其人。我们说，捐髓者是高尚的，那么这些"高尚了两次"的志愿者就尤其令人敬佩。

中国的老百姓，无论有没有文化，大概都知道那句佛家偈语：救人一命胜造七级浮屠。对于那些两次为同一位患者捐髓的志愿者来说，他们等于救的是两条人命！多造了多少级"浮屠"，那是个比较抽象的事，但是他们为人类、为社会造福了，这是铁的事实。

与这种两次捐髓的高尚精神成为鲜明对照的是，至少每十个志愿者中就有两个临阵反悔。两相对照，我们只能无语。

心灵最美 90 后大学生

杨子威，一个平凡的人，却做了不平凡的事。他为了挽救和帮助白血病患者，两次捐献造血干细胞，两次捐献慰问金，被誉为"心灵最美 90 后大学生"。

杨子威从小就热心公益事业，16 岁拿到身份证那天，他就兴冲冲地跑到献血点准备献血，却被告知未满18岁不能献血。虽然未能如愿，但那颗博爱与奉献的种子却深深埋在他的心底，慢慢地生根发芽。2008年初春，即将迎来18岁生日的杨子威，提前十几天就开始了实现献血理想的倒计时。生日那天一早，他就走进献血车，看到血袋慢慢地涨满，填写完中华骨髓库报名志愿书和登记表，杨子威露出喜悦的笑容。2009年年底，已是武汉生物工程学院学生的杨子威收到一封邮件，说他的血液样本与北京一名患白血病的女学生配型成功，问他是否愿意捐献。杨子威兴奋不已，说服了父母之后，坚定地走进了捐献造血干细胞的采集室。

"要躺5个小时，一动也不能动，但一想到我能给病人以生的希望，又觉得特别自豪。"杨子威一点也不后悔自己的选择。

一年之后，接到那位女生病情复发、需要再次移植骨髓的消息，杨子威的心真的有点乱了。得知需要儿子再次捐献造血干细胞，妈妈流下了眼泪。父母的担心，杨子威理解，但是他想到，如果拒绝，那么前面所做的一切都将付诸东流，一个16岁的花样生命，将就此枯萎暗淡。2011年3月，杨子威在父母的陪同下又一次走进造血干细胞采集室。就这样，他成为湖北省年龄最小的造血干细胞捐献者，也是全国少有的两次捐献造血干细胞者之一。

"妈妈给了我第一次生命，可这位好心哥哥给了我第二次、第三次生命，我一定要好好地活着。"白血病女学生的来信，让杨子威深受感动，他说："没什么比奉献的人生更有意义。这份感动我将珍藏一生，它会指引着我继续奉献。"

"继续奉献"，不是杨子威凭空喊出的一句口号。他不但两次捐献造血干细胞，还将两次捐髓所得慰问金1万元全部捐了出来，用于救助身患白血病的四川师大女研究生李瑞芳。

"心灵最美90后大学生"这个称谓，杨子威当之无愧。一个生命正在等待着他的挽救，他没有坐视不管。一年后，当这个生命再次等待他的挽救时，他仍然毫不吝啬地、坚强地作出了再救一次的决定。如果他不是这么勇于担当，不是这么富有责任心，哪怕稍微迟疑一下，哪怕稍微少一点舍己为人的精神和善意，也不会毅然作出这样的决定。

让爱永存

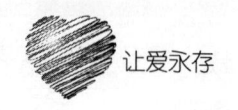

爱的涟漪——2000 名学子的爱心接力

一颗石子投进水面，会荡起一圈圈涟漪。杨子威的事迹传开后，在大学生中引起了强烈反响，也由此荡起了一阵阵爱的涟漪。

杨子威觉得，我们很多人都是非常愿意做好事的，有时候只是缺少一个契机。他决定把身边愿意奉献的同学聚集起来，让行善有一个更广阔的平台。行善的第一步，杨子威选择了他亲身体验过的献血捐髓。他的想法得到了学院党委书记余毅的全力支持。在学校的协助下，2011 年 5 月 4 日，武汉生物工程学院"杨子威献血捐髓志愿者服务队"宣告成立，这是武汉市首个以个人名字命名的献血捐髓爱心组织。在杨子威事迹的感召下，服务队参与人数迅速达到 2000 多人。

5 月 8 日是世界红十字日，"杨子威献血捐髓志愿者服务队"开展了他们第一场"爱心大接力"公益活动。上午 9 点半，湖北省军区武汉血站流动采血车开进武汉生物工程学院。虽然是星期天，仍有 1000 多名"杨子威献血捐髓志愿者服务队"队员，在国旗台下排成了几条长龙等待献血。到中午 12 点半，102 只血袋装满了，等待抽血的队伍仍然十分庞大。

红十字会的工作人员说："这种情况超出了我们的预期，一般一天采血 60 人、80 人算比较多的了。"血站紧急调来血袋时，已是下午 3 点。采血取髓工作又进行了 3 个多小时。当天共有 172 人献血，总计达 5 万多毫升。此外还有百余名师生采集了血液样本，加入了中华骨髓库造血干细胞捐献志愿者队伍。

这一天，杨子威一大早就来到现场，为参加献血的志愿者们讲解献血知识，还为参加献血的同学佩戴上红花。刚满 20 岁的女大学生志愿者王菲菲是第 3 次献血，她已累计献血 1000 毫升。还有一批年轻教师受杨子威感染，纷纷加入献血和志愿捐献造血干细胞的行列，其中，孙玉巧博士已是第 4 次参加献血，累计献血 1200 毫升。

在学院文化广场，还有一个捐款箱，这是"杨子威献血捐髓志愿者服务队"为身患白血病的李瑞芳组织的捐款活动。该校师生踊跃捐款，杨子威的爷爷奶奶、父母和邻居也汇来善款 4200 元。二胡演奏家周维在武汉义演结束后，获悉此事，当即托人转交 5000 元善款。

全国道德模范吴天祥得知爱心活动的消息后，马上赶赴武汉生物工程学院献血捐髓现场，为李瑞芳捐款 1000 元，他还鼓励杨子威和他的志愿者队友们："杨子威同学是 90 后大学生的优秀代表，他的精神值得全社会学习，他感动了我，也一定能感动全中国！"

2011 年 5 月 13 日的河北张家口，阳光明媚。北方学院第一附属医院血液科 11 病房里，白血病患者李瑞芳眼含泪水，和两次捐献造血干细胞的"爱心大使"杨子威双手紧紧握在一起。沉默了近半分钟，两人几乎同时说出："终于见到你了！"

这一次，杨子威和武汉生物工程学院"杨子威献血捐髓志愿者服务队"的学生代表，从武汉连续坐了 20 个小时的车来到河北张家口，代表"杨子威献血捐髓志愿者服务队"，为李瑞芳送来了服务队在武汉募集的 8 万多元善款。

爱的涟漪在不断扩散。如今，献血、捐髓、捐款"爱心三部曲"的主角已经从杨子威扩大到整个武汉生物工程学院，扩大到 90 后的大学生群体；献爱心活动，也从校园逐渐走向更广阔的天地，武汉先后有 1 万多人参与青年志愿者协会。

这些看似平凡的举动蕴涵着闪光精神。90 后大学生用自己的实际行动，生动诠释了担当责任、无私奉献的中华民族传统美德，充分展现了当代青年良好的精神风貌和整体形象。"杨子威现象"表明，90 后大学生是值得信赖、堪当重任、大有希望的群体。

第十三章 生命的感动——捐髓者心声

生活中，总有一些事能唤醒我们内心深处沉睡已久的东西，那就是生命的感动。

我们生活在同一片蓝天下，经历着同样的四时轮回，蹉跎着同样的风霜雨雪，沐浴着同样的春阳秋月，我们也就应该有同样炽热的心，去体验善心凝聚的人性光芒，体会生命中的每一次感动。

生命的顽强令人感动，生命的互救更令人感动。

同一片阳光下，每一个生命都有值得感动的一瞬。粗粝的山石间，参天松柏，巍峨挺拔；晶莹的露珠在朝阳的照耀下骤然滚落，摔出万道金光；春蚕吐丝，完成生命的奉献；羔羊跪乳，感谢母爱的厚赐；为了孩子，母羊敢与猎豹作殊死搏斗；鲤鱼垂死，常常腹部朝上，只为保护腹部的鱼卵……

同样的空气和阳光下，每一个生命都是那么神圣而甘美。

疾病，是人类除了战争和自然灾害之外的最大威胁。然而正是因为疾病威胁生命，我们才看到了更多的崇高、壮美，我们才有了更多的感动。

走在生命的大道上，倾听生命的感动，常怀一颗感动的心，即使身陷绝境也不会感到寂寞，即使路遇荆棘也不会空虚无助。

懂得生命感动的人，幸福定会时常光顾他们的生命。

一 汪霖：跨洋的生命延伸

1998年，一名出生于湖南常德的弃婴被美国的琳达夫妇领养，养父母给这个女孩起名凯丽。5岁时，凯丽不幸得了重症再生障碍性贫血，因为在美国寻找不到相合的骨髓配型，生命陷入危境。

第十三章　生命的感动——捐髓者心声

2002年3月4日，一位在美国工作的中国公民发来一封求助信，希望通过网络发布信息，寻找与患病小女孩相匹配的骨髓，挽救幼小的生命。由于女孩一家居住在美国新墨西哥州的阿尔伯克基，当地华人数量不多，所以很希望在中国国内找到与之相匹配的骨髓。

不久，中华骨髓库在数据检测中发现志愿者汪霖的配型与小凯丽吻合。经询问，汪霖欣然应允。

汪霖是浙江富阳人民医院的一名年轻医生，时年只有25岁。为救凯丽一命，2005年10月16日，汪霖凭着一名医生的高度责任感和使命感，发出了"生命不容等待"的感叹，离开正在待产的妻子，毅然赴京，捐献了造血干细胞。由此也成为浙江省跨国捐献骨髓第一人。

汪霖捐献的造血干细胞被火速送往美国威斯康星州儿童医院，不久便传来好消息，小凯丽的骨髓移植手术成功了。

2006年11月，凯丽造血功能有所下降，生命再度陷入危机之中。2007年1月底，应美方请求，汪霖义无反顾地再次赴京，第二次捐献造血干细胞，成为我国首位进行两次跨国捐献造血干细胞的志愿者。

时任中国红十字会总会常务副会长的江亦曼高度评价说："汪霖的捐献是我们国家人道主义上的一次神六飞天。"

汪霖也由此获得了一系列头衔：中国优秀公益人物、浙江省公益之星、浙江省促进献血特别奉献奖获得者、杭州第四届十大平民英雄、杭州市卫生系统十大优秀志愿者、富阳市百姓十大新闻人物、富阳红十字爱心使者……

2007年12月27日，在北京新闻大厦会议中心，汪霖终于见到了10岁的美籍华裔小女孩凯丽。

洪俊岭主任介绍骨髓入库数据70万人份的情况后，期盼已久的时刻终于来临。在父母欧文和琳达的陪同下，小凯丽进入会场。一袭枣红色的连衣裙，映衬着她健康的笑脸。

小凯丽微笑着把目光投向台下，一个身材微胖、戴着眼镜的男人轻轻站起身，走上了台。他就是汪霖，一个两次挽救小凯丽生命的人。两人在台上久久相拥，凯丽的母亲琳达在一旁泪流满面。会场上，凯丽用生涩的中文说："感谢汪霖医生把生命的一部分给了我。"一旁凯丽的父母不停地抹眼泪："非常感谢你，是你给了凯丽第二次生命，你是凯丽的一个非常特殊的父亲。"凯丽当时在读五年级，身体恢复得很好，个子也长高了不少。她常常运动，最喜欢的是游泳和跳远。

听说小凯丽要在中国过完圣诞节再回去，汪霖把老婆准备的"幸运星""福字十字绣"等礼物送给了凯丽，希望她平安、幸福。他激动地对记者们说："去之前以为能控制自己的情绪，没想到还是落泪了。我很高兴，看到凯丽那么健康。"

回家后，汪霖抑制不住激动的心情，写了一篇文章记述此次赴京见面活动，全文如下：

2007年12月20日，是我终身难忘的日子。在中华骨髓库入库数据70万人份情况通报会上，我终于见到了小凯丽——那个牵动无数人的心，身体里流淌着和我一样的血液的华裔小女孩儿。我曾多次在脑海里预想过和她相见的场景，但当美丽、健康、充满活力的小凯丽出现在我面前时，我还是忍不住泪流满面。那一刻，两年多来的点点滴滴涌上心头，令我感慨万分。

我叫汪霖，1977年出生于浙江省富阳市，现任职于富阳市第一人民医院，我是2004年5月加入造血干细胞资料库的，作为一名医务工作者，我认为加入造血干细胞资料库是一件理所当然的事。但我没想到，这为我开启了一扇传递爱心的神奇之门。2005年8月，一个普通却又注定不同寻常的炎热的夏日，正在医院上班的我接到了富阳市红十字会的电话。他们说，我与美国小女孩凯丽的初分辨配型成功了，需要进行高分辨测试，按照程序，要征求我的意见。当时，我并不知道凯丽其人其事，也没细想，在电话里就答应了。晚上回家后，我开始在网上搜索关于凯丽的消息，我惊讶地发现这竟是全世界都在遥遥注目的配型，是一场环绕地球的爱心接力。

坐在电脑前，我几乎是屏住呼吸看完关于凯丽的报道的。她年仅8岁的生命充满了曲折。出生几个月被生父生母遗弃，1周岁被养父养母带到美国，在他们的精心呵护下，小凯丽健康快乐地成长，

第十三章 生命的感动——捐髓者心声

却在5岁那年被可怕的病魔缠身。不幸的小凯丽却又是万分幸运的。善良的养父母为了治她的病不惜一切代价。他们卖掉了自家的别墅，养母琳达甚至放弃了工作，从2003年开始，三次来到中国苦苦寻觅适合凯丽的配型，却一直未果。当时的凯丽，生命垂危。在她的个人网站上，有一张凯丽的照片，凯丽那双充满期盼的大眼睛仿佛直刺进我的心里，心痛的感觉蔓延开来，泪水悄无声息地滑落。我忽然感到了身上的千钧重担，我开始祈祷，希望自己能够成为她需要的供者。

就在当时，家人却对这件事持反对态度。停留在他们脑海中"抽骨髓"的恐怖印象令他们犹豫不决。幸好我和妻子都是医务工作者，对捐献的原理和过程了解得比较清楚，父母见我们如此坚持，也就默许了。

9月20日，从浙江省红十字会接到高分辨完全吻合的通知时，我连日来悬着的心终于落地了。在凯丽的个人网站上，我看到了她的养母琳达写下的话，"好消息啊，好消息！经过漫漫三年半的搜寻，遍历世界各地骨髓库，找了差不多一千万人次，最终我们祈祷已久的捐献者来到了中国的血站与我们相遇了。我们兴奋得几乎昏厥，竟不敢相信这是真的"。我被他们的真情深深感染了，于是也留了言，"我就是和你骨髓相配的那位中国人，救死扶伤是我的天职，我将于10月13日去北京完成捐献，小凯丽，等着我"。

10月13日，我在母亲的陪同下起程前往北京准备为小凯丽捐献造血干细胞，采集将在16日和17日分两次进行。我的心情十分紧张。一方面是真正面对捐献的紧张，另一方面是对即将临盆的妻子的牵挂。10月17日，是她的预产期。由于工作原因，我们长期两地分居，她怀孕期间，我也只能在周末去看望她。想到孩子出生时我不能陪在他们身边，心里觉得挺遗憾的，但远在大洋彼岸的凯丽更加需要我。妻子的支持给了我力量，带着对生命的期盼，我来到了北京。

在北京市道培医院的五天时间里，我感受到了来自四面八方的关爱。中华骨髓库和道培医院的领导给我很多鼓励，医院的医生和护士提供了无微不至的服务，许多媒体记者进行了连续的跟踪报道，

浙江省红十字会的工作人员全程陪同着我。此时的我有些手足无措，因为我觉得我只是做了自己应该做的事，却得到了那么多人的关注，我感到非常温暖。每天，我都将一些感想写在日记里，就当是留给即将降临的孩子的礼物。

10月17日上午，经过4个多小时的分离，凯丽手术所需要的造血干细胞采集完毕。随后举行的交接仪式上，当我亲手把装着造血干细胞的血袋交到美国医生苏珊娜手里时，我感到了从未有过的轻松与快乐，因为我尽到了我的责任，给了另一个生命生的希望。苏珊娜拿出了小凯丽的养父母写给我的信，信里说"您的奉献承载着我们全家的未来，给我们带来希望，给我们的孩子重生的机会，您是英雄，是我们永远的朋友，我们永远感谢您"。我想，爱心是没有国界的，当一个面临死亡的生命向另一个生命发出呼唤的时候，所有有爱心的人都会站出来的。

承载着凯丽生的希望的造血干细胞飞翔在太平洋上空时，我也在心急火燎地赶回妻子身边。从电话里得知，妻子的羊水已经破了，住进了产房。一路上我一直在祈祷，希望宝宝乖一点，等爸爸回来再降临。也许是冥冥中的安排，当我赶到妻子身边3个多小时后，18日晚上9点多，妻子终于产下了8斤重的大胖儿子。我的心百感交集，因为从此我就与两个新的生命紧紧联系在了一起。

为凯丽捐献了造血干细胞后，各种荣誉接踵而来，妻子也来到了我的身边。除此之外，我的生活依旧平静，每天往返于医院和家之间。但我心中平添了对凯丽的牵挂，我们全家也都在关注着来自大洋彼岸的消息。一年多来，我一直通过电子邮件与小凯丽一家人保持联系。

2006年11月，正在下乡的我接到了浙江省红十字会朱春美女士的电话，为了巩固凯丽的治疗效果，美方希望我进行第二次捐献。听到这个消息时，我的心不由得又提到了胸口——任何对凯丽健康不利的消息都会令我焦急。我毫不犹豫地答应了，因为她已经成为我生命中的一部分。回到家，我马上打开电脑，果然看到了凯丽一家发来的邮件：小凯丽身体出现了新的状况，夏秋两季过后，造血干细胞的数量在一点点下降，需要定期输入血小板和红细胞。医生说，小凯丽需要新鲜的造血干细胞。在浙江省红十字会赈济救护部长朱春美陪同下，我立即去医院抽了血样。结果出来后，安排在1月底实现我对凯丽的第二次捐献，同时这也是我国首次非亲缘造血干细胞的二次捐献。

这次，家人非常地支持。一是经过第一次捐献，他们了解了整个过程，也见证了半年来我的健康；二是凯丽对于他们，同样有了亲人的意义。经过讨论，我们确定了赠送给凯丽的三件礼物：一是一个大大的中国结，表达中国人对凯丽充满爱心的情结，对凯丽全家的祝福；二是向他们全家赠送的新年贺卡，上面有我和妻子共同拟写的文字：凯丽，你是坚强、乐观而美丽的小女孩，你患病是不幸的，但也是幸运的，那么多中国人在牵挂你，全世界有这么多人在关心你，我们希望你继续坚强，继续乐观，你一定会有一个红红火火的未来；三是我的工作单位富阳市人民医院全体职工向她赠送的琉璃猪，这不仅仅因为2007年是猪年，更因为琉璃猪是个吉祥物，会给凯丽和她全家带去好运。

2007年1月28日，在妻子的陪同下，告别了15个月大的儿子，我第二次来到北京道培医院。熟悉的环境，亲切的医护人员，仍然有来自社会各界的关爱，第一次捐献时的情景仍记忆犹新。我尽力配合医护人员做好各项准备工作，我希望能够顺利地实现捐献，与大洋彼岸的小凯丽再续千里血缘。

2月2日，当我把采集完的270毫升造血干细胞和准备好的礼物转交到美方医生手中时，我在心里暗暗许下一个愿望，希望凯丽早日康复，在将来的某一天我能够见到这个身上流淌着和我同样血液的女孩儿。

随后的日子里，关于凯丽病情日益好转的消息不断从大洋彼岸传来，我也在默默祈祷。她身体健康状况的每一点进步，都令我们全家振奋不已。

2007年12月，当我接到去北京参加中华造血干细胞资料库70万人份情况通报会，与小凯丽见面的通知时，我忽然发现，自己的梦想竟然成真了。我永远记得在台上，我与健康、活泼的小凯丽相拥的那一刻，充盈我内心的那种感动与幸福。

今天，我很荣幸，能够和大家一起分享我的感动与幸福。其实我和所有的捐献者一样，只是在实践一个公民对社会应尽的责任，力所能及地为需要帮助的人提供一份关爱。我希望有更多的人加入到志愿者的行列中，为更多的"小凯丽"播撒生命的种子，开启生命之门！

二　潘庆伟：帮助别人　快乐自己

潘庆伟是一个普通的深圳人，从事室内设计工作。1998年，潘庆伟就开始无偿献血，按照他的说法，"也许是感觉工作、生活太平淡，也许是感觉自己为社会作出的贡献不大，老想再做些什么。"就在这种朴素的想法驱动下，1998年9月17日，他和女友逛街时在路边看到了捐血车，就走了上去。当带着鲜红的无偿献血证下车时，他心里充实了很多。过了几天，潘庆伟收到深圳市血液中心寄来的感谢信，其中那句"您献出的血液，已经流淌在患者的身体里"，让他激动了好久，真切地感受到给予带来的欣慰。

从此，无偿献血这种简单又能直接帮到别人的事，成为潘庆伟生活的一部分，成了他生活中重要的快乐源泉。随后，他和女友又开始定期捐献机采血小板，并加入了深圳市无偿献血志愿工作者服务队，在闲暇时，帮助其他无偿献血者，为他们提供力所能及的服务。结婚后，在潘庆伟的带动下，他的妻子和姐姐先后成为无偿献血志愿者。潘庆伟夫妻还同时获得了全国无偿献血奉献奖金奖。

潘庆伟说："每当我在繁华的街道上徜徉的时候，当我在办公室查阅设计资料的时候，当我在温暖的家里享受着亲情的时候，处在幸福中的我，脑海中时常会浮现出另一个灰色的画面。我的身边还有这样一群人：他们忍受着病痛的折磨，他们不得不面对死神的召唤，但是他们依然用微笑对抗着病魔，迎接着希望。他们是不幸的，可他们又是乐观的；他们渴求生命，但他们却不畏惧死亡——他们就是我国一百多万的白血病患者。

"每个人都渴望生命，每个人都有享受阳光的权利，生活在同一片蓝天下，我们却有一部分同伴因为血液病的侵袭，悄然离我们而去，他们是多么希望能坐在安静的图书馆中，多么希望能漫步在繁华的街头，多么希望看见第二天的曙光……

"我多次参加无偿献血，作为一名合格的无偿献血者，我知道：我的身体是健康的，我的血液是健康的。通过无偿献血，我能够帮助一些遭遇不幸的人重新站起来。但是我还能做得更多吗？科学告诉我：能！捐献造血干细胞，无损自身健康，却可以挽救他人生命。相信科学让我坚定加入无偿捐献造血干细胞志愿者的行列。我知道一位白血病患者在志愿捐献者中的配型成功率是万分之一。大家可想而知：要找到这生的希望，难度有多么高！所以我愿意以我的行动，带给患者更多生存的希望。

"偶然间，一则新闻令我感叹不已！事情是这样的：上海一位女孩患了白血病，需要进行骨髓移植。有人答应为其捐献骨髓，骨髓基因配型也成功了，女孩住进了无菌病房，但在最后关头，先前曾答应捐献骨髓的人却在关键时候退却，失踪了。急切之间，根本找不到能够替代的人。女孩的父母和医护人员眼睁睁地看着她耗尽了最后一丝生命。那是一位正当花季的女孩，如果不是那位志愿者的无知导致的退却，她今天也许还和我们一样，在阳光下快乐地生活、学习、工作。只要当时那位志愿者愿意花上几个小时的时间、捐献出10克造血干细胞，她的青春和微笑就可以留住。其实这一义举对那位志愿者是没有任何损害的。这条新闻促使我和女友决定加入捐髓志愿者的行列。

"我查阅了有关无偿捐献骨髓的资料，跟深圳市血液中心的专家请教过捐髓的知识。终于 2000 年在我第 5 次献血时，我和女友一起到深圳市血液中心填好表格、捐血并留下了我们自愿加入中华骨髓库的血样。

"时间很快又过去了一年，有次血站领导来电话约我去谈谈（没提捐血），我马上猜到可能是骨髓配型实验成功。果不其然，我的运气好，我的造血干细胞终于可以发挥更大的作用了！相信科学、相信自己，没有任何阻力，也没有多余的想法，整个捐献过程一切顺利，我的造血干细胞顺利地进入那位患者的身体，并开始发挥作用。

"2001 年时，我的公司业务很繁忙。但是捐献造血干细胞没有耽

误我的工作，反而给我带来更多的业务。这也是社会对公益事业的肯定！反映出我们的社会、我们中华民族崇尚善良和谐的本质。捐献完成后，整个过程经多家媒体报道后，社会团体、我的客户纷纷给我颁发了奖金。我想患者肯定比我更需要这些钱，就将总计43300元钱通过深圳市红十字会，转赠到患者手中。

"捐献结束后，我总结了一下：治疗白血病是一项系统工程，需要多方面的基础支持。它包括检测及治疗技术、病人身体条件、药物品种应用、健康干细胞来源以及财力支持等等，都是不可缺少的。我捐献出造血干细胞，也只是整个系统工程中不可或缺的一个环节，不是全部，因此也没什么值得特别骄傲的地方。我想我应该可以做出更多帮助病人的事情！

"半年后，经全面身体检查，一切正常，我又开始了无偿献血。这期间深圳又涌现出了第二位、第三位骨髓捐献者。随着中华骨髓库的蓬勃发展，成功捐献骨髓的人也越来越多，需要我参与宣传和动员的时候也更多了。我意识到，现在挤出一定时间配合媒体的采访，参与采前再动员、采中陪护，讲述捐髓救人无损己身的亲身感受，能够唤起更多健康适龄者参与，可以在某种程度上提高别人对捐血献髓的认知度，带动更多的人加入这个奉献爱心、拯救他人的捐血献髓志愿者行列。不知不觉中深圳已有很多志愿者在捐髓之前都和我聊过感受，最后消除疑虑，轻松愉快地完成捐献。后来，我被大家推选为深圳市无偿献血志愿工作者服务队献髓分队的队长。我和很多志愿者都成了好朋友，经常在一起聚会，一起参加各种社会公益活动。到现在（2008年5月）为止，我已经捐血28次。

"我是一个很爱玩的人，喜欢HARLEY – DAVIDSON带给我自由自在的快感；喜欢旅游，让我体验不同的风土人情；喜欢SCUBA DIVINING，能看到触摸到另一个世界。通过玩儿，用相机、用眼睛、用心去记录下各种情境，丰富我的设计素材库。捐献造血干细胞之后，带着愉快的心情，我又投入到快节奏的生活工作中。从2002年到现在，工作之余，我开着自己心爱的摩托车三次到海南晒太阳以及潜水；两次经青藏线、一次经川藏线到达拉萨接受高原缺氧的考验；2006年国庆又到新疆的辽阔大地上，体验贴地飞行的刺激。最重要的是：2006年在我36岁时，有了一个健康的女儿。从这些经历可以看出：捐献造血干细胞、无偿献血对我的身体并没有任何生理上的影响，而且让我心理上更加愉悦。

"2007年5月，我当时在河北出差，深圳市血液中心来电话，告知我中华骨髓库发出了一份招募启示。我赶紧上网一看，原来是招募去拉萨的志愿工作者，到拉萨志愿服务3个月，帮助建设中华骨髓库西藏分库。

"西藏分库——中华骨髓库的最后一个分库。公司——可以暂停的东西。西藏——让我魂牵梦萦的地方。做设计——在哪里都行。对我来说，选择很明显。在和家里人商量过后，我郑重填写了报名表，上传到总库。我自荐的理由是：我是深圳市无偿献血志愿工作者服务队的志愿工作者，我捐献过造血干细胞，我上过2次西藏了。

"幸运又一次降临到我头上，经过层层筛选，我和深圳的另一位无偿献血的志愿者——黄凯，被选定为此次活动的援藏志愿者。

"从2007年6月22日开始，三个月里，在总库和西藏自治区红十字会的大力配合下，我们克服了高海拔带来的自然压力，克服了不同地区带来的生活压力，以红总会领导赠予我们的"艰苦不怕吃苦、缺氧不缺精神"这句话，作为鼓励自己的精神动力。从一间空房子开始，给办公室做规划设计、跑市场买材料买电脑、联系各大媒体策划各种宣传活动、撰写各种推广文案、深入各机关团体高校医院做宣传、直接到捐血车为无偿献血者服务，希望用我们的真心，去感动、引导适龄者加入我们中华骨髓库西藏分库。9月22日离开拉萨前，西藏分库已经开始正常运作，并已往总库邮寄两批次血样，经北京实验室确认合格。自治区红十字会的会长、书记跟我们说，西藏分库的成立，给广大藏族同胞带来了新的保障，给患者带来了新的希望。当他们把两幅精美的唐卡送到我们手上时，我觉得这是对我们努力工作的肯定，这唐卡很有分量。

"现在回想起来，那三个月过得真的很快！虽然公司业务暂停，收入减少，但是我发现我的老客户对我的公益行为持肯定态度，他们有项目就等我回深圳再做，令我心里很感动。总库的领导、西藏自治区红十字会的领导及同事也给予我们非常细心的关怀。这趟工

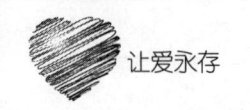

作心里收获的价值，远比钱包损失的价值大。

"经过这几年，我发觉我也在变化发展，从简单的无偿献血，到加入志工队伍，从单纯的捐献造血干细胞，到配合中华骨髓库做宣传工作。我很普通，但我发觉公益事业就需要我们普通人的一点一滴投入，才能做大做好。

"最后套用广告语来个总结：捐血捐献造血干细胞挺好，于己无损，对人有利！他好、我好，大家好才是真的好！"

三　杨曦：完成生命的传递

杨曦是中央人民广播电台的著名节目主持人，先后在经济部、第二套节目中担任主持人工作。曾主持过《经济生活》《今日天津》《天下事》等新闻类节目以及《都市情报》等娱乐休闲类节目。

2001年，在一次公益活动中，杨曦为中华骨髓库留下了自己的血液资料，成为一名捐献造血干细胞志愿者。2003年10月10日，杨曦接到了中华骨髓库北京分库的通知，告知他与一名患者初次配型相合。这对富有爱心的杨曦来说，是一个考验，也是实现他人生追求的一大跨越。由此，杨曦成为北京新闻媒体中捐献造血干细胞第一人。用杨曦的话说："我是一个幸运者，在几百万人群中，我就是这个捐献造血干细胞去挽救别人生命的幸运者。"他在日记中写道："我的健康的、活跃的、跳动的一些造血干细胞将通过我的血液一点点地被分离出来，注射到那一位兄弟的体内，带去健康的力量、生命的力量，更是我的力量！"杨曦的义举在北京、在整个新闻界引起了很大反响，北京各大媒体纷纷报道，关注杨曦的动态。中央电视台第四套节目还进行了4个小时的直播，对杨曦捐献造血干细胞给予高度评价。

杨曦撰文讲述了这次捐献的经历和体会：

2003年12月4日、5日两天，我进行了一次造血干细胞捐献，用于救治一位白血病人。时间已经过去将近5年了，现在回想起来，我最想说——这就是一件平常事！

第十三章 生命的感动——捐髓者心声

接受我造血干细胞捐献的那位病人是一位白血病患者，2003年进行移植的时候32岁，男性，湖北通山人，已经结婚，有孩子，是当地人民银行的职员，当时在北大人民医院接受治疗。到现在为止，我们两个没有见过面，但是每年的12月4日，也就是他接受我的造血干细胞流进他体内的那一天，他都会给我发一封电子邮件，和我聊一聊他现在的情况。现在的他，早就摆脱病痛的折磨，成为一个健康人了，已经回到正常的工作和家庭生活当中，三口之家其乐融融。我的点滴付出，使这个世界上少了一个丧父的孩子，多了一个团圆的家庭，世界上恐怕再也没有比这更有意义的事情了。当我听到这些消息的时候，会有一种淡淡的、很特殊的感觉升腾在心头，"欣慰"——可能是最接近这种感受的一个词汇了。

回忆起这件事情，还要从2001年说起。

那是2001年的夏天，日期么，实在记不得了，应该是8月份，一个非常晴朗的上午。我在一次公益活动中留下了血样资料，成为一名造血干细胞捐献志愿者。还记得那天是结束了一个夜班之后，抽血的时候我还问大夫，没什么影响吧？大夫说：没事，血更稠了。这个过程很简单，也很短，献完之后给了一份很精美的荣誉证书。听人说，能配上型，要等上几年、十几年、几十年，甚至一辈子都配不上型的人也有不少。

这件事情，就像我生命中经历的很多事情一样，过去了，也就过去了，只是偶尔会在记忆中泛起……

2003年国庆节后的一天，10月10日，中午1点多，我正在赶往一个新闻发布会的路上，接到了一个电话，就是这个电话，串起了我和那位病患中的兄弟的血脉联系。

电话是造血干细胞办公室工作人员打来的，告知我已与一名患者配型成功。

现在想起来，从留下资料的那一天开始，我就在期待着这个时刻的到来，所以，当一切真的降临了，我的第一个感受就是幸运。我从来就认为小概率事件与我没什么关系，可是，这一次，我可以了。第二个感受呢，应该是荣耀，我为我的健康而感到荣耀，为我的健康能带给另一位朋友健康而感到荣耀。

参加公益活动，登记成为捐献志愿者，我并没有告诉爸爸妈妈。知道配型成功的消息之后，我打电话和远在南京的他们说了这件事情。说实话，他们的反应有些出乎我的意料。可能是原来一直觉得这只不过是传说中的故事，没有想到有一天自己也会真的身处其间。在接下来的几天里，爸爸妈妈动员起了他们能够动员的所有医疗力量：懂的、不懂的；说得清楚的、说不清楚的——他们都会认认真真地去请教。只有几天吧，他们俨然成了半个捐献专家，甚至能够说出不少已经捐献者的大致情况。当他们了解了这件事情，特别是明白造血干细胞的捐献不会对人体造成伤害的时候，就开始坚定不移地支持我做这件事情。

在接下来的时间里，我开始为捐献作着各种各样的准备：让同事替班，抽血高分，进行体检……

我一直有这样一个想法，我们大家所做的，都是为了点亮患者面前那一盏生命之烛。其实，这不只是这一位患者的生命之烛，更是我们所有人的生命之烛。我们每个人都不是旁观者，我们都有可能成为当事人，只有努力使这样的烛火越烧越旺，越烧越亮，才会照亮更多的朋友，才能庇佑更多的人！

12月1日，开始注射动员剂。通过4天动员剂的注射，12月4日、5日两天上午采集进行。整个过程非常简单，躺在采集床上，两根导管将我的左右胳膊与血液分离机相连，一根出、一根进。不同血细胞的密度是不一样的，通过调整血液分离机的转速，就可以分离出想要的造血干细胞。这时的我，躺着就行了，意识完全清醒，可以说话、吃东西。只是时间稍稍长一些，两天上午大概一共进行了7至8个小时，总的体外循环血量达到2万毫升，大概是人体内参加循环的全部鲜血在体外循环了4遍。

最后，当采集完成，那一袋暗红的血浆被拿出来的时候，我有一些哽咽了，这里面就是一点点被分离出来的、我的、健康的、活跃的、跳动的造血干细胞，将要注射到一位忍受着白血病痛苦折磨的兄弟的体内，为他带去健康的力量、生命的力量，更是我的力量！

作为新闻工作者，以前大都是从旁述者的角度进行报道，而这一次，在造血干细胞捐献的过程中，我是唯一的当事人。我很庆幸在这一事件中同时具有这两个身份——报道者和捐献者。从打动员剂开始，在捐献期间我每天都要和直播间做连线，为听众朋友们介绍我每天的情况、感受。12月4日采集造血干细胞的时候更是把电话直接放在我的枕边，使我可以在第一时间把最新的进展情况和我最真实的感受告诉大家。还记得当时我躺在采集机旁边说，这是我第一次、有可能也是唯一一次躺着和听众朋友说话。我突然感觉到，这不只是电波的相连，更是心灵的相通。

捐献结束后，我迅速回到了正常的生活和工作当中。高强度的直播、年轻人丰富多彩的活动，所有的一切都和原来一样，没有区别。如果说有什么不一样的话，那就是通过这次捐献我接触到了全新的造血干细胞捐献宣传工作和红十字志愿服务事业，使我能够不只救助这一位白血病人，还可以去帮助更多我可以帮助的人。所以可以这样说，我也是受益者，我获得的也很多。

2004年1月19日，中央领导李长春、刘云山、陈至立同志到中央台视察。在视察中，总局和台领导向李长春同志介绍了我的情况，长春同志听说后握着我的手说："我看到关于你的报道，你捐献造血干细胞救助白血病人，是值得我们学习的。"他还亲切询问了我身体的恢复情况，当得知我的身体恢复很好并且已经重新回到正常的工作中去的时候，长春同志很高兴。随后，刘云山、陈至立同志也与我亲切握手。中央领导的关心和鼓励，使我深受感动和鼓舞，我觉得这不只是对我一个人，同时也是对所有造血干细胞捐献者的关心和鼓励。

最后介绍一下我所在的北京市红十字会造血干细胞捐献志愿者之家。

2004年12月30日，在中华骨髓库北京分库的倡导下，包括我在内的当时北京分库已经捐献干细胞的13名捐献者发起成立了北京市红十字会造血干细胞捐献志愿者之家，这是一个完全由志愿者组成的、为中华骨髓库北京分库造血干细胞捐献事业服务的志愿者组织。

截至2008年5月，志愿者之家已有会员185人，其中公开招募会员104人，捐献者会员77人，特邀会员4人。我们的宗旨是——

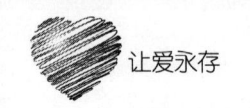

为白血病等恶性疾病患者服务，为造血干细胞捐献事业服务。我们的目标是——提高造血干细胞捐献志愿者的稳定性，降低流失率，帮助更多的人参与到造血干细胞捐献事业中来，为建设高质量的中华骨髓库而努力。我们秉承"人道、博爱、奉献"的红十字精神，在中华骨髓库北京分库的指导下开展志愿服务。

三年来，志愿者之家的会员们走进了北京地区80多所高校，走进了回龙观、望京等多个社区，走进了包括民进中央、农工党中央、北京移动在内的企事业单位，宣传、普及造血干细胞捐献知识；看望北京分库及来自全国各分库的上百位造血干细胞捐献者；接待了来自上海、湖南、河南、江苏、内蒙古、广东、河北、山西、江西等地的志愿者组织的代表。三年来，志愿者之家志愿者总计为造血干细胞捐献事业提供志愿服务9000多人次、17000多小时。

在2008年1月8日北京市红十字会举办的"红十字会与奥运同行——走进2008揭幕盛典"上，志愿者之家和志愿者之家的会员们获得了年度公益团队、红十字博爱奖和年度公益人物这三项大奖。给年度公益团队——志愿者之家的颁奖词这样写道："这是一个温暖的家，一个能温暖所有人特别是白血病等恶性疾病患者和家属的家，拥有180多名兄弟姐妹。点点滴滴，日日夜夜，他们将造血干细胞捐献这支生命之烛燃烧得更旺更亮，去照亮更多的人。无穷的远方，无数的人们，都与我有关。"

志愿者的力量是伟大的，志愿者的力量是无穷的，我为成为这样一个优秀的志愿者组织的成员而感到骄傲和自豪，为投身于人道、博爱、奉献的红十字志愿服务事业而感到兴奋和激动。

那位曾经接受我捐献的白血病患者多次通过骨髓库和在邮件里表示要到北京来看我，当面表达感谢之情，但每一次都被我不置可否地给拖延过去了。别看我好像巧舌如簧、能言善辩，但真正面对我的那位"血脉相连的兄弟"的时候，我内心所珍藏的那一份真挚的温暖会因为曝光过度而丧失殆尽。与其这样，不如我们"相见不如怀念"的好。而且这件事情需要感谢的人太多了——托马斯医生发明了这项技术，无数素不相识的人筹集了配型资金，骨髓库的工作人员辛勤工作搭建起了这样的平台，医生凭借精湛的医术成功实施了手术。而我，只不过是一把钥匙，真正需要感谢的，是发现钥匙并使用钥匙开启生命之门的伟大力量，让我们再一次把热烈的掌声送给这些为形成这种伟大力量而付出努力的先贤和前辈们。

虽然造血干细胞捐献结束了，可是，一切又都只是开始，帮助他人、挽救生命、升华自我、造福社会，在红十字志愿服务的道路上我们要做的还有很多，很多！

四 田强：弃考捐髓 兑现爱心承诺

为救治素不相识的小男孩，他悄悄前往北京捐献骨髓；为瞒住家人、躲避媒体，他剪了短发，化名杨力伟；为帮助小男孩后续救治，他捐出学校奖励的一万元，自己却靠助学贷款继续学业。他就是湖北孝感学院新技术学院电子信息专业2009级学生田强。

这个平凡的大男孩作出了不平凡的决定，用行动诠释了一名90后的责任和担当。

"明天，是希望的起航。"7月7日，田强修改了自己的QQ签名。第二天就要捐献骨髓，田强救人的愿望就要实现了。他毫无睡意。

从配型成功到决定捐髓，田强救人的路并非一帆风顺。2011年4月，正在备考的田强得知自己和上海一名12岁的白血病患者配型成功。双方10个位点中有9个完全符合，这样的高吻合概率仅为十万分之一。"能救人命，是一种幸运。"田强说。

然而，捐献时间与期末考试时间冲突。去，弃考会被记为"挂科"，会给毕业甚至找工作带来麻烦。不去，或迟去，就可能错过最佳的治疗时机。最后，田强决心放弃考试。学校知道实情后，不仅委派两名教师全程陪护，还迅速征求全系学生意见，专门调整了考试时间，免去了田强的后顾之忧。

田强从小由外婆一手带大，感情非同一般。当田强把捐献骨髓的决定告诉外婆时，老人家担心他的身体吃不消，坚决不同意。"当我知道有那么多媒体要采访后，我怕外婆从电视上认出我，就跑到理发店，让师傅随便给我剪个短发，长短不一都没关系。"到北京

后，他化名杨力伟，有意回避欲采访他的媒体。

直到7月9日，外婆和妈妈才从邻居口中得知真相。"听到外婆在电话里哭了，我真的很难受，甚至有点埋怨邻居不该告诉外婆这件事。她年纪大了，我不想让她担心。不过现在外婆也很理解我，天天打电话叮嘱我好好吃饭。"

7月8日8时，阳光照进北京空军总医院1221病房。身穿白T恤、运动短裤、白球鞋的田强在媒体长枪短炮的"聚焦"下，走近血细胞分离机。此刻，患急性淋巴细胞白血病的12岁小男孩东东正在上海道培医院的无菌舱内翘首企盼"生命之液"。

造血干细胞采集进行了3小时10分钟，田强全身的血液进进出出了两次，医务人员将装有60毫升造血干细胞悬液的血袋贴在田强的面颊上，让他与自己身体的一部分告个别。他深情地贴了贴血袋之后，突然蹦出一句"感觉像跟生孩子似的"，逗乐了所有在场的人。

捐献即将结束时，让田强担心的事情还是发生了。母亲打来电话急切地询问："儿子，你到底在哪里？你别瞒我……"事已至此，瞒是瞒不住了，田强只好说了实话，同时耐心地向妈妈做了解释。

"东东也是另一个母亲的儿子，你的骨髓能救活一条命，妈妈支持你。"明白了儿子是在做好事，母亲表示支持他。但她心疼儿子，"希望能多为儿子做点什么……"

母亲的电话让田强如释重负，捐髓也顺利完成。"杨力伟"捐髓救人的事迹引起社会关注。面对媒体采访，他显得非常低调。直到捐髓成功，媒体才知道他的真名叫田强。"杨力伟这个名字是我抓阄决定的，呵呵。"每次说到好玩的事情，田强总是自己先笑起来。在随便写的几个名字中，他抽到了"杨力伟"。"可能这是一种缘分吧，我很崇拜杨利伟。"他说。

返校后，田强最牵挂的是东东，他在QQ签名上为东东鼓气："东东，加油啊！"

出生在鄂西山区的田强，从小生活节俭，懂得感恩。大学两年的学费是通过助学贷款解决的，每月的生活费在400元以内，生活简单朴素。

为了减轻家庭负担，他常利用周末发传单，每天赚40元补贴生活。"我一上大学就告诉妈妈，要用自己的双手来还助学贷款，不让妈妈操心。我希望通过自己的努力让家人过上好日子。"他还常常从网上买衣服，15元一件，6件包邮，省下邮费。

这样一个节俭的男孩，帮助别人时却很大方。高中时，学校组织贫困生救助会，他把一周的生活费全捐了出来。每次放假回家，他拿出平时舍不得花的奖学金给家人买特产。

在去北京之前，他得知此次捐髓的费用由受捐方全部承担，便跟老师提出只住普通病房。住院期间，他把志愿者给他的慰问金1万元捐给东东，东东的父母坚持不收。回到武汉，他又将学校发放的8000元营养补助金捐给了东东。两次捐赠1.8万元，正好是田强3年的学费。有人问他为什么不把这笔钱留下来还学校贷款，他说学费要靠自己以后工作了挣钱还。

"他心地善良，周围谁有困难他都会伸出援助之手。"大学同班同学武远征说。高中时，作为班长的田强经常组织救助贫困生，大学时他经常参加各类志愿活动，义务维修家电，义务献血。2009年4月，田强来到孝感市中心血站采血流动车上献血，并成为中华骨髓库湖北分库的志愿者。

虽然成了"名人"，田强却说自己时常为周围的人所感动，这让他懂得感恩的重要。

湖北省教育厅思政处副处长何泽云表示，田强弃小考迎大考，面对生命的考试，一诺千金，值得所有大学生学习。

田强弃考捐髓救人的义举也感动了很多同龄人，被网友称为"90后最美大学生"。有网友表示："很高兴，很佩服你，你让很多人知道90后的我们并不是人们所说的'败笔'，我们心中也有一种大爱，也有一颗无私奉献的心。加油，90后的我们……"

面对来自各方的赞扬，田强表现得很从容："我只是90后中普通的一员，做了一件该做的事，社会上一直对90后存有偏见，但我们90后是值得信任的一代，我们懂得感恩社会、回报他人，我们也有理想、有追求、有担当。我们不是垮掉的一代。"

捐髓后，田强最牵挂的是东东，他又将QQ签名改成："东东，

加油啊！"得知田强8月5日过生日，东东也亲手写了贺卡。东东的爸爸说："现在，东东有两个生日：一个是4月16日他出生的日子，一个是7月8日田强给他捐骨髓的日子。这是缘分，将来一定带着东东去见见大哥哥，见见这个亲人。"

田强勇捐骨髓的义举引发了广泛关注。网友"泉灵"说："他坚持让媒体只称他小杨，他不希望大家记住他的名字，他希望大家能感受这事带来的一丝温暖就好。"网友"向尚的微笑"说："终于看到了温暖和力量。向学校和捐骨髓者致敬。"更多的网友称赞："小人物因良知和责任而伟大！""90后最美大学生。"

对于社会的褒奖，田强说："学校一直教育我们要懂感恩与回报，我想任何一个有责任感的年轻人都会作出这样的选择。"

五 两个幸福的人：汪凯捐髓挽救大学生村官

张广秀，女，1986年1月出生，山东省临沂市罗庄区罗庄街道办事处桥西头村人，2009年7月毕业于鲁东大学政法学院，2009年8月考取了大学生"村官"，到山东省烟台市福山区福新街道垆上村担任村委会主任助理兼团支部书记职务。她扎根基层，虚心学习，吃苦耐劳，服务群众，以实际行动赢得了党员干部群众的好评。2010年8月底，刚刚参加工作一年的张广秀经常感觉头晕发热，身上出现紫点。当时，村里要在短时间内把760名村民的健康档案整理好，她就坚持连续加班没去看病。脖子剧烈疼痛时，她只能歪着头工作。2010年9月，张广秀感觉身体情况越来越差，她来到医院检查身体，被确诊为急性白血病。

住院治疗期间，张广秀一直保持积极乐观的态度，在坚持同疾病作斗争的过程中，仍然十分留恋"村官"岗位，惦记着工作，挂念着群众。她的事迹和病情经过报道后，引起了各级各界的高度关注。社会各界还纷纷伸出援助之手，捐款帮助她渡过难关。

张广秀的事迹和病情经媒体报道后，在全国引起了强烈反响。习近平、李源潮等中央领导作出重要批示，对张广秀同志扎根农村、无私奉献，全身心为村民服务，身患重病不忘本职的精神给予了高度评价，并号召向张广秀同志学习。2011年2月13日，卫生部派专家把张广秀从山东临沂接到了北京治疗。

2010年2月14日，中共中央政治局常委、中央书记处书记、国家副主席习近平作出重要批示：大学生村官张广秀同志的事迹很朴实、很感人。她全身心为村民服务，身患重病不忘本职，用真诚赢得了大家的认可。要注意总结宣传张广秀同志这样的先进典型，进一步引导大学生村官扎根基层、奉献才干、锻炼成长。习近平同志还要求有关方面组织医疗专家对张广秀同志进行精心治疗。

2月15日，全国大学生村官论坛执委会代表全国20万大学生村官致信，表达对张广秀精神的敬佩，感谢中央领导同志对一位普通大学生村官的关心，表示要学习张广秀精神，听党的话，扎根基层，服务群众，创业致富。

2月16日，中共中央政治局委员、中央书记处书记、中组部部长李源潮给张广秀和大学生村官论坛执委会回信，充分肯定了张广秀热爱人民、无私奉献的高尚精神，希望广大大学生村官向张广秀学习，扎根基层、服务群众，做与人民群众心连心、受人民群众欢迎的大学生村官。

在中央领导同志和有关方面的亲切关怀下，中国造血干细胞捐献者资料库管理中心也积极行动起来，为张广秀寻找合适的配型。2011年2月，国家管理中心传来好消息，山东青年志愿者汪凯的血型资料与张广秀初配合格。

汪凯，男，23岁，山东省枣庄市人。2009年从山东东营武警消防支队转业，现为东营市威玛钻具有限公司员工。2007年7月，还是一名消防战士的汪凯同消防支队的战友们一起到东营市红十字会采集血样，成为一名捐献造血干细胞志愿者。2011年2月11日，汪凯接到东营市红十字会的电话，得知自己的血样与一位白血病患者相符合。汪凯称："当时以为是谁打电话逗我玩儿呢，最后确定了这是真事儿，我觉得能有机会帮助别人是很幸运的。"他毫不犹豫地同意捐献造血干细胞，并于当天抽取了高分辨血样。2月18日，高分辨复核结果显示，供患者高分辨HLA配型全相合，

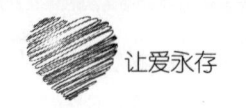

体检也合格。

2011年3月7日早上8点,造血干细胞捐献志愿者汪凯开始接受第一次骨髓采集。23岁的他脸上稚气未脱,但因为做过5年消防战士,汪凯身上还是散发着军人独有的坚毅气质。当采血管扎入他的手臂,血液缓缓地流入细胞分离机,汪凯面对询问,只是轻声地说"有点疼"。当被问及对自己的血液将流入他人体内作何感想,小伙子憨憨地咧嘴乐,并说想鼓励张广秀,勇敢对抗病魔,早日康复回到父母身边。

当日上午11点,全国人大常委会副委员长、中国红十字会会长华建敏和卫生部部长陈竺来到病房看望汪凯,并参加造血干细胞交接仪式。卫生部部长陈竺,山东省委副书记、省长、省红十字会名誉会长姜大明,山东省副省长、省红十字会会长王随莲,解放军总后勤部副部长秦银河,中国红十字会副会长郝林娜,中宣部《党建》杂志总编刘汉俊等领导随同慰问。

华建敏首先听取了中华骨髓库管理中心主任洪俊岭的简要汇报,解放军307医院院长刘素刚汇报了汪凯在此采集捐献造血干细胞的具体情况。

随后,华建敏一行来到造血干细胞采集室,亲切看望了正在采集造血干细胞的中华骨髓库山东分库志愿者汪凯。华建敏亲切地询问了汪凯的身体情况,并对他这种奉献精神和爱心行动表示赞赏,认为他把宝贵的造血干细胞无私捐献给素不相识的患者的行为是值得学习和大力提倡的,"你今天的行为证明了你是一个有道德、有情操的好同志!"

华建敏说,"幸福感"是这一年"两会"期间使用频度很高的词汇,他们到这里主要是为了见证什么是幸福。看到汪凯的女朋友就在一旁,华建敏对她说:"卫生部部长在这里,专家也在这里,抽血的剂量不大,不会对健康有影响,有问题就找陈部长。"

华建敏对汪凯说:"第一,要对你的行动表示赞赏;第二,也是要我们更多地向你学习。(捐献造血)干细胞的志愿者和我们广大的红十字会志愿者一样,都是想着人道博爱的情怀和无私奉献的情操。你捐献造血干细胞,接受者和你无亲无故、素不相识,但是你无私

第十三章 生命的感动——捐髓者心声

奉献最宝贵的造血干细胞给最需要的病人，这个行动我们应该大力提倡，希望更多的人加入到造血干细胞志愿者中来。志愿者的特点就是，贡献自己的最宝贵的东西，不求回报，不求名利，这就是志愿者的精神，这就是造血干细胞志愿者的精神。你今天的行为证明了你是一个有道德、有情操的好同志。"

华建敏在讲话中说："张广秀扎根基层，心系农民，抱病工作，是新时代的优秀大学生代表。她朴实的事迹感动了社会，汪凯为她捐献造血干细胞是无私奉献，彰显了'人道、博爱、奉献'的红十字精神，弘扬了中华民族的传统美德。我希望媒体能够深入、广泛宣传报道造血干细胞捐献者，尤其像汪凯这样的典型事迹，号召更多的社会各界人士奉献爱心支持中华骨髓库建设，号召广大青年人向汪凯学习，积极加入中华骨髓库，为救助更多患者尽一份力所能及之力。"

谈到汪凯的捐献行为，华建敏说："其实这个活动跟我们两会的关系很密切，这次两会大家最关注的就是民生，要有一个幸福指数，讲一个和谐社会。我的体会，这个幸福除了保证自己基本的需求以外，很重要的一个就是要有一种利他主义的幸福，怎么样才能有一个幸福的社会呢？要有更多的人来缔造这样一个幸福的社会。汪凯同志表现出来了这种利他的幸福，他捐献的造血干细胞，是给一个他素不相识的、无亲无故的同志。那个人很不幸，生了这个白血病，但是她也是很幸运的，因为全社会都关心她，有那么多的像汪凯一样的志愿者愿意把最宝贵的自己的骨髓干细胞送给她。所以汪凯很幸福，他觉得尽自己的所能帮助了一个重病的病号，张广秀同志也很幸福，她得了这个病，能够得到全社会的关心。所以我们今天来，陈竺部长来，姜大明省长来，总后的秦银河副部长来，大家都很重视这个事情，表示一个信号，中国人都是有道德的，都是在道德的高地上来建筑我们的和谐社会，是很有意义的。我也希望全社会有更多的志愿者像汪凯同志一样，奉献自己的技能，奉献自己的时间，也奉献自己所拥有的鲜血、（造血）干细胞以及器官，使得我们这个社会充满爱，有更多的爱心人士来构建我们的和谐社会。"

之后，华建敏向汪凯颁发了"捐献造血干细胞荣誉证书"。汪凯

的捐献证书是第 2057 号。

同时,卫生部部长陈竺也送上了一捧鲜花。

得知领导是在参加两会的百忙之中抽空来看自己,汪凯表示,抽血不疼也不紧张,请领导放心。

汪凯从得到通知到捐献造血干细胞仅用了 20 余天。对于能够捐献造血干细胞挽救患者,他感到幸运和激动,他感谢各位领导在两会百忙期间前来看望,自己的心情又多了一份激动。

张广秀成功接受造血干细胞移植手术后,目前正在康复中。

第十四章　前进中的中华骨髓库

一　中华骨髓库的基本情况

2001年，中国红十字会总会决定重新启动中华骨髓库的建设和运行工作。2002年6月28日，中国红十字会总会和卫生部联合下发了《关于加强中国造血干细胞捐献者资料库（中华骨髓库）及分库建设的通知》（红赈字〔2002〕28号），就中华骨髓库的建设和发展作出了一系列指导性的政策规定。

这份文件，纲领性地提出了重要的"五个统一"的建库方针，即：中华骨髓库由中国红十字会总会统一规划布局、统一机构名称、统一工作程序、统一检测标准、统一资料管理。它奠定了中华骨髓库建设和发展的基础。

十年来，中华骨髓库正是严格遵照"五个统一"的方针，从无到有、从小到大，一步步走到今天，成为在全世界范围内举足轻重的最大的华人骨髓捐献者资料库。

中华骨髓库，她的前身是1992年经卫生部批准建立的"中国非血缘关系骨髓移植供者资料检索库"。2001年，在政府有关部门的支持下，中国红十字会重新启动了建设资料库的工作。同年12月，中央编办批准成立中华骨髓库管理中心，统一管理和规范开展志愿捐献者的宣传、组织、动员，HLA（白细胞抗原）分型，为患者检索配型相合的捐献者并提供移植相关服务等工作。

在各方共同努力下，中华骨髓库取得了显著成绩。截至2012年4月，库容量突破147万人份，累计捐献2765例造血干细胞，其中向国（境）外捐献90余例。中华骨髓库2011年度高分数据

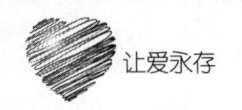

入库比例已超过70%，大大缩短了再动员时间，提高了移植服务工作效率。

截至2011年底，中华骨髓库在全国共有31家省级分库，29家HLA组织配型实验室，7家HLA高分辨分型确认实验室，1家质量控制实验室，中华骨髓库已与北京、上海、广东、广州、天津、四川等六家脐血库建立了合作关系，签约移植/采集医院已有118家。中华骨髓库与这些合作单位一起，共同为白血病等患者提供服务。

中华骨髓库管理中心内设4个部门：办公室、医疗服务部、技术服务部、组织教育部。其主要职责如下：

（1）办公室。

负责管理中心工作的综合协调、会议组织、文电处理、秘书事务、安全、保密、档案管理、来信来访等工作；负责管理中心的人事、财务与资产管理、住房公积金、计划生育、献血等工作；负责管理中心外事工作；负责制订各分库年度数据入库计划。

（2）医疗服务部。

负责造血干细胞移植医院及采集医院的备案工作；负责医院协调员及分库工作人员的培训工作；负责患者检索配型、捐献造血干细胞等相关服务工作；负责捐献者、患者移植后随访工作；负责业务咨询工作；负责国（境）外患者的检索配型工作。

（3）技术服务部。

负责组织专家审定组织配型实验室、高分辨实验室的工作；负责患者初次检索工作；负责保管血样的协调工作；负责脐带血库的协调工作；负责管理中心网络系统的管理工作；负责质量控制实验室的协调工作；负责科研管理工作；负责专家委员会的协调工作。

（4）组织教育部。

负责指导分库对造血干细胞志愿捐献者的宣传、组织、动员等工作；负责表彰分库先进集体和先进个人工作；负责管理中心宣传和网站管理工作；负责管理中心筹资工作；负责中国红十字会捐献造血干细胞志愿服务总队的联系协调工作。

二 中华骨髓库的工作流程

中华骨髓库管理中心统一管理和规范开展志愿捐献者的宣传、组织、动员，HLA（白细胞抗原）分型，为患者检索配型相合的捐献者的工作并提供移植相关服务。

中华骨髓库管理中心为规范医疗服务工作相关程序，提高工作效率，缩短工作流程时间，根据实际工作情况及国（境）外先进骨髓库经验，制定了《中华骨髓库供者服务工作标准操作程序》（供者指造血干细胞捐献者）。

该工作标准操作程序共分为7个阶段：①初次检索及筛选阶段；②志愿者再动员阶段；③高分辨检测阶段；④志愿者体检阶段；⑤采集及相关工作阶段；⑥随访阶段；⑦捐献者表彰及相关资料管理阶段。具体阶段程序的细化，就不在此赘述。

三 我们的管理和技术

中华骨髓库重新启动十年来，经过全体工作人员的努力，摸索、总结出一系列行之有效的管理办法；在学习和借鉴的基础上，中华骨髓库在信息管理和检索方面、在保证信息的准确性和可靠性方面、在资料管理和应用技术方面与世界接轨。这些成绩的取得，除了中华骨髓库管理中心全体员工发扬人道主义精神、视患者如亲人的主观原因之外，在客观上，主要依赖一套行之有效的管理方法，简称为"一二三"。

"一"，就是一个网络体系。

中华骨髓库网络系统在建设之初即打下了良好的基础，其后的网络发展与建设均是在此基础上添砖加瓦，没有产生过反复撤销、重建的现象。据称，国内很多的网络在建设和发展中都会出现反复的情况。相比之下，我们这种一以贯之、永不消失的风格，就是中国红十字系统和中华骨髓库良好信誉的具体体现。

"二"，就是两个志愿者队伍。

其一是我们的造血干细胞志愿捐献者队伍。截至 2012 年 4 月，这个队伍已经达到 147 万余人。这个数字是经过反复核查、抽检确认的。我们可以做到的是，随便说出一位志愿捐献者的编号，立即便可将这位志愿者的资料调出来。

其二是我们在全国范围内拥有一支人数达到 1 万余人的志愿者队伍，他们能够随时听从召唤，积极自愿参与中华骨髓库的各项活动，能够第一时间赶到医院或其他指定地方与捐献者见面，并为捐献者提供心理疏导及其他方面的服务。

"三"，就是三个质量监控体系。

其一是 2% HLA 数据质控抽检体系。中华骨髓库入库储存的 HLA 数据，每年按照年度入库总量的 2% 进行随机抽检，以保证数据的准确性和可靠性。

其二是样品库。2009 年 5 月 11 日，中华骨髓库举行样品库揭牌仪式。每一位加入中华骨髓库的志愿者要抽取 6~8 毫升血样用于检查 HLA 分型和质控工作，在 HLA 实验数据入库的同时，有一管血样交由样品库保存。样品库保存的血样主要用于质控和数据对比，同时，如此大量的样品对于中国人的基因特异性研究及临床应用研究是不可多得的、极其宝贵的资源。世界上先进国家骨髓库无不如此。中华骨髓库样品库的揭牌标志着全球最大的华人血样库建成并投入使用。目前中华骨髓库样品库已经收集全国各地志愿者血样 140 多万人份，血样收集与数据入库同步，中华骨髓库每一个志愿者都会在样品库中有对应的血样标本。作为中国最大的造血干细胞志愿者血样库，中华骨髓库样品库有着巨大的潜在科研价值，是一个宝贵的中国人遗传基因保存基地。中华骨髓库样品库的落成和投入使用，是学习实践科学发展观的重要体现，为争创国际一流骨髓库奠定了基础。

其三是 2% 入库志愿捐献者基本信息的抽检。多年来，中华骨髓库始终坚持对入库志愿捐献者基本信息的抽检，抽检率为 2%。这是一个繁杂细致、工作量巨大的工作。以目前年入库量 15 万~20 万人份计算，2% 就是 3000 多人份的资料。需要严格按照登记项目逐一落实被抽检者的全部登记入库资料，每份材料都包括姓名、性别、年龄、工作单位、家庭住址、电话号码、联系人信息等数十项内容。每一次抽检，中华骨髓库管理中心都是委托第三方集中力量逐人逐项核对、落实。各地分库的入库程序和检测标准也严格执行这一检测手段，以保证捐献者资料的真实性和可靠性。

四　中华骨髓库与国家邮政部门的成功合作

在造血干细胞移植过程中，患者的血清样品送检、HLA 查询配型工作是至关重要的一环。各地患者的血清样品送达北京的总库检索配型，首先需要的就是及时安全地送达。外地医务人员携带血清样品直接赴京送检，由于各地交通状况和交通工具的限制，会在途中耽误大量的宝贵时间。而且，这样的方式也会大大增加经济成本。在这样的情况下，中华骨髓库的工作人员们想到了邮局的快递业务。如果血清样品能够通过邮局快递，既可保证在规定时间内送达，也可节省大量资金。

但是，经向邮政部门咨询才知道，按照国家邮政局的规定，血清等生物制品是不允许邮寄的。

规定是规定，有没有在生命的名义下开通特殊渠道的可能呢？中国红十字会总会和中华骨髓库的领导找到国家邮政局，说明了骨髓（造血干细胞）捐献的作用和意义，陈述了安全、高速送达血清样品的重要性。"挽救生命，高于一切"，在生命的名义下，国家邮政局特事特办，为中华骨髓库开辟了一条政策的绿色通道。2004 年 9 月，国家邮政局与中国红十字会总会签署了一份协议（《关于做好造血干细胞捐献者血样特快寄递服务的通知》国邮联〔2004〕387 号），生命通道从此畅通无阻。

我们知道，国家邮政局的规定，不是随便什么人都可以更改的。那么，是谁更改了这个看似难以更改的规定呢？是中华骨髓库？我们说，不是。应当说，是那些亟待生命救援的患者，是他们对生命的虔诚呼唤促使国家邮政局作出了特殊规定，给生命开通了一条绿色通道！

五　巡礼——链接生命的圣地

北京市东城区干面胡同53号，对于大多数人来说，这是一个陌生的地方。但是对于万千急需进行造血干细胞移植的血液病患者来说，这里却是一个为他们的生命进行重新链接的圣地。

前文已经介绍了中华骨髓库的内部组织机构，这里着重强调的是，在中华骨髓库的各个科室中，医疗服务部是主力。他们的工作也是"前沿阵地"，是沟通医院与患者、捐献者与受捐者的重要桥梁。医疗服务部十几名员工，承担了全国乃至世界各地华人患者的干细胞配型检索查询工作。近11年来，医疗服务部的工作人员们已经成功地为两千余名患者找到了相合的骨髓（造血干细胞）配型。不仅挽救了大批国内（包括港澳台）患者的生命，还成功救治了许多身在海外的华侨及外籍同胞。

2004年3月底，美国休斯敦一位患有急性粒细胞白血病的男性美籍华人，通过美国骨髓捐赠会向中华骨髓库发出救助申请，请求在中国查找配型相合的供者。经过中华骨髓库牵线搭桥，共在国内找到4位配型符合要求的志愿者。经中华骨髓库高分辨检测并综合分析，21岁的重庆医科大学临床医学专业二年级女大学生吴渝被确定为此次越洋捐髓的第一人选，因为她的HLA（白细胞抗原）与那位美籍华人的完全相合。吴渝获悉后当即表示愿意为大洋彼岸的患者奉献爱心。此后，她又通过了体检、高分辨分型确认、传染病学检测等一系列检查。2004年6月23日下午，吴渝抵达北京。25日至27日，吴渝接受造血干细胞动员，28日和29日，在北京道培医院血液分离室接受造血干细胞采集。29日中午，中美双方在北京交接救命的造血干细胞。吴渝的150毫升造血干细胞悬液被送上飞往美国的航班，经过15个小时的飞行，到达休斯敦的医院，完成了中华骨髓库成立以来的首次越洋捐献。

自此，中华骨髓库跨出国门，走向世界。

其实，中华骨髓库的越洋捐献早在2003年为美籍华人女孩凯丽寻找骨髓配型时就已经开始启动了。只是因为机缘巧合，吴渝后发先至，成为中华骨髓库越洋捐献第一人。

今年15岁的凯丽曾是湖南常德的一名弃婴。1998年，凯丽被一对美国夫妇领养。2002年，凯丽被确诊患上再生障碍性贫血，急需骨髓移植。作为中国人，小凯丽在美国很难找到相合的配型。2003年2月和11月，凯丽的美国养母琳达两渡重洋来到北京和湖南，意欲寻找凯丽的生身父母，可惜都无功而返。

经过两年坚持不懈的苦苦寻觅，2005年8月，中华骨髓库发现，新入库的志愿者HLA分型资料中有3人与小凯丽初次配型成功。中华骨髓库以最快速度通知了3位志愿者，3人均表示愿意为小凯丽捐献造血干细胞。这一柳暗花明的转机，为小凯丽带来了新生的希望。

为此，笔者专门采访了中华骨髓库医疗服务部负责国外配型的工作人员小宋。

小宋说："2003年'非典'的时候，我到中华骨髓库做志愿者，小凯丽的事情是我来做志愿者之后了解的第一个故事，所以后来也一直特别关注。刚来做志愿者的时候，我对干细胞捐献的认识也是模模糊糊的。可以说，我去捐献血样，成为一名志愿者，就是因为小凯丽这件事感动了我。小凯丽的美国妈妈很了不起，她收养了我们中国人的孤儿，已经非常不容易了。这孩子得了那么严重的疾病，作为一个外国养母远渡重洋来中国为养女寻找亲生父母，同时还呼吁更多人加入骨髓库，这不是一般人能做到的。我想，那个时候成为志愿者的，很多人都是被她的故事所感动的。"

冥冥中，小宋和小凯丽似乎有着某种缘分。当年，小宋来到中华骨髓库实习，并成为一名志愿者时，她还是一名大二的学生。她实习的那段日子，也正是琳达夫人来到中国寻找小凯丽的亲生父母并请求中华骨髓库为小凯丽寻找配型的时候。此后两年间，寻找配型的工作一直没有停止，却也一直没有结果。直到2005年，小宋大学毕业，正式来到中华骨髓库上班，当年8月，居然找到了相合的志愿者。

小宋说："因为全中心（中华骨髓库管理中心）的人都很关注凯丽的事情，所以只要库存数据有更新，我们都会为她复查一遍。当时，是我们的同事在检索中查到的，我们大家都特别激动，第一时间就告诉了洪主任。又怕不准确，我们还特意请专家看了一下查询结果。确认没有问题了，我们才告知美方。当时是直接和凯丽的移植医院联系的。相合者是浙江的志愿者汪霖，是一位医生，他们夫妇都是医生。全相合，而且态度很好，很坚决。"

  2005年10月17日，汪霖在北京接受造血干细胞采集。采集工作结束的第二天，他就动身返回家乡。因为，采集那天是他太太的预产期。因为时间紧迫，汪霖赶回家乡后，直接带着行李来到了医院。3个小时后，一个健康可爱的男孩就诞生了。汪霖兴奋地说："4千克，真是大胖小子！我和宝宝有默契，在家的时候，我一摸妻子的肚子，宝宝就会动。他知道爸爸要去北京做好事，所以一直等到我回来。"大概同一时间，汪霖捐献给小凯丽的造血干细胞也抵达美国。正像小宋说的那样："两个新生命几乎同时诞生！"

  值得大书一笔的是，2006年，凯丽病情反复，需要再次移植。汪霖毅然决定为其二次捐献，成为中华骨髓库首例两次捐献者。

  小宋说："我2010年去美国短期工作，见了凯丽一次。凯丽恢复得特别好，我见到她的时候特激动。她完完全全就是一个健康快乐的美国孩子，一个超爱吃奶酪的小孩。记得在北京见面时，她的个子差不多也就到我肩膀，这次见到她，已经跟我一般高了，真是让人说不出的高兴！这次见面，赶上是我俩的假期，我和她在一起待了差不多3天吧，然后她又去参加夏令营了。当时就觉得自己的工作特别有意义，一个垂危的生命，通过自己的努力参与，重获新生，这感觉很难用语言描述。当然，那个时候中心的所有人都参与到救助小凯丽的工作中了，我只是觉得自己特别幸运，能多次直接和凯丽，和捐献者，和凯丽的医生面对面……"

  这次美国之行归来，小宋写了一篇短文，记述了她的感想。

又见凯丽

  "凯丽"这个名字从我到骨髓库做志愿工作者的第一天就听说了，她的故事传颂至今，仍是很多人加入骨髓库的缘由。她是我们的期盼，是我们的牵挂，更为我们带来了一个又一个奇迹。

  能和凯丽见上一面，我是在美国培训期间的一个愿望。好在她

第十四章　前进中的中华骨髓库

生活的城市和我培训的地方相距并不远，于是在她暑假期间，我选了一个周末乘火车来到了她所在的城市——密尔沃基。

一个半小时的车程，我一直回想着三年前在北京的"中华骨髓库70万数据入库、800例移植新闻发布会"上见到的小凯丽的样子：身穿一袭红裙，扎着马尾辫，戴着小眼镜，不太说话，却一直笑容满面……三年了，不知道已经13岁的她会是什么样子。

小小的火车站，那个子高高，一头黑色长发的亚裔女孩特别显眼，小短裤，沙滩拖鞋，又是典型美国女孩的夏天装扮，这就是13岁的凯丽，三年前她的身高不过才到妈妈耳边，现在却已经超过了站在身边的美国妈妈琳达一头高，琳达告诉我小凯丽甚至比同龄的美国女孩还要高些。移植手术后，医生一度担心由于化疗和药物的作用小凯丽不会长得太高，但是今年6月她回到医院做年度体检时，她的身高让所有的医生都大吃一惊。这次凯丽的体检成绩又是100分，完全与正常孩子没有任何差异。

如此健康美丽的小姑娘，谁能想到从5岁开始她就饱受重症再生障碍性贫血的折磨，曾几个小时流鼻血不止，因为化疗严重脱发而不得不佩戴假发？在凯丽7岁时，爸爸开车带她去医院的路上经过一处墓地，她用微弱的声音问爸爸，她是不是不久也会去那里。讲起这段往事，已经年过60岁的威尔斯先生仍是泪流满面。他说："我们是如此幸运，终于唤回了这个健康的小公主，这要感谢中国红十字会和中华骨髓库，感谢洪俊岭主任的热情帮助，感谢汪霖先生的慷慨捐献，是你们给凯丽带来了重生，让我们全家又能重拾欢乐！"

凯丽的家原本是在新墨西哥州，为了给她治病，威尔斯夫妇带着中国养女，离开了自己的3个亲生孩子来到这个生活和医疗环境都相对好些的海滨城市——密尔沃基，琳达辞掉从事了20年的律师工作，专门在家照顾小女儿。凯丽和这位美国妈妈特别亲。琳达讲当凯丽刚刚身高超过她时，凯丽总是弓着背或是曲着腿站在妈妈身边，妈妈问其原因，可爱的小凯丽说担心身高超过妈妈，妈妈就不再宠爱她，不会天天陪伴她了。看着这个外表高大，内心却依然幼小的女儿，琳达只好忍住笑安慰她说不管多高，都是妈妈的小公主，会永远爱她不离开她。

　　凯丽学习成绩很好，门门功课都是优秀，特别喜欢读书，是所在读书俱乐部的积极分子，她房间书架上一本本的藏书都是她的最爱。除此之外她还喜欢美国流行音乐，如数家珍般地给我介绍她钟爱的乐队，喜欢的歌手。凯丽也是个爱美的小姑娘，小小的梳妆台上摆满了漂亮的发卡和项链。

　　两天和凯丽相处的周末时光过得特别快，她让我几次想起2003年还是大学在校生的我来到中华骨髓库做志愿工作者，当时就有很多同事给我讲过凯丽的故事，我们都为这对美国夫妇救助中国养女的行为而深深感动。从那时起，大家就更加坚定地无怨无悔地为凯丽和千千万万像凯丽一样患病的孩子们忙碌着、努力着，为他们的家庭寻找着重拾欢笑的希望。奇迹就这样在爱的滋养中生根发芽，执著的美国养父母，伟大的中国捐献者，还有许多默默无闻奉献着爱心的善良的人们，以他们比天地更宽广的爱，创造了奇迹，而凯丽和她的家人也以坚韧的毅力和相互支撑的信念还给了我们一个美丽、健康的生命奇迹，让我们继续这无私的爱的传递，让生命在爱的奇迹里延续！

　　小宋的文章，生动朴实，感情真挚。她文章的最后一句话，恰可作为本章的结束："让我们继续这无私的爱的传递，让生命在爱的奇迹里延续！"

第十五章　中华骨髓库省级分库概况

关于各地分库的建设，洪俊岭同志早在 2002 年 3 月就有过一段论述：

"中国红十字会受政府的委托，建设并管理造血干细胞捐献者资料库，是一项光荣而艰巨的历史责任。这次重新启动资料库建设，一个重要原则就是，数量与质量并重，数量的扩增以保证质量为前提。为此，工作委员会专门批准成立了由全国 HLA 界知名专家组成的专家委员会，负责全国建库过程中的质量监控，总会还组织力量拟定了有关的规范性文件，为保证检测数据的安全准确，提出了资料库建设的规划布局、机构名称、工作程序、检测标准、数据管理的五统一要求。

各地在分库建设中，创造出了许多鲜活的经验。深圳市建库工作走在全国的前列，并被专家委员会考核通过有了中国造血干细胞捐献者资料库的组织配型实验室，成为首批向总库送供者数据的分库；辽宁和天津分库的配型实验室已经专家委员会考核通过；北京、山东、四川、浙江等省市的红十字会也已经上报了配型实验室的申请书；北京市红十字会在建设分库的同时，一手抓政府的财政拨款，一手抓社会募捐，收到了很好的成效，由于有较强的资金支持，为志愿者的 HLA 检测工作奠定了基础；山东省和辽宁省红十字会成功发行了宣传资料库建设的明信片，即扩大了宣传，又募集到了部分建库资金；在深圳，要成为造血干细胞的捐献者，不但要献过血，而且一定要献过 400 毫升全血和机采成分血，深圳的志愿捐献者绝大多数都是有多次献血经历，报名前经过认真思考，到捐献造血干细胞时，他们没有一个因非健康原因打退堂鼓，保证了入库的数据有效；海南省红十字会实事求是地开展工作，该省目前没有认定的配型实验室，他们把精力放在知识的普及和报名登记上，与临近省份有资质的实验室签订协议，开展委托检测；上海红十字会自 1992 年中华骨髓库启动以来，从未间断工作，他们在新形势下，着眼于未来，准备在原来的基础上更上一层楼。

重新启动建库工作已经有了良好的开端，建设中华骨髓库是一项多学科的系统工程。挑战与机遇并存，思路决定出路。只要心中装着数百万需要造血干细胞移植的患者，只要时刻想到志愿者捐髓救人的一片赤诚之心，只要牢记红十字人道、博爱、奉献的宗旨，只要有实事求是的科学态度和勇攀高峰、坚忍不拔的意志，实现建成一个服务于全球华人的造血干细胞捐献者资料库的夙愿就为期不远了。"

诚如洪俊岭所言，在他进行这一番论述的时候，我国大陆约有近 4 万例捐献者 HLA 分型资料，其中有些数据隶属于不同部门和单位的各 HLA 配型实验室，尚未形成资料共享的局面，有的数据已"睡眠"多年，其使用价值已是大打折扣。而且，这些数据只有一部分是用 DNA 方法检测的。

不足十年后的今天，我们迎来了崭新的局面。140 多万人份翔实有效的 HLA 分型资料和分布于全国各地的分库，构织成一张庞大的"爱之网"，护佑着全世界的炎黄子孙。

一　北京分库

2001 年 11 月经北京市机构编制办公室批准成立，隶属北京市红十字会的正处级全额拨款事业单位。在编专职 11 人，设供者服务科、宣传动员科、办公室。

2003 年 11 月 19～20 日北京分库第一例造血干细胞捐献者孟晓晔在解放军 307 医院采集造血干细胞。

北京分库 2007 年成立了"中国造血干细胞捐献者资料库北京管理中心专家顾问组"，聘请 24 名专家组成北京分库专家顾问组。

2004 年 12 月 30 日，13 位志愿捐献者在北京市红十字会的领导下成立了"北京市红十字会造血干细胞捐献志愿者之家"。

为了推动造血干细胞工作，规范区县工作站管理，北京市红十字会先后下发了《北京市红十字会关于进一步做好造血干细胞捐献工作的意见》《关于在区县红十字会建立造血干细胞捐献工作站的意见》，目前已经成立了房山、密云、大兴 3 个区县工作站，并在 2011 年 6 月铺设了区县及工作站造血干细胞网络化工作平台，建立了区县网络管理体系。

二 天津分库

天津分库从 2001 年 9 月开始筹备，2002 年 7 月正式成立，分别召开了工作委员会和专家委员会工作会议。并经市编委同意批准为全额拨款事业单位，定编 5 人，正处级单位，成为全国第二个落实编制的地方分库。同年 8 月成立了天津 HLA 组织配型实验室，并举行了揭牌仪式，开展了宣传、报名、登记、募捐等活动，为天津分库工作的运行奠定了基础。2003 年 3 月正式独立运行。

商海涛，男，2003 年 12 月 27~28 日捐献造血干细胞，成为天津市首位造血干细胞捐献者。

2005 年 9 月 20 日，市红十字会造血干细胞成功捐献者"爱心之家"正式成立，商海涛当选为首任秘书长。

三 河北分库

2003 年 11 月 11 日，河北省机构编制委员会下发了冀机编办〔2003〕129 号关于成立中国造血干细胞捐献者资料库河北省管理中心（以下简称河北省分库）的文件，河北省分库为省红十字会所属处级事业单位，管理中心编制 4 人。目前，河北省管理中心已增加至 6 人（部队转业 2 人），办公地点和组织配型实验室均设在河北省血液中心。

2003 年 1 月 27 日，中国造血干细胞捐献者资料库管理中心批准河北省成立中国造血干细胞捐献者资料库河北省管理中心。

2004 年 11 月，22 岁的华北煤炭医学院 2000 级学生周伟成功实

施造血干细胞捐献,成为河北省非亲缘性造血干细胞捐献第一人。

四 山西分库

2005年1月17日,经山西省机构编制委员会(晋编字〔2004〕65号)批准成立了中国造血干细胞捐献者资料库山西省分库管理中心,正处级建制,核定全额预算事业编制4名,处级领导1名。

2005年9月,山西省红十字会举行"三晋捐髓第一人"新闻发布会。9月15日和16日,山西省首例捐献造血干细胞志愿者王有军向上海白血病患者进行了造血干细胞捐献。

2008年4月16日,山西省红十字会、省卫生厅联合下发《关于造血干细胞捐献者享受无偿献血者待遇的通知》(晋红〔2008〕36号)。《通知》决定:山西省每位捐献造血干细胞的志愿者等同机采血小板捐献者享受折合800毫升血液的待遇。这在全国尚属首家。

2003年1月17日、2月20日,中国造血干细胞捐献者资料库管理中心分别批复,同意建立"中国造血干细胞捐献者资料库山西省分库"及"省分库HLA组织配型实验室",山西省红十字会及时调整工作人员开展此项工作。

五 内蒙古分库

2003年7月18日总库(红管库发〔2003〕47号)批复同意建立内蒙古自治区分库。内蒙古红十字会对这项利国利民的工作非常重视,在2004年召开的工作会议上,自治区红十字会开始着手筹划造血干细胞捐献工作。2004年4月23日内蒙古分库正式启动,并举行了新闻发布会。

2009年7月,内蒙古自治区编委根据该区开展造血干细胞捐献者资料库工作的需要,同意自治区红十字会业务处挂中国造血干细胞捐献者资料库内蒙古分库牌子。副处级领导职数1名,增加事业编制2名,参照公务员管理。

2005年4月29日,内蒙古分库第一例造血干细胞捐献者杨庆文在北京市道培医院采集捐献了造血干细胞。

六 辽宁分库

2001年7月,紧随着中华骨髓库的重新启动,辽宁省红十字会造血干细胞库也正式启动。

辽宁分库在中华骨髓库全国省级分库中创造了六个第一:

第一个成立工作委员会;

第一个争取到政府资金支持;

第一个成立供者服务中心;

第一个通过HLA实验室验收,建立了沈阳、大连两个HLA组织配型实验室;

第一个建立软件传输系统;

第一个向国家级管理中心传输数据。

辽宁分库出台了《辽宁省造血干细胞采集规程》。2006年,辽宁分库成立了辽宁省造血干细胞捐献者俱乐部。

2003年8月27日,辽宁省鞍钢职工蒋贵宝在中国医科大学附属第二医院成功捐献造血干细胞,成为辽宁省首例捐献造血干细胞的志愿者。

七 吉林分库

吉林分库于2003年4月由中华骨髓库批复成立,并于2004年成立HLA实验室。

吉林分库相继成立了四平市、吉林市、松原市、延吉市造血干细胞采集站。2009年成立了吉林分库造血干细胞志愿者服务大队、吉林市造血干细胞志愿者服务队。

2004年5月24日,当时还是吉林农业大学大四学生的李万红,成为吉林省第一例造血干细胞捐献者。

八　黑龙江分库

黑龙江省红十字会于 2003 年成立 HLA 组织配型实验室。2004 年 8 月经黑龙江省编委批准成立了中国造血干细胞捐献者资料库黑龙江省管理中心，正处级、全额拨款事业单位，编制 5 人，隶属于黑龙江省红十字会，接受中华骨髓库的业务领导。2009 年 6 月经黑龙江省编委批准，省管理中心扩编至 8 人。

黑龙江省首例造血干细胞捐献者是哈尔滨医科大学学生孙新远，捐献时间为 2004 年 12 月 27 日、28 日。

九　上海分库

1992 年，中国造血干细胞捐献者资料库（简称"中华骨髓库"）的前身——"中国非血缘关系骨髓移植供者资料检索库"，经卫生部批准正式启动，首批开展宣传征募工作的仅北京、上海、浙江、陕西、辽宁、厦门等地。

1996 年，在当时库容仅 1000 多人份的骨髓库中，上海建设银行的员工孙伟与一位来自杭州的 11 岁患者高天翀配型成功。当年 8 月 12 日，上海市红十字会在华山医院成功施行了全国首例非血缘关系外周血造血干细胞移植手术。孙伟被誉为"中国大陆造血干细胞捐献第一人"，捐献后他成家生子，拥有了幸福的小家庭。患儿高天翀现已完全康复，顺利完成大学学业并踏上工作岗位。

1997 年，中华上海骨髓库正式挂牌成立，社会对于造血干细胞捐献的知晓率和认知度逐渐提高。

1999 年，上海市红十字会与解放日报共同倡议，成立了全国首家造血干细胞捐献志愿服务组织——上海市红十字造血干细胞捐赠志愿者俱乐部。

2003 年，经中国造血干细胞捐献者资料库管理中心批准，中华上海骨髓库更名为中国造血干细胞捐献者资料库上海市分库。

1992 年初创时，上海市血液中心承担了 HLA 分型检测的全部任务，免费提供检测"血清板"和检测技术，使得骨髓库有了早期的数据积累。2003年更名以后，上海市分库得到了总库彩票公益金和市财政的经费支持，极大地缓解了经费不足的窘境，检测也由"血清法"改为"基因法"。如今，上海仍然保留了28000余份血清检测数据，从中诞生了37名造血干细胞捐献者，成为上海乃至全国最早的一批捐献者。

从2005年起，上海市红十字会通过向社会募集专项基金的方式，设立了"白血病造血干细胞移植博爱助医基金"。2010年9月，又制定《上海市红十字会救助造血干细胞移植患者实施方案》，救助对象从本市户籍困难家庭患者扩大到在沪高校注册全日制就读生以及已参加"少儿住院基金"的非本市户籍患者（家庭）；适应者范围从白血病患者扩大到上海市医疗保险主管部门认定造血干细胞移植治疗的患者。救助体系的不断完善，有助于减轻患者（家庭）的经济负担，进一步体现红十字人道、博爱的精神。

为了给患者谋福祉，也为了给志愿者创造奉献爱心的平台，上海市红十字会于2009年5月启动了"造血干细胞捐献志愿者成分献血征募项目"，动员上海市分库中的志愿者参加成分献血。

十　江苏分库

2001年，中华骨髓库重新启动。江苏省红十字会随后开始筹建江苏省分库。

2002年10月31日，江苏省分库召开工作委员会会议，向社会宣布江苏省分库正式启动。2004年12月2日，江苏省机构编制委员会发文（苏编〔2004〕35号）批准成立"江苏省造血干细胞捐献者资料库管理中心"。

2010年8月20日，南通市机构委员会批复建立"南通市造血干细胞捐献工作服务中心"，为正科建制，人员编制3名，为全额拨款事业单位，开启了江苏有专门机构编制的省辖市工作站的先河。

2003年7月30日，江苏省首例造血干细胞捐献者耿森在上海长海医院完成了造血干细胞采集。

十一　浙江分库

浙江省造血干细胞捐献者资料库管理中心前身为中国造血干细胞捐献者资料库管理中心浙江分库，于2001年12月开展工作，2009年12月经浙江省机构编制委员会批准建立管理中心。2009年被浙江省政府授予2008年"浙江慈善奖"项目奖。

2003年11月20日、21日，中国农业银行浙江省分行的章焱在单位领导和父母的陪同下，在浙医一院分两次共捐献了349毫升造血干细胞混悬液，挽救了一名北京的血液病患者，他也成为浙江省第一位造血干细胞捐献者。

十二　安徽分库

中国造血干细胞捐献者资料库安徽分库成立于2004年2月。分库在条件成熟的合肥、芜湖、马鞍山、淮南、宿州、安庆、亳州市设立了工作站，建立了安徽省HLA分型实验室，拥有一支造血干细胞志愿者服务队。

2007年4月17日，芜湖市弋矶山医院的一名普通护士赵金霞在南京市第一人民医院捐献了造血干细胞，成为安徽省首例造血干细胞捐献者。

自2008年起，分库每年都会举办一次主题为"携手人道、关爱生命"的安徽省红十字会"生命论坛"。论坛邀请各工作站、合作单位、优秀志愿者和安徽省主流媒体，座谈探讨如何更好地开展安徽省造血干细胞工作、普及造血干细胞捐赠的公民意识、加强造血干细胞捐赠事业这一理论课题的研究，扩大活动的覆盖面和影响力。

十三　福建分库

1992年，受卫生部委托，中国红十字会开展中国非血缘关系骨髓移植供者资料检索库工作，该检索库即现在的中国造血干细胞捐献者资料库的前身。同年成立了包括血液实验室和血液研究所在内的6个成员组成的协作组，开展血清学方法的 HLA 检验。福建省厦门市 HLA 组织配型实验室作为协作组6个成员之一全面启动了福建省的造血干细胞捐献工作。

2003年3月中国造血干细胞捐献者资料库福建省分库工作委员会成立。4月，中华骨髓库管理中心批复成立中国造血干细胞捐献者资料库福建省分库。2006年3月，在全省设区市红十字会秘书长工作会议上，成立了福建省造血干细胞捐献者资料库管理中心各设区市工作站。5月22日，省委编办正式下文批复同意设立福建省造血干细胞捐献者资料库管理中心，为省红十字会直属事业单位，机构规格为正处级，核定编制4名，其中正处级领导职数1名，经费由财政核拨。

2001年4月14日，刘忠坚在福建省肿瘤医院采集中心进行了干细胞采集。这是福建分库造血干细胞捐献第一例。

十四　江西分库

中华骨髓库江西分库工作于2004年4月全面启动。2006年12月，江西省机构编制委员会办公室批复省红十字会设立全额拨款处级事业单位——中国造血干细胞捐献者资料库江西省管理中心，统筹规划全省资料库建设。2009年1月，中国造血干细胞捐献者资料库江西省分库赣州市工作站经赣州市机构编制委员会批复成为全额拨款的正科级事业单位，核定事业编制2名，成为全国首家有三定方案的地级市工作站。之后，有三定方案的上饶、抚州、宜春市工作站相继成立。2009年11月，江西九江县红十字会又率全国之先成立了县级干细胞库管理中心，核定全额拨款事业编制3名。至此，江西分库共有1个省级、4个市级、1个县级有三定方案的资料库工作机构。

2006年5月16日，江西志愿者邓椿敏的成功捐献，实现了江西造血干细胞捐献零的突破。

十五　山东分库

中国造血干细胞捐献者资料库山东分库自 2001 年成立以来，在省委、省政府的领导下，在中华骨髓库管理中心的指导下，广泛、深入、持久地开展造血干细胞捐献工作，志愿捐献者队伍不断发展壮大，有效库容率和移植率明显提高，拯救生命、捐献骨髓、会聚人道力量、惠及民生的工作业绩更加显著，在人道救助领域发挥着无可替代的重要作用，成为政府支持、社会关注、人民需要的慈善救助机构。

2003 年 11 月 19 日和 20 日，山东齐鲁石化集团医院外科医生吕陟在北京捐献造血干细胞，成为山东分库第一例造血干细胞捐献者。

十六　河南分库

2003 年 1 月，河南省分库经中华骨髓库批准成立。

2003 年 9 月，河南焦作的宋东方、新郑的刘新伟分别与河南两位患者初配成功，并且义无反顾地为患者捐献了造血干细胞，从而使河南省分库造血干细胞捐献有了"零"的突破。

2007 年 6 月 15 日，河南志愿者李化军为阿富汗患者捐献了造血干细胞，他是我国首例为非华裔患者捐献造血干细胞的爱心人士。

十七　湖北分库

2001 年，湖北省红十字会成为中国红十字会最早确定开展造血干细胞工作的省份之一。湖北分库工作由此开始筹建。2004 年 4 月 20 日，湖北造血干细胞专家委员会成立。2004 年 4 月，全省红十字系统召开会议，决定宜昌、黄石等 10 个市开展捐献造血干细胞工作。

2004 年 11 月 13 日，湖北分库造血干细胞志愿者协会成立。

2005 年 7 月 18 日，湖北随州的周伟成为湖北分库第一例造血干细胞捐献者。

2005年8月30日，湖北分库编制得到落实。湖北省机构编制委员会（鄂编函〔2005〕33号）批复：同意设立"中国造血干细胞捐献者资料库湖北分库管理中心"。

十八　湖南分库

中国造血干细胞捐献者资料库湖南省管理中心（湖南分库）于2003年8月30日经湖南省编制委员会办公室批准。

2003年8月13日，陈欣在湖南湘雅医院成功捐献造血干细胞，成为湖南首位造血干细胞捐献者。

2003年，湖南首例造血干细胞捐献者陈欣当选为"2003年度，湖南十大公益新闻人物"；2004年，"捐献造血干细胞行动"当选为2004年度最具生命关怀的公益事件；2007年，"造血干细胞捐献项目"荣膺"湖南首届慈善奖"；2008年，全国消防系统捐献第一人王永林、全国首次向台湾捐献干细胞者陈艳飞，荣选为湖南奥运火炬手。

十九　广东分库

2001年，在深圳市红十字会和深圳市血液中心的共同努力下，广东深圳成为全国首批开展造血干细胞捐献工作的城市之一。他们以无偿献血为基础，在深圳市开展无偿捐献造血干细胞的组织宣传工作。2001年8月27日，广东实现非血缘造血干细胞捐献的零突破，深圳青年潘庆伟为湖南患者成功捐献造血干细胞，成为广东省首位捐献者。

广东省编办于2005年6月17日批准成立中国造血干细胞捐献者资料库广东省管理中心。

2007年6月，中华骨髓库在全国招募两名志愿工作者赴藏支援西藏分库建设。广东省红十字志愿工作者潘庆伟和黄凯经过严格的选拔和考核，成为首批援藏志愿者。

2006年1月，广东省造血干细胞专家委员会成立大会在广州召开，省内23名造血干细胞移植、HLA研究领域的知名专家献言献策，围绕广东临床移植需求量、捐献安全保障、分库建设目标等问题进行深入探讨，为分库的发展指明了方向。

2008年8月，广东分库成立了广东红十字造血干细胞捐献志愿服务队，依靠社会力量推动捐献工作的开展。

二十　广西分库

广西分库于2004年根据桂编〔2004〕6号文《关于成立中国造血干细胞捐献者资料库广西管理中心的批复》成立。为财政全额拨款事业单位，核定事业编制3名。2005年正式启动。

2005年10月25日、26日，广西首例造血干细胞捐献者赵柳林警官在广西医科大学第一附属医院成功完成采集，救助一名南京的白血病患者。

2005年11月，广西造血干细胞志愿者服务队成立。同时还成立了专门的新闻志愿者队伍。

二十一　海南分库

海南分库于2001年12月正式启动。

2003年9月9日、10日，海南第一例造血干细胞捐献者张青青在海口市人民医院成功捐献造血干细胞，挽救了一名白血病患者的生命。

2006年为了更好地宣传捐献造血干细胞，鼓励适龄青年加入中华骨髓库，海南分库成立了"海南省红十字会志愿捐献造血干细胞服务队"。

二十二　重庆分库

重庆市造血干细胞捐献者资料库始建于2001年，在全国率先启动了骨髓库建设。

重庆市首例造血干细胞捐献是在 2004 年 4 月 26 日至 27 日。为了挽救广东省一名患者，西南大学志愿者滕国华在解放军第三军医大学新桥医院分两次实施造血干细胞成分血提取，完成了造血干细胞捐献。

2004 年 6 月 29 日至 30 日，重庆市的吴渝（原重庆医科大学临床医学专业学生）为美国一华人白血病患者捐献了造血干细胞，成为中华骨髓库首例向国外输送造血干细胞的捐献者，实现了中华骨髓库跨国捐献"零的突破"。

二十三　四川分库

2001 年 11 月 26 日，中华骨髓库四川分库启动。

2004 年 1 月 18 日、19 日，四川省志愿者李雪峰分两次采集捐献了造血干细胞，救治了身处河南的患者。

在政府及社会各界的大力支持下，四川骨髓库已形成完善的服务功能，面向社会开展人道服务工作。

二十四　贵州分库

2004 年 12 月，贵州省编办正式发文批准建立"中国造血干细胞捐献者资料库贵州省管理中心"，是省红十字会直属正县级差额拨款事业单位，下设办公室、宣传与服务部 2 个业务部门，人员编制 8 名。

2005 年 5 月 23 日，贵州省水利电力学校学生白学友在四川省华西医院顺利采集造血干细胞，实现贵州分库首例成功捐献。

2008 年 11 月，"贵州省红十字会捐献造血干细胞志愿服务队"成立。

二十五　云南分库

中国造血干细胞捐献者资料库云南省分库于 2003 年 8 月挂牌开展工作，2004 年 4 月组建了第一届专家委员会。2005 年 2 月经云南省编制委员会（云编〔2005〕4 号）批准正式成立，为财政全额拨款独立法人事业单位，正处级行政级别，正式编制为 7 人。2005 年 4 月经云南省红十字会党组批准设立了内设机构，下设办公室、资料室和宣传科。

2003 年 8 月 12 日胡玉高同志成为云南省首例造血干细胞捐献者。

二十六　西藏分库

中国造血干细胞捐献者资料库管理中心西藏分库于 2007 年 8 月 4 日正式成立。

2009 年 4 月 25 日，西藏分库成功实现了第一例造血干细胞的移植，实现了西藏自治区捐献造血干细胞史上零的突破。自治区首位造血干细胞捐献者熊忠翔同志被自治区人民政府授予"爱心模范"荣誉称号。

同年 7 月 25 日，西藏自治区红十字会无偿献血和捐献造血干细胞志愿者服务队在拉萨成立。2010 年 6 月 14 日西藏自治区红十字会无偿献血和捐献造血干细胞志愿者服务队西藏大学分队在西藏大学成立，这标志着西藏自治区红十字会无偿献血和捐献造血干细胞的志愿者有了自己真正的家园，为志愿服务工作的开展铺平了道路。

二十七　陕西分库

陕西省红十字会从 2002 年起，在陕西省财政的支持下，完成了陕西分库的前期各项筹备工作。同年 9 月省政府成立了陕西分库工作委员会和专家委员会。2002 年 12 月，经请示省编办批准成立了"中国造血干细胞捐献者资料库陕西管理中心"，2003 年 7 月正式启动运行。2005 年 4 月成立了"陕西省造血干细胞捐献志愿者服务队"。

陕西省首例捐献者马建军于 2003 年 12 月 25 日在江苏常州第一人民医院捐献了造血干细胞，挽救了在江苏常州住院的一名女大学生的生命。

二十八　甘肃分库

2002年12月成立了"中国造血干细胞志愿捐献者资料库甘肃分库工作委员会"，于2003年7月经中国造血干细胞捐献者资料库管理中心批准成立甘肃省分库。

2006年9月12日，甘肃省中医学院学生张雯娟成为甘肃省首位造血干细胞捐献者。

二十九　青海分库

2004年7月青海省分库经中国造血干细胞捐献者资料库批准成立。

2008年7月16日，青海省志愿者马莉为新加坡华人患者成功捐献了造血干细胞，挽救了患者的生命，成为青海省首例造血干细胞捐献者，也是青海省首例跨国捐献造血干细胞的志愿者。

三十　宁夏分库

中国造血干细胞捐献者资料库宁夏分库于2005年3月成立，在自治区党委、政府和社会各界的关心支持下，2005年5月8日正式启动。

2008年7月23日，张华成为宁夏首例造血干细胞志愿捐献者。

三十一　新疆分库

2003年9月，新疆维吾尔自治区人民政府编办批准自治区红十字会成立"中国造血干细胞捐献者资料库新疆管理中心"。2004年2月，经国家管理中心审核确认，新疆管理中心正式挂牌启动。

2005年4月，新疆管理中心下发了《关于在各地州（市）红十

字会建立捐献造血干细胞志愿者服务工作站的通知》，要求各地州（市）红十字会建立捐献造血干细胞志愿者服务工作站，所属区、县建立志愿者服务工作点。制定了《中国造血干细胞资料库新疆管理中心开展捐献造血干细胞采集血样工作规程（试行）》，对各地州（市）红十字会、卫生部门和血站密切配合完成当地捐献造血干细胞志愿者的血样采集和捐献等相关工作进行了规范，进一步明确了各方的责任和分工。

2008年1月24日，王忱成为新疆分库首位造血干细胞捐献者。

第十六章　敬畏生命　储存生命
——代结束语

　　本书结束之际，再说几句未尽之言。

　　倘若仅仅是茶余饭后的谈资，风吹过也就散了，原本无须多言。然而，这是关乎生命的议论，所谓要言不烦，不得不说。

　　需要重申一次的是，中国造血干细胞捐献者资料库管理中心（中华骨髓库）所从事的的确是一项前无古人的事业。

　　我们无需妄自尊大、拔高这一成果——它在中华古国拔地而起，是人类科技进步的成果，也是世界潮流涌动的必然。但我们也绝不妄自菲薄、小觑它的存在——他是我中华民族以传统接轨现代、从蒙昧走向科学、从故步自封走向敞开胸怀的文明标志之一，是我们科学、进步、人道、博爱的一座丰碑。

　　以生命的名义，高扬人道主义和博爱精神的大旗，记录它的兴衰，刻写它的历史，是干细胞捐献事业参与者们的责任。

　　本书要义，正是宣传干细胞移植的本质——以微小的代价拯救无价的生命。

　　干细胞，在世纪之交的时候，"因其在揭示生命奥秘方面的巨大潜力"，被美国《科学》杂志列为"新世纪人类10项最重要科研领域"之首位。可见它对人类的贡献之大。

　　我们所从事的事业，的确是前人从未做过的事业。但是我们所做事业的精神内涵，却是与我们的前人遥相映照、一脉相承的。这个精神的精髓就是：对生命的敬畏之心。

　　弘一法师在圆寂前，再三叮嘱弟子把他的遗体装龛时，在龛的四个脚下各垫上一个碗，碗中装水，以免蚂蚁虫子爬上遗体后在火化时被无辜烧死。弘一法师对于生命深切的怜悯与敬畏之心，宁不令我辈深深感动？

一切有生命的物种，都值得我们深深敬畏。

只有永远怀着对生命的敬畏之心，世界才会在我们面前呈现出它的无限生机，我们才会时时处处感受到生命的高贵与美丽。地上搬家的小蚂蚁，春天枝头鸣唱的鸟儿，雪山脚下奔跑的羚羊，江河湖海中戏水的鱼儿……无不丰富了生命世界的底蕴，我们也才会时时处处在体验中获得"鸢飞鱼跃，道无不在"的生命的顿悟与喜悦。

撒哈拉沙漠中，峭壁下的一汪清潭成了活命之水。崖高水浅，小骆驼拼命伸出脖颈也喝不到水。母骆驼为了使即将渴死的孩子们喝到水潭里的水而纵身跳进了潭中；一条鳝鱼在油锅中被煎煮时始终弓起中间的身子，是为了保护腹中的小鳝鱼；一只母狼望着在猎人的陷阱中死去的小狼而在凄冷的月夜下呜咽嗥叫……生命没有卑微和渺小，一律尊贵而伟大。因此，不仅仅只有人类才拥有生命神性的光辉。

我们敬畏生命，也是为了更爱人类自己。正是基于这样的理念，我们怀着对生命的敬畏，储存生命的种子。

诚然，相对于数百万白血病患者，中华骨髓库纵然殚精竭虑，也是贡献甚微。但是，我们工作的意义在于挽救。对于每一个被成功挽救的生命而言，我们的贡献都是百分之百！

有这样一个故事：一个孩子在海边看见很多冲沙滩的鱼，他一个一个把它们拾起，扔进大海。有人问他："孩子，你这样一个一个地扔，要什么时候才能把它们全都扔回大海里去啊，你救得过来吗？在你还没扔完的时候，它们有的就已经死了。"孩子答道："尽我的力量，救一个算一个吧。"

救一个算一个！我们虽然没有能力一一救助所有需要帮助的人，但能从救一个是一个的小目标出发，就是一个最好的开端和最值得欣慰的结果。

这里又要引用伟人的话：道路是曲折的，前途是光明的。

前全国人民代表大会常务委员会副委员长、中国红十字会会长彭珮云在中国造血干细胞捐献者资料库工作委员会会议上的讲话中曾经指出：

第十六章　敬畏生命　储存生命——代结束语

"……只有尽快建立我们自己的造血干细胞捐献者资料库，才能够为我国众多患者提供造血干细胞，使他们战胜绝症，获得新生。建立中国的造血干细胞捐献者资料库，不仅是患者的需要、社会的需要，也是世界各地华人的需要。社会上对此的呼声日益强烈……建设中国造血干细胞捐献者资料库，是一项挽救众多人的生命、充满爱心的、崇高的人道主义事业。作为拥有13亿人口的大国的中国红十字会是从事人道主义工作的社会救助团体，有责任、有义务承担这一重任，为患者送去福音，为社会造福。

……建设中国造血干细胞捐献资料是一项社会工程，具有很强的社会性、公益性和科学性。它不仅要求中国红十字会总会和有条件的地方红十字会逐步建立资料库总库和捐献者服务中心，制定一整套科学的运行机制和管理体制，还需要社会上广大志愿工作者的参与和奉献，更需要政府和社会各界在财力、物力上的支持以及新闻媒体的帮助。我衷心地希望工作委员会的成员们充分发挥委员的作用，认真履行委员的职责，从宏观上给予指导，从政策上给予支持，从财力上给予资助，把这项造福人类的事情办好。我们要大力宣传建设中国造血干细胞捐献者资料库的重要意义，宣传造血干细胞配型、移植的科学知识和医疗技术，使更多的人了解和关心这项工作，消除疑虑，树立奉献爱心、捐献救人的新观念，自觉加入到造血干细胞捐献者队伍中来。只要我们努力去做，这项工作就一定会取得成功。"

2001年4月23日，时任中国红十字会总会常务副会长的王立忠同志在中国造血干细胞捐献者资料库工作委员会会议上指出："中国红十字会是从事人道主义事业的社会救助团体，多年来致力于最易受损害人群的救助工作，无论是在重大自然灾害中还是在突发事件发生时，乃至平时保护人的生命健康方面都发挥着重要作用。造血干细胞的捐献和移植事业是符合红十字人道主义宗旨的事业，这项工作的开展，可为我国甚至全球需要进行造血干细胞移植救治的华人、东方人种患者提供帮助，是造福人类、利在千秋的社会工程。"

年轻的中华骨髓库，从它诞生之日算起，不过区区20年，重新启动仅10年。我们总结它成长的过去，展望它发展的未来。我们还

让爱永存

需要更多更大的鼓舞,我们更需要的是全民族以健康的心态和从容淡定的情绪对待人世间的一切顽疾。因此,我们在它 20 年的历史中披沙拣金,讲述中华骨髓库艰难起步、惨淡经营的历史,讲述全体工作人员艰难劳止、呕心沥血的工作经历,讲述他们的故事和他们的欢欣,期以给我们一个鼓舞,给患者一个希望,让更多的人关注中国造血干细胞捐献者资料库,把这项挽救生命、储存生命的伟大的事业张扬于世,让它生生不息,与生命共始终!

庶几,宁非中华民族之福?宁非人类之福?

(初稿成于 2011 年 9 月,改毕于 2011 年 10 月。)

图书在版编目(CIP)数据

让爱永存/吴金良著.—北京：社会科学文献出版社，2012.10（2013.10 重印）
　ISBN 978-7-5097-3609-8

　Ⅰ.①让…　Ⅱ.①吴…　Ⅲ.①纪实文学-中国-当代　Ⅳ.①I25

中国版本图书馆 CIP 数据核字（2010）第 166144 号

让爱永存

著　　者/吴金良

出 版 人/谢寿光
出 版 者/社会科学文献出版社
地　　址/北京市西城区北三环中路甲 29 号院 3 号楼华龙大厦
邮政编码/100029

责任部门/教育分社（010）59367278　　　责任编辑/王珊珊
电子信箱/jiuhubu@ssap.cn　　　　　　　责任校对/孔　勇
项目统筹/许春山　　　　　　　　　　　　责任印制/岳　阳
经　　销/社会科学文献出版社市场营销中心（010）59367278　59367261
读者服务/读者服务中心（010）59367236

印　　装/三河市尚艺印装有限公司
开　　本/787mm×1092mm　1/20　　　　印　　张/18
版　　次/2012 年 10 月第 1 版　　　　　　字　　数/329 千字
印　　次/2013 年 10 月第 2 次印刷
书　　号/ISBN 978-7-5097-3609-8
定　　价/45.00 元

本书如有破损、缺页、装订错误，请与本社读者服务中心联系更换
▲ 版权所有　翻印必究